ULLSTEIN

W0332279

Das Buch

In einer lauen Mainacht geht das Bürgerhaus von Surahammar in Flammen auf. Der einzige Zeuge der Brandnacht, ein jugendlicher Zeitungsbote, macht eine erstaunlich detaillierte Aussage, die rasch zur Verhaftung eines Verdächtigen führt. Als die junge Polizistin Elina Wiik vor voreiligen Schlüssen warnt und auf die Lücken in der Beweiskette hinweist, bekommt sie von ihren Kollegen zu spüren, dass Kritik aus den eigenen Reihen nicht erwünscht ist. Doch dann verschwindet der Vater des jungen Zeugen und der Fall nimmt eine völlig neue Wendung. Und Elina Wiik sieht ihre große Chance ...

Der Autor

Thomas Kanger, Jahrgang 1951, lebt in der Nähe von Stockholm. Bevor er sich ganz dem Schreiben von Kriminalromanen widmete, arbeitete er als Lastwagenfahrer, Sachbuchautor und Journalist. *Der werfe den ersten Stein* ist der in Schweden viel beachtete Auftakt einer Serie mit Elina Wiik als Ermittlerin.

I

3.–22. Mai

1

Der Notruf ging um 03.36 Uhr ein. Die Rettungsassistentin der Leitzentrale gab sofort Großalarm. Bei allen Leuten vom Rettungsdienst in Surahammar, Virsbo, Hallstahammar und Västerås piepsten die Personensucher gleichzeitig. Einige Sekunden später ertönte die Stimme der Rettungsassistentin in den kleinen Lautsprechern.

»Feuer im Bürgerhaus von Surahammar!«

Sie nahm Kontakt zum Dienst habenden Leiter des Rettungsdienstes von Surahammar auf.

»Eine Person hat gemeldet, dass es im Bürgerhaus brennt«, sagte sie. »Er sagt, es brennt heftig auf der Rückseite und dass eine starke Rauchentwicklung besteht.«

»Verstanden«, sagte der Rettungsleiter.

Danach alarmierte die Rettungsassistentin den Dienst habenden Vorgesetzten der Polizei in Västerås und wiederholte ihre Nachricht.

Der Vorgesetzte in Västerås beorderte eine Nachtstreife nach Surahammar, wo sie den Unglücksort absperren und eventuelle Zeugenaussagen aufnehmen sollte. Die Streife bestand aus einem Streifenwagen mit den Polizisten Karlsson und Agestål.

Karlsson fuhr mit Blaulicht. Vierzehn Minuten später bremste er vor der Fußgängerzone von Surahammars Zentrum, stellte den Motor ab, stieg aus dem Auto, blickte geradeaus und sagte nur drei Worte:

»Herr im Himmel!«

Agestål, der auch ausgestiegen war, sagte nichts. Er holte die Absperrbänder, machte ein paar Schritte vorwärts und schaute. Langsam drehte er sich zu Karlsson um.

»Wir sperren erst die Fußgängerzone an beiden Enden ab, die Seiten nehmen wir uns später vor. Hoffentlich schmelzen die Bänder nicht.«

Die Flammen schlugen mindestens acht Meter hoch. Von Karlssons und Ageståls Standpunkt aus schien es, als würde das ganze Gebäude in Flammen stehen. Vor dem großen Haus standen Löschzüge und Tankwagen, die von drei der vier alarmierten Rettungsdienste gekommen waren. Die Wagen aus Västerås waren noch nicht da. Aber das spielte wahrhaftig keine Rolle mehr. Hier galt es nur noch zu verhindern, dass das Feuer auf andere Häuser im Zentrum übergriff. Das Bürgerhaus schien bereits ein Raub der Flammen geworden zu sein.

Als der südliche Zugang abgesperrt war, ging Agestål zu dem Feuerwehrmann, der ihm am nächsten stand.

»Wer ist hier der Rettungsleiter?«, fragte er.

»Kent Widell«, antwortete der Feuerwehrmann und zeigte auf einen Mann. »Er steht dahinten, beim Leiterwagen.«

Agestål ging zu ihm.

»Agestål, Polizei Västerås. Sind hier Zeugen anwesend?«

»Soviel ich weiß, nicht«, antwortete Widell.

Drinnen im brennenden Gebäude krachte es. Es klang, als ob ein Teil des Daches eingestürzt wäre. Agestål hielt eine Hand vor sein Gesicht, um sich gegen die Hitze zu schützen.

»Komm, jetzt sperren wir den nördlichen Zugang ab«, forderte ihn sein Kollege auf.

Als alles abgesperrt war, rief er die Notrufzentrale an und fragte, ob jemand wusste, wer den Brand gemeldet hatte.

»Nein«, antwortete die Rettungsassistentin. »Ich weiß nur, dass der Anruf aus einer Telefonzelle kam, so viel kann ich hier erkennen.«

Agestål wandte sich an Karlsson.

»Sie wissen nichts«, sagte er. »Das muss die Kripo später herausfinden. Wir müssen uns darauf einstellen, den Platz abzuschirmen.«

Als Kriminalkommissar Erik Enquist von der Polizei in Hallstahammar kurz vor halb sechs morgens nach Surahammar kam, war das Feuer gelöscht. Die Fassaden der Nachbargebäude waren verrußt, aber sonst nicht in Mitleidenschaft gezogen. Vom neuen Bürgerhaus, das vor etwa neunzehn Jahren das alte Bürgerhaus ersetzt hatte, standen nur noch die Ziegelsteinmauern. Aus einigen Teilen des Gebäudes stieg immer noch Rauch auf. In der Fußgängerzone breiteten sich rußschwarze Wasserlachen aus. Die Brandtechniker der vier Rettungsdienste hatten angefangen, in den Resten, die sie betreten konnten, nach Spuren zu suchen. Enquist ging zu Kent Widell.

»Wissen Sie schon was?«, fragte er.

»Dass es wie in der Hölle gebrannt hat«, antwortete Widell, »sonst wissen wir nicht viel. Die Techniker haben eben erst angefangen, es dauert sicher noch eine Weile, ehe wir klarer sehen. Gehen Sie hinein und schauen Sie selbst.«

Im selben Augenblick ertönte von der Rückseite des Hauses eine Stimme:

»Widell! Hörst du mich? Kannst du mal herkommen?«

Kent Widell ging um die rauchende Ruine herum und kletterte durch ein Loch in der Fassade. Erik Enquist folgte ihm. Sie arbeiteten sich über Wasser getränkte, verkohlte Reste der Einrichtung zu einem Brandtechniker mit Namen Per Pettersson vor. Er stand an einem Fenster.

»Schauen Sie, da.« Pettersson zeigte auf den Fußboden.

»Aha, nun wissen wir also mehr«, stellte Widell fest.

»Was wissen wir?«, fragte Erik Enquist und sah die beiden Feuerwehrleute an.

»Glasscherben«, sagte Pettersson. »Das Fenster ist von außen eingeschlagen worden. Fenster in einem brennenden Haus werden fast immer von der erhitzten Luft gesprengt, von Ausnahmen abgesehen. Das Fenster ist vermutlich vor dem Brand eingeschlagen worden. Dies scheint der Teil des Gebäudes zu sein, der am leichtesten brennbar war, hier kann das Feuer ausgebrochen sein.«

»Also Brandstiftung«, stellte Enquist fest. »Dann müssen auch Leute von der Spurensicherung der Kripo her.«

»Bevor wir ganz sicher sein können, sind natürlich Analysen nötig«, sagte Widell. »Wir haben noch viel zu tun. Aber ich wette, dass dieses Feuer gelegt wurde.«

Sie starrten auf die Glasscherben, als erwarteten sie eine Antwort von ihnen. Jemand klopfte Widell auf die Schulter. Es war Petter Pettersson, der Bruder von Per Pettersson, der auch Brandtechniker war.

»Können Sie mal kommen? Ich hab da was gefunden.«

Sie gingen etwas tiefer in das Gebäude hinein. In einem verkohlten Haufen auf dem Fußboden lag etwas, was einem Baumstamm mit Zweigen glich.

»Absolute Sicherheit gibt's nicht«, sagte Petter Pettersson. »Aber ich glaube, hier handelt es sich um einen

Menschen. Ich meine, das war mal ein Mensch. Ich bin ziemlich sicher. Dies hier muss ein Fuß sein.«

Erik Enquist schloss eine Sekunde die Augen und ging dann hinaus. Er nahm das Handy aus der Innentasche und wählte die Zentrale der Polizei von Västerås. Mit dem hier wurde er nicht mehr allein fertig.

2

Im selben Moment schlug Elina Wiik die Augen auf. Während ihr Körper erwachte, lag sie ganz still, streckte sich wie eine Katze und drehte sich zum Wecker um. Fünf Minuten bevor er klingeln sollte. Dann hörte sie sich laut zu sich selber sagen:

»Woher weiß mein Unterbewusstsein immer, wann ich geweckt werden muss?«

Augenblicklich überflutete sie die Erinnerung an den vergangenen Abend. Sie empfand eine Mischung aus Freude und Selbstverachtung. Er hatte gegen acht angerufen, gesagt, er sei gerade in Höhe von Örebro und könne um neun da sein. Nur wenn sie es wolle natürlich. Sie wollte es und sagte es ohne Umschweife. Er konnte höchstens zwei Stunden bleiben. Länger konnte er nicht so tun, als hätte er sich verspätet. Sie war sofort in die Küche gegangen und hatte ein einfaches Essen vorbereitet aus den Zutaten, die sie vorrätig hatte. Er kam schneller als erwartet. Ein Kuss, eine leise Unterhaltung bei Tisch, jeder ein Glas Wein, nicht mehr, er musste ja noch fahren und sie musste am nächsten Morgen früh aufstehen. Eine halbe Stunde später lagen sie im Bett.

Das erste Mal seit fünf Wochen. Sie überlegte, warum sie immer auf alles einging, was er verlangte, ständig akzeptierte sie seine Bedingungen. Warum sollte sie für einen verheirateten Mann da sein, der sechzehn Jahre älter war als sie? Liebe, klar, so war es wohl. Aber sie wusste, dass es andere, undurchsichtigere Gründe gab. Gründe, die mit den eineinhalb Stunden zusammenhingen, in denen sie sich nach der kurzen Mahlzeit einander widmeten, und gegen deren innersten Antrieb sie sich wehrte.

Eines Tages, dachte sie, werde ich mich selber analysieren, ein Puzzle aus den Teilen meiner Seele legen, genau wie ich es mit den Angaben einer Ermittlung mache. Erst wenn ich verstehe, warum ich mich so verhalte, kann ich vernünftige Entscheidungen treffen. Aber nicht jetzt und auch vorläufig noch nicht.

Damit war ihre stumme Diskussion mit sich selbst für diesmal beendet. Sie seufzte, erhob sich und ging duschen. Sie hatte eine Stunde und zwanzig Minuten Zeit für das, was eine allein stehende Frau von zweiunddreißig Jahren jeden Morgen vor der Arbeit zu erledigen hat. Die Morgenkonferenz war für acht Uhr angesetzt, aber Elina fing lieber schon um sieben an, der früheste Zeitpunkt, den die Gleitzeit erlaubte.

Das Licht verwandelte die Mauseöhrchen an den Birken vorm Fenster zu Schattenspielen auf den weißen Badezimmerwänden. An Maimorgen wie diesem wünschte sie, ihre Wohnung wäre etwas weiter vom Präsidium entfernt. Ihre Zweizimmerwohnung am Oxbacken lag so nah am Arbeitsplatz, dass man nicht einmal ins Schwitzen geraten würde, wenn man den ganzen Weg liefe. Bergab, die zweite Querstraße nach rechts, einen Häuserblock weiter. Umwege zu machen, was natürlich eine Alternative gewesen wäre, kam ihr irgendwie ziellos vor, und das passte nicht zu ihrem Naturell.

Das Präsidium in Västerås nahm einen halben Häuserblock zwischen Källgatan und Svartån ein. Es lag im zentralen Teil der Stadt, wo es immer noch einige ältere, schöne Gebäude gab, gerettet durch eine seltene Gnade, als die Abrissraserei der sechziger Jahre wie eine Windhose über das Land gefegt war. Das Präsidium jedoch war geprägt vom typischen Schnitt dieser Zeit und spiegelte die Einstellung jener Jahre zur Rolle der Herren in der Gesellschaft; grau wie ein Bürokrat und viereckig wie die Vorschriftenhörigkeit der Verwaltungsbeamten. Die Mauern des Gebäudes strahlten Uneinnehmbarkeit und Distanz aus, seine kleinen Fenster waren die Augen des Überwachers der Allgemeinheit.

Daran dachte Elina Wiik mit keinem Gedanken, als sie das Gebäude durch den Haupteingang betrat. Sie dachte auch nicht über die innere Geschlossenheit des Hauses nach. Routiniert öffnete sie mit Hilfe ihres Dienstausweises die Tür, um in das Innere des Hauses zu gelangen.

Ihr Zimmer lag im ersten Stock. Auf dem Weg dorthin begegnete sie dem einzigen Kollegen, der genauso früh seinen Dienst antrat wie sie.

»Guten Morgen«, sagte Kjell Stensson und lächelte.

»Hallo«, antwortete Elina Wiik und lächelte zurück, ohne jede Anstrengung, denn sie schätzte Stensson als Polizisten und auch als Menschen. Außerdem empfand sie Dankbarkeit für ihn. Er hatte ihr zu Anfang so manches Mal beigestanden und sich des Öfteren Zeit genommen, ihr zuzuhören, wenn sie nicht weiterwusste, obwohl er beim Rauschgiftdezernat und sie bei der Kripo war. Seine Ratschläge waren gut, manche passten nicht zu ihrem Arbeitsstil. Während Elina Wiik es vorzog, sich langsam voranzuarbeiten, weil das Analysieren in ihrer Natur lag, war Stensson ein Mann der Tat.

Viele Kollegen hielten ihn für eigenwillig und fanden, dass er häufig außerhalb der Regeln agierte. Er war ein

Freund dessen, was man in der Sprache der Polizei proaktive Tätigkeit nannte. Das hieß eingreifen, bevor ein erwartetes Verbrechen begangen wurde, in der Hoffnung, es vereiteln zu können.

Was Stensson anging, bedeutete dies regelmäßige Besuche, die man kaum Höflichkeitsbesuche nennen konnte, bei einer ausgewählten Gruppe von Menschen. Individuen, von denen er zu wissen meinte oder annahm, dass sie sich mit Rauschgifthandel beschäftigten, obwohl es keine konkreten Hinweise gab. Sie sollten sich nicht in Sicherheit wiegen und sich ständig bewusst sein, dass Stensson ein Auge auf sie hatte.

Im Lauf der Jahre hatte es viele Klagen wegen Schikanen gegeben, und er war häufig kritisiert worden, auch innerhalb des Polizeikorps, weil sein Verhalten undemokratisch war. Kritik pflegte er mit einer Gegenfrage zu begegnen: »Und ist es vielleicht demokratisch, mit anzusehen, wie diese Armleuchter in aller Ruhe die Vergiftung unserer Jugend planen?« An dieser Stelle endete jede vernünftige Diskussion, weiter kamen sie nie.

Mehrere Male hatte der Kriminaldirektor Stensson bremsen müssen. Aber niemand konnte seine Effektivität leugnen und nur wenige wussten, dass er im Lauf der Jahre zusammen mit seiner unendlich geduldigen Frau Pflegeeltern für eine ansehnliche Zahl von verirrten Jugendlichen gewesen war, Jungen und Mädchen, die er erst als Polizist niedergeschlagen und denen er dann viel Zeit gewidmet hatte, um sie wieder aufzurichten und sie auf den richtigen Weg zu bringen.

»Komm mal einen Augenblick zu mir, wenn du Zeit hast«, sagte er. »Ich muss was mit dir besprechen.«

»Klar«, antwortete sie und folgte ihm in sein Zimmer. Es war ein wenig größer als die anderen Dienstzimmer auf dem Flur, da Kjell Stensson der Chef des Rauschgiftdezernats war.

»Wie geht's dir und wie kommst du mit deinen derzeitigen Aufgaben zurecht?«, fragte er.

»Danke, gut, ich bin sehr zufrieden – aber hör mal, wenigstens du solltest wissen, dass man bei einem Verhör nicht zwei Fragen gleichzeitig stellt«, sagte sie lachend. »Da riskiert man, dass man nur auf eine von beiden eine Antwort bekommt. Auf die unverfänglichere.«

»Dies ist ja kein Verhör. Vielleicht sollte ich nicht mit dir darüber reden, vielen in diesem Haus gefällt es nicht, wenn man aktive Werbung in anderen Korridoren betreibt. Aber im Dezernat wird es eine vakante Stelle geben und darüber solltest du mal nachdenken.«

»Du möchtest also, dass ich für dich arbeite?«

»Das hab ich nicht gesagt. Könnte sein, dass ich Doppelfragen stelle, aber du schließt zu schnell Schlüsse daraus und das ist viel schlimmer für einen Polizisten. Vielleicht wollte ich dich ja nur bitten, mir jemanden zu empfehlen.«

Er grinste.

»Eins zu eins«, sagte Elina.

»Aber du hast Recht. Ich möchte, dass du dich um den Posten bewirbst.«

Elina Wiik schwieg eine Weile. Sie wusste, dass Stensson sie für eine gute Polizistin hielt, dennoch war sie überrascht. Sie überlegte, ob sie Witze über Ablösesummen machen sollte, ließ es dann aber.

»Rauschgift ist nicht gerade mein Ding«, sagte sie stattdessen.

Kjell Stensson fiel ihr ins Wort.

»Rauschgift ist niemandes Ding. Oder sollte es nicht sein. Aber in unserem Bezirk gibt es mehr weibliche Süchtige als früher. Bei jeder Ermittlung stoße ich auf sie. Ich glaube, das hängt damit zusammen, dass Mädchen so viel rauchen. Wusstest du das? Nikotin ist die Einstiegsdroge zum Rauschgiftmissbrauch. Wer keinen Tabak raucht, fängt nie mit Hasch an. Und das ist wahrhaftig kein so harmloses Rauschgift, wie Journalisten und Politiker behaupten.«

Er verlor sich in einer Art Selbstgespräch.

»Als ob das eine Art Cola light wäre«, brummte er. Dann wandte er sich wieder an Elina Wiik und machte einen neuen Anlauf.

»Ich hab heimlich gelesen. Deine Verhöre in Fällen von Misshandlung. Du bringst die Frauen zum Reden. Obwohl man merkt, wie ängstlich und unwillig sie anfangs sind. So was brauchen wir speziell hier. Viele der Mädchen, die bei uns landen, machen sich vor Angst fast in die Hose. Vor uns und ihren Drogenkumpels da draußen, die ihnen den Stoff besorgen und sich in Naturalien bezahlen lassen. Im Augenblick hab ich nur männliche Polizisten im Dezernat. Alles prima Jungs, na ja, fast alle, aber die wissen nicht, wie sie sich einem siebzehnjährigen Mädchen gegenüber verhalten sollen, um sie zum Reden zu bringen. Die Verhöre fangen häufig damit an, dass die Mädchen schreiend behaupten, der Polizist habe sich an ihnen vergriffen, und enden damit, dass sie nach ihrer Mama heulen.«

»Kann ich noch mal darüber nachdenken? Auf jeden Fall freue ich mich über das Angebot.«

»Denk drüber nach«, sagte Stensson. »Aber nicht zu lange.«

Sie erhob sich und ging hinaus auf den Flur. Mit ihrem Ausweis öffnete sie eine weitere Tür, um auf ihren Korridor zu gelangen. Er war leer und bisher schien noch niemand gekommen zu sein. »Kriminalassistentin Elina Wiik«, stand an der vierten Tür von links.

Yes, sometimes you're such an ass, dachte sie zum hundertsten Mal, als sie sich auf ihren Bürostuhl setzte.

Das Zimmer war klein und schmal, ein Regal voller Aktenordner bedeckte die hintere Wand, der Schreibtisch wurde vom Computer beherrscht. Keine Fotos auf dem ansonsten aufgeräumten Tisch, dagegen mehrere Topfpflanzen auf der Fensterbank. Die Vorhänge waren hellgrün gemustert. An der Wand vorm Schreibtisch hingen gerahmte Bilder in gesättigten Farben, Bilder, die sie auf ihren Auslandsreisen im Urlaub gekauft hatte.

Sie dachte an Kjell Stenssons Vorschlag. Arbeit im Rauschgiftdezernat bedeutete lange und viele Nächte in zivilen Polizeiwagen, um den Besuchsverkehr in Wohnungen zu registrieren, in denen Verdächtigte lebten. Wenn genügend Besucher identifiziert wurden, musste man zuschlagen – in der Hoffnung, einen größeren Fang zu machen. Und hinterher Verhöre von einer Klientel, der man häufig jede Silbe aus der Nase ziehen musste, die jungen schreienden Mädchen natürlich ausgenommen, wenn man Stensson glauben konnte.

Viel zu wenig Arbeit mit dem Kopf und viel zu viel mit dem Sitzfleisch, dachte sie. Das war nicht ihr angestrebtes Ziel. Sie wollte Fälle, bei denen die überwiegende Arbeitszeit dafür genutzt wurde, das Verbrechen aufzuklären, nicht um konstatieren zu müssen, wie weit sie schon begangen waren.

Sie hatte allerdings das Gefühl, der Weg bis zu diesem Ziel sei noch weit. Sie wollte komplizierte, schwere Verbrechen. Nach vier Jahren bei der Kripo hatte sie bisher nicht eine einzige wirklich große Aufgabe gehabt, in die sie sich vertiefen konnte. Neben dem begrenzten Teil von Auto- und Wohnungseinbrüchen, also solchen Fällen, die fast immer am Boden der großen »Pyramide« landeten und irgendwann mangels Beweisen und Interesses abgeschrieben wurden, musste sie sich um die meisten angezeigten Fälle von Frauenmisshandlung in der Stadt kümmern.

Es bereitete ihr jedes Mal erneut Schwierigkeiten, einer geschlagenen Frau gegenüberzutreten. Noch schlimmer fand sie die Begegnung mit Kindern, die Opfer von Verbrechen geworden waren. Aber mit wachsender Erfahrung wurde sie immer geschickter, eine Anklage gegen die Täter zu erreichen. Obwohl sie die Bilder von den blau geschlagenen Frauen lange verfolgten, empfand sie ihre Arbeit als sinnvoll. Das war eine entschieden größere Herausforderung, als den größten Teil der Zeit in einem Fahndungsauto herumzusitzen.

Wenn sie anbiss und sich um eine Stelle im Rauschgiftdezernat bewarb, würde der Weg bis zu der Art Verbrechen, die sie am liebsten aufklären wollte, noch länger werden. Da war es schon besser, die Zeit im Kriminaldezernat abzusitzen.

Du bist eine richtige kleine Karrieristin, dachte sie lächelnd.

Sie war schon acht Jahre bei der Polizei in Västerås. Nach Abschluss der Polizeihochschule zunächst als Anwärterin, dann als frisch gebackene Polizistin. Vier Jahre lang hatte sie sich danach die Schuhsohlen auf den Straßen der Stadt abgelaufen, ehe es ihr mit Glück und Geschick gelang, ihr erstes Ziel zu erreichen und Ermittlerin zu werden.

Ein Fall von Frauenmisshandlung hievte sie nach oben. An einem Novemberabend 1997 wollte Elina Wiik gerade ihre Patrouille beenden, als eine schwer misshandelte Frau mit dem Krankenwagen im Zentralkrankenhaus eingeliefert wurde. Die Krankenschwester in der Notaufnahme hatte sofort Alarm geschlagen, und als der Dienst habende Beamte des Reviers sah, dass die Nachtschicht nur aus Männern bestand, forderte er Elina Wiik auf, den Streifenwagen ins Krankenhaus zu begleiten.

Die Frau hatte mit niemandem sprechen wollen, Elina jedoch gebeten zu bleiben. Elina hatte vierzehn Stunden lang an ihrem Bett gesessen, war ein wenig eingedöst, wenn die Frau schlief, und hatte sich meistens still abwartend verhalten, wenn die Frau wach war oder von einem Arzt behandelt wurde.

Allmählich war ein vorsichtiges Gespräch in Gang gekommen. Langsam hatte die Frau von ihren fast unaussprechlichen Erlebnissen erzählt. Es war keine Überraschung für Elina, dass ein früherer Ehemann sie misshandelt hatte. Sie war an den darauf folgenden Ermittlungen beteiligt gewesen und hatte eine entscheidende Rolle dabei gespielt, dass die Frau es wagte, vor Gericht als Zeugin auszusagen. Der Mann wurde zu vier Jahren Gefängnis verurteilt.

Die Chefs waren beeindruckt gewesen von der Hartnäckigkeit der jungen Polizistin in einem Fall, der eigentlich nicht ihrer war. Nach dem Erfolg wurde ihr eine Stelle im Kriminaldezernat angeboten.

Das Erlebnis hatte Elina Wiik davon überzeugt, dass kleine Ermittlungsschritte schneller zum Ziel führen konnten als große. Geduld und Systematik waren ihre Mittel.

Ich wäre wahrscheinlich gut in Ermittlungen von Mordfällen, dachte sie. Wenn ich nur eine Chance bekäme.

Ganz zuoberst in dem Dokumentenkorb auf ihrem Schreibtisch lag eine Plastikhülle mit Verhörabschriften. Sie nahm sie heraus und begann ohne großen Enthusiasmus zu lesen. Es ging um einen einfachen Betrugsfall: Eine arbeitslose Frau hatte versucht, mehr Geld bei der Post abzuheben, als ihr zustand, indem sie eine Zwei vor die Summe von 1 227 Kronen gesetzt hatte. Das Elend wurde nur noch dadurch verstärkt, dass die Frau sich nicht getraut hatte, mehr als eine Zwei hinzuschreiben.

Innerhalb weniger Tage musste Elina Wiik ihre Ermittlungsergebnisse beim Bezirksstaatsanwalt abliefern, der die gescheiterte Postbetrügerin routiniert ohne großen Aufwand verurteilen würde. Einen Tag nach dem Urteil würde er die Frau vollkommen vergessen haben. Vermutlich würde er nicht mal unter Folter ihren Namen nennen können.

Um zwanzig vor acht hörte sie Schritte auf dem Korridor und schaute hoch. Der erste Kollege vom Kriminaldezernat war auf dem Weg zu seinem Arbeitsplatz.

Sie sah gerade noch Egon Jönssons Rücken an ihrer Tür vorbeihuschen. Offenbar hatte Jönsson wahrgenommen, dass Elina Wiik den Kopf hob, denn er machte noch einmal einen Schritt zurück und grüßte sie. Elina erwiderte den Gruß. Keiner von beiden lächelte.

Die Kollegen hielten Jönsson, der dreiundvierzig Jahre alt war und schon seit mehr als zehn Jahren im Dezernat arbeitete, für Mittelmaß. Das bedeutete eigentlich nichts weiter, als dass er weder besser noch schlechter als die Ermittler im Allgemeinen war. Die Kollegen sahen das jedoch nicht ganz so. Mittelmaß zu sein war gleichbedeutend mit schlechter als sie, da sich alle für besser als den Durchschnitt hielten.

Elina Wiik hatte beschlossen, keine Meinung von Jönssons Fähigkeiten zu haben, bevor sie nicht gemeinsam an einem Fall gearbeitet hatten. Was bisher noch nicht geschehen war. Ihr Eindruck war allerdings, dass er genauso war, wie gesagt wurde: Mittelmaß.

Zwei Minuten später steckte ihr Chef, Oskar Kärnlund, ein großer Mann, der bald pensioniert werden würde, seinen fast kahlen Schädel durch die geöffnete Tür.

»Guten Morgen, Wiik. Geht's gut?«, fragte er und ging weiter, ohne die Antwort abzuwarten.

Das wird vermutlich ein ereignisloser Tag, dachte Elina und las weiter in ihren Verhörprotokollen.

»Übrigens, Wiik …«

Sie hob den Kopf und sah wieder Kärnlund in der Tür.

»… vergiss die 8-Uhr-Besprechung nicht. Heute Nacht ist einiges passiert.«

3

Eine Minute nach acht schloss der letzte Teilnehmer die Tür zum Besprechungszimmer im ersten Stock. Einige Kriminalbeamte aus Västerås und ein Kriminalkommissar aus Hallstahammar saßen mit am ovalen Tisch. Alle hatten Kaffeetassen vor sich stehen, denn der Raum war auch der Pausenraum des Dezernats.

Oskar Kärnlund kam sofort zur Sache.

»Das Bürgerhaus in Surahammar ist heute Nacht abgebrannt«, sagte er. »Eine Streife von uns ist nachts draußen gewesen und heute in aller Frühe war der erste Ermittler vor Ort. Ihr kennt wohl alle Erik Enquist vom Dezernat in Hallsta?«

Kärnlund zeigte mit der flachen Hand auf den Kollegen und redete weiter, ehe jemand seine Bekanntschaft mit Enquist aus Hallstahammar bestätigen konnte.

»Enquist, erzähl, was bis jetzt bekannt ist.«

»Das ist noch nicht viel«, sagte Enquist und rollte einen Stift zwischen den Handflächen. »Das Gebäude ist total zerstört, und die Leute von der Brandtechnik sind sicher, dass es sich um Brandstiftung handelt. Ein Fenster ist an der Stelle eingeschlagen, wo das Feuer ausgebrochen zu sein scheint. Im Haus wurde eine tote Person gefunden. Stark verbrannt. Glaubt mir, das war kein schöner Anblick.«

»Also Brandstiftung und ein Toter«, sagte Kärnlund. »Und kein Tatverdächtiger, oder, Enquist? Normalerweise wäre dies natürlich ein Fall für das Dezernat in Hallsta, aber es ist kein normaler Fall. Er ist zu groß, und Larsson ist der Meinung, wir sollten eine Spezialgruppe zusammenstellen. Für den Anfang müssen wir die Kerntruppe bilden, obwohl wir genug mit unserem eigenen Kram zu tun haben.«

Larsson, das war Kriminaldirektor Per-Göran Larsson, zugleich Chef der Kriminalabteilung des Verwaltungsbezirks. Nach unzähligen Umorganisationen des Polizeiwesens hatte man sich für ein Modell entschieden, in dem er als Abteilungschef übergreifend die Verantwortung für drei Dezernate des Bezirks hatte: Rauschgift, Wirtschaftsvergehen und Fahndung, und für fünf Kriminaldezernate: Köping, Sala, Fagersta, Hallstahammar und Västerås.

Verbrechen in Surahammar wurden normalerweise vom Dezernat der Nachbarkommune Hallstahammar ermittelt. Handelte es sich jedoch um komplizierte und umfangreiche Ermittlungen, konnte man Spezialgruppen mit Leuten aus mehreren Dezernaten bilden. In der Praxis bedeutete es fast immer, dass das Dezernat in Västerås und sein Chef Oskar Kärnlund die Verantwortung übernahmen.

»Wissen wir etwas über den Toten?«, fragte Kärnlund.

»Nein, nichts«, antwortete Enquist. »Wenn es kein Obdachloser ist, der in dem Haus übernachtet hat, müsste sich eigentlich bald ein Angehöriger melden. Weil von dem Armen nicht viel übrig geblieben ist, wird die Identifizierung Zeit brauchen. Wir wissen ja nicht, mit welchen Zähnen wir vergleichen sollen.«

»Könnte es der Tote gewesen sein, der die Scheibe eingeschlagen und das Haus angesteckt hat, zum Beispiel im

Rausch?«, fragte Elina Wiik, die ganz hinten im Zimmer saß. »Wie hoch über dem Boden befand sich das Fenster, und gab es etwas, was darauf hindeutete, dass jemand hineingeklettert ist?«, konkretisierte sie ihre Frage.

Alle wandten sich Enquist zu.

»Ich hab keine Zeit gehabt, mir die Außenwand anzuschauen«, sagte er. »Aber das Fenster lag ziemlich hoch.«

»Wie sieht es mit Zeugen aus?«, fragte Kärnlund.

»Bis jetzt keine«, sagte Enquist. »Aber es muss mindestens einen geben. Der, der die Feuerwehr benachrichtigt hat. Die vom Notruf haben uns die Kopie des Gesprächs gemailt. Ich hab sie hier auf dem Overhead.«

Er stand auf und ging zum Projektor, schaltete ihn an, legte das Bild ein und stellte die Schärfe nach.

Das Telefongespräch war kurz gewesen.

03.36.10: *Hallo, ich wollte nur sagen, dass es im Bürgerhaus ziemlich schlimm brennt.*

03.36.15: *Aha. Um welches Bürgerhaus geht es? Wo?*

03.36.21: *In Surahammar.*

03.36.23: *Es brennt also im Bürgerhaus in Surahammar. Hab ich das richtig verstanden?*

03.36.29: *Ja. Auf der Rückseite qualmt es gewaltig.*

03.36.34: *Warten Sie am Telefon, bitte.*

Enquist zeigte mit dem Stift auf das Wort »bitte«.

»Hier unterbricht die Rettungsassistentin das Gespräch, um die Rettungsdienste zu alarmieren«, sagte er.

03.38.11: *Da bin ich wieder. Können Sie mir bitte Ihren Namen nennen und sagen, von wo Sie anrufen? Hallo? Hallo!*

03.38.32: (Das Telefongespräch wird abgebrochen.)

»Nach Angaben der Notrufzentrale hat die Person von einer Telefonzelle in der Fußgängerzone in Surahammar angerufen«, sagte Enquist. »Das Bürgerhaus liegt in der Fußgängerzone; wir können also feststellen, dass er vor Ort war. Dann könnte er natürlich mehr gesehen haben, als er gesagt hat. Ich habe mit der Dienst habenden Rettungsassistentin gesprochen.«

Er blätterte in seinen Notizen.

»Sie heißt Siv Skarp. Sie sagt, es muss eine Männerstimme gewesen sein, obwohl sie nicht ganz sicher ist, nachdem sie das Band noch einmal abgehört hat. Sie weiß nicht, warum das Gespräch abgebrochen wurde.«

»Das müssen wir alles herausbekommen«, sagte Kärnlund und wandte sich an Egon Jönsson, der links von ihm saß.

»Jönsson, du leitest die Gruppe. Enquist soll dazugehören, ich hab mit Hallstahammar gesprochen. Und du, Niklasson, bist auch dabei. Ihr drei bildet bis auf weiteres die Spezialgruppe. Anfangs wird Wiik euch helfen, sie nimmt die Hinweise entgegen und kann im Revier Surahammar sitzen, solange es nötig ist.«

Er sah Elina Wiik an. Dann glitt sein Blick weiter zu den anderen.

»Wer keine akuten Aufgaben hat, meldet sich bei Jönsson, um bei einer Türklopfaktion nach Zeugen suchen zu helfen. Dieser Fall hat im Augenblick Priorität.«

Eine Weile war es still im Raum. Egon Jönsson lehnte sich mit zufriedener Miene zurück. Jan Niklasson, der einige Jahre älter war als Elina und schon ein wenig länger zum Dezernat gehörte, saß mit aufgestützten Ellenbogen am Tisch, das Kinn auf die gefalteten Hände gestützt.

Elina war enttäuscht, dass sie nicht zur Gruppe gehören sollte. Nur die Hinweise aufzunehmen bedeutete, dass die anderen die interessantere Arbeit hatten.

Die Analyse des Materials. Genau das, was sie tun wollte.

»Wenn ich es richtig verstanden habe, stand das Gebäude schon in Flammen, als die Feuerwehr kam?«, fragte Niklasson, als ob er etwas sagen müsste, um seinen auserwählten Platz in der Gruppe zu rechtfertigen. »Das scheint mir darauf hinzudeuten, dass an mehreren Stellen Feuer gelegt wurde. Es ist ja ein großes Gebäude. Wie sonst konnte sich das Feuer so rasch ausbreiten?«

»Wir wissen ja nicht, wie lange es schon gebrannt hat, bevor der Alarm einging«, sagte Enquist. »Aber ich erinnere mich an eine Fernsehsendung nach dem Diskothekenbrand in Göteborg vor einigen Jahren. Man hat ein ähnliches Unglück in Irland rekonstruiert. Es ging unheimlich schnell, nachdem das Feuer erst einmal ausgebrochen war. Hatte etwas mit dem Erhitzungseffekt unter der Decke zu tun.«

Kärnlund stemmte die Handflächen auf den Tisch zum Zeichen, dass er sich erheben wollte.

»Wenn niemand mehr Fragen hat, wollen wir mal anfangen. Im Augenblick sind die Identifikation des Toten und Zeugenaussagen am wichtigsten. Eure Rapporte erwarte ich spätestens um drei, ich werde mich persönlich drum kümmern. Alle Medien wollten bereits Auskunft haben. Verweist die Leute an mich, falls ihr draußen angesprochen werdet. Wir müssen die Kontrolle darüber behalten, welche Informationen an die Öffentlichkeit gelangen.«

Drei der anderen Kriminalbeamten meldeten sich für die Befragungsaktion. Die Gruppe, sechs Männer und eine Frau, versammelte sich in der Garage des Präsidiums. Sie verteilten sich auf vier Polizeiwagen. Zehn Minuten vor neun bogen sie auf den Parkplatz südlich von der Fußgängerzone ein, weniger als hundert Meter vom

Bürgerhaus entfernt. Eine große Menschenansammlung stand vor der Absperrung und betrachtete die Verwüstung. Elina Wiik sah einen alten Mann weinen.

»Es ist beschämend, beschämend«, hörte sie ihn vor sich hin murmeln, als sie an ihm vorbeiging.

Sie hoben die Absperrbänder und betraten die Fußgängerzone. Ein uniformierter Polizist kam heran und salutierte kurz.

»Jönsson, Kriminalpolizei«, sagte Egon Jönsson, als ob das Vertrauen, eine Spezialgruppe leiten zu dürfen, schon einen Karriereschritt aufwärts bedeutete. »Haben sich Zeugen bei Ihnen oder einem Ihrer Kollegen gemeldet?«

»Nein«, antwortete der Polizist. »Vielleicht weiß Widell etwas, der steht dahinten. Er ist der Rettungsleiter.«

Die ganze Gruppe ging zu Kent Widell, dessen Augenlider schwer waren nach der Arbeit in der Nacht und am Morgen. Widell begrüßte Jönsson.

»Jetzt ist alles gelöscht«, sagte er. »Was da noch qualmt, ist nur Wasserdampf. Für die Spurensuche gibt es natürlich viel Arbeit. Der Tote wird gerade abtransportiert.«

Sie wurden von einem Mann, der etwa sechzig Jahre alt sein mochte, unterbrochen.

»Entschuldigung, wenn ich störe«, sagte er. »Ich heiße Evert Bergman und bin Sekretär beim Verein vom Bürgerhaus. Unser Büro ist ... war ... sozusagen hier.«

Er drehte sich zu den Überresten des Gebäudes um und schwieg eine Weile. Sein Gesicht verzog sich wie im Schmerz, meinte Elina Wiik zu erkennen.

Kein Wunder, dachte sie, sagte jedoch nichts.

»Da ist etwas, das beunruhigt mich besonders«, sagte Evert Bergman. »Es geht um Karl Johansson, unseren Hausmeister. Er hätte normalerweise um acht zur Arbeit erscheinen müssen. Seltsamerweise steht sein Auto auf dem Parkplatz, aber niemand scheint ihn gesehen zu haben. Ich habe herumgefragt. Und er meldet sich nicht an seinem Handy. Ich kann mir kaum vorstellen, dass er nicht hier wäre nach dem Schrecklichen, das passiert ist.«

Widell und die Männer von der Kripo sahen einander an.

»Wo wohnt der Hausmeister? Sagten Sie, er heißt Johansson?«, fragte Niklasson und wandte sich Evert Bergman zu.

»Er wohnt in Virsbo und pendelt jeden Tag mit dem Auto. Ich hab auch bei ihm zu Hause angerufen, aber da meldet sich niemand.«

»Könnte Johansson einen Grund gehabt haben, gestern Abend in Surahammar zu bleiben?«, fragte Enquist. »Und zum Beispiel im Bürgerhaus zu übernachten?«

»Nicht soweit ich weiß. Im Haus gab es keinen Schlafplatz. Warum fragen Sie das?«

»Wo steht sein Auto?«, fragte Egon Jönsson. »Können Sie es uns bitte zeigen?«

Bergman führte Jönsson und Enquist zum selben Parkplatz, wo die Polizeiwagen standen.

»Der da.« Evert Bergman zeigte auf einen roten Saab.

Jönsson beugte sich vor und schaute in den Innenraum. Dann prüfte er die Türen und ging um das Auto herum. Sein Blick blieb am rechten Vorderrad hängen.

»Der hat einen Platten«, sagte er.

»Seltsam«, sagte Evert Bergman leise zu sich selber und runzelte die Stirn. »Das versteh ich nicht. Was kann da passiert sein?«

»Wir haben einen Toten im Haus gefunden«, sagte Jönsson an Bergman gewandt, der zusammenzuckte. »Die Leiche ist sehr verbrannt, es wird also eine Weile dauern, ehe wir sie identifiziert haben. Vielleicht ist der

Hausmeister über Nacht geblieben, weil sein Auto einen Platten hatte?«

Bergman presste die Hände gegen die Brust. Er zitterte am ganzen Körper.

»Ich … ich weiß nicht.« Mehr brachte er nicht hervor.

Er fummelte an seinem Handy herum. Enquist nahm ihn am Arm und lotste ihn zurück zu Widell und den Kripobeamten.

»Ich habe Herrn Bergman erzählt, dass wir eine Leiche gefunden haben«, sagte Jönsson.

Kent Widell hielt ein Schlüsselbund in einem weißen Stofffetzen hoch.

»Einer der Spurensucher hat es an der Stelle gefunden, wo der Körper gelegen hat«, sagte er.

Evert Bergman machte einen Schritt vorwärts und starrte auf die Schlüssel.

»Die gehören Johansson«, stellte er fest. »Nur er läuft mit so vielen Schlüsseln im Haus herum. Das muss bedeuten … Guter Gott, der arme Johansson.«

Elina Wiik legte vorsichtig eine Hand auf Bergmans Schulter.

»Wir können nicht ausschließen, dass Johansson die Schlüssel gestohlen wurden«, sagte sie. »Aber das ist wohl unwahrscheinlich. Hatte Karl Johansson Angehörige?«

»Nein«, antwortete Evert Bergman. »Er hat allein gelebt und hatte keine Kinder. Seine Eltern sind tot, soweit ich weiß.«

»Wir müssen uns ein bisschen ausführlicher mit Ihnen unterhalten«, sagte Egon Jönsson zu Bergman, »über die Tätigkeit im Haus und anderes, am liebsten sofort. Können Sie mich zum Polizeirevier begleiten?«

»Ja, natürlich«, antwortete Bergman und sah verwirrt aus.

Jönsson wandte sich zu Niklasson um.

»Ich übernehme dieses Verhör«, sagte er. »Du kannst die Türklopfaktion organisieren. Und Wiik richtet die Hinweisannahme im Revier ein.«

Sie wollten schon gehen, als sie Widells Stimme hörten.

»Warten Sie mal!«, rief er. »Einige Ladenbesitzer in der Fußgängerzone möchten ihre Geschäfte öffnen. Für mich ist das in Ordnung, solange ihr den Brandplatz abgesperrt haltet.«

»Ich werde dafür sorgen«, sagte Jönsson und ging mit energischen Schritten weiter auf das Polizeirevier zu.

4

Aus dem Gespräch mit Evert Bergman ergab sich, dass das Bürgerhaus mehrere Organisationen beherbergt hatte. Im linken Flügel hatten die Arbeiterbewegung, eine Abteilung des Metallverbandes und einige kleinere Verbände ihre Büros gehabt. Im rechten Flügel war die Gemeindebibliothek untergebracht. Die Räume dazwischen waren an ein Restaurant verpachtet. Der Inhaber hieß Greger Hedåsen. Dann gab es noch einen großen Versammlungsraum, der für Konferenzen und Feste benutzt wurde.

In den letzten Monaten hatte Hedåsen im Versammlungsraum freitags eine Disko veranstaltet. Bergman hatte sich darüber gefreut, dass viele Jugendliche gekommen waren. Außerdem hatte die Vermietung etwas Geld in die Kasse gebracht. Die wirtschaftliche Lage des Bürgerhauses war angespannt und hing ganz und gar von den Beiträgen der Kommune ab. Da die Sozialdemokraten an der Macht waren, war die Unterstützung eigentlich nie in Frage gestellt worden.

Aber Surahammar war eine Abwanderungsgemeinde mit verringertem Steueraufkommen und in den letzten Jahren war der Beitrag gekürzt worden. Erhöhte Mieteinnahmen waren also dringend nötig, hatte Evert Bergman Egon Jönsson nachdrücklich erklärt.

Auf die Frage, wer einen Grund haben könnte, einen Brand im Bürgerhaus zu legen, hatte Bergman keine Antwort. Soweit er wusste, gab es keinen Angestellten oder ehemaligen Angestellten, der sich ungerecht behandelt fühlen könnte. Den Gedanken an eine politische Tat, gerichtet gegen die Arbeiterbewegung, wies er von sich.

Jönsson bekam eine Liste mit allen Personen, die sich häufig in den Räumen der Arbeiterbewegung aufhielten, Angestellte und Vertrauensleute. Evert Bergman zählte die Namen aus dem Gedächtnis auf.

Jönsson wollte Greger Hedåsen bitten, ihm eine entsprechende Liste für das Restaurant zur Verfügung zu stellen. Dann war da noch die Bibliothek; aber um die würde man sich zum Schluss kümmern. Alle, die sich täglich im Haus aufgehalten hatten, mussten verhört werden, ob ihnen vor dem Brand etwas aufgefallen war. Das würde eine langwierige Arbeit werden.

Elina Wiik hatte sich im Empfangsraum des Polizeireviers eingerichtet. Er war klein und normalerweise leer, da das Revier nur montags zwischen neun und vierzehn Uhr geöffnet hatte. Ein Schild verwies alle anderen Angelegenheiten an die Polizei in Hallstahammar.

Aber jetzt kam es darauf an, schnell Kontakt zu eventuellen Zeugen aufzunehmen. Elina Wiik hoffte auch, etwas über die Verhältnisse um das Bürgerhaus herum aufzuschnappen.

Man soll das Gerede der Leute nicht unterschätzen, dachte sie. Und auf das Unausgesprochene achten. Das, was dicht unter der Oberfläche eines Redestroms liegt.

Eine Weile hatte sie erwogen, ein Schild mit der Aufschrift »Hinweisannahme« aufzuhängen mit einem Pfeil, der auf das Polizeirevier zeigte, hatte es sich dann aber anders überlegt. Das Risiko, Lotto- und Totospieler anzuziehen, war zu groß.

Die Eingangstür wurde geöffnet. Elina hob den Blick und sah in ein Gesicht, das von einem großen runden Brillengestell beherrscht wurde.

»Es ist furchtbar«, jammerte die Frau. »Entsetzlich. Unser Bürgerhaus. Wie kann jemand so was machen, ein richtiger Frevel! Sie müssen versprechen, den Täter zu fassen.«

Elina versprach es. Auf dem Weg hinaus hielt die Frau einem Mann mit zurückgekämmtem dickem weißen Haar die Tür auf. Elina erkannte ihn wieder, er hatte in der Menschenansammlung vor der Absperrung gestanden. Er war es, der beim Anblick des abgebrannten Gebäudes geweint hatte.

»Sind Sie Polizistin?«, fragte er.

»Ja, das bin ich.« Sie stand auf und reichte ihm die Hand. »Ich bin Kriminal… Mein Name ist Elina Wiik«, sagte sie.

»Aha«, sagte der Mann.

Er erzählte vom ersten Mal, als er im Bürgerhaus in Surahammar gewesen war, im Mai 1935. In dem alten Haus, das wie eine Burg ausgesehen hatte, das abgerissen worden war. Das allererste Bürgerhaus von Surahammar war ein kleines rotes Haus aus Holz gewesen, südlich der Gemeinde, das vor einigen Jahren ebenfalls abgerissen worden war.

»Eine Zeit lang hatten wir hier drei Häuser gleichzeitig«, sagte er. »Jetzt haben wir gar keins mehr. Ich kann nicht verstehen…«

Der Mann beendete den Satz nicht.

Elina Wiik begriff, dass sie heute viele traurige Sozialdemokraten würde anhören müssen. Solange sie mich nicht von der Arbeit abhalten, macht es nichts, dachte sie. Vielleicht erfährt man ja auch nebenbei etwas Wichtiges.

Ihr fiel es nicht schwer, die Gefühle der Menschen zu verstehen. Der Mann vor ihr war vielleicht zehn Jahre älter als ihr Vater. Botwid Wiik war sein ganzes erwachsenes Leben lang Parteimitglied gewesen und hätte vermutlich auch geweint, wenn das Bürgerhaus von Barbaren zerstört worden wäre.

Im letzten Jahr hatte ihr Vater seinen siebzigsten Geburtstag gefeiert, und Elina war aufgefallen, wie wenig gebrochen er war trotz seines harten Lebens. Botwid Wiik war im Schwedisch sprechenden Teil von Österbotten geboren und als Kriegskind nach Schweden gekommen. Er war bei seinen Pflegeeltern geblieben und zwanzig Jahre lang Wald- und Hafenarbeiter in Norrbotten gewesen, bevor er nach Stockholm zog und sich zum Metallarbeiter umschulen ließ.

Der Grund für seinen Umzug hieß Maria, Elinas Mutter, die er auf einer Parteikonferenz kennen gelernt hatte. Da die Liebe groß und Maria alles nördlich von Gävle fremd gewesen war, hatte ihr Vater seine wenigen Besitztümer genommen und war nach Süden gezogen. Mit Mitte sechzig hatte er sich pensionieren lassen, da war er Vorarbeiter in der Werkstatt gewesen. Jetzt zog er Blumen in seinem Reihenhausgarten in Märsta und las Bücher. Er ging immer noch zu den Parteiversammlungen.

Elina verlor sich ein Weilchen in ihren Gedanken an den Vater. Ihr stärkstes Gefühl für ihn war Zärtlichkeit, und sie wünschte, sie würden sich öfter treffen. Mit ihrer Mutter, die bedeutend jünger war als ihr Mann, hatte sie ein eher kompliziertes Verhältnis gehabt, besonders in der Jugend. Aber seitdem Elina ihr eigenes Leben führte, verstanden sie sich gut.

Die folgenden Stunden waren genau so, wie Elina Wiik vermutet hatte. Viele erregte Menschen wollten mit der Polizei über das sprechen, was passiert war. Der eine oder andere entwickelte Verschwörungstheorien. Einige Personen waren Zeugen des Brandes gewesen, sie waren vom Lärm der Feuerwehr aufgewacht und hatten aus dem Fenster geschaut. Diesen Leuten hörte sie besonders genau zu. Aber niemand schien etwas zu wissen, was die Ermittlungen vorantreiben könnte.

Sie schrieb Namen und Adressen auf. Jönsson musste entscheiden, ob jemand von ihnen eingehender verhört werden sollte.

Um eins kam Niklasson zum Revier.

»Hunger, Wiik? Wir haben was auf die Schnelle gegessen; wenn du dich also jetzt stärken möchtest, kann ich dich eine Weile ablösen.«

»Ja, danke.« Elina stand sofort auf. »Was ist bei der Umfrageaktion an den Türen herausgekommen?«

»Wir haben viele angetroffen, die aufgewacht und nach draußen gegangen sind. Aber niemand scheint etwas Verdächtiges gesehen zu haben. Alle scheinen ganz und gar von dem Schauspiel gefangen gewesen zu sein. So ein großes Maifeuer hat hier wahrscheinlich noch niemand gesehen.«

Es war der 3. Mai und dieser Kommentar war nicht einmal deplatziert. Elina Wiik fühlte sich trotzdem beschämt und sah zu Boden.

Papa und all den Menschen, die heute Morgen hier waren, hätte das nicht gefallen, dachte sie. Hoffentlich redet er nicht so mit den älteren Leuten, die hierher kommen.

Aber sie behielt es für sich.

Sie verließ das Polizeirevier und suchte nach einer Salatbar oder etwas Ähnlichem. Fastfood wollte sie nicht. Mein Körper mag das nicht, hatte sie sich eingeredet. Außerdem war sie sehr zufrieden mit ihrer Figur; die wollte sie sich nicht durch Hamburger und Fritten verderben.

Nördlich der Fußgängerzone gab es zwei Kebablokale, die auch Salate anboten. Sie ging in das eine und bestellte sich die sättigendste Variante. Nachdem sie bezahlt hatte, fragte sie, ob man sich irgendwo draußen hinsetzen und essen könnte, und wurde zum Mitgårdspark hinter der Fußgängerzone verwiesen. Dorthin ging sie und setzte sich auf eine Bank. Auf der Nachbarbank saßen zwei offensichtlich betrunkene Männer.

Zwei Überbleibsel aus einer untergegangenen Fabrikgesellschaft, dachte sie.

Die Sonne schien von einem wolkenlosen Himmel, es war ein Gefühl, als sei der Sommer schon da. Als sie hinter sich schaute, sah sie gelbe Häuser aus Holz mit Gärten, die in zartem Grün leuchteten. Vor ihr lag das Bürgerhaus. Vom Gebäude war nur ein Skelett aus Ziegelsteinen übrig geblieben.

Nach fünfzehn Minuten kehrte sie zurück zum Revier.

»Jönsson ist unterwegs, um mit den Angestellten des Hauses zu sprechen«, sagte Niklasson. »Und demnächst kommt jemand von der Spurensuche aus der Stadt. Keine Ahnung, wer es ist. Ich mach jetzt mal weiter und klappere die Wohnungen ab.«

Niklasson erhob sich und ging hinaus.

Ein Journalist der *Vestmanlands Länstidningen* kam und fragte nach dem Stand der Ermittlungen. Elina Wiik verwies ihn auf die Pressekonferenz, die später am Nachmittag in Västerås stattfinden sollte.

Zehn Minuten nach zwei wurde die Tür geöffnet und ein Junge trat ein, der hinter dem Tresen des Empfangs kaum zu sehen war. Elina Wiik schaute auf, sagte aber nichts. Der Junge sagte auch nichts, schließlich brach Elina das Schweigen.

»Ja?«, sagte sie in fragendem Ton.

»Ich war das, der angerufen hat.«

»Wie bitte, was hast du gesagt?«

»Ich hab angerufen heute Nacht. Also die Feuerwehr.«

Im Bruchteil einer Sekunde waren alle anderen Gedanken aus Elina Wiiks Gehirn wie weggeblasen.

»Wann hast du angerufen und von wo?« Sie ließ ihn nicht aus den Augen.

Eine Frage zu viel, konnte sie gerade noch denken, da antwortete der Junge schon:

»Es war fünf nach halb vier, von der Telefonzelle in der Fußgängerzone.«

Zwei Richtige von zwei Möglichkeiten, dachte Elina. Im Radio hat er das nicht gehört. Und er hat eine etwas mädchenhafte Stimme. Es ist der richtige Junge.

Sie spürte eine leise Bewegung im Magen.

»Komm herein und setz dich«, forderte sie ihn auf und richtete den Notizblock auf dem Tisch aus.

Am liebsten hätte sie ihn sofort verhört, aber sie wusste, das war Jönssons Sache.

»Der Reihe nach«, sagte sie. »Wie heißt du?«

»Peter Adolfsson. Ich wohne an der 252, der Landstraße auf der anderen Seite vom Kanal. Soll ich erzählen, was ich gesehen habe?«

»Später. Ein Kollege wird sich um dich kümmern. Warum warst du nachts um diese Zeit unterwegs?«

»Ich bin Zeitungsbote. Morgens um halb vier hol ich die Zeitungen vorm Büro der *Länstidningen* ab. Sonntags natürlich nicht, da gibt's ja keine Zeitung. Und als ich mit dem Fahrrad in die Fußgängerzone fuhr, hab ich gesehen, dass es brennt, und hab angerufen.«

»Das hast du sehr gut gemacht. Würdest du bitte hier warten, mein Kollege ist im Augenblick nicht da. Er will sich bestimmt ausführlicher mit dir unterhalten. Es wird noch eine Weile dauern, das verstehst du hoffentlich.«

»Ich verstehe«, sagte Peter mit ernster Miene. »Ich bin bereit, zu erzählen, was ich weiß.«

Der Junge spricht einen Dialekt, dachte Elina, vielleicht aus Schonen, jedenfalls irgendeinen Dialekt aus dem Süden. Warum wurde das nicht bei unserer Morgenbesprechung erwähnt? Die Rettungsassistentin von der Leitzentrale muss das doch gehört haben. Es ist mindestens genauso wichtig wie zu wissen, dass er eine helle Stimme hat.

Sie nahm den Telefonhörer ab, rief Egon Jönsson auf seinem Handy an und erzählte ihm, was passiert war. Jönsson sagte, er werde innerhalb von fünf Minuten im Revier sein.

Als Erstes schaute Jönsson in Elina Wiiks Notizblock, als er kam.

»Du heißt also Peter Adolfsson und bist Zeitungsbote«, sagte er. Das klang eher wie eine Feststellung und nicht wie eine Frage. »Lass uns in das Zimmer dort gehen, ich möchte deine Zeugenaussage gern auf Band aufnehmen.«

Er führte den Jungen zu einem der Hinterzimmer. Dann kehrte er zu Elina zurück.

»Jetzt übernehme ich«, sagte er. »Kümmere du dich um die Leute hier, falls noch welche kommen. Und ruf Enquist an, ich möchte, dass er bei dem Verhör dabei ist. Adolfsson muss solange warten, bis er kommt.«

Jönsson sah auf die Uhr.

»Ich ruf inzwischen Kärnlund an und erstatte ihm Bericht«, murmelte er vor sich hin.

Oskar Kärnlund hatte die Pressekonferenz auf drei Uhr festgesetzt. Peter Adolfssons Auftauchen könnte vielleicht bedeuten, dass sie in den Ermittlungen einen Schritt vorankamen, aber das konnte er den Journalisten nicht sagen. Eine Bestätigung, dass es sich bei dem Toten im Bürgerhaus um den Hausmeister Karl Johansson handelte, hatte er auch noch nicht bekommen. Sie hatten den Medien nicht viel zu sagen.

Die Pressekonferenz war gut besucht. Außer der *Vestmanlands Länstidningen*, die drei Reporter und einen Fotografen geschickt hatte, waren Fernsehteams zur Stelle.

Das eine Team war vom regionalen Nachrichtensender, das andere von TV4. Das Lokalradio war mit zwei Leuten vertreten, beides junge Frauen. Eine von ihnen wollte direkt senden, die andere wollte Interviews für die späteren Nachrichtensendungen machen. Außerdem war der Redakteur der Sendereihe »Die Arbeit« von P1 da, ein Programm, das von Västerås gesendet wurde. Er wollte Geräusche zu einem Beitrag über das Arbeitsmilieu der Polizei aufnehmen. Stockholms Abendzeitungen hatten Reporter und Fotografen geschickt, aber von den Morgenzeitungen des Landes ließ sich kein Journalist blicken.

Oskar Kärnlund begrüßte sie.

»Ich muss Ihnen leider mitteilen, dass wir einen Toten im Gebäude gefunden haben«, sagte er dann. »Die Person ist stark verbrannt und bis jetzt konnten wir sie noch nicht identifizieren. Unsere Spurensicherung sowie die des Rettungsdienstes vor Ort arbeiten fieberhaft daran, um die Brandursache herauszufinden. Es ist allerdings noch zu früh, um zu sagen, zu welchem Ergebnis sie kommen werden. Sonst gibt es in diesem Augenblick nicht viel zu berichten. Aber ich will gern auf Fragen antworten, wenn ich es kann.«

Mehrere Leute erhoben ihre Stimme, aber wie üblich gewann der Polizeireporter der *Länstidningen* den Kampf ums Wort.

»Deutet schon etwas darauf hin, dass es sich um Brandstiftung handelt?«, fragte der Reporter.

»Unseren derzeitigen Ermittlungsstand kann ich nicht kommentieren«, sagte Kärnlund. »Aber wir arbeiten jedenfalls mit der These Brandstiftung.«

»Haben Sie einen Verdacht oder sehen Sie einen Zusammenhang mit früheren Brandstiftungen in Surahammar?«, fuhr der Reporter fort.

»Sie denken an die Brände, die sich vor einigen Jahren ereignet haben? Die alte Kirche, die 1998 abgebrannt ist, der Västsura Herrenhof und einiges mehr. Das ist jetzt drei Jahre her, eine Verbindung kann also nicht ohne weiteres hergestellt werden. Die Fälle sind außerdem ungelöst, liefern uns also keine direkte Spur. Aber wir schließen natürlich nichts aus. Wir werden die Ergebnisse der technischen Untersuchungen im Bürgerhaus mit den Erkenntnissen früherer Brände vergleichen.«

Es folgten mehrere Fragen nach dem Toten, der gefunden worden war. Nach zwanzig Minuten, als die Fragen zu versiegen schienen, ertönte von den hinteren Stuhlreihen eine laute und deutliche Stimme, die viele im Raum kannten. Es war die von Ernst Gunnarsson, dem Redakteur von »Die Arbeit«.

»Im Entree vom Bürgerhaus fand eine Ausstellung gegen Rassismus statt«, sagte er. »Ich weiß zufällig, dass es eine kleine Gruppe von Neonazis beeinflusste Jugendliche im Ort gibt. Haben Sie die verhört?«

Oskar Kärnlund schwieg eine Weile, als würde er darüber nachdenken, was er antworten sollte. Von den Neonazis wusste er nichts. Die Sicherheitspolizei hatte keinen Ton darüber verlauten lassen, und soweit er wusste, waren in Surahammar keine rassistisch oder politisch geprägten Verbrechen vorgekommen.

»Ich kann Ihnen leider nichts darüber sagen, wen wir verhört haben«, antwortete er und stützte die Handflächen auf den Tisch, das übliche Zeichen, dass es jetzt Zeit war, sich zu erheben. Aber Gunnarssons Frage löste einen Sturm von weiteren Fragen der beiden Reporter von den Stockholmer Abendzeitungen aus, die eine neue Tendenz für ihre Artikel witterten. Als diese beiden begriffen, dass sie von Dezernatchef Kärnlund nicht mehr erfahren würden, verließen sie rasch die Pressekonferenz und fuhren mit ihren Autos nach Surahammar. Es kam darauf an, als Erster die Nazibrut zu finden.

Kurz nach sechs beschloss Elina Wiik, nach Hause zu fahren. In der letzten halben Stunde war niemand mehr gekommen. Sie sah, dass die Fußgängerzone fast menschenleer war. Jönsson war schon vor zwei Stunden gegangen. Elina war neugierig, was das Verhör von Peter Adolfsson ergeben hatte, aber da Jönsson Adolfsson hinausbegleitet hatte und danach nicht mehr zurückgekehrt war, hatte sie ihn nicht fragen können.

Während sie ihre Sachen einpackte, kamen Niklasson und die drei anderen Kriminalbeamten, die an der Türklopfaktion beteiligt gewesen waren.

Wie auf Bestellung, dachte Elina.

Sie hatte keinen Schlüssel zu einem der beiden Autos, die noch da waren, nachdem Jönsson weggefahren und Enquist mit seinem Auto nach Hallstahammar aufgebrochen war.

»Wir hören jetzt auf«, sagte Niklasson. »Du kannst mitfahren, Wiik.«

Auf dem Heimweg berichtete Elina von ihrem Eindruck, den sie von Peter Adolfsson hatte. Niklasson sagte, ihre Aktion habe nichts ergeben, was sie weiterbrächte. Dann schwiegen sie. Elina sah Niklasson von der Seite an, während er fuhr.

Vermutlich um die fünfunddreißig, dachte sie, hübscher Kerl. Möchte wissen, ob er verheiratet ist. Dann dachte sie an Martin und musste lachen. Niklasson war vor ihren Augen geschrumpft.

»Worüber lachst du?«, fragte Niklasson.

»Nichts«, antwortete Elina und schlug die Beine übereinander. »Gar nichts.«

5

Die Uhr im Stadthausturm schlug jede Stunde, nicht damit die Einwohner wussten, was die Stunde geschlagen hatte, denn schon das kleinste Kind, das Zahlen lesen konnte, besaß eine Armbanduhr, sondern um gleichsam zu vermitteln, dass alles ruhig war. Dass die Obrigkeit über die Ihren wachte. In dieser Beziehung unterschied sich das Stadthaus von Västerås nicht vom Polizeipräsidium.

Genau wie das Präsidium war das Stadthaus ein graues Viereck. Aber während das Polizeigebäude verschlossen wirkte, öffnete sich das Stadthaus für die Allgemeinheit. Die Eingangstreppe weitete sich zu einem kleinen Platz. Die Steinfassade ließ das Gebäude lebendig wirken. In Västerås sprachen die Häuser zu den Bewohnern der Stadt.

Als Egon Jönsson sich den Betonmauern des Präsidiums näherte, schlug die Stadthausuhr sieben. Er kurbelte das Seitenfenster seines Volvo 740 hoch, parkte vor dem Eingang und ging hinein. Es war Freitag, der 4. Mai. Man hatte ihm eine Abschrift vom Verhör mit Peter Adolfsson versprochen, obwohl er das Band erst gestern kurz nach vier abgeliefert hatte. Jetzt hatte er noch eine Stunde Zeit, darüber nachzudenken, was nun zu tun war.

Bei der 8-Uhr-Besprechung musste er seine Beschlüsse bekannt geben. Er würde zweifellos die Hauptperson der Besprechung sein.

Er erreichte mit Hilfe seines Ausweises den Korridor des Kriminaldezernats und ging zum Postfach. Die Abschrift steckte in einem Kuvert. Auf dem Weg zu seinem Zimmer öffnete er den Umschlag. Er setzte sich auf seinen Bürostuhl und begann zu lesen. Es war eine wortgetreue Abschrift dessen, was gesagt worden war.

Frage: Du, Peter, wirst wegen des Verdachts der Brandstiftung im Bürgerhaus in Surahammar als Zeuge verhört. Mein Kollege, Kriminalkommissar Erik Enquist, ist dabei, um zu helfen. Wollen wir mit den Angaben zur Person beginnen? Kannst du mir bitte deinen vollständigen Namen und deine Adresse nennen?

Antwort: Ich heiße Peter Bertil Adolfsson und wohne in Åsen hier bei Surahammar. Es ist das Dorf an der 252 auf der anderen Seite vom Kanal. Meine Adresse ist Box 5, Åsen, Surahammar. Die Postleitzahl kenne ich nicht.«

F: Wie alt bist du?

A: Ich wurde am 23. April 1983 geboren.

F: Dann bist du also gerade achtzehn geworden. Kannst du uns ein bisschen mehr von dir erzählen, bei wem du wohnst, von deinem Beruf und so weiter?

A: Ich wohne bei meinen Eltern, zusammen mit einem Bruder und einer Schwester. Wir sind hierher, warten Sie mal, vor bald vier Jahren gezogen. 1997. Ich arbeite als Zeitungsbote.

F: Wo hast du früher gewohnt?

A: Wir kommen aus Blekinge. Meine Geschwister und ich sind dort aufgewachsen. Meine Eltern auch.

F: Und wie lange arbeitest du schon als Zeitungsbote?

A: Seit ungefähr einem Jahr. Vor zwei Jahren bin ich aus der Neunten von der Schule abgegangen und war ein Jahr lang arbeitslos. Dann hab ich diesen Job gekriegt.

F: Du bist also seit einem Jahr Zeitungsbote. Welche Berufe haben deine Eltern?

A: Vater arbeitet in der Fabrik, meine Mutter ist zu Hause, aber manchmal springt sie beim Zeitungaustragen ein, wenn jemand von den anderen krank ist oder freihat.

F: Hast du tagsüber noch einen Job?

A: Nein, ich krieg keinen. Manchmal verteile ich Werbung. Aber ich würde gern Autoverkäufer werden.

F: Trägst du immer im selben Bezirk Zeitungen aus?

A: Ja, im Zentrum, aber ich tausche oft mit meinem Bruder, der ist auch Zeitungsbote.

F: Er auch? Wo ist sein Bezirk?

A: Er hat Nybygget und ein paar Häuser unterhalb.

F: Nybygget? Wo ist das?

A: Das ist das Neubaugebiet im Norden. Aber da stehen jetzt viele Wohnungen leer.

F: Ihr tauscht also manchmal miteinander. Ist es nicht schwer, sich an alle Straßen und Abonnenten zu erinnern?

A: Ich kenne alle Straßen in Surahammar und erinnere mich an alles. Wir tauschen nur so zur Abwechslung.

F: Wie alt sind deine Geschwister?

A: Mikael ist siebzehn, ja, er wird bald siebzehn, und Stina ist dreizehn.

F: Dann können wir vielleicht zu dem übergehen, was heute Morgen passiert ist. Erzähl bitte so viel wie möglich mit deinen eigenen Worten. Fang damit an, wie du von zu Hause weggefahren bist.

A: Ich bin kurz vor halb vier mit dem Fahrrad von zu Hause weggefahren. Das mache ich jeden Morgen, außer sonntags, da gibt es keine Zeitungen. Ich bin über den Kanal gefahren und dann nach rechts zur Köpmangatan abgebogen. Als ich die Fußgängerzone erreichte, merkte ich, dass es nach Rauch roch. Dann sah ich ihn auch schon von der Rückseite vom Bürgerhaus aufsteigen. Als ich näher rankam, sah ich auch das Feuer. Ein ziemlich großes Feuer. Da hab ich also mein Fahrrad an der Telefonzelle in der Fußgängerzone abgestellt und 112 gewählt.

F: Was hast du dann getan?

A: Ich hab mein Fahrrad zur Länstidningen geschoben, es waren nur noch ein paar Meter. Ich steckte die Zeitungen in die Fahrradtaschen. Dann bin ich losgefahren, um die Zeitungen auszutragen.

F: Warum hast du deinen Namen nicht genannt, als du 112 angerufen hast?

A: Sie hat nicht danach gefragt.

F: Nach der Abschrift, die ich hier habe, hat sie es aber getan.

A: Das hab ich nicht gehört. Sie war mehrere Minuten weg und da hab ich aufgelegt, ich musste doch Zeitungen austragen.

F: Ah ja. Ist das auch der Grund, warum du nicht auf die Feuerwehr gewartet hast?

A: Ja.

F: Was hast du dann gemacht?

A: Ich hab die Zeitungen ausgetragen und dann bin ich nach Hause gefahren und hab mich schlafen gelegt.

F: Du bist nicht zum Bürgerhaus gefahren, um zu gucken, bevor du nach Hause gefahren bist?

A: Nein, da schien das Feuer gelöscht zu sein.

F: Warum hast du dich jetzt erst bei uns gemeldet?

A: Zuerst hab ich geschlafen, dann wusste ich nicht, was ich tun sollte. Aber dann hab ich beschlossen, hierher zu kommen.

F: Hast du irgendwas Ungewöhnliches beobachtet, etwas, was vielleicht mit dem Feuer zusammenhängt?

A: Etwas Ungewöhnliches? Ja, vor dem Eingang zur Fußgängerzone parkte ein Auto. Da stehen sonst nie Autos und ich musste darum herumfahren.

F: Ein Auto? Meinst du den nördlichen Zugang? Und hat das Auto schon da gestanden, bevor du gesehen hast, dass es brennt?

A: Ja, genau.

F: Hat jemand in dem Auto gesessen?

A: Ich konnte nichts sehen, es hatte getönte Scheiben.

F: Das hast du also registriert. Hast du eine Ahnung, welcher Typ Auto es war?

A: Es war ein Mercedes 280 SE, Baujahr zwischen 1973 und 1980.

F: Was? Wieso bist du so sicher?

A: Ich interessiere mich für Autos. Ich kenne alle Automarken. Besonders BMW und Mercedes. Ich kenne alle Modelle. Ein 280 ist leicht zu erkennen. Dieser hat liegende Scheinwerfer, und das hatten nur die 280, die in den Jahren 1973 bis 1980 gebaut wurden. Der Grill sieht auch noch besonders aus.

F: In welche Richtung war das Auto geparkt?

A: Mit der Front zum Kanal. Ich bin an der Vorderseite an ihm vorbeigefahren.

F: Welche Farbe hatte es? War es verrostet oder ist dir etwas anderes aufgefallen, was nichts mit dem Modell an sich zu tun hat?

A: Das Auto war schwarz, ein wenig schmutzig, glaub ich, aber nicht verrostet.

F: Warte mal – wenn du an der Vorderfront vorbeigefahren bist, hast du da nicht gesehen, ob jemand im Auto saß? Die Frontscheibe kann doch nicht getönt gewesen sein.

A: Ich hab mehr auf das Auto geachtet. Ich weiß es nicht. Aber es könnte jemand dringesessen haben. Wenn ich's mir recht überlege, hab ich eine Person am Steuer gesehen. Aber ich bin nicht sicher.

F: Erinnerst du dich noch an etwas anderes, was mit dem Auto zu tun hat?

A: Nein, ich glaube nicht.

F: Du weißt also nicht, wem es gehört?

A: Nein.

F: Dann lassen wir jetzt die Sache mit dem Auto. War noch ein anderer Zeitungsbote an diesem Morgen vor der Länstidningen zugegen?

A: Nein. Wir fangen zu verschiedenen Zeiten an. Das können wir selbst entscheiden, wir müssen nur vor sechs mit dem Austragen fertig sein. Außerdem bin ich der Einzige, der die Zeitungen vor dem Büro abholt. Oder mein Bruder, wenn er mein Gebiet übernimmt. Der Lieferwagen verteilt die Zeitungen an verschiedenen Stellen im Ort. Es hängt davon ab, wo die Zeitungsboten wohnen und wo die Zeitungen ausgetragen werden sollen.

F: Hast du andere Leute in der Fußgängerzone gesehen?

A: Ja, mir ist jemand entgegengelaufen gekommen.

F: Ach? Kannst du genau schildern, wo du ihn gesehen hast?

A: Er kam von Norden, dort, wo das Bürgerhaus ist.

F: Wenn ich dich richtig verstehe, ist er sozusagen von der Rückseite des Bürgerhauses gekommen und die Fußgängerzone hinaufgelaufen, links von dir?

A: Ja.

F: Wohin ist die Person dann gegangen?

A: Ich weiß nicht, aber er ist mir jedenfalls nicht gefolgt.

F: Du bist in südliche Richtung durch die Fußgängerzone gefahren. Könnte er nach Norden gelaufen sein, zum Beispiel zu dem Auto, das du beschrieben hast?

A: Ich nehme es an. Aber ich habe ihm nicht hinterhergeguckt.

F: Kannst du diesen Mann beschreiben? Du sagst ›er‹, also gehe ich davon aus, dass es ein Mann war.

A: Ja, er war vielleicht 1,75, ziemlich dünn. Er trug schwarze Jeans und eine Kappe, den Schirm nach vorn. Vielleicht um die 25. Er trug einen Kanister in der Hand, über der Schulter. Ich kann es mal zeigen.

F: Wir nehmen zu Protokoll, dass der Zeuge Peter jetzt zeigt, wie der Mann den Kanister in der rechten Hand hielt. Die Hand ruht auf der rechten Schulter, die Handfläche nach oben gekehrt, der Kanister hängt auf dem Rücken. – Hast du gesehen, was für eine Art Kanister das war?

A: Ein ganz gewöhnlicher 5-Liter-Benzinkanister aus Plastik. Er war grün.

F: Bist du dir sicher?

A: Ich hab es deutlich gesehen.

F: Kam dir dieser Mann irgendwie bekannt vor?

A: Nein, ich weiß nicht, wer es war.

F: Hast du sein Gesicht gesehen? Kannst du sein Aussehen etwas näher beschreiben?

A: Er hatte den Schirm ins Gesicht gezogen, das Gesicht konnte ich nicht sehen. Es war dunkel.

F: Könnte das Gesicht selber dunkel gewesen sein, die Haut also?

A: Ich weiß es nicht. Vielleicht.

F: Fällt dir noch etwas zu diesem Mann ein?

A: Nein. Doch, er trug Turnschuhe. Und Handschuhe, Arbeitshandschuhe. Wir haben die gleichen zu Hause. Er trug jedenfalls einen Handschuh an der Hand, mit der er den Kanister hielt.

F: Du sagst, du hast Rauchgeruch bemerkt und dann hast du einen Mann mit einem Benzinkanister gesehen, dann die Flammen, die aus dem Bürgerhaus schlugen. Warum hast du dich nicht umgedreht und geschaut, wohin der Mann ging?

A: Ich weiß es nicht. Wahrscheinlich hatte ich Angst.

F: Hast du sonst noch etwas Auffallendes bemerkt?

A: Ich glaube nicht.

F: Dann danken wir dir für deine Aussagen, Peter. Wir möchten, dass du für uns erreichbar bist. Du hast doch keine Pläne, zu verreisen?

A: Nein, ich bleibe in Surahammar.

F: Hinterlass uns bitte deine Telefonnummer. Und auch dein vollständiges Personenkennzeichen. – Das Verhör ist um 15.58 Uhr beendet.

Egon Jönsson legte die Abschrift auf den Schreibtisch. Er hatte alle Fragen gestellt, Enquist hatte nur dabeigesessen und zugehört.

Jönsson hob den Telefonhörer und tippte die Polizeinummer der Autoregistrierung. Er meldete sich mit seinem Titel und Namen und hinterließ seine E-Mail-Adresse.

»Ich brauche eine Liste von allen Mercedes 280 des Baujahrs 1973 bis 1980 im ganzen Land«, sagte er. »Und ich brauche sie unbedingt vor acht Uhr.«

Er nahm einen Notizblock und einen Stift aus der obersten Schreibtischschublade. »KANISTERMANN = TÄTER«, schrieb er in Versalien. Dann fügte er »VAGE BESCHREIBUNG« hinzu und »TÜRAKTION. NACH DEM AUTO FRAGEN«.

Dann hob er noch einmal den Telefonhörer ab und wählte eine Nummer.

»Spurensicherung, Per Eriksson«, meldete sich ein Mann am anderen Ende der Leitung.

»Egon Jönsson von der Kripo«, sagte Jönsson. »Es geht um den Brand im Bürgerhaus in Surahammar. Ich habe einen Zeugen, der hat ungefähr zu der Zeit, als das Feuer ausbrach, einen Mann mit einem Benzinkanister gesehen. Es scheint also eine feuergefährliche Flüssigkeit im Spiel zu sein.«

»So was verbrennt. Ist bei der technischen Untersuchung manchmal schwer nachzuweisen. Aber verbranntes oder verdunstetes Benzin hinterlässt Spurenelemente, ganz unmöglich ist es also nicht.«

»Spurenelemente?«

»Ja, Metalle. Ich werde die Information an die Jungs da draußen weitergeben.«

Die Liste mit den Autos kam fünf Minuten vor acht. Jönsson druckte sie aus und ging zum Besprechungszimmer. Die Gruppe war fast vollzählig versammelt. Jan Niklasson und Erik Enquist waren auch schon da. Er drehte sich in der Tür um und sah Elina Wiik hinter sich kommen.

»Seit gestern Nachmittag ist nichts Nennenswertes mehr passiert«, sagte sie, bevor sie den Raum betraten. »Aber was hast du aus dem Jungen herausgekriegt?«

»Das erfährst du gleich«, sagte er und wedelte mit den Papieren.

Oskar Kärnlund knöpfte seinen Hemdkragen auf, der ihn zu erwürgen drohte, und ging sofort zur Tagesordnung über.

»Wir fangen mit dem Brand an«, sagte er. »Dann können die, die damit beschäftigt sind, gehen. Wir anderen haben noch einiges zu besprechen, da braucht ihr nicht dabei zu sein.«

Er beugte sich vor und legte die Hände auf den Tisch.

»Als Erstes muss ich euch mitteilen, dass wir jetzt die Bestätigung haben, dass Hausmeister Karl Johansson bei dem Feuer ums Leben gekommen ist. Als wir erst einmal seinen Namen hatten, war es leicht, seinen Zahnarzt ausfindig zu machen; Enquist hat gestern am frühen Nachmittag mit ihm gesprochen. Der Gerichtsmediziner sagt, der Zustand der Zähne von der Leiche ist identisch mit Johanssons Zähnen. Der Tote hatte kaum Angehörige, aber wir haben eine Schwester in Borlänge gefunden. Ich habe die Kollegen dort gebeten, ihr die Nachricht zu überbringen. Sie waren so nett, die Aufgabe zu übernehmen. Sobald das erledigt ist, hoffentlich jetzt bald, gebe ich die Mitteilung für die Medien frei.«

Kärnlund wandte sich an Jönsson.

»Jetzt kannst du übernehmen.«

Jönsson erhob sich, kratzte sich am Ohr und packte das Bündel Papier mit beiden Händen.

»Die Befragungsaktion an den Türen hat nichts Besonderes ergeben«, begann er. »Aber am Nachmittag erschien ein Junge namens Peter Adolfsson auf dem Polizeirevier in Surahammar. Ich habe ihn sofort verhört und halte hier die Abschrift in den Händen. Ich muss sagen, er war einer der besten Augenzeugen, die ich seit langem gehabt habe. Er erinnerte sich an vieles und hatte die Details im Griff.«

Jönsson berichtete von den Angaben über den Kanistermann und das Auto.

»Laut Autoregister gibt es 1 102 Mercedes 280 SE dieser Baujahre im ganzen Land. Aber über 800 davon sind bereits abgemeldet, sodass nur ...«

Er blätterte in seinen Papieren.

»... noch 278 auf unseren Straßen rollen. Man könnte natürlich annehmen, der Zeuge irre sich, aber er schien seiner Sache ziemlich sicher zu sein, außerdem kann man ja überprüfen, ob seine Beschreibung mit dem Automodell übereinstimmt. Unter allen Umständen müssen wir von den Autos ausgehen, die auf dieser Liste stehen. Von den 278 Wagen gibt es sieben in Västmanland, davon fünf in Västerås und zwei in Surahammar. Es könnte natürlich auch eins der abgemeldeten Autos gewesen sein, aber ich finde, wir fangen mit diesen sieben und ihren Besitzern an.«

»Gut, Jönsson«, sagte Kärnlund. »Sonst noch was?«

»Nein. Den Rest können wir in der Gruppe besprechen. Ich bin der Meinung, dass wir die Befragung an den Wohnungstüren genauso weiterführen wie gestern. Jetzt haben wir ja etwas, wonach wir fragen können. Vielleicht haben noch mehr Leute den Mercedes oder den Mann mit dem Kanister gesehen.«

Zusammen mit Jönsson verließen Niklasson, Enquist, drei neue freiwillige Türklopfer und Elina Wiik den Raum. Sie war nicht ganz sicher, ob Jönsson wollte, dass sie die Hinweisannahme auch heute fortsetzen sollte. Sonst könnte sie sich an der Befragungsaktion beteiligen. Sie gingen in Jönssons Zimmer. Jönsson und Niklasson setzten sich auf die beiden Stühle, die es dort gab, die anderen hatten Stehplätze.

»Wir konzentrieren uns jetzt auf die Häuser nördlich und östlich von der Fußgängerzone«, sagte Egon Jönsson. »Dort ist die Chance am größten, dass jemand das Auto oder den Kanistermann gesehen hat. Wiik nimmt weiter Hinweise auf dem Revier entgegen. Wir müssen außerdem mit mehr Leuten reden, die mit dem Bürgerhaus in Verbindung standen, aber das kann noch ein wenig warten.«

Er wandte sich an Niklasson.

»Hör dich mal bei der Verkehrspolizei um, ob die in der Brandnacht Alkoholkontrollen im Bezirk durchgeführt haben. Vielleicht haben sie einen Mercedes erwischt. Und frag die Patrouille, ob sie unterwegs so ein Auto gesehen haben. Wie hießen die Kollegen noch?«

»Karlsson und Agestål«, sagte Niklasson.

»Frag auch beim Rettungsdienst nach, wenn du schon mal dabei bist«, sagte Jönsson. »Die waren nach dem Anruf als Erste vor Ort. Enquist, wir beide überprüfen die Autobesitzer.«

Er blätterte in den Papieren.

»Nach dem Registerausdruck sind zwei der Autos in Västerås grün. Der Rest ist schwarz. Die grünen können natürlich neu lackiert worden sein, nachdem sie registriert wurden, das müssen wir überprüfen. Wir gehen systematisch vor.«

»Wie heißen die Besitzer?«, fragte Enquist. »Vielleicht kenn ich einen von denen, die in Surahammar wohnen.«

Jönsson fuhr mit dem Finger an den Zeilen entlang.

»Der eine heißt Andreas Mårtensson. Er ist 1977 geboren. Wie alt ist er dann jetzt?«

»Vierundzwanzig«, sagte Elina.

»Das stimmt gut mit dem Alter vom Kanistermann überein. Der zweite ist jemand mit ausländischem Namen, Ismail Mehmedović. Das klingt jugoslawisch, finde ich. Alle Fußballspieler von dort haben Namen, die auf -ić enden. Er wurde 1961 geboren.«

»Die Namen sagen mir nichts«, sagte Enquist. »Aber vielleicht gibt das Register was her.«

»Okay«, sagte Jönsson. »Wenn du die Kollegen und die Leute von der Feuerwehr befragt hast, machst du mit der Türklopfaktion weiter, Niklasson. Wollen wir anfangen?«

6

Elina Wiik empfand keinen Enthusiasmus für die Arbeit des Tages. Die Chance, dass sich bei der Annahme der Hinweise etwas ergeben könnte, schien gering. Da waren die Voraussetzungen für die Befragung an den Türen schon besser. Andererseits war Peter Adolfsson auf dem Revier erschienen. Seine Angaben hatten dazu geführt, dass sie konkreteren Fragen nachgehen konnten. Aber ihre Rolle in dem Ganzen erschien ihr gar zu passiv. Bestenfalls war sie eine Zuhörerin. Nicht eine Denkerin oder Sucherin. Nicht das, was sie sein wollte. Sie fuhr mit ihrem eigenen Auto, es war ein drei Jahre alter Micra, nach Surahammar und parkte vor dem Polizeirevier. Sie steckte die Autoschlüssel in die Hosentasche und schaute zur Fußgängerzone. Dann beschloss sie, zum Bürgerhaus zu gehen. Die blauweiß gestreiften Absperrbänder hingen durch, waren aber noch nicht entfernt. Ein uniformierter Polizist war nicht zu sehen, aber die Leute von der Spurensicherung waren schon bei der Arbeit. Sie hörte, wie sie sich hinter den Resten der Ziegelsteinfassade unterhielten. Sie blieb stehen und schaute fast fünf Minuten hin.

Man muss sich das Gefühl für das Verbrechen bewahren, dachte sie. Jemand hat Feuer gelegt. Dort drinnen ist ein Mensch ums Leben gekommen.

Die Fußgängerzone war fast menschenleer. Elina sah sich um. Gegenüber vom Bürgerhaus gab es zwei Supermärkte. Aber die Schaufenster des einen Ladens waren leer. Das Geschäft war aufgegeben worden. Für die Bewohner von Surahammar reichte offenbar ein Supermarkt im Zentrum.

Vor einem Zeitungsladen, der in einem normalen Mietshaus untergebracht war, hingen Schlagzeilenplakate. Elina las die Überschriften. Drei handelten vom Brand. Die *Länstidningen* teilte mit, dass eine Person tot aufgefunden worden war und Werte für über zwanzig Millionen verbrannt waren. Die Aushänger der beiden Abendzeitungen enthielten die Ausdrücke »Nazis« und »Bürgerhaus« in fetten Buchstaben. Im Weiteren unterschieden sie sich ein wenig. Die eine Zeitung brachte das Wort »Brandstiftung« in gleich großer Schrift, während die andere sich mit einem etwas kleineren »Großbrand« begnügte. Elina ließ es, das Kleingeschriebene zwischen dem Fettgedruckten zu lesen.

Jan Niklasson war zwanzig Minuten später von Västerås losgefahren, zusammen mit seinen drei Kollegen, die die Türen abklappern sollten. Vorher hatte er Agestål erreicht. Weder er noch Karlsson konnten sich erinnern, in der Brandnacht einen großen Mercedes gesehen zu haben. Der Bescheid vom Rettungsdienst würde noch auf sich warten lassen, da es sich um eine große Anzahl von Feuerwehrleuten aus vier verschiedenen Orten handelte, die kurz nach dem Alarm im Einsatz gewesen waren.

Sie teilten die Straßen unter sich auf und fingen an. Niklasson ging zusammen mit Henrik Svalberg, einem jungen Kriminalassistenten, der gerade erst im Dezernat angefangen hatte.

»Was hältst du von der Sache?«, fragte Svalberg, der noch nie an so einer Befragungsaktion teilgenommen hatte.

Niklasson schaute an einem dreistöckigen Haus hinauf.

»Hier wohnen viele alte Leute. Ich bezweifle, dass einer von ihnen etwas gesehen hat. Wir müssen auf Schlafprobleme hoffen und auf Hunde, die mal rausmüssen.«

Er wandte sich zu Svalberg.

»Ich finde, wir arbeiten uns von unten nach oben die Treppen rauf«, sagte er. »Falls jemandem hinterher noch was einfällt, kann er uns auf dem Weg nach unten abfangen. Dann brauchen sie uns nicht hinterherzulaufen. Viele sind geistig wahrscheinlich beweglicher als mit ihren Beinen.«

Die beiden ersten Stunden der Befragungen ergaben nichts. Niklasson hatte Recht gehabt; die meisten, die die Tür öffneten, waren Rentner. Viele wohnten allein. Alle außer einem hatten die Feuersbrunst verschlafen. Der Einzige, der behauptete, wach gewesen zu sein, hatte nichts gesehen. Niemand wusste etwas über den Mercedes.

»Eugenia Lindberg«, las Svalberg an einer Tür im dritten Stock eines roten Ziegelsteinhauses. Eine grauhaarige Dame mit Hörgeräten in beiden Ohren öffnete die Tür.

»Wie bitte? Ich hab keinen Mercedes!«, schrie sie, nachdem sie sich Svalbergs Ausführungen angehört hatte. »Ist er gestohlen worden?«

Svalberg machte einen Schritt rückwärts und antwortete, das glaube er nicht.

»Möchte wissen, wie sie die Treppen schafft«, sagte er zu Niklasson, als die alte Dame die Tür geschlossen hatte.

In der Nachbarwohnung lebte M. Mattila, dem Namensschild auf dem Briefeinwurf nach zu urteilen. Ein hellhaariger Mann um die dreißig öffnete die Tür. Niklasson stellte sich vor.

»Matti«, sagte der Mann, ohne zu erklären, ob es sein Vorname oder eine Abkürzung des Nachnamens war.

»Es geht um den Brand im Bürgerhaus«, sagte Niklasson.

»Das hab ich mir schon gedacht. Kommen Sie herein, wie kann ich Ihnen helfen?«, sagte der Mann, der sich Matti nannte.

Er sprach ohne den leisesten finnischen Akzent und in unverkennbarem Dialekt der Gegend.

Niklasson und Svalberg betraten eine kleine, aber gut möblierte Wohnung. Im Fenster des Wohnzimmers hing ein Vogelbauer mit zwei Wellensittichen. Niklasson fragte den Mann, ob er zu irgendeinem Zeitpunkt in der Brandnacht wach gewesen war.

»Ich habe einen guten Schlaf«, antwortete Matti. »Und als ich morgens aufwachte, hab ich wahrscheinlich nichts gesehen, was mit dem Brand zu tun hatte. Nur die Reste vom Bürgerhaus, als ich nach draußen gegangen bin. Aber das haben ja wohl alle in der Gegend gesehen, die noch über ihre Sehfähigkeit verfügen. Mir sind noch nie so viele Leute da draußen begegnet wie gestern Morgen.«

Niklasson fragte, ob er etwas von einem großen älteren Mercedes wüsste.

»Ein Zweiachtziger?«

»Ja, ein Mercedes 280 SE. Aus den siebziger Jahren.«

»Smiley hat so einen. Wussten Sie das nicht? Dann sind Sie nicht aus Surahammar.«

Das bestätigte Niklasson und fragte, wer Smiley sei.

»Eigentlich heißt er natürlich nicht so. Ismail heißt er. An seinen Nachnamen erinnere ich mich nicht. Alle nennen ihn Smiley, weil er so häufig lächelt. Ein fröhliches Kerlchen. Und sein Name klingt ähnlich wie sein Vorname. Ihm gehören der Pub und die Diskothek unten in der ›Scheune‹. Da gibt's auch gutes Essen. Dicke Steaks.

Ich hab ein paar Mal für ihn gearbeitet, bin eingesprungen, als er Hilfe brauchte. Sonst bin ich seit zwei Jahren arbeitslos, obwohl ich eine Berufsausbildung habe. Hoffnungslose Lage. Ich muss hier wegziehen, wenn ich einen Job haben will.«

»Die ›Scheune‹?«, fragte Niklasson, um zum Thema zurückzukehren.

Matti zeigte unbestimmt auf die Straße hinaus.

»Unterhalb der Sporthalle. Rappelvoll an den Wochenenden. Die Leute kommen von überall her. Hallsta, Ramnäs und Sura natürlich. Seit er das Lokal vor ungefähr einem Jahr eröffnet hat, fahren viele Jugendliche am Wochenende nicht mehr nach Västerås. Ein echter Einsatz für die Kultur.«

»Wieso ist er der Polizei in Surahammar bekannt?«, fragte Niklasson.

»Nicht weil er was angestellt hat«, antwortete Matti. »Aber in einem Pub, in dem freitagabends getanzt wird, gibt's leicht Zoff. In der letzten Zeit ist es etwas ruhiger gewesen«, fuhr Matti fort. »Weniger Leute. Ich war selbst einige Male in der neuen Disko im Bürgerhaus. Zum Testen. War auch in Ordnung. Aber jetzt ist es vorbei. Nach dem Brand, meine ich.«

Niklasson bedankte sich und sie gingen.

»Was bedeutet das?«, fragte Svalberg, als sie auf die Straße kamen.

»Ich weiß nicht«, sagte Niklasson, »nur dass der lächelnde Mercedes-Besitzer demnächst Besuch kriegt.«

Jönsson und Enquist blieben in Västerås, um die in der Polizeisprache genannte innere Fahndung zu betreiben. Sie schlugen in diversen Registern nach. Zwei von den fünf Mercedes 280 SE, die in Västerås registriert waren, gehörten Autohändlern, die ihr Büro offenbar in der Tasche mit sich herumtrugen, da die Firmenadresse mit der Wohnungsadresse identisch war. Enquist bekam sie per Telefon heraus. Beide gaben an, die Autos seien noch nicht verkauft und hätten in der Nacht zum Donnerstag auf einem eingezäunten Platz gestanden.

»Aber vielleicht ist es ganz allein wie ein Fliegender Holländer rausgefahren«, hatte einer von beiden gesagt und laut über seinen eigenen Witz gelacht.

Beide Autohändler waren wegen Steuervergehens verurteilt. Einer der Privatbesitzer der Västerås-Autos war ebenfalls wegen anderer Vergehen verurteilt. Im letzten Jahr, Trunkenheit am Steuer. Ein vierunddreißigjähriger Mann. Sein Auto war allerdings grün.

Die anderen beiden Mercedes-Besitzer in Västerås schienen unbescholtene Bürger zu sein. Sie waren um die sechzig und passten nicht zur Beschreibung des Kanistermannes.

Keiner der Besitzer der beiden Autos in Surahammar war polizeibekannt. Auch der Gerichtsvollzieher hatte keine Forderungen an sie. Der Jüngere von ihnen, Andreas Mårtensson, besaß eine Privatfirma mit Namen Kalender Media. Der Ältere, Ismail Mehmedović, war Alleinbesitzer der »Scheune« und einer Restaurant AG. Beide gaben in der Einkommensteuer niedrige Einkommen an, hatten jedoch keine Steuerschulden. Andreas Mårtensson war schwedischer Mitbürger. Ismail Mehmedović hatte eine Daueraufenthaltsgenehmigung für Schweden. Er war 1993 aus Bosnien gekommen. Sein Geburtsort hieß Banja Luka.

»Was sollen wir mit denen machen?«, fragte Enquist.

»Ich finde, wir fangen mit den Einwohnern von Surahammar an«, sagte Jönsson. »Wir arbeiten uns von innen nach außen. Wenn wir in Surahammar nicht fündig werden, nehmen wir uns Västerås und den Rest des Landes vor.«

Er sortierte die Ausdrucke in zwei Haufen.

»Kalender Media«, sagte Egon Jönsson, ohne seinen Satz zu beenden.

Er blätterte in seinem Notizbuch auf der Suche nach der Handynummer von Evert Bergman. Der Name und eine Notiz über den »Sekr. in der Verwaltung des Bürgerhauses« standen auf einem anderen Blatt zusammen mit einer 070-Nummer.

Er drückte die Nummer. Nach zweimaligem Klingeln meldete sich jemand.

»Jönsson von der Kriminalpolizei. Können Sie sich erinnern, Geschäfte mit einem Unternehmen namens Kalender Media gemacht zu haben? Es gehört einer Person mit Namen Andreas Mårtensson.«

Eine Weile blieb es still.

»Ich denke nach«, sagte Evert Bergman. »Keine Geschäfte; aber ich erinnere mich, dass er uns einige Male Angebote für Kataloge und Werbematerial gemacht hat. Für Ausstellungen über Rassismus zum Beispiel. Aber die Aufträge sind an ein anderes Unternehmen gegangen, das unserer Meinung nach bessere Konditionen hatte. Ich könnte der Sache nachgehen, wenn Sie möchten. Ist es wichtig?«

»Nur eine Routinekontrolle. Aber ich hätte gern eine definitive Antwort. Wie ist es mit einer Person namens Ismail Mehmedović? Er besitzt ein Lokal mit Namen ›Scheune‹, ein Pub und ein Restaurant.«

»Der Name sagt mir nichts«, antwortete Evert Bergman. »Aber die ›Scheune‹ kenne ich natürlich. Mit dem Pub oder seinem Besitzer hatten wir allerdings keinen Kontakt.«

»Dann vielen Dank«, sagte Egon Jönsson und legte auf.

Er wandte sich an Enquist und gab wieder, was Evert Bergman gesagt hatte.

»Diese Kerle müssen wir uns mal anschauen. Wir fangen mit Andreas Mårtensson an. Gleich morgen früh.«

An diesem Tag waren nur wenige Personen in das Polizeirevier von Surahammar gekommen. Elina Wiik schaute auf die Uhr. Es war zwei Minuten vor fünf.

Bald Zeit, nach Hause zu fahren, dachte sie.

Sie lehnte sich auf dem Stuhl zurück und dachte darüber nach, was Peter Adolfsson gesagt hatte. Die Abschrift der Zeugenaussage hatte sie nicht gelesen, nur Egon Jönssons Zusammenfassung auf der 8-Uhr-Konferenz gehört. Jönsson schien restlos überzeugt zu sein.

Sie war eher unsicher. Zwar wusste sie, dass das erste spontane Verhör der Wahrheit meistens am nächsten kam, aber mehrere Stunden nach dem Ereignis war es anders. Der Zeuge hatte Zeit zum Nachdenken gehabt. Die Worte waren gut zurechtgelegt.

Alle Menschen verraten mehr, als sie aussprechen, überlegte sie. Manchmal kann man das, was hinter der Aussage steht, von der Körpersprache ablesen, an der Art, wie sie Pausen machen, am Zögern oder an Gefühlsreaktionen. Häufig reicht das erste Verhör nicht.

Man muss genau hinhören. Auf eine »zweite« Stimme, wie schwach sie auch sein mag. Die Wahrheit ist das reinste aller Lieder.

Peter Adolfsson war zweifellos ein Musterzeuge. Er erinnerte sich an viele wichtige Details und gab sie gewissenhaft wieder. Aber warum ist er so spät gekommen? Hat er gezögert, überhaupt zu erzählen, was er gesehen hatte?

Sie hatte keine Antworten. Trotzdem grämte es sie, dass sie bei der Lösung des Falles nicht dabei sein durfte. Aber jetzt war Wochenende und sie hatte frei.

Sie hob den Hörer ab und tippte eine 021-Nummer.

»Aros Rechtsanwaltbüro, Susanne Norman«, meldete sich jemand am anderen Ende.

»Hallo, Susanne, hier ist Elina. Ich bin auch noch im Dienst. Stör ich dich?«

»Nein, ich packe gerade ein und will gehen. Emilie ist bei Johan.«

»Oh, wie geht's dem Herzchen?«

»Redest du von Johan?« Susanne Norman lachte. »Emilie geht es prima. Sie hast du doch wohl gemeint? Gestern hat sie ihre ersten Schritte gemacht. Ich brauchte sie nur ein bisschen festzuhalten.«

»Du hast doch nicht vergessen, dass wir morgen verabredet sind?«

»Ich hab's nicht vergessen. Um sieben bin ich bei dir. Ich freu mich schon. Das letzte Mal scheint Ewigkeiten her zu sein.«

Elina Wiik legte auf, hob aber gleich wieder ab und rief Egon Jönsson an. Sie berichtete, dass sie nichts Bemerkenswertes erfahren hatte an diesem Tag. Egon Jönsson teilte ihr mit, dass eventuelle Tipps von nun an im Revier in Västerås oder Hallstahammar entgegengenommen wurden.

»Vielen Dank für deinen Arbeitseinsatz«, sagte er und legte auf.

Aha, dachte Elina, das war's also für mich.

7

Samstagmorgen um neun stand Elina Wiik nackt in einem ziemlich kalten Raum. Sie öffnete ihre Tasche und holte Slip und Sport-BH heraus. Dann zog sie eine weiße locker sitzende Hose aus kräftigem Baumwollstoff und eine dazu passende Jacke an. Um die Hüfte band sie einen schwarzen Gürtel.

Die Kleidung war verschlissen, aber frisch gewaschen und gebügelt. Auf der Schwelle zwischen Umkleideraum und Gymnastiksaal blieb sie stehen und verbeugte sich leicht.

»*Osu*«, sagte sie.

»*Osu*«, antworteten zwei Männer, die ihre Waden an einer Sprossenwand stretchten. Der eine trug einen braunen Gürtel und der andere einen grünen.

Elina kniete sich hin, schloss eine Weile die Augen und beugte sich dann vor, die Handflächen auf dem Fußboden. Sie hoffte, dass Sadegh, der mit dem braunen Gürtel, gegen sie antreten würde. Das würde ein zwei Stunden währendes steinhartes Training bedeuten. Dabei könnte sie ihre Frustration darüber vergessen, dass sie nicht mehr an der Brandermittlung beteiligt war. Sadegh passte gut zu ihr, er war ungefähr so groß wie sie und hatte einen disziplinierten Schlag.

Für Elina ging es beim Training jetzt in erster Linie um Willenskraft. Es war nicht leicht gewesen, die Intensität durchzuhalten, seitdem sie ihre Wettkampfkarriere beendet hatte. Der Höhepunkt vor einigen Jahren war Bronze bei den nordischen Meisterschaften gewesen. Aber jetzt wollte sich der Körper nicht mehr jeder Herausforderung unterwerfen. Muskeln und Sehnen strafften sich und leisteten Widerstand.

Nicht nur das Alter hatte sie veranlasst, mit den Wettkämpfen aufzuhören. Als sie anfing, in Fällen von Frauenmisshandlung zu ermitteln, musste sie rasch erkennen, dass sie nicht mit blauen Flecken im Gesicht zu den Verhören erscheinen konnte. Denn obwohl der Gegner mit seinen Schlägen nicht das Gesicht treffen durfte, war Karate ein Sport, der häufig Schmerzen bereitete. Nicht alle hatten ihre Schlaglänge so unter Kontrolle wie Sadegh.

Nach dem Aufwärmen wendeten sie über eine Stunde die Grundtechniken aneinander an. Dann eine halbe Stunde *kumitte*. Kampf Mann gegen Mann. Sie hörten erst auf, als sie beide total durchgeschwitzt waren und aus reiner Müdigkeit unkonzentriert wurden.

»*Osu*, danke«, sagte Elina und verbeugte sich.

»*Osu*, danke«, antwortete Sadegh.

Elina wusste, dass er im Iran ein Ingenieurstudium abgeschlossen hatte. Er konnte Englisch, Deutsch, Persisch und lernte jetzt Schwedisch für Einwanderer. Sie war überzeugt, dass er gut zurechtkommen würde, wenn er nur erst die Sprache beherrschte.

Ich könnte etwas von seiner Zielstrebigkeit brauchen, dachte sie, im Job und im Privatleben.

Nachdem sie ihre Sporttasche zu Hause abgestellt hatte, spazierte sie zum Zentrum. Die Stora Gatan war voller Menschen. Zwischen den Häusern hingen Wimpel an Leinen. Die Sonne schien und es war erst das zweite

Wochenende nach der Gehaltsauszahlung, viele hatten also noch genügend Geld. Elina wollte sich für den Abend ein neues Kleid kaufen. Sie freute sich darauf, Susanne allein zu treffen, ohne Ehemann und Kind.

Eigentlich waren sie ein ungleiches Freundinnenpaar. Elina hatte Susanne Ekblom, wie sie damals hieß, bei einem Prozess kennen gelernt. Der Angeklagte war der Ehemann jener schwer misshandelten Frau gewesen, die den Beginn von Elinas Karriere als Kriminalermittlerin eingeleitet hatte. Susanne war die Rechtsanwältin des Mannes gewesen. Nach dem Prozess war sie auf Elina zugekommen und hatte ihr die Hand gegeben. Sie hatte gesagt, sie habe verstanden, warum Elina die Frau unterstützt habe, und dass es wichtig sei, ganz abgesehen von der Schuldfrage.

Elina hatte die Geste gefallen und geantwortet, sie gehöre nicht zu den Polizisten, die Rechtsanwälte schief anschauten, weil es ihnen manchmal gelang, einen Freispruch für offenbar schuldige Rüpel durchzusetzen. Jeder hat seinen Platz im Rechtssystem, hatte sie gesagt und vorgeschlagen, zusammen eine Tasse Kaffee zu trinken.

Es stellte sich heraus, dass sie beide am selben Tag geboren waren, am 24. Februar 1969. Seitdem fühlten sie sich wie Zwillingsseelen, obwohl sie sich kein bisschen ähnlich sahen. Elinas dunkle Haare waren kurz geschnitten und sie hatte grün melierte Augen, während Susanne hellblond war und die Welt mit klarblauen Augen betrachtete. Außerdem war Elina mindestens zehn Zentimeter größer.

Sie hatten angefangen, sich zu treffen, und auf der gemeinsamen Feier ihres dreißigsten Geburtstages hatte es zwischen Susanne und einem Rechtsanwaltkollegen, Johan Norman, gefunkt. Jetzt waren sie verheiratet und Elina war Patin der einjährigen Tochter Emilie. Dieser Samstagabend sollte der erste sein, an dem Elina und Susanne seit Emilies Geburt allein ausgingen.

Elina Wiik machte ihre übliche Runde durch die Boutiquen der Innenstadt in der eitlen Hoffnung, etwas zu finden, was sie in die Prinzessin des Abends verwandelte. Hennes & Mauritz in der Vasagatan war ihre absolut letzte Anlaufstelle. Sie schob die Kleiderbügel hin und her, als ihr eine Frau in der Schlussverkaufabteilung auffiel. Die Frau mochte um die fünfundvierzig sein und trug ein grünes Kleid. Elina folgte ihr mit Blicken. Zerstreut hob die Frau ein paar Kleidungsstücke an, die in einem Korb lagen. Sie trug einen Schal um den Kopf. Als sie sich reckte, sah Elina einen blauen Fleck gleich oberhalb des Handgelenks.

Langsam ging die Frau an den Kleidern entlang und zupfte an einigen Blusen. Elina folgte ihr. Als die Frau auf die Rolltreppe zuging, ein wenig entfernt von anderen Menschen, näherte sich Elina ihr von hinten.

»Entschuldigen Sie bitte, dass ich mich aufdränge«, sagte sie. »Aber ich bin Polizistin und kann Ihnen vielleicht helfen.«

Die Frau drehte sich nicht um. Stattdessen entfernte sie sich rasch von Elina.

»Sie brauchen keine Angst zu haben«, sagte Elina und streckte die Hand aus. »Wir können irgendwo hingehen und uns unterhalten.«

»Ich will nicht«, sagte die Frau, ohne sich umzudrehen. »Mir kann keiner helfen.«

»Sie brauchen sich nicht schlagen zu lassen«, sagte Elina verzweifelt.

Die Frau ging weiter, ohne stehen zu bleiben. Elina sah ihr lange nach. Dann verließ sie das Geschäft. Der Kleiderkauf erschien ihr jetzt nicht mehr so wichtig.

Susanne kam Viertel nach sieben, und nach einer Flasche Wein und viel Erzählen von der kleinen Tochter gingen sie ins Tanzlokal »Klippan« zum Essen. Beide wurden fleißig aufgefordert, und sie tanzten mit allen, die nicht offensichtlich angetrunken waren.

»Wenn man ins ›Klippan‹ geht, darf man nicht wählerisch sein«, sagte Susanne über die Männer im Lokal.

Nach einigen weiteren Gläsern Wein beklagte sie sich ein wenig darüber, dass ihr Sexleben seit der Geburt ihres Kindes etwas träger geworden war. Sie schaute auf den Tisch und schwieg eine Weile. Sie fingerte an ihrem Glas.

»Und ... wie geht es dir?«, fragte sie und schaute vorsichtig auf. Sie war die Einzige, die von Elinas Verhältnis mit Martin wusste, sie wusste aber auch, dass Elina nicht gern darüber sprach.

Soll ich ihr erzählen, wie es ist?, dachte Elina. Wie jämmerlich und ungeheuerlich es ist. Was hab ich zu verlieren, wenn ich mich Susanne anvertraue? Wenn ich mich nicht auf sie verlassen könnte, brauchten wir uns gar nicht mehr zu treffen. Ich sollte ... ich ...

»Es ist okay«, antwortete Elina lächelnd.

Susanne legte die Hände auf den Tisch und lehnte sich zurück.

»Wie schön«, sagte sie mit ausdrucksloser Miene.

Elina bereute ihre Antwort sofort.

»Wir gehen, es ist spät«, sagte Susanne.

Als sie auf die Straße kamen, nahm Elina Susannes Hand.

»Susanne«, sagte sie, »sei trotzdem meine Freundin, auch wenn es mir schwer fällt, über manche Sachen zu sprechen. Ich wünschte, ich wäre wie du und hätte es wie du.«

Susanne nickte. Sie gab Elina einen festen Händedruck, bevor sie sich trennten.

Möge ich nie einsam sein, dachte Elina. Sie erwog, Martin über sein Handy anzurufen, ließ es dann aber.

Um Viertel vor eins schlief sie in ihrem Bett ein.

8

Mikael Adolfsson drehte den Kopf und schaute auf die Uhr, die auf dem Fußboden neben seinem Bett stand. Nichts hatte ihn geweckt. Dabei waren es noch zwei Stunden und fünfzehn Minuten, bis er aufstehen musste. Er streckte die Hand aus und drückte auf »Off«. Das Wecksignal war nicht mehr nötig.

Jeden Samstagabend wurden die Wecker im Haus gestellt. Um acht Uhr sollte die Ruhe des Sonntagmorgens für alle beendet sein. Die anderen schliefen bis dahin durch. Die Eltern in ihrem gemeinsamen Schlafzimmer. Peter in seinem Zimmer, das eigentlich nur eine umgebaute Kleiderkammer mit Dachfenster war. Stina in ihrem Zimmer. Keiner der anderen hatte am Wochenende Schwierigkeiten mit der unterbrochenen Alltagsroutine des Frühaufstehens. Aber Mikael wurde immer zu früh wach.

Er stand sofort auf und zog Jeans und Pullover an. Später würde er sich umziehen. Er ging hinunter ins Bad und klappte die Toilettenbrille auf. Die Porzellanschüssel war voller gelber Flecken.

Als er fertig war, drehte er sich um und begegnete seinem Gesicht im Spiegel vom Badezimmerschrank. Sein Blick wanderte über das Spiegelbild und blieb am rechten Ohr hängen.

»Ein Ring im Ohr«, sagte er leise und kniff sich fest ins Ohrläppchen. »Wenn ich ausziehe.«

In der Diele zog er Schuhe an und ging zum Schuppen hinaus. Ganz oben auf einem Regal links von der Tür stand eine Kiste. Er grub ein dickes Comicheft hervor. Es hieß »Wikingerblut« und auf dem Umschlag töteten zwei große blonde Männer einen dunkelhäutigen Mann mit Schwertern. Er nahm das Heft mit ins Haus, legte es auf die Plastikdecke vom Küchentisch, setzte sich und fing an zu lesen.

Zwei Stunden später klingelten die Wecker in drei Zimmern fast gleichzeitig. Er erhob sich, ging wieder in den Schuppen und versteckte das Comicheft im Regal. Als er ins Haus zurückkehrte, kam seine Mutter die Treppe hinunter. Unter dem verwaschenen Frotteemorgenmantel sahen ihre Waden hervor. Ohne ein Wort ging sie an ihm vorbei in die Küche und stellte eine Kochplatte an.

Der Vater kam erst herunter, als der Frühstückstisch gedeckt war. Er setzte sich an die Schmalseite des Küchentisches. Peter und Stina kamen gleich danach und setzten sich an die eine Längsseite, gegenüber von Mikael und der Mutter.

Wortlos aß Mikael seine Cornflakes mit Milch. Nach dem Frühstück ging er in sein Zimmer und zog sich um. Der Schlips war schon geknotet, er brauchte die Schlinge nur über den Kopf zu legen und den Knoten unter dem weißen Kragen festzuziehen. Dann setzte er sich aufs Bett. Er saß ganz still und reduzierte seinen Atem, bis Brust und Bauch sich fast nicht mehr bewegten. Eine Stunde und zehn Minuten später hörte er die Stimme seines Vaters von der unteren Diele.

»Wir fahren jetzt.«

Sie quetschten sich in den Opel, der älter war als Peter, der Erstgeborene. Die Eltern auf den Vordersitzen und die Kinder hinter ihnen. Nur einmal in den fast vier

Jahren, die sie in Surahammar wohnten, hatten sie den sonntäglichen Kirchbesuch ausgelassen. Es war ein Novembersonntag im letzten Jahr gewesen, da hatte der Vater Grippe gehabt. Einige Male im Jahr fuhren sie zur Zentralkirche, die einige Kilometer entfernt war. Aber dieser Sonntag war wie die meisten. Der Vater hatte schon am Abend vorher verkündet, dass sie in die Kirche im Ort gehen würden.

Von außen betrachtet unterschied sich das lokale Gemeindehaus kaum von einem gewöhnlichen Einfamilienhaus. Nur das Kreuz und ein kleines Schild verrieten, welche Art Räumlichkeit in dem roten Holzgebäude untergebracht war.

Im letzten Jahr hatte Mikael sich fast gar nicht mehr an den Freizeitaktivitäten der Kirchengemeinde beteiligt, während Peter in der Freizeit und auch sonntags aktiv war. Stina tat, was der Vater befahl, und beteiligte sich an allem, was von ihr verlangt wurde. Eine Diskussion darüber, dass er ganz aussteigen würde, hatte Mikael nie mit seinen Eltern gehabt.

Die Zusammenkunft fand Punkt zehn Uhr statt. Der Leiter der Gemeinde sprach. Er saß ganz vorn in einem Lehnstuhl in dem Raum, der einmal das Wohnzimmer des Hauses gewesen war. Vor ihm saßen sechzehn Menschen auf Holzstühlen.

Auf dem Schoß hatte der Leiter eine aufgeschlagene schwarze Bibel. Er rieb den Umschlagdeckel zwischen Daumen und Zeigefinger.

»Kann jemand sagen, was Jesus damit gemeint hat?«

Mikael rutschte ein wenig auf dem Stuhl nach unten und senkte den Blick. Peter reckte die Hand, und nach seiner Antwort zu urteilen, hatte er zugehört und die Frage verstanden.

Eine Stunde später klappte der Gemeindeleiter die Bibel zu. Er glitt vom Stuhl und kniete nieder. Mikael und die anderen im Raum folgten seinem Beispiel und knieten sich hin.

»Gott Vater«, betete Mikael, verstummte dann aber.

Nach dem Kaffeetrinken in der Küche des Gemeindehauses stellte sich Margareta Adolfsson an die Spüle.

»Peter und ich bleiben«, sagte sie. »Es ist noch so viel zu tun für den Versammlungstag der ganzen Kirchengemeinde im nächsten Monat. Vater fährt mit Stina nach Hause. Willst du auch bleiben, Mikael?«

»Ich fahre mit Vater«, sagte Mikael.

»Dann kommt«, sagte der Vater, ohne jemanden von ihnen anzusehen. Er erhob sich, steckte die rechte Hand in die Hosentasche und holte die Autoschlüssel hervor.

Als sie vor dem Haus aus dem Auto stiegen, ging Mikael direkt in den Schuppen.

»Ich fahr in den Ort«, sagte er, ohne sich zum Vater umzudrehen.

»Aber sei zum Abendessen zu Hause«, sagte der Vater.

Mikael holte sein Fahrrad und schob es über den Kiesplatz vor dem Haus. Er fuhr auf der 252 in Richtung Norden, bog zum Kanal hinunter rechts ab, zum Ortskern. Über die Brücken und die Eisenbahngleise radelte er weiter bis zur Köpmangatan.

Er hatte fast jeden Tag trainiert, seitdem die Clique, mit der er zusammen war, ihn mit in den Sura Bodybuilding Club nahm. Anfangs hatte er es nur getan, um akzeptiert zu werden, so fremd, wie er im Ort gewesen war. Als die Kameraden ihn aufgefordert hatten, Anabolika zu nehmen, hatte er es getan, ohne je danach zu fragen, was er eigentlich in den Mund steckte.

Die Tabletten hatten nicht nur seine Muskeln schnell wachsen lassen, sondern auch sein Interesse am Training. Das harte Training nutzte er als Erklärung dafür, dass er am Wochenende nicht an der Biertrinkerei seiner Kameraden teilnehmen konnte. Aber der eigentliche Grund war, dass er nicht nach Bier riechend nach Hause kommen wollte.

Mikael hatte den Club erreicht, doch ehe er bremste, zuckte er plötzlich zusammen und schlug mit der rechten Hand auf den Gepäckträger. Die Tasche mit den Trainingsklamotten war nicht da.

»Scheiße!«, fluchte er.

Er drehte um und fuhr zurück. Vor dem Haus angekommen, legte er das Fahrrad auf die Erde und ging aufs Haus zu. Der Kies unter seinen Schuhen war kaum zu hören. Beim Zeitungaustragen frühmorgens hatte er gelernt, lautlos zu gehen, um niemanden unnötig zu wecken. Vor Peter hatte er einmal damit aufgeschnitten, dass er besser schleichen konnte als ein Indianer. Peter hatte geantwortet, er sei mindestens genauso gut darin.

In dem Moment, als er die Haustür öffnen wollte, wurde sie aufgerissen und Stina stürmte an ihm vorbei. Mikael drehte sich um und sah ihr nach.

»Wo willst du hin?«, rief er.

Er bekam keine Antwort und betrat die Diele, machte die Tür hinter sich zu und noch einen Schritt ins Hausinnere, blieb jedoch sofort wieder stehen. Vor ihm stand der Vater, ganz still.

»Wohin wollte Stina?«, fragte Mikael. »Sie ist einfach an mir vorbeigelaufen.«

Der Vater antwortete nicht. Mikael sah ihn an, drehte den Kopf und schaute zum Hofplatz und dann wieder den Vater an. Er machte einen Schritt rückwärts, drehte sich um und riss die Haustür auf. Von Stina war weder etwas zu hören noch zu sehen. Er zögerte einige Sekunden und lief dann nach links am Nachbarhaus vorbei und weiter zum Wald. Mit den Händen bog er Birkenzweige beiseite und zwängte sich hindurch. Hinter dem Wäldchen war ein Pfad. Er lief einige Schritte und stolperte über eine Kiefernwurzel. Seine Hose war über dem linken Knie aufgerissen. Er stand wieder auf und lief weiter.

»Stina! Ich bin's, Mikael! Komm raus!«, schrie er.

Seine Stimme brach fast und das Atmen fiel ihm schwer. Der Pfad endete an einem kleinen See. Mikael blieb vor der blanken Wasseroberfläche jäh stehen.

»Stina«, sagte er leise vor sich hin. »Stina.«

Er begann, den Tümpel zu umrunden, hielt jedoch hinter einer kleinen Anhöhe inne. Sie saß ganz still auf einem Stein vor ihm. Mit wenigen Schritten war er bei ihr. Sie sagte keinen Ton und schaute ihn nicht an.

»Was ist passiert, Stina?«, fragte er. »Sag, was los ist.«

Sie hob den Kopf und sah ihn an, als würde sie ihn nicht verstehen. Langsam ließ sie sich gegen Mikaels Schulter sinken.

»Komm, wir gehen nach Hause«, sagte er. »Du darfst in meinem Zimmer sein. Ich setz mich neben dich.«

Langsam gingen sie zurück durch den Wald. Als sie den Hofplatz erreichten, war der Opel weg. Mikael nahm die Schwester bei der Hand und führte sie die Treppe hinauf. Er schloss die Tür zu seinem Zimmer und richtete sein Bett.

Stina legte sich auf die Seite, das Gesicht der Wand zugekehrt und die Knie bis zum Kinn hochgezogen. Ihre Arme umklammerten die Fesseln.

Nach einer Stunde war das Geräusch vom Opel auf dem Hofplatz zu hören. Er schaute aus dem Fenster und sah, dass Mutter und Peter ausstiegen. Der Vater verschwand aus seinem Blickfeld im Haus. Gleich darauf wurde die Tür zum Schlafzimmer der Eltern mit einem Knall geschlossen.

Mikael drehte sich zu Stina um, die immer noch in derselben Haltung auf dem Bett lag. Sie schien zu schlafen. Er nahm seine Trainingstasche und schlich hinaus. Im selben Augenblick wurde die Tür zum Elternschlafzimmer geöffnet. Der Vater füllte fast die ganze Türöffnung mit seinem Körper aus.

»Mikael«, sagte er leise, »hol Feuerholz, bevor du gehst.«

Mikael nickte und ging langsam die Treppe hinunter.

9

Andreas Mårtensson hatte einen eigenen Eingang zum Keller im Haus seiner Eltern auf der Östergatan in Surahammar. Der Eingang führte zu einem Zimmer, das früher eine Garage gewesen war. Die beiden Autos der Familie standen auf der Straße. Ein roter Saab 900. Und ein schwarzer Mercedes 280 mit getönten Seitenscheiben.

Egon Jönsson und Erik Enquist parkten ihren zivilen Dienstwagen hinter dem Saab. Enquist stieg aus und musterte den Briefkasten. Der Name Mårtensson war mit zierlichen Buchstaben geschrieben. Darunter klebte ein Zettel mit der Aufschrift »Kalender Media«.

Sie gingen zum Haupteingang des Hauses. Jönsson klingelte. Es dauerte eine Weile, ehe die Tür von einem jüngeren dunkelhaarigen Mann geöffnet wurde.

»Entschuldigen Sie, dass Sie warten mussten«, sagte er. »Ich war unten in meinem Zimmer. Bitte?«

»Wir möchten mit Andreas Mårtensson sprechen«, sagte Jönsson. »Sind Sie das?«

»Ja. Und wer sind Sie?«

Jönsson stellte sich und Enquist vor.

»Es geht um das Feuer im Bürgerhaus«, sagte er. »In diesem Zusammenhang interessieren wir uns für einen Mercedes 280. Ist das Ihr Wagen da vorne?«

»Ja«, antwortete Andreas Mårtensson. »Warum interessieren Sie sich für den?«

»Können wir hineingehen und uns eine Weile unterhalten?«

»Schon, aber ... ja, dann kommen Sie rein«, sagte Andreas Mårtensson. »Wir können in den Keller gehen, da wohne ich.«

Sie folgten ihm die Treppe hinunter und durch eine Tür in die frühere Garage. An einem Ende des Zimmers standen ein Bett mit einem orangefarbenen Bettüberwurf, ein Sofa in dunklerem Farbton und dazwischen ein niedriger Tisch. Am entgegengesetzten Ende stand ein Schreibtisch mit einem großen Computer.

An der Wand darüber hingen an die zehn Messer in einer Anordnung, die vermutlich dekorativ sein sollte. Enquist ging näher heran und zog eins heraus.

Andreas Mårtensson machte einen Schritt auf Enquist zu und öffnete den Mund wie zum Protest, hielt sich dann aber zurück, weil Jönsson sich vor ihn stellte und die Hand hob.

»Setzen Sie sich, Mårtensson. Wir können Ihnen nur so viel sagen, dass im Zusammenhang mit dem Feuer ein Mercedes 280 eine Rolle spielt. Können Sie mir sagen, was Sie in der Brandnacht gemacht haben, also in der Nacht zum Donnerstag letzte Woche?«

Enquist schob das Messer wieder in die Scheide und setzte sich aufs Sofa. Jönsson setzte sich neben ihn und gab Andreas Mårtensson ein Zeichen mit der Hand, sich ebenfalls zu setzen. Der blieb einen Augenblick stehen, setzte sich jedoch schließlich auf sein Bett den Polizisten gegenüber.

Er schwieg eine Weile.

»Ja, das kann ich. Ich hab in diesem Bett gelegen und geschlafen. Wo hätte ich sonst sein sollen? Hier hab ich letzte Woche jede Nacht geschlafen.«

Er lachte auf.

»Leider. Ich hätte gern bei jemand anders geschlafen.«

»Jemand anders kann also nicht bestätigen, dass Sie hier waren?«, fragte Jönsson.

»Meine Eltern wohnen im Erdgeschoss. Sie haben auch geschlafen, soweit ich weiß. Aber sie können Ihnen bestätigen, dass ich abends zu Hause war. Außer am Montag, da war ich beim Fußball. Und Freitag. Da war ich mit einem Freund in Västerås und bin spät nach Hause gekommen. Aber ich möchte gern mal wissen, um was es hier eigentlich geht.«

»Wir wären Ihnen dankbar, wenn Sie nur auf unsere Fragen antworteten«, sagte Jönsson. »Wie lange haben Sie Ihr Auto schon?«

»Ich fahre es jetzt ein Jahr. Vorher hat es meinem Vater gehört. Als er sich ein kleineres angeschafft hat, hab ich den Mercedes übernommen.«

»Ist der nicht ein bisschen zu groß für eine einzelne Person?«, fragte Enquist.

»Schon, und teuer im Unterhalt. Aber ich hab ihn ja umsonst gekriegt. Ist doch toll.«

»Wo befand sich das Auto in der Brandnacht?«, fragte Jönsson.

»Hier draußen. Ich weiß nichts Gegenteiliges. Wenn es niemand gestohlen und wieder zurückgebracht hat, ohne dass es dem Auto anzusehen ist.«

»Warum sagen Sie das? Haben Sie den Verdacht, so könnte es gewesen sein?«

»Ach was!«, platzte Mårtensson heraus. »Wie hätte das zugehen sollen? Ich hab's nicht so gemeint.«

»Aha, schon wieder ein *anderer*?«

Andreas Mårtensson antwortete nicht.

»Hätten Sie etwas dagegen, wenn wir Ihr Auto durchsuchen?«, sagte Jönsson.

»Machen Sie das, wenn Sie wollen. Bitte sehr.«

Enquist änderte seine Sitzhaltung.

»Kalender Media«, sagte er, »ist das Ihre Firma? Was ist das für eine Art Unternehmen?«

»Ich schreibe Texte aller Arten. Freiberuflich für die Medienbranche. Sportberichte für die *Länstidningen*, Werbetexte für kleinere Firmen hier in Sura, Informationsmaterial für Vereine. Ich mache auch Layouts. Auf dem Computer.«

»Geht es gut, finanziell, meine ich?«

»So lala. Ich komme zurecht. Aber fett werde ich davon nicht. Ich wohne immer noch bei meinen Eltern, wie Sie sehen.«

»Haben Sie einen Auftrag für das Bürgerhaus gehabt?«

»Nein.«

Die Antwort kam rasch.

»Haben Sie dem Bürgerhaus Angebote gemacht?«

»Ja, zwei Mal. Aber ich habe die Aufträge nicht bekommen. Sie sind beide Male an ein anderes Unternehmen gegangen.«

Andreas Mårtensson atmete etwas heftiger.

»Obwohl ich weiß, dass ich eigentlich billiger war. Ich hab nicht so viele Overheadkosten. Das kann man vielleicht sehen? Keine Angestellten und keine Büromiete. Und meine Arbeit ist besser. Aber der, dem das Unternehmen gehört, ist Sozi. So funktioniert das in unserer Kommune. Man könnte schon wegen weniger das Rauchen anfangen. Ich komm ohne die klar, aber ich finde, es sollte gerecht zugehen.«

»Können wir uns jetzt Ihr Auto ansehen?«, fragte Jönsson.

Andreas Mårtensson erhob sich und nahm den Autoschlüssel aus einer Schreibtischschublade. Sie verließen das Zimmer durch die Tür im Souterrain. Mårtensson schloss das Auto an der Fahrerseite auf.

»Würden Sie bitte auch die Motorhaube und den Kofferraumdeckel öffnen?«, bat Enquist.

Fünf Minuten später waren sie fertig. Sie hatten alle Stellen, an die sie herankamen, überprüft, ohne sich die Hosen schmutzig zu machen. Sie nickten Mårtensson zum Dank zu, gingen zu ihrem Auto und fuhren davon. Im Rückspiegel sahen sie Andreas Mårtensson auf dem Bürgersteig stehen und ihnen nachschauen, bis sie abbogen.

»Was hältst du von der Sache?« Jönsson wandte sich Enquist zu, der am Steuer saß.

»Sein Aussehen passt ja zu der Beschreibung von Peter Adolfsson vom Kanistermann«, antwortete Enquist. »Und das Auto war sehr gründlich geputzt, hast du das gesehen? Ich bin mit den Fingern über das Armaturenbrett gefahren, da ist kaum ein Stäubchen hängen geblieben. Das Zimmer schien aber auch sehr aufgeräumt. Vielleicht ist er einfach nur ein ordentlicher Mensch. Und das einzige Motiv, das wir kennen, ist wirklich minimal.«

»Aber er war ziemlich frustriert darüber, wie die ihn vom Bürgerhaus behandelt haben«, sagte Jönsson. »Es scheint allerdings ein bisschen gar zu drastisch, wegen ein paar entgangener Aufträge gleich die ganze Bude abzubrennen. So empfindlich kann ja wohl keiner sein.«

Enquist bog zum Zentrum ab und parkte das Auto schräg vor einem roten Plakat, auf dem Kaffee und Kopenhagener für fünfzehn Kronen angepriesen wurden.

»Ja, vielen Dank.« Jönsson nickte.

Drinnen im Café bestellte Enquist eine einfache Tasse Kaffee, die vierzehn Kronen kostete. Jönssons Handy klingelte in dem Augenblick, als er es aus der Tasche nahm, um es auf den Tisch zu legen.

Es war Jan Niklasson.

»Ich hab jetzt Antwort vom Labor. In den Erdproben, die vor dem Fenster auf der Rückseite und drinnen im

Haus genommen wurden, hat man Benzinspuren gefunden. Ich hab auch mit den Brandtechnikern geredet. Sie sind zu dem Schluss gekommen, dass der Brand gelegt wurde. Jemand hat das Fenster eingeschlagen, Benzin hineingegossen und angezündet. Sie sagen, durch das Baumaterial im Innern konnte sich das Feuer so schnell ausbreiten.«

»Dann ist es also Brandstiftung«, stellte Jönsson fest. »Das wissen wir nun also.«

»Noch etwas«, sagte Niklasson. »Der Hausmeister Karl Johansson wird Sonntag beerdigt. Einer von uns sollte vielleicht hingehen. Er hatte nicht viele Angehörige.«

»Vielleicht«, sagte Jönsson. »Ich werde Wiik bitten.«

Jönsson drückte auf »Aus«.

»Jetzt fahren wir zu Mehmedović«, sagte er zu Enquist und erhob sich.

Der »Scheunen«-Pub und das Restaurant waren in einem Gebäude untergebracht, das tatsächlich einmal eine Scheune gewesen war. Das Einzige, was vielleicht noch an die Landwirtschaft vergangener Zeiten erinnerte, waren die Form des Hauses und die rot gestrichene Holzfassade. Ansonsten war die Scheune vollkommen verändert. An beiden Außenwänden zu Seiten des Eingangs hingen zwei ausgeschnittene Silhouetten von nackten Frauen. Nichts in ihren stilisierten Bewegungen deutete darauf hin, dass sie beabsichtigten, Kühe zu melken oder Heu zu wenden.

Jönsson tastete mit der Hand nach einer Klingel. Schließlich hämmerte er mit der Faust gegen die Tür.

»Keiner da«, stellte er nach einer Weile mit einem Schulterzucken fest.

»Er ist wahrscheinlich zu Hause«, sagte Enquist.

Ismail Mehmedović' Haus lag nur ein paar Straßen von Andreas Mårtenssons entfernt und sah fast genauso aus. Ein Stockwerk mit Mansardendach und Keller. Mehmedović hatte aber die Garage nicht umgebaut.

Keins der geparkten Autos auf der Straße war ein Mercedes.

Eine dunkelhaarige Frau stand auf dem Balkon im ersten Stock und schaute zu ihnen herunter, als sie auf das Haus zugingen. Sie stützte sich mit den Ellbogen auf das Geländer. Jönsson hob den Blick zu ihr.

»Ismail Mehmedović«, sagte er. »Ist er zu Hause?«

Die Frau antwortete nicht. Dann drehte sie sich plötzlich um und ging ins Haus. Fünf Minuten später wurde die Haustür geöffnet. Ein Mann in langer Hose und mit nacktem Oberkörper trat auf die Treppe hinaus. Er wirkte verschlafen.

»Ich bin Ismail«, sagte er.

»Wo ist Ihr Auto?«, fragte Jönsson. »Ihr Mercedes.«

»Da unten.« Mehmedović schaute schräg zum Garagentor hinunter.

Ohne ein weiteres Wort gingen Jönsson und Enquist an ihm vorbei in den Vorraum.

»Wo ist die Treppe?«, fragte Jönsson.

Mehmedović zeigte nach links.

Jönsson und Enquist gingen zur Garage hinunter. Das Auto war schwarz und hatte getönte Scheiben. Sie öffneten die Autotüren, den Motorraumdeckel, den Kofferraum. Jönsson beugte sich über den Motor. Enquist hob das Reserverad im Kofferraum hoch. Methodisch begannen sie, das Auto zu durchsuchen.

Ismail Mehmedović war ihnen einige Schritte auf der Treppe gefolgt. Er lehnte wortlos am Türpfosten im Eingang der Garage. Als Jönsson schließlich den Vordersitz des Autos und Enquist den Rücksitz verließ, richtete Mehmedović sich auf.

»Und was will die Polizei von mir? Funktionieren die Blinker nicht?«

»Was haben Sie in der Nacht zu Donnerstag gemacht?«, fragte Jönsson.

Ismail Mehmedović kratzte sich am Bauch. Er schaute zur Decke hinauf, drehte sich um und ging die Treppe rauf.

»Einen Augenblick«, sagte Enquist. »Wo wollen Sie hin?«

»Ich will meine Uniform anziehen.«

Jönsson und Enquist sahen sich an und dann zur Treppe. Enquist zuckte mit den Schultern und folgte Mehmedović. Jönsson ging dicht hinter ihm. Im Vorraum wollte Enquist die Treppe weiter zum ersten Stock hinaufgehen, Jönsson hielt ihn jedoch am Arm zurück. Nach einer halben Minute kam Ismail Mehmedović wieder herunter. Er trug ein weißes T-Shirt mit der Aufschrift SCHEUNE in schwarzen Buchstaben quer über der Brust. Breitbeinig baute er sich vor den Kripobeamten auf.

»Meine bosnische Uniform habe ich weggeworfen. Sie hat ein Loch von einer Kugel abbekommen. Dafür trage ich jetzt dies hier. Warum dringen die Herren in mein Haus ein?«

Jönsson öffnete den Mund, konnte aber kein Wort sagen, da er von Mehmedović unterbrochen wurde.

»Zeigen Sie erst mal Ihre Ausweise und sagen Sie mir, wie der Polizeichef heißt. Auch die Telefonnummer. Die Durchwahl, nicht die Zentrale.«

Jönsson und Enquist starrten ihn schweigend an. Dann holte Jönsson seinen Dienstausweis hervor.

»In einer Stunde im Revier von Surahammar«, sagte er. »Wenn Sie wissen, was für Sie das Beste ist.«

Genau 61 Minuten später betrat Ismail Mehmedović das Polizeirevier. Die letzte Minute hatte er vor der Tür gestanden und auf den Sekundenzeiger der Uhr gestarrt. Nichts in seinem Gesicht deutete darauf hin, dass er Smiley genannt wurde.

Egon Jönsson bat ihn, sich zu setzen. Er breitete die Hände aus.

»Vorhin ist es wohl ein bisschen zu schnell gegangen. Wir wollten nur einige Sachen klären.«

»Okay, dann klären Sie mal.«

»Was haben Sie in der Nacht zu Donnerstag gemacht?«, fragte Enquist.

»Wann in der Nacht?«

»Na ja, die ganze Nacht. Stunde für Stunde, wenn Sie es erzählen können.«

»Das weiß ich genau. Wir hatten bis zwei eine Disko in der ›Scheune‹. Dann hab ich abgeschlossen und bis fünf mit einem Mann namens Dragan Karten gespielt. Danach bin ich nach Hause gefahren und hab geschlafen.«

»Dieser Dragan, wie heißt der mit Nachnamen?«, fragte Enquist.

»Keine Ahnung.«

»Sie wissen es nicht?«

»Ich kenne ihn nicht.«

»Das müssen Sie uns erklären.«

»Er ist abends in die Disko gekommen. Da hab ich ihn das erste Mal gesehen. Er stammt aus dem Kosovo. Zigeuner, glaub ich. Wir haben uns unterhalten. Was soll da dran sein?«

»Wo ist Dragan jetzt?«

Ismail Mehmedović zuckte mit den Schultern.

»Woher soll ich das wissen?«, schnaubte er. »Ich kenn ihn doch nicht.«

»Wie hat er ausgesehen?«, fragte Jönsson.

»Ungefähr wie ich, nur jünger und dünner.«

Enquist beugte sich vor und machte eine Notiz.

»Gibt es jemanden, der Sie gesehen hat beim Kartenspielen oder bis fünf im Lokal?«, fragte er.

»Wir waren allein. Das Personal ist nach Hause gegangen, nachdem wir geschlossen hatten. Vielleicht hat einer von ihnen Dragan gesehen. Ich weiß es nicht.«

»Bleiben Sie immer länger?«, fragte Jönsson.

»Nein, ich bin nur geblieben, um mit Dragan Karten zu spielen. Ich hab ihn noch nie gesehen. Sonst geh ich auch nach Hause, wenn wir schließen.«

»War das Ihre Frau, die wir vor einer Stunde gesehen haben?«

»Ja.«

»Wo befand sie sich zu dem Zeitpunkt?«

»Zu Hause, glaub ich. Dort ist sie immer.«

»Haben Sie sie angerufen und ihr gesagt, dass Sie später kommen würden?«

»Nein. Ich wollte sie nicht wecken. Sie sollte schlafen.«

»Sie haben gesagt, Sie gehen immer nach Hause, wenn Sie schließen. Wird sie dann wach?«

»Manchmal. Häufig.«

»Ist sie wach geworden, als Sie um fünf kamen?«

»Ja. Sie hat gefragt, wo ich gewesen bin. Ich hab es ihr erzählt.«

Enquist erhob sich. Er ging einmal um den Stuhl herum, auf dem Ismail Mehmedović saß.

»Wo stand Ihr Auto in jener Nacht?«, fragte er.

»Vor der ›Scheune‹.«

»Ist Ihnen jemand begegnet, als Sie nach Hause fuhren?«

»Ich erinnere mich an niemanden.«

»Was hat Dragan gemacht, als Sie mit dem Kartenspielen aufgehört haben?«

Ismail Mehmedović blieb eine Weile still.

»Er ist nach Hause gefahren«, sagte er dann. »Er hatte ein eigenes Auto. Nach Västerås, glaub ich.«

»Was für ein Auto?«

»Ein kleiner Fiat, glaub ich. Er war alt.«

Enquist rieb sich das Kinn.

»Wie oft veranstalten Sie eine Disko?«, fragte er.

»Früher immer freitags«, antwortete Ismail Mehmedović. »Aber in den letzten zwei Wochen hab ich auch mittwochs eine gemacht. Ich wollte es mal testen. Die Disko im Bürgerhaus hat mir zu viele Gäste abgezogen.«

»Okay«, sagte Jönsson. »Hier hören wir auf. Rufen Sie uns an, falls Ihnen noch was einfällt, was Ihren Bericht bestätigt.«

Ismail Mehmedović sah Jönsson an.

»Warum sollte ich das tun? Stehe ich wegen irgendwas im Verdacht?«

»Nein«, antwortete Jönsson. »Wir wollten nur ein paar Sachen klären, wie ich schon gesagt habe.«

Als Ismail Mehmedović gegangen war, wählte Jönsson die Direktnummer zu Niklassons Zimmer im Polizeipräsidium in Västerås.

»Wir sehen uns um halb eins in meinem Zimmer«, sagte er. »Wir haben eine Besprechung.«

Dann rief Egon Jönsson Elina Wiik über die Zentrale an.

»Der Hausmeister vom Bürgerhaus wird Sonntag beerdigt. Könntest du hinfahren? Natürlich nur, wenn du willst. Ich nehme an, dass du Sonntag freihast, aber du würdest mir einen Gefallen tun. Ich finde, es ist eine wichtige Geste von Seiten der Polizei, wenn jemand dort erscheint. Wegen deiner Überstunden werde ich mit Kärnlund sprechen.«

Elina Wiik seufzte. Eine Beerdigung war das Letzte, womit sie sich an ihrem freien Sonntag beschäftigen wollte.

»Ihr seid drei in der Gruppe«, sagte sie und ließ eine angedeutete Frage in der Luft hängen.

»Ich weiß. Aber du hast hier im Revier gesessen und Leute getroffen, die spontan reingekommen sind. Ich möchte, dass du bei der Beerdigung die Augen offen hältst. Vielleicht erkennst du jemanden, der etwas gesagt hat, was ...«

Er verstummte.

Elina begriff, dass Jönsson nur nach Ausflüchten suchte, um nicht selbst hingehen oder jemanden aus seiner Gruppe damit belasten zu müssen.

»Ich mach es«, sagte sie. »*But you owe me one.*«

Fünf Minuten nach der festgesetzten Zeit betrat Niklasson Jönssons Zimmer im Polizeipräsidium in Västerås.

»Keiner der schwarzen 280er in Västerås hat getönte Scheiben«, sagte er. »Und einer von denen ist praktisch Schrott. Eine richtige Rostlaube.«

Enquist erzählte, was Andreas Mårtensson und Ismail Mehmedović gesagt hatten. Niklasson holte sein Notizbuch hervor.

»Diese Sache mit der Disko im Bürgerhaus«, sagte er. »Ein junger Mann, mit dem ich Freitag bei der Türklopfaktion gesprochen hab, er hieß Mattila, hat was Ähnliches erzählt. Er sagte, die ›Scheune‹ habe viele Besucher verloren, seit der Wirt im Bürgerhaus mit seiner Disko angefangen hat.«

»Dann haben wir zwei Mercedes-Besitzer in Surahammar und beide haben ein wirtschaftliches Motiv«, sagte Enquist. »Mårtensson ist sauer wegen entgangener Aufträge und Mehmedović wegen verlorener Gäste. Mehmedović' Motiv finde ich entschieden stärker. Er hat ja sogar einen Vorteil davon, dass das Bürgerhaus abgebrannt ist. Die Konkurrenz ist sozusagen in Rauch aufgegangen.«

»Da geb ich dir Recht«, sagte Jönsson. »Und dieser Ismail war ein aalglatter Typ. Wenn man seinem Geprotze mit dem Kugelloch in seiner Uniform glaubt, ist er Soldat gewesen. Daran gewöhnt, Probleme mit Gewalt zu lösen.«

Jönsson sah seine Kollegen an.

»Wir sollten ein bisschen in ihn investieren, finde ich. Mal sehen, ob wir seine Geschichte mit dem Kartenspiel in der Nacht knacken können. Kriegen wir genügend über ihn raus, können wir eine Konfrontation mit Peter Adolfsson anordnen. Wir bestellen ihn morgen her. Hierher nach Västerås. Dann verhören wir ihn genauer. Natürlich aus Informationsgründen, nicht wegen nachgewiesenen Verdachts. Seine wirtschaftliche Situation, was er die letzten Tage gemacht hat, mit welchen Leuten er in Surahammar verkehrt, all so was. Um zehn. Rufst du Herrn Mehmedović bitte an, Enquist? Und du, Niklasson, setzt dich mit der Einwanderungsbehörde in Verbindung und fragst nach, ob es in Västerås einen Zigeuner mit Namen Dragan gibt. Ob sie was in ihrem Register über ihn haben. Mehmedović hat gesagt, dass Dragan einen Fiat fährt. Ruf auch bei der Kraftfahrzeugzulassungsstelle an. Wenn wir Mehmedović verhört haben, spreche ich mit Kärnlund und schlage vor, dass wir den Staatsanwalt einschalten. Von jetzt an müssen wir Ismail wohl als Verdächtigen betrachten. Unter uns also.«

Enquist nickte. Niklasson auch.

10

Bei der Einwanderungsbehörde gab es keinen Registereintrag über einen Zigeuner aus dem Kosovo, der sich in Schweden aufhielt. Es gab überhaupt kein Register. Ein Sachbearbeiter klärte Niklasson darüber auf, dass es nicht erlaubt war, ein Personenregister zu führen, das auf ethnischer Zugehörigkeit basierte. Und mit eingewanderten Personen, die Dragan mit Vornamen hießen und in Västerås wohnten, konnte die Behörde nicht dienen.

»Vergessen Sie's also«, sagte der Sachbearbeiter.

Niklasson bedankte sich und war nicht ganz sicher, wofür. Er drückte die Gabel mit dem Zeigefinger herunter. Dann tippte er die Nummer der Kraftfahrzeugstelle.

»Weiß die Polizei, wie viele alte Fiats es gibt?«, sagte eine Frauenstimme, nachdem er vorgebracht hatte, was er wissen wollte.

»Viele hundert«, beantwortete sie ihre Frage selber und lachte laut.

Niklasson schwieg und wartete. Als sie aufhörte zu lachen, bat sie ihn, das Ausmaß zu minimieren. Dann lachte sie wieder.

»Kann ich eine Liste über alle Fiats in Västerås bekommen, die älter als fünf Jahre sind?«, fragte Niklasson.

»Entschuldigung, ich bin gebürtige Italienerin und habe ein ungezügeltes Temperament. Natürlich bekommen Sie so eine Liste, mein Lieber.«

Niklasson hielt den Hörer ein Stück vom Ohr entfernt. Die Frau lachte, bis die Verbindung unterbrochen wurde.

Die Liste kam per E-Mail, sie war lang wie die Gipsbinde für ein gebrochenes Bein. Niklasson hatte keine Ahnung, wie ein jugoslawischer Zigeuner mit Nachnamen heißen könnte. Aber keiner auf der Liste, egal ob Jugoslawe, Zigeuner oder Fiat-Besitzer von fremder Nationalität, hieß mit Vornamen Dragan.

Eine Minute vor zehn am Vormittag des 8. Mai betrat Ismail Mehmedović das Polizeipräsidium in Västerås. Fast sechs Stunden später hatte Egon Jönsson das Verhörprotokoll in der Hand. Das, was formell als klärend gehaltenes Verhör bezeichnet wurde, erwies sich als wenig erhellend, obwohl es fast zwei Stunden gedauert hatte. Mehmedović hatte nichts Kriminelles gestanden und war auch nicht von seinen früheren Angaben abgewichen.

Eine offensichtliche Blöße war nicht zu entdecken. Egon Jönssons Blick glitt über die Seiten auf der Suche nach einem Widerspruch oder etwas, was sich bei näherer Überprüfung als falsch erweisen könnte.

Nachdem er die letzte Seite durchgesehen hatte, legte er die Papiere beiseite und lehnte sich auf seinem Stuhl zurück. Dann nahm er sie wieder vor und begann von hinten an zu lesen.

Frage: Was haben Sie Montag gemacht? Ich spreche von Montag, dem 30. April, drei Tage vor dem Brand.

Antwort: Ich war in Västerås und habe im Großmarkt für das Restaurant eingekauft.

F: Wann?

A: Am Vormittag, ich erinnere mich nicht, wann, vielleicht war es elf. Es war nur bis eins geöffnet, wegen Walpurgis. Ich hab vorher angerufen und mich nach den Öffnungszeiten erkundigt. Sie schließen um eins, haben sie gesagt, also muss es vor eins gewesen sein.

F: Was haben Sie eingekauft?

A: Fürs Restaurant. Vorräte. Ich hab die Quittung, falls Sie mehr wissen wollen.

F: Was haben Sie danach gemacht?

A: Ich hab getankt und bin zur »Scheune« gefahren.

F: Wo haben Sie getankt?

A: Bei OK.

F: Welche Tankstelle?

A: An der nördlichen Umgehung.

Egon Jönsson schlug das Telefonbuch auf. Er tippte die Nummer der Tankstelle und verlangte den Leiter. Nach zwei Minuten Warten hörte er eine männliche Stimme.

»Guten Tag, hier spricht Patrik von OK-Q8. Ich bin hier heute Mitarbeiter des Chefs. Womit kann ich Ihnen dienen?«

»Und hier ist Egon von der Polizei in Västerås. Mein Nachname ist Jönsson.«

In dem darauf folgenden Schweigen holte Egon Jönsson Luft. Patrik von der Tankstelle OK-Q8 hatte offenbar keinen Nachnamen, jedenfalls keinen nennenswerten.

»Könnten Sie alle Benzinquittungen der Tankstelle von Walpurgis zwischen zehn und drei Uhr raussuchen?«, fragte Jönsson. »Zehn Uhr vormittags bis drei Uhr nachmittags also. Alle Quittungen, alles, Barzahlungen an der Kasse, vom Tankomaten und was mit Kreditkarte getankt wurde.«

»Oh, oh, oh«, stöhnte Patrik, der Mitarbeiter des Chefs. »Ich weiß nicht, ob das so ohne weiteres geht.«

»Mir ist es egal, wie es geht«, sagte Jönsson. »Können Sie die Quittungen beschaffen oder nicht?«

»Ich nehme es an.«

Die Stimme hatte ihren verbindlichen Ton verloren.

»Bis wann kriegen Sie das hin?«, fragte Jönsson. »Schnell, hoffe ich. Es geht um eine polizeiliche Ermittlung.«

»Rufen Sie in einer Stunde wieder an.«

Die Telefonverbindung wurde abrupt unterbrochen.

»Dann hab ich schon Feierabend«, sagte Jönsson in die tote Leitung. Er wohnte in Branthovda im östlichen Teil der Stadt.

Er machte den Umweg über die nördliche Umgehung zur Tankstelle und parkte seinen Volvo vorm Eingang. Als er die Tür öffnete, schlug ihm ein starker Geruch nach gegrillten Würstchen entgegen. Hinter Tiefkühltruhen mit Essenswaren und einem hohen Zigarettenregal stand ein Mädchen mit blauen Haaren an der Kasse, das zwanzig Jahre alt sein mochte. Der Junge neben ihr schien etwa gleich alt zu sein. Seine Haare waren weißgelb getönt, nur die ersten Millimeter über der Stirn waren dunkel. Jönsson, der mausfarbene Haare hatte, die in grau übergingen, trat an die Kasse und fragte nach Patrik.

»Das bin ich«, sagte der Gelbweißhaarige. »Und Sie müssen der Polizist sein, der eben angerufen hat.«

Er bückte sich und holte einen Stapel Papier unter dem Tresen hervor.

»Es war doch ziemlich leicht«, sagte er. »Es war alles im Computer gespeichert. OK-Q8 ist gern behilflich.«

Jönsson nahm das Papierbündel und ging ohne ein Wort. Er setzte sich ins Auto und begann zu lesen. Er fing mit den Kontoabbuchungen an, die für jede einzelne

Zapfstelle registriert waren. Auf der siebten Quittung fand er, was er suchte. Um 12.38 Uhr war eine Bezahlung für 45,65 Liter Benzin registriert, die mit einer OK-Kreditkarte bezahlt worden war. Sie gehörte Ismail Mehmedović.

Die Liste vom Tankomaten hatte er innerhalb von zwei Minuten durchgeblättert. Nachträglich festzustellen, wer mit x-Hundertkronenscheinen oder kleineren Scheinen getankt hatte, war kaum möglich.

Die Anzahl der Barzahlungen war groß. Jönsson fuhr mit dem Finger die Liste entlang. Seine Augen folgten der Spalte mit der Benzinmenge. Jedes Mal wenn er auf eine Menge unter zehn Liter Benzin stieß, prüfte er, wann getankt worden war: 4,74 Liter Benzin um 06.48 Uhr, 5,07 Liter um 08.06 Uhr, 3,96 Liter um 10.01 Uhr und 4,98 Liter um 12.40 Uhr.

Er nahm einen Kugelschreiber und zog einen Kreis um die letzte Buchung. Um 12.40 Uhr hatte jemand 4,98 Liter Benzin getankt. Einen normalen Benzinkanister voll. Zwei Minuten nachdem Ismail Mehmedović seinen Mercedes aufgetankt hatte.

Egon Jönsson ging wieder hinein zur Kasse. Patrik fuhr sich mit den Händen durchs Haar.

»Wer hatte letzte Woche Montag um halb eins Dienst?«, fragte Jönsson.

Patrik massierte seinen Haarboden.

»Ich«, sagte er. »Ich arbeite fast immer.«

»Sie heißen Patrik, nicht wahr? Schauen Sie mal hier. Jemand hat letzten Montag um zwanzig vor eins für 4,98 Liter Benzin bezahlt. Erinnern Sie sich an den Kunden?«

Patrik beugte sich vor und schaute auf die Liste.

»Ich kann wohl gleich sagen, dass ich mich nicht an ihn erinnere. Wir haben sehr viele Kunden, verstehen Sie?«

»Ich verstehe«, sagte Jönsson.

»Aber *ich* erinnere mich«, mischte sich das Mädchen mit den blauen Haaren ein.

Jönsson drehte sich zu ihr um. Sie stand genau hinter ihm.

»Ich erinnere mich, weil er mit einem Tausender bezahlt hat. Ich weiß, dass es um diese Zahlung ging, weil ich Walpurgis meinen Dienst um halb eins angefangen habe, und das war gleich danach. Ich hab ihn gefragt, ob er es nicht kleiner hätte, aber das hatte er nicht.«

»Erinnern Sie sich auch, wie die Person ausgesehen hat? Oder an irgendetwas, sodass wir ihn identifizieren können?«

Das Mädchen dachte nach.

»Nein, ich erinnere mich nur daran, dass er mit einem Tausender bezahlte. Und dass er Ausländer war.«

»Woher wissen Sie das?«

»Er sprach Schwedisch mit Akzent. Wenn ich es mir recht überlege, glaube ich, dass er aus Südeuropa war. Nicht schwarz und kein Araber, aber dunkelhaarig. Jedenfalls war es kein Norweger oder so was.«

»Gut.« Jönsson nickte. »Ich geb Ihnen meine Karte, rufen Sie mich an, falls Ihnen noch mehr einfallen sollte. Wie heißen Sie? Vielleicht müssen wir noch einmal mit Ihnen sprechen.«

»Natalie«, sagte das Mädchen, schrieb seine Handynummer auf einen Zettel und gab ihn Jönsson.

Er ging hinaus zu seinem Auto. Eine Weile blieb er reglos am Steuer sitzen. Dann tippte er die Dienstnummer der Staatsanwaltbehörde ein.

»Nichts Akutes«, sagte er, als sich jemand meldete. »Aber würden Sie bitte notieren, dass Egon Jönsson von der Kriminalpolizei in Västerås morgen um elf einen Termin mit dem Staatsanwalt haben möchte. Ich hätte gern eine E-Mail mit der Nachricht, welchen Staatsanwalt ich wo treffe.«

Er startete das Auto und bog auf die nördliche Umgehung ein.

»Jetzt werden wir ja sehen, wer hier anmaßend ist«, sagte er laut zu sich selber.

11

Bei der morgendlichen Besprechung um acht sollte Jönsson darlegen, was er und die Spezialgruppe in vier Arbeitstagen ermittelt hatten. Aber schon um halb acht rief er Kärnlund an und bat um ein Gespräch. Sie einigten sich auf eine Viertelstunde später, in Kärnlunds Zimmer.

Jönsson betrat das Zimmer seines Chefs auf die Minute genau.

»Nun«, sagte Oskar Kärnlund, bevor Jönsson sich gesetzt hatte, »was hast du auf dem Herzen?«

»Er heißt Ismail Mehmedović«, sagte Egon Jönsson. »Gemäß der Papiere ist er vor acht Jahren aus Bosnien nach Schweden gekommen. 1994 ist ihm der Daueraufenthalt bewilligt worden. Seitdem hat er keine Sozialunterstützung in Anspruch genommen, er scheint von seinem Tanzlokal in Surahammar zu leben, obwohl das taxierte Einkommen gering erscheint. Da ist vermutlich ein Haufen Schwarzgeld im Spiel, aber das haben wir noch nicht näher untersucht. Wie dem auch sei, Mehmedović bekam harte Konkurrenz durch den Wirt im Bürgerhaus. Er heißt Greger Hedåsen. Dieser Mann eröffnete eine Diskothek, durch die Mehmedović viele Gäste verloren hat.«

Jönsson räusperte sich.

»Meines Erachtens ist das das Motiv. Mehmedović wollte einen Konkurrenten ausschalten. Die Brandstiftung mag eins der härtesten Mittel sein, aber wir haben es mit einer Person zu tun, die aus einer der gewalttätigsten Regionen Europas kommt. Seiner eigenen Angabe zufolge ist er Soldat in Bosnien gewesen.«

Oskar Kärnlund warf ihm einen ungeduldigen Blick zu, sagte jedoch nichts.

»Ismail Mehmedović besitzt ein Auto desselben Modells, das unser Hauptzeuge Peter Adolfsson im Zusammenhang mit dem Feuer gesehen hat«, fuhr Jönsson fort. »Einen Mercedes 280.«

Oskar Kärnlund unterbrach ihn.

»Gibt es viele Autos dieses Typs?«

»In Västmanland gibt es nur zwei, die in der Farbe und dem übrigen Aussehen mit dem übereinstimmen, was der Zeuge angegeben hat«, antwortete Jönsson rasch. »Auch das andere Auto ist unter dem Namen eines Einwohners von Surahammar registriert. Er heißt Andreas Mårtensson. Ich kann ihn noch nicht ganz ausschließen, aber Mehmedović' Motiv ist sehr viel stichhaltiger, und außerdem gibt es da noch einige Umstände, die gegen ihn sprechen.«

»Und die sind?«

»Ungefähr zur gleichen Zeit, als er an Walpurgis nachweisbar sein Auto in Västerås auftankte, hat jemand an derselben Tankstelle einen Kanister mit Benzin gefüllt. Eine Angestellte sagt, es war ein Südeuropäer, der das Benzin im Kanister bezahlt hat.«

»Sehr dünn«, sagte Kärnlund und ließ sich auf dem Stuhl zurücksinken.

Egon Jönsson beugte sich vor und legte die Hände auf Kärnlunds Schreibtisch.

»Vielleicht – aber um weiterzukommen, ist es nötig, dass er in Untersuchungshaft kommt. Dann können wir

Mehmedović dem Zeugen Adolfsson und der Angestellten der Tankstelle gegenüberstellen. Und wir können eine Hausdurchsuchung bei ihm durchführen, uns sein Auto noch mal vornehmen und Adolfsson den Wagen anschauen lassen.«

Oskar Kärnlund schwieg eine Weile.

»Hör dir das an«, bat Jönsson, »Mehmedović behauptet, er fährt jeden Abend nach Hause zu seiner Frau, wenn er das Lokal geschlossen hat. Aber ausgerechnet an diesem Abend blieb er allein zurück. Sein so genanntes Alibi für die Zeit der Brandstiftung ist ein jugoslawischer Zigeuner. Er behauptet, bis fünf Uhr morgens Karten mit ihm gespielt zu haben. Aber er kennt nur den Vornamen des Zigeuners. Ich glaube nicht, dass diese Person existiert. Oder sie ist womöglich an der Brandstiftung beteiligt. Ich glaube, Mehmedović ist unser Mann.«

»Okay, aber ich begleite dich zum Staatsanwalt«, sagte Kärnlund. »Ihm wird das Neinsagen schwerer fallen, wenn ich dabei bin.«

Sie erhoben sich und gingen zum Konferenzraum im vierten Stock. Die anderen waren schon da. Getreu seiner Gewohnheit begann Kärnlund sofort mit dem Anliegen des Tages. Jönsson bekam als Erster das Wort. In kurzen Zügen legte er dar, warum er verlangen wollte, dass Mehmedović vorübergehend festgenommen wurde.

Niemand sagte etwas. Kärnlund wollte gerade zum nächsten Punkt übergehen, als Elina Wiik zwei Finger hob zum Zeichen, dass sie etwas sagen wollte.

»Der Verdacht baut ganz und gar auf Peter Adolfssons Zeugenaussage auf«, sagte sie. »Ohne die gibt es lediglich die Tatsache, dass Mehmedović sein Auto drei Tage vor dem Feuer aufgetankt hat. Und er war bestimmt nicht der Einzige. Ich finde, es gibt Anlass, Adolfssons Aussage etwas kritischer zu betrachten.«

»Wie meinst du das?«, fragte Egon Jönsson kurz angebunden.

»Er sagt, er hat einen Mann mit einem Benzinkanister gesehen. Bei einer großen Feuersbrunst. Man braucht nicht Einstein zu sein, um darauf zu kommen, dass es sich um einen Brandstifter handeln könnte. Trotzdem hat Adolfsson mehr als zehn Stunden gewartet, ehe er Kontakt zu uns aufgenommen hat. Ich möchte wissen, warum.«

»Das hat er schon erklärt«, fauchte Jönsson.

Er schaute in die Runde.

»Wollen wir uns jetzt plötzlich auf weibliche Intuition verlassen?«, platzte er heraus. »Wenn Mehmedović in Untersuchungshaft kommt, haben wir die Möglichkeit, ihn mit dem Verbrechen in Verbindung zu bringen. Falls sich herausstellt, dass er unschuldig ist, wird er wieder entlassen. Was sollte daran falsch sein?«

»Nenn es lieber eine nüchterne Überlegung«, sagte Elina und sah ihm in die Augen. »Wenn du der Meinung bist, es sei eine weibliche Eigenschaft, lieber zweimal nachzudenken, ehe man handelt, dann finde ich, solltest du die Polizeischwester in dir bejahen.«

Oskar Kärnlund brach die Diskussion ab.

»Das war überflüssig, Jönsson. Aber in der Sache gebe ich dir Recht mit der Untersuchungshaft.«

Er wandte sich an Elina.

»Die Entscheidung fällt ja ohnehin der Staatsanwalt.«

Dann haben wir also keine Verantwortung für das, was wir den Leuten zumuten?, dachte Elina. Aber sie sagte nichts.

Als die Besprechung zu Ende war, sammelte Kärnlund seine Papiere ein. Er hielt Jönsson zurück, der auf dem Weg hinaus war.

»Bitte in mein Zimmer, Jönsson, jetzt gleich.«

Schweigend gingen sie in den ersten Stock hinunter. Kärnlund schloss die Tür und forderte Jönsson auf, sich zu setzen.

»Zwei Dinge, Jönsson«, begann Kärnlund. »Du weißt vielleicht, dass dein Ruf als Fürsprecher der Gleichberechtigung zwischen Frauen und Männern innerhalb unserer Mannschaft ziemlich zweifelhaft ist?«

Jönsson öffnete den Mund, wurde aber von Kärnlunds erhobener Hand gebremst.

»Darüber wollte ich nicht mit dir diskutieren«, sagte Kärnlund. »Aber jetzt hör mir mal zu. Herabsetzende Bemerkungen über weibliche Kollegen bestätigen nur, dass deine Einstellung zu Frauen antiquiert ist. Es ist also um deiner selbst willen das Beste, wenn du solche dummen Bemerkungen für dich behältst. Außerdem«, fuhr er fort, »werde ich so ein Benehmen in meinem Dezernat nicht dulden. Zum Teufel, Jönsson, wir leben im einundzwanzigsten Jahrhundert!«

Jönsson saß wie versteinert da. Oskar Kärnlund schwieg und ließ seine Worte wirken.

»Jetzt genug davon«, sagte er abschließend. »Welchen Staatsanwalt werden wir treffen und wann?«

»Oberstaatsanwalt Ulf Lindengren«, antwortete Jönsson. »Um elf Uhr in der Staatsanwaltschaft.«

»Gut«, sagte Kärnlund. »Dann treffen wir uns hier um fünf vor elf. Bis dahin werde ich mir überlegen, wie wir bei der Festnahme von Mehmedović vorgehen sollten und was danach passiert. Wenn du es nicht schon getan hast.«

Jönsson erhob sich und ging ohne ein Wort.

Die Staatsanwaltschaft von Västerås lag auf der anderen Seite des Svartån, gegenüber vom Stadthaus und nur einen Häuserblock vom Polizeipräsidium entfernt. Jönsson und Kärnlund gingen zu Fuß. Sie schwiegen den ganzen Weg über. Als sie zur Schlossbrücke kamen, blieb Kärnlund stehen und sah sich um.

»Mmm, der Frühling«, sagte er und atmete tief ein.

Oberstaatsanwalt Ulf Lindengren öffnete die Tür zu seinem Dienstzimmer, unmittelbar nachdem sie geklopft hatten, so als hätte er dahinter auf sie gewartet. Er hielt ihnen die Tür auf, verbeugte sich übertrieben und ließ die beiden Kriminalbeamten eintreten.

»Hoher Besuch, wie ich sehe«, sagte er und schaute Oskar Kärnlund an. »Ich hatte nur Jönsson erwartet.«

Er wandte sich zu Jönsson um und lächelte.

»Das hab ich natürlich nicht im Sinne von *nur* gemeint ...«

»Es geht um das Feuer im Bürgerhaus, wie du weißt«, sagte Kärnlund. »Wir haben einen Verdächtigen, und ich dachte mir, Jönsson erstattet jetzt Bericht, zu welchen Ergebnissen wir gekommen sind.«

Kärnlunds Zweifel, dass es ihnen gelingen würde, den Staatsanwalt zu überzeugen, erwiesen sich als unnötig. Als Jönsson fertig war, schien Ulf Lindengren nahezu enthusiastisch zu sein.

»Gute Arbeit, Jönsson«, sagte er. »Besonders die Sache mit der Benzinquittung, sehr gut. Und der Zeuge scheint ein Volltreffer zu sein.«

Er hielt seine zusammengelegten Handflächen vor den Mund und schwieg eine Weile.

»Aber ich mache mir Gedanken über die Sache mit dem Benzin. Warum sollte Mehmedović erst seine Tankfüllung mit Kreditkarte bezahlen und dann die Kanisterfüllung in bar? Warum hat er nicht alles zusammen bezahlt?«

»Wir hoffen auf eine Erklärung von Mehmedović«, sagte Jönsson. »Erst einmal kommt es darauf an, ob das Mädchen von der Tankstelle ihn bei der Gegenüberstellung erkennt. Wenn er nicht von sich aus zugibt, dass er den Kanister gefüllt hat. Und dann müssen wir versuchen, die Fragezeichen beantwortet zu kriegen.«

»Ein bisschen merkwürdig ist es schon, das musst du zugeben«, wandte Lindengren ein. »Es könnte doch dafür sprechen, dass ein anderer den Kanister gefüllt hat.«

»Es könnte auch so gewesen sein«, mischte Kärnlund sich ein, »dass Mehmedović den Benzinschlauch in einer Reflexbewegung zurückgehängt hat, als er das Auto voll getankt hatte. Dann wollte er die Kanisterfüllung nicht mit seiner Karte bezahlen, weil ihn das mit dem Volltanken seines Autos in Verbindung bringen würde. Das ist natürlich nur eine Spekulation, aber es gibt denkbare Erklärungen.«

»Okay. Wann wollt ihr die Festnahme haben?«

»Sofort«, sagte Jönsson. »Ich dachte mir, wir holen ihn heute Nachmittag ab.«

»In Ordnung«, sagte Lindengren und breitete die Hände aus.

Kärnlund und Jönsson deuteten die Geste offenbar so, dass alles gesagt war, und bedankten sich.

»Informiert mich morgen Vormittag, wie es sich entwickelt«, sagte Lindengren, ehe er die Tür hinter ihnen schloss.

Um ein Uhr mittags hatte sich eine Gruppe von sechs Personen in Jönssons Zimmer im ersten Stock des Präsidiums versammelt. Zwei von ihnen waren uniformiert. Alles waren Männer.

»Ich hab mir vorgestellt, dass wir so vorgehen«, sagte Jönsson, der hinter seinem Schreibtisch Platz nahm: »Karlsson und Agestål von unserer Einsatzmannschaft begleiten mich und nehmen ihn fest.«

Er zeigte auf die beiden uniformierten Männer, die leicht nickten.

»Dann bringen wir ihn nach Västerås zum Verhör. Währenddessen nehmen sich Eriksson und Määttä von der Spurensuche seine Wohnung und sein Auto vor.«

Jönsson sah Erkki Määttä an, der auf der anderen Seite des Schreibtisches saß, und dann Per Eriksson, der hinter seinem Kollegen stand.

»Wenn ihr damit fertig seid, macht ihr in Mehmedović' Restaurant weiter. Ich möchte, dass ihr alles, was möglicherweise mit dem Brand zu tun haben könnte, mitbringt sowie das, was etwas über seine wirtschaftliche Lage aussagt. Und haltet die Augen offen, ob ihr Benzinquittungen findet.«

Er wandte sich zu Niklasson, der eingezwängt zwischen einem Aktenschrank und der Wand stand.

»Und du, Niklasson, verhörst die Ehefrau in der Wohnung. Verweigert sie die Aussage, bringst du sie zum Polizeirevier in Surahammar. Enquist hat die Schlüssel. Er befindet sich im Augenblick vor dem Haus von Mehmedović und passt auf, dass er nicht weggeht.«

»Während wir das alles erledigen, holt Enquist Peter Adolfsson ...«

Jönsson unterbrach sich selber und wandte sich an die beiden von der Spurensuche.

»... das ist unser Hauptzeuge.«

»Aha«, sagte Erkki Määttä, ohne eine Miene zu verziehen.

»Wie gesagt«, fuhr Jönsson fort, »Enquist holt Adolfsson und bringt ihn zum Haus. Vielleicht kann er bestätigen, dass er Mehmedović' Mercedes in der Brandnacht gesehen hat. Adolfsson ist schon benachrichtigt, dass wir ihn heute brauchen. Später müssen wir vielleicht die Zeugengegenüberstellung mit dem Mädchen von der OK-Tankstelle organisieren. Aber das hängt davon ab, was die Verhöre bringen und ob die Spurensuche etwas findet. In dem Fall soll Adolfsson sich auch Mehmedović anschauen.«

Einige Sekunden war es still.

»Keine Fragen? Dann fangen wir also an.«

Sie fuhren in drei Autos los, Karlsson und Agestål in ihrem Streifenwagen voran. Jönsson und Niklasson saßen in dem Auto dahinter und die Männer von der Spurensuche im letzten Wagen.

»Ob der Vogel noch im Nest ist?«, fragte Jönsson über Funk.

»Jedenfalls ist er nicht an der Vorderseite ausgeflogen«, antwortete Enquist.

Niklasson, der am Steuer saß, warf Jönsson einen Blick zu und hob die Augenbrauen.

»Was soll das denn nun wieder?«

»Man kann nicht ganz sicher sein, ob Mehmedović nicht den Polizeifunk abhört. Deshalb haben wir beschlossen, seinen Namen nicht zu nennen.«

»Das hab ich gehört.«

Sie parkten ihr Auto direkt hinter dem Einsatzwagen, der die Garagenausfahrt von Ismail Mehmedović' Grundstück versperrte. Ohne ein Wort gingen Jönsson und die beiden uniformierten Polizisten rasch zur Haustür. Jönsson schug mit der Faust dagegen, statt auf den Klingelknopf zu drücken.

Die Tür wurde nach wenigen Sekunden geöffnet. Es war dieselbe dunkelhaarige Frau, die auf dem Balkon gestanden hatte, als Jönsson und Enquist das erste Mal hier gewesen waren.

»Kriminalpolizei«, sagte Jönsson. »Wir möchten mit Ismail Mehmedović sprechen.«

»Er ist nicht da«, sagte die Frau. »Um was geht es?«

Die drei Polizisten gingen wortlos an ihr vorbei ins Haus. Ismail Mehmedović saß am Küchentisch. Er stellte eine Kaffeetasse auf die Untertasse und sah sie an.

»Sie sind wegen des Verdachts der Brandstiftung im Bürgerhaus vorläufig festgenommen. Kommen Sie mit. Stellen Sie sich hin und halten Sie die Hände vor den Körper.«

Mehmedović erhob sich und streckte die Hände vor.

Agestål legte ihm Handschellen an und führte ihn mit einem festen Griff um seinen Oberarm hinaus. Karlsson folgte ihnen auf den Fersen.

»Mit Ihnen möchten wir auch sprechen«, sagte Jönsson zu der Frau. »Wie heißen Sie?«

»Ich heiße Jasmina Mehmedović. Mein Mann hat nichts getan. Ich auch nicht.«

»Wir werden ja sehen. Mein Kollege Jan Niklasson wird sich mit Ihnen unterhalten.«

Im selben Moment kam Niklasson herein.

»Vielleicht können wir das hier in der Küche machen«, sagte er und setzte sich auf den Stuhl, auf dem Ismail Mehmedović gesessen hatte. »Würden Sie bitte auch Platz nehmen?«

Jasmina Mehmedović stellte ihren Stuhl Niklasson gegenüber hin. Egon Jönsson holte einen zusammengefalteten Bogen Papier aus der Innentasche seines Jacketts.

»Wir müssen eine Hausdurchsuchung in Ihrem Haus vornehmen und auch das Auto untersuchen«, sagte er und hielt Jasmina Mehmedović das Blatt Papier vors Gesicht. »Ich bitte Sie, die Arbeit unserer Kollegen von der Technik so weit wie möglich zu erleichtern. Behindern Sie sie vor allen Dingen nicht.«

Jönsson zuckte von einem leichten Stoß in die Seite zusammen. Ein Mädchen lief an ihm vorbei zu Jasmina Mehmedović und schlang die Arme um sie.

»Mama«, flüsterte sie.

Jasmina Mehmedović drückte das Kind an sich. Sie schaute erst Niklasson an und dann Jönsson geradewegs in die Augen.

»Meine Tochter. Sind Sie jetzt zufrieden? Ein unschuldiges Kind so zu erschrecken. Sie ist erst neun Jahre alt. Wenn Sie etwas von Ismail wollten, hätten Sie ihn auch aufs Revier bestellen können.«

Niklasson schaute auf den Tisch. Jönsson drehte sich um und verließ die Küche. An der Haustür traf er mit Eriksson und Määttä zusammen.

»Ich nehme an, wir können jetzt anfangen«, sagte Määttä.

Jönsson nickte. Auf dem Bürgersteig vor dem Haus standen drei Personen und sahen in den Streifenwagen, in dem Ismail Mehmedović neben Agestål auf dem Rücksitz saß. Jönsson setzte sich neben Karlsson nach vorn.

»Fahr los«, sagte er.

Punkt vier verschloss Elina Wiik die Tür zu ihrem Dienstzimmer und ging direkt nach Hause. Den ganzen Tag war ihr Konzentrationsvermögen durch das blockiert gewesen, was bei der Morgenbesprechung vorgefallen war. Sie wusste nicht, was sie am meisten irritierte, Jönssons barsche Äußerungen oder die Tatsache, dass Mehmedović verhaftet wurde aus Gründen, die sie nur schwer akzeptieren konnte.

Sie saß in ihrem Großvatersessel im Wohnzimmer und hatte keine Ahnung, was sie mit dem Rest des Tages anfangen sollte.

Sei ehrlich zu dir selber, dachte sie. Was dich in Wirklichkeit fuchst, ist die Tatsache, dass du bei dieser Ermittlung im Abseits gelandet bist. Dass du nicht dabei sein darfst, wenn es spannend wird.

Sie erhob sich, unfähig, still zu sitzen.

»Scheiße!«

Sie streckte sich nach dem Telefon und tippte eine Nummer ein, die mit 08 begann.

»Botwid«, meldete sich jemand am anderen Ende.

»Hallo, Papa. Wie geht es dir? Und Mama?«

Unbewusst verfiel sie in den Dialekt ihres Vaters von Österbotten.

»Elina, mein kleiner Liebling, wie geht's dir?«

Elina lächelte.

»Ich hab zuerst gefragt, Papa. Aber ich kann natürlich auch als Erste antworten. Nicht besonders, wenn ich ehrlich sein soll.«

»Und was fehlt dir?«

»Eigentlich nichts. Ich sollte nicht jammern. Aber ich hab das Gefühl, ich komm nicht voran in meinem Job.«

Sie erzählte bis ins letzte Detail, was morgens passiert war. Botwid Wiik hörte ihr zu, ohne sie zu unterbrechen.

»Ich bin zwar nicht sicher, ob die Polizei konservativer ist als andere Berufsgruppen, wenn es um Frauen geht«, sagte er, als sie fertig war, »aber es scheint so, wenn ich nicht ganz vernagelt bin. Alle Organisationen sind dafür geschaffen, bestehende Traditionen zu bewahren. Was dich angeht, so scheinst du eine extra Steigung vor dir zu haben. Aber weißt du, ich hab heute Nacht von dir geträumt. In meinem Traum warst du Polizeichefin.«

»Hab ich diesen Jönsson in seine Schranken gewiesen?«, fragte Elina lachend. »Na, das war wohl kein Traum, der in Erfüllung geht. Aber ich will auch gar nicht Chef werden, ich möchte nur eine anständige Chance haben. Einen großen Fall.«

»Bald kriegst du auch einen Kick. Und wie geht es mit der Liebe, mein Kind? Mama spricht so oft von Enkelkindern.«

Elina wusste nicht, was sie antworten sollte.

»Genauso mühselig wie die Arbeit«, antwortete sie schließlich. »So was kriegt man ja nicht einfach auf Bestellung hin.«

»Hohe Erwartungen, hohe Erwartungen«, sagte Botwid Wiik.

Ja, dachte Elina, als sie auflegte. Das ist mein Fluch. Zu hohe Erwartungen an alles. *It's got to be perfect.*

12

An der Decke hing eine matte Glaskuppel. Die Tapeten im Zimmer waren grau und in einem dunkleren grauen Ton kaum erkennbar gemustert. An der Wand hing eine weiße Uhr mit schwarzen Zeigern. Der Fußboden war mit grünem Laminat ausgelegt. Auf dem lackierten, aber ungestrichenen Tisch war eine Büroleuchte neben einem Tonbandgerät festgeschraubt. Zwei Stühle standen auf der einen Seite des Tisches, auf der anderen Seite standen zwei weitere.

In diesem Raum hatten viele Menschen ihr Verbrechen abgestritten. Andere hatten gestanden. Einige hatten über ihre Sünden geweint.

Jönsson legte einen kleinen Notizblock und eine rote Mappe vor sich auf den Tisch. Niklasson saß neben ihm.

»Möchten Sie Ihre Jacke ausziehen?«, fragte Niklasson.

»Nein, danke«, sagte Ismail Mehmedović. »Ich wollte nicht lange bleiben.«

»Wir stellen jetzt das Tonbandgerät an«, sagte Jönsson und drückte auf »Rec«. »Zuerst möchten wir Sie fragen, Ismail Mehmedović, ob Sie einen Anwalt haben möchten. Das Amtsgericht hat Susanne Norman vom Aros Rechtsanwaltbüro als Pflichtverteidigerin bestimmt. Sie ist im Augenblick leider durch eine Gerichtsverhandlung verhindert. Falls Sie sie also dabeihaben möchten, unterbrechen wir jetzt und machen weiter, wenn sie hier sein kann.«

»Das ist nicht nötig«, sagte Mehmedović.

»Dann halten wir das fest«, sagte Jönsson. »Möchten Sie einen Übersetzer für das Jugoslawische haben?«

»Meine Muttersprache heißt Serbokroatisch auf Schwedisch. Ich scheine also besser Schwedisch zu können als Sie.«

»Möchten Sie einen Übersetzer oder nicht?«

»Auch das ist nicht nötig.«

»Dann frage ich Sie jetzt, welche Einstellung Sie zu der gegen Sie erhobenen Anklage haben. Schwere Brandstiftung und Anstiftung zu schwerer Brandstiftung. Im Bürgerhaus in Surahammar am 3. Mai.«

»Einstellung?«

»Ja, sind Sie schuldig oder unschuldig?«

»Ich bin natürlich unschuldig.«

»Dann möchte ich, dass Sie uns erzählen, was Sie am Morgen des Walpurgistages getan haben.«

Jönsson öffnete die rote Mappe und holte ein Bündel Papier hervor. Er blätterte bis zu einer bestimmten Seite.

»Bei unserem gestrigen Verhör haben Sie gesagt, dass Sie im Großmarkt eingekauft und dann Ihr Auto bei der OK-Tankstelle auf der nördlichen Umgehung aufgetankt haben. Wann waren Sie bei OK-Q8?«

»Nachdem ich eingekauft habe. Vielleicht zwischen zwölf und eins.«

»Ich habe hier eine Tankquittung von 12.38 Uhr. Sie lautet über 45,65 Liter Benzin. Es wurde mit Kreditkarte bezahlt, auf der Ihr Name stand. Waren Sie das?«

»So muss es wohl sein.«

»Was haben Sie betankt?«

»Das hab ich doch schon gesagt. Mein Auto.«

»Haben Sie noch mehr betankt als Ihr Auto?«

»Nein.«

»Keinen Benzinkanister?«

»Nein.«

»Sind Sie sicher?«

»Natürlich.«

Jönsson öffnete wieder die rote Mappe und holte den Ausdruck von der Tankstelle hervor.

»Hier ist eine Liste über die Barzahlungen, die an Walpurgis zwischen zwölf und eins bei OK-Q8 geleistet worden sind. Wenn Sie mal schauen, sehen Sie hier, dass um zwanzig vor eins 4,98 Liter getankt wurden, zwei Minuten nachdem Sie Ihr Auto voll getankt haben. Meine Frage ist also: Haben Sie diese 4,98 Liter getankt?«

Ismail Mehmedović beugte sich vor, um den Ausdruck zu lesen, den Jönsson in der Hand behalten hatte. Dann lehnte er sich zurück und schwieg.

»Nun«, sagte Jönsson, »waren Sie das?«

»Nein«, antwortete Mehmedović. »Das war ich nicht.«

»Dann unterbrechen wir für eine Weile. Das Verhör von Ismail Mehmedović ist um 14.26 Uhr beendet.«

Er drückte auf »Off«.

»Kann ich jetzt gehen?«, fragte Mehmedović.

»Nicht weiter als bis in die Untersuchungshaft«, antwortete Jönsson. Er wandte sich an Niklasson.

»Sorgst du dafür, dass Herr Mehmedović abgeholt wird? Und dann treffen wir uns in wenigen Minuten in meinem Zimmer.«

Das Erste, was Jönsson tat, nachdem er die Tür zu seinem Büro hinter sich geschlossen hatte, war, dass er Enquist über Handy anrief.

»Wo bist du?«, fragte er.

»Ich bin jetzt im Haus«, antwortete Enquist. »Zusammen mit Peter Adolfsson. Bleib mal dran, ich geh eben in ein anderes Zimmer.«

Es dauerte nur wenige Sekunden, dann ertönte wieder Enquists Stimme im Telefon.

»Adolfsson sagt, Mehmedović' Mercedes ist so ein Auto, wie er es in der Brandnacht gesehen hat, und dass er sich in keinem Punkt von dem unterscheidet, an was er sich erinnert.«

»Ausgezeichnet«, sagte Jönsson.

»Nun mal ganz langsam«, sagte Enquist. »Das Problem ist, er sagt dasselbe von Mårtenssons Wagen. Ich bin auf dem Weg hierher nämlich an seinem Haus vorbeigefahren. Das Auto stand auf der Straße, ich hab also keinen gesetzlichen Hinderungsgrund gesehen, ihn einen Blick auch auf das Auto werfen zu lassen.«

Jönsson schwieg einige Sekunden.

»Mehmedović streitet ab, den Kanister voll getankt zu haben«, sagte er dann. »Wir müssen also eine Zeugengegenüberstellung mit dem Mädchen von der Tankstelle veranlassen. Bring auch Adolfsson her.«

Ein leichtes Klopfen ertönte. Niklasson trat ein.

»Ich hab mit Natalie von OK-Q8 gesprochen«, sagte er. »Wir haben fünf Männer, die bereit sind, in einer Stunde neben Mehmedović bei der Gegenüberstellung zu stehen.«

Jönsson saß noch mit dem Telefonhörer in der Hand da. Er machte Niklasson ein Zeichen, der sich setzte.

»Haben die Leute von der Spurensicherung was gefunden?«, fragte er Enquist am Telefon.

»Nichts, soweit ich weiß«, sagte Enquist. »Sollten sie was finden, rufen sie dich an. Määttä ist zu einer ersten Untersuchung zur ›Scheune‹ gefahren. Ich komm jetzt mit Adolfsson.«

Jönsson legte auf und wandte sich Niklasson zu.

»Wenn du die Gegenüberstellung organisierst, hol ich jetzt das Mädchen – Natalie, so heißt sie doch?«

Niklasson erhob sich. An der Tür drehte er sich um.

»Er wirkt nicht besonders erschüttert, finde ich. Eher selbstsicher.«

»Vielleicht vergleicht er es mit der Situation im Krieg«, sagte Jönsson. »Diesmal ist er durchgekommen. Beim nächsten Mal nicht.«

Natalie hatte gerade eine Grillwurst mit Brötchen verkauft, als Jönsson an die Kasse von OK-Q8 trat.

»Das hier ist die reinste Würstchenbude geworden«, sagte sie. »Jeden Abend nach der Arbeit stinkt mein Haar wie die Pest. Bald eröffne ich hier noch ein Mittagsrestaurant. Hackfleisch in Benzin mariniert. Wie klingt das?«

Jönsson betrachtete Natalies Haare. Sie waren jetzt grün.

»Hatten Sie nicht … Könnten Sie wohl sofort mit mir aufs Polizeirevier fahren?«, fragte er.

»Dauert es lange? Ich muss spätestens um sieben zurück sein. Dann geht Patrik und es ist niemand da, der meinen Dienst übernehmen kann.«

»Wir sind innerhalb einer Stunde fertig«, sagte Jönsson. »Ich werde dafür sorgen, dass Sie zurückgebracht werden.«

Sie stempelte sich aus der Kasse aus und fuhr sich mit der Hand durch die Haare.

»Ich sollte sie ganz abrasieren«, sagte sie, »wenn ich nicht so eine schöne Haarfarbe hätte. Wo steht Ihr Auto?«

Auf dem Parkplatz des Polizeireviers trafen sie Enquist, der gerade mit Peter Adolfsson aus Surahammar kam. Jönsson begrüßte Adolfsson mit Handschlag.

»Ich bin bereit«, sagte Peter Adolfsson.

Die Gruppe, die Niklasson zusammengetrommelt hatte, bestand aus zwei Übersetzern, deren Muttersprache Serbokroatisch war, einem dunkelhaarigen Polizisten und zwei Einsitzenden aus dem Gefängnis in Västerås, beide im früheren Jugoslawien geboren. Zusammen mit Ismail Mehmedović stellten sie sich in einer Reihe hinter dem verspiegelten Fenster auf. Als Erster musste Peter Adolfsson sie ansehen.

»Schau genau hin«, sagte Jönsson, der neben Peter stand. »Ist unter diesen Männern die Person, die du in der Brandnacht mit dem Kanister gesehen hast?«

Peter stand still da, das Gesicht zum Fenster gewandt.

»Nein«, sagte er. »Ich kenne keinen von ihnen.«

»Könnte einer von ihnen die Person sein, die im Mercedes gesessen hat? Oder besser gesagt, die Person, die du vielleicht im Mercedes gesehen hast?«

Peter stand still, als ob er sich konzentrierte.

»Nein, ich erinnere mich nicht, wie der im Auto ausgesehen hat.«

»Bist du sicher? Sieht keiner von denen jemandem ähnlich, den du in der Brandnacht gesehen hast?«

»Nein.«

»Okay, danke. Niklasson, kannst du Peter Adolfsson hinausbegleiten und Natalie bitten hereinzukommen?«

Das Mädchen mit den grünen Haaren schaute nicht besonders lange hin.

»Der mit der Nummer vier auf dem Bauch«, sagte sie. »Er hat den Kanister voll getankt.«

»Sind Sie sicher?«, fragte Jönsson.

»Ja, ganz sicher. Er ist reingekommen und hat das Benzin mit einem Tausender bezahlt. Da bin ich mir vollkommen sicher.«

Jönsson nahm sie leicht am Arm und führte sie ins Nachbarzimmer.

»Dann also vielen Dank«, sagte er. »Sie und Peter Adolfsson werden jetzt dorthin gebracht, wo sie hinwollen. Niklasson kümmert sich darum.«

»Es tut mir Leid«, platzte Peter Adolfsson plötzlich heraus. »Ich hab's so gut gemacht, wie ich konnte.«

»Kein Problem«, sagte Jönsson. »Es wäre schön, wenn wir immer wissen, wo du dich in den nächsten Tagen aufhältst.«

»Ich will nicht wegfahren«, antwortete Peter.

»Ich auch nicht«, sagte Natalie. »Rufen Sie mich übers Handy an, wenn was ist.«

»Wir treffen uns in einer Viertelstunde in meinem Zimmer«, sagte Jönsson zu Niklasson und Enquist.

Auf dem Weg dorthin steckte Jönsson seinen Kopf in das Zimmer, in dem die beiden Bürodamen des Dezernats saßen. Die beiden Frauen grüßten gleichzeitig.

»Hallo«, sagte Jönsson. »Könnte eine von Ihnen bitte drei Tassen Kaffee ...« Er unterbrach sich. »Nein, das mach ich selber. Bleiben Sie sitzen.«

»Wir stehen nicht mal vor dem König auf«, sagte die Jüngere von ihnen. »Aber ich kann Ihnen drei Kaffeemarken geben, falls Sie Besuch von auswärts haben. Sonst müssen Sie Ihr Portmonee zücken. Kärnlunds Regeln, Sie wissen ja.«

»Ein Glück, dass er bald in Pension geht«, murmelte Jönsson vor sich hin, als er außer Hörweite war.

Kaffee stand nicht auf Jönssons Schreibtisch, als Niklasson und Enquist hereinkamen.

»Einer der beiden«, sagte Jönsson. »Aber das haben wir ja erwartet. Mehmedović passt nicht richtig zu Adolfssons Beschreibung vom Kanistermann. Wir müssen unbedingt seinen Mittäter finden. Oder darauf hoffen, dass wir ihn durch Natalies Identifizierung knacken und er auspackt.«

»Mir kommt es so vor, als könnte sein Karten spielender Kumpel Dragan daran beteiligt sein«, sagte Enquist. »Mehmedović hat ja selbst gesagt, dass Dragan jünger und dünner ist als er selber. Und damit nähern wir uns einer Übereinstimmung von Adolfssons Beschreibung vom Kanistermann an.«

»Hast du etwas aus der Ehefrau herausgekriegt?«, fragte Jönsson.

»Nicht viel. Sie sagt dasselbe wie ihr Mann. Dass sie aufgewacht ist, als er in der Brandnacht gegen fünf nach Hause kam, und dass er gesagt hat, er habe mit jemandem aus dem Kosovo Karten gespielt. Das Interessanteste, was sie gesagt hat, ist vermutlich die Sache mit der Disko im Bürgerhaus. Sie hat sich Sorgen gemacht, sie könnten Geld verlieren, und sie hat auch gesagt, dass sie zu Hause darüber gesprochen haben.«

»Wir werden sehen, was ...«

Jönsson wurde vom Telefonklingeln unterbrochen. Er hob den Hörer ab und hörte eine halbe Minute schweigend zu.

»Gut«, sagte er dann. »Ich möchte sie sobald wie möglich haben und werde dafür sorgen, dass sie abgeholt wird.«

Wieder schwieg er eine Weile.

»Aha, das habe ich vorausgesehen, vielen Dank.«

Er legte auf und ballte die Fäuste in der Luft.

»Bingo! Das war Määttä. Er hat die Benzinquittung in einer Schachtel mit unsortierten Papieren in der ›Scheune‹ gefunden und schickt sie uns durch Eriksson her.«

Jönsson hob den Telefonhörer wieder ab und tippte eine kurze Nummer ein.

»Bringt Ismail Mehmedović wieder in den Verhörraum. Ich bin gleich da.«

»Ich geh mit rein«, sagte Niklasson, als Jönsson aufgelegt hatte.

»Jetzt werden wir ja sehen, was Herr Mehmedović dazu zu sagen hat.« Jönsson rieb sich die Hände.

»Ich bereite mich auf morgen vor«, sagte Enquist. »Wir müssen unbedingt die Leute verhören, die in der Brandnacht in der ›Scheune‹ gearbeitet haben. Damit wir mehr über Mehmedović' Geschäfte erfahren und eine bessere Beschreibung von Dragan bekommen. Wenn es ihn denn gibt. Und wenn er der Kanistermann ist.«

Ismail Mehmedović saß mit gekreuzten Armen da, als Jönsson und Niklasson den Verhörraum betraten. Jönsson drückte auf »Rec« des Tonbandgerätes.

»Das Verhör von Ismail Mehmedović wird am 9. Mai um 16.02 Uhr fortgesetzt. Herr Mehmedović, bleiben Sie dabei, dass Sie an Walpurgis nicht den Benzinkanister bei OK aufgefüllt haben?«

»Ja.«

»Dann möchte ich Sie darüber informieren, dass eine Angestellte von OK Sie als die Person identifiziert hat, die Walpurgis um 12.40 Uhr für ungefähr fünf Liter Benzin bar bezahlt hat.«

»Dann hat sie sich geirrt. Ich bin nicht diese Person.«

Jönsson öffnete seine rote Mappe.

»Diese Quittung haben wir zwischen Ihren Papieren gefunden. Würden Sie das bitte mal laut vorlesen?«

Mehmedović streckte die Hand aus, aber Jönsson zog die Quittung an sich.

»Ich halte sie fest«, sagte er. »Sie brauchen nur zu lesen.«

Mehmedović sank auf den Stuhl zurück und schwieg eine Weile.

»Das ist nicht nötig. Jetzt erinnere ich mich. Ich hab auch einen Kanister voll getankt. Für den Rasenmäher.«

»Wo ist der Kanister jetzt?«

»In der Garage. Ich hab einmal gemäht. Vielleicht sind noch drei, vier Liter drin.«

Jönsson nickte Niklasson zu, der sich erhob und den Raum verließ.

»Warum haben Sie erst Ihr Auto voll getankt und dann den Kanister?«

»Das war so: Ich hab getankt, aber nicht an den Kanister gedacht. Dann ist er mir eingefallen. Da hab ich an der anderen Zapfsäule getankt, weil ich einen Tausender wechseln wollte. Für die Abendkasse in der ›Scheune‹.«

»Wenn es so einfach ist, warum haben Sie uns das nicht gleich erzählt?«

»Ich hab's vergessen.«

»Sie haben es vergessen, obwohl wir zweimal über Ihren Besuch bei OK-Q8 gesprochen und besonders nach dem Kanister gefragt haben?«

»Ja.«

»Ich würde behaupten, Sie lügen.«

»Und ich würde sagen, dass ich einen Anwalt möchte. Von jetzt an.«

»Den kriegen Sie, aber ich bezweifle, dass sie um diese Uhrzeit noch kommen kann. Das Verhör wird um 16.17 Uhr beendet und morgen fortgesetzt.«

Jönsson schaltete das Tonbandgerät ab.

»Vielen Dank, Herr Mehmedović. Wir haben Ihnen einen Schlafplatz im Haus besorgt. Der Staat zahlt.«

Ein Beamter forderte Mehmedović auf, ihm zu folgen. Jönsson legte die Quittung zurück in die Mappe und wollte gerade gehen, als Niklasson zurückkehrte.

»Ich hab mit Per Eriksson gesprochen. Er ist noch mal zum Haus gefahren«, sagte er. »In der Garage steht ein 5-Liter-Kanister aus Blech. Den Inhalt konnte Eriksson noch nicht überprüfen, aber er sagt, er ist noch gut halb voll.«

»Bedeutet nicht viel«, sagte Jönsson. »Den hatte er vielleicht schon vorher. Der Zeitpunkt fürs Tanken und die Tatsache, dass er versucht hat, es vor uns zu verbergen, ist wichtiger.«

»Außerdem hab ich mit Määttä gesprochen«, sagte Niklasson. Er hat ziemlich viele Papiere gefunden, die etwas über die wirtschaftliche Lage der ›Scheune‹ aussagen. Wenn du willst, bleib ich heute Abend hier und schau sie durch. Ich hab Buchführung auf dem Gymnasium gehabt, vielleicht kann ich mir ein Bild von der Situation machen.«

»Ausgezeichnet«, sagte Jönsson. »Morgen wird's interessant.«

13

Enquist trat in eine Wasserpfütze, als er in der Murargatan in Surahammar aus seinem Auto stieg. Er sank zurück auf den Fahrersitz, zog Schuh und Strumpf aus. Der Strumpf tropfte.

»Damit ist der Tag gelaufen«, sagte er seufzend.

Es war Viertel nach neun am Morgen. Donnerstag, der 10. Mai, eine Woche nach dem Feuer im Bürgerhaus. Den kräftigen Regen dieser Nacht hätte die Feuerwehr gern vor einer Woche gehabt. Der Himmel war immer noch grau, aber es hatte aufgehört zu regnen. Die Häuser und vereinzelt geparkte Autos spiegelten sich in den unzähligen Wasserpfützen. Auf der Straße war kein Mensch zu sehen.

Enquist steckte die Hand in die Hosentasche und fischte einen Zettel heraus. »Liisa Kiivirantta, Murargatan 4B«, stand ganz oben am Rand. Der Eingang war auf der anderen Seite des Gebäudes. Er ging hinein und las die Namensschilder. Kiivirantta wohnte im Erdgeschoss. Nach dem ersten Klingelton wurde die Tür von einer jungen blonden Frau geöffnet. Sie trug blaue Jeans und ein rot kariertes Herrenhemd, das bis zum Bauchnabel offen stand. BH-Bänder waren nicht zu sehen.

»Ja?«, sagte sie, nachdem Enquist fünf Sekunden geschwiegen hatte, und schloss zwei Knöpfe des Hemdes.

Enquist hob den Blick und begegnete ihren Augen.

»Liisa Kiivirantta?«, fragte er.

»Wer sind Sie?«

»Entschuldigung, Erik Enquist von der Kripo in Hallstahammar. Ich habe einige Fragen.«

»Worum geht es?«

»Können wir vielleicht hineingehen? Statt hier herumzustehen. Falls Sie Liisa Kiivirantta sind.«

»Dann kommen Sie rein.«

Erik Enquist putzte sich sorgfältig die Schuhe auf der Fußmatte ab, behielt sie aber an, da er nur einen Strumpf trug. Es schien eine Zweizimmerwohnung zu sein. Nichts deutete darauf hin, dass hier ein Mann wohnte. Nur das rot karierte Hemd. Aber ob Liisa Kiivirantta einen Mann hatte oder nicht – die Frage gehörte nicht zu denen, die er stellen wollte.

»Es geht um den Brand im Bürgerhaus«, sagte er. »Ich möchte gern wissen, was sich am Abend vorher in der ›Scheune‹ abgespielt hat. Soweit ich weiß, haben Sie an dem Abend dort gearbeitet.«

»Ich hab gehört, dass die Polizei Smiley festgenommen hat. Das ist ja total bescheuert.«

Enquist schwieg eine Weile.

»Sie wissen es also? Korrekt ausgedrückt heißt das, Mehmedović wurde vom Staatsanwalt in Untersuchungshaft genommen. Über den Grund kann ich Ihnen leider nichts Näheres sagen. Erzählen Sie mir doch bitte, wer an jenem Abend in der ›Scheune‹ gearbeitet hat und wie lange Sie und die anderen geblieben sind.«

»An dem Abend waren wir drei, außer Smiley. Der Koch hat gegen zwölf Schluss gemacht. Die Küche wird um halb zwölf geschlossen, und er geht, wenn er mit Aufräumen fertig ist. Dann war da noch der Discjockey«, fuhr sie fort. »Er hat um zwei mit der Musik aufgehört, dann schließt das Lokal. Und ich war um Viertel vor zwei mit der Pubkasse fertig. Wahrscheinlich bin ich um zwei gegangen.«

»Müssen Sie nicht hinterher putzen?«, fragte Enquist.

»Smiley bringt immer den Rest in Ordnung. Morgens kommt jemand zum Putzen.«

»Waren an dem Abend viele Leute da? Gäste, meine ich.«

»Nein, um die zwanzig vielleicht. In der letzten Zeit hatten wir wenig Gäste. Die Mittwochsdisko war ein Versuch, das Lokal wieder in Schwung zu bringen, aber es hat nicht funktioniert.«

»Hat Mehmedović was darüber gesagt, dass der Laden schlecht läuft?«

»Das braucht er gar nicht zu sagen, das sieht man doch.«

»Ich meine, ob ihn die Situation bedrückt hat.«

»Na klar, seit es die Disko im Bürgerhaus gibt und uns die Gäste wegbleiben, kann es einfach nicht mehr so gut gehen.«

Eine Weile saß sie still da, als ob sich ein Gedanke in ihrem Kopf formte.

»Warten Sie mal«, sagte sie dann, »Sie glauben doch wohl nicht, dass Smiley das Bürgerhaus wegen der Disko angezündet hat?«

Enquist schwieg.

»Himmel, was für ein Schwachsinn! Smiley! Er ist wahnsinnig nett, das kann ich Ihnen versichern.«

»Haben Sie ihn an jenem Abend mit einer bestimmten Person zusammen gesehen? Hat er mit jemandem gesprochen, der auch nach der Schließung noch geblieben ist?«

Sie schüttelte den Kopf.

»Smiley und das Bürgerhaus – nein, nicht er.«

Dann sah sie Enquist geradewegs an.

»Nein, ich hab niemanden gesehen, mit dem er sich besonders unterhalten hat. Er redet immer mit allen Gästen, wenn er sie bedient. Er will, dass sich jeder wohl fühlt. Mir ist niemand Besonderes aufgefallen. Und ich bin gegangen, bevor er geschlossen hat, daher weiß ich auch nicht, ob er oder jemand anders länger geblieben ist als sonst. Es waren noch ein paar Gäste da, als ich ging. Warum fragen Sie danach?«

»Noch etwas«, sagte Enquist. »Was können Sie über die wirtschaftliche Situation der ›Scheune‹ sagen? Gibt es zum Beispiel eine schwarze Kasse?«

Liisa Kiivirantta schaute aus dem Fenster.

»Darüber weiß ich nichts. Ich hab nur meinen Job gemacht.«

Enquist schwieg eine Weile. Dann erhob er sich und reichte ihr die Hand. Liisa Kiivirantta stand ebenfalls auf.

»Vielen Dank für Ihre Hilfe. Wohnen Sie allein?«

»Das gehört doch wohl nicht zur Ermittlung.«

Sie lächelte, als sie das sagte.

Enquist schaute in den Himmel, als er wieder auf die Straße kam.

»Der Tag ist doch noch nicht ganz gelaufen«, sagte er zu sich selber. Er steckte den Zündschlüssel ins Schloss, hielt aber in der Bewegung inne, bevor er ihn umdrehte, zog ihn wieder heraus und ging zurück in das Treppenhaus. Liisa Kiivirantta öffnete die Tür sofort nach dem Klingeln.

»Ich hab noch etwas zu fragen vergessen«, sagte Enquist. »Hat Ismail Mehmedović an jenem Abend etwas getrunken, ich meine Alkohol?«

Liisa Kiivirantta schien mit der Antwort zu zögern.

»Warum ist das wichtig?«

»Ich weiß nicht. Aber ich möchte gern, dass Sie mir antworten.«

Sie lehnte sich gegen den Türpfosten und kreuzte die Arme.

»Smiley trinkt häufig, wenn er im Dienst ist. Nicht so, dass er betrunken wird, wir müssen ja arbeiten. Aber einige Glas Whisky werden es schon. Das wird er Ihnen selbst erzählen, wenn Sie ihn fragen.«

»Bestimmt«, sagte Enquist. »Also?«

»Doch, er hat einiges getrunken an dem Abend. Aber wo Sie nun schon so viel von mir erfahren haben, will ich noch etwas dazu sagen. Smiley hat immer das Auto stehen lassen, wenn er damit gekommen ist. Er fuhr nie angetrunken nach Hause. Das ist wahr«, fügte sie hinzu.

Sie nickten einander leicht zu.

Draußen beim Auto drehte er sich zu Liisa Kiiviranttas Fenster um.

»Vielleicht ist es wahr«, murmelte er, »wir werden ja sehen.«

Der andere Name auf seinem Zettel lautete Fredrik Tillman. Enquist brauchte nicht weit zu fahren. Tillmans Wohnung war nur einen Häuserblock entfernt, im Borevägen.

Tillman öffnete erst nach dem fünften Klingeln. Auch er trug ein rotes Herrenhemd. Es war gar nicht zugeknöpft.

»Ich hab geschlafen«, erklärte er gähnend.

Enquist stellte sich vor und bat, hereinkommen zu dürfen.

»Ich hab heute Nacht gearbeitet«, sagte Tillman, »bin erst um vier nach Hause gekommen. Fallen Sie nicht über die Sachen auf dem Fußboden.«

Enquist stieg über eine Tasche hinweg, die mitten im Flur stand.

»Meine CDs«, sagte Tillman. »Setzen Sie sich aufs Sofa.«

Das Sofa war schwarz, genau wie die Musikanlage und die Lautsprecher, die das kleine Zimmer vollkommen beherrschten. Tillman setzte sich auf sein ungemachtes Bett. Eine Katze sprang auf seinen Schoß. Auch sie war schwarz.

»In der letzten Woche haben Sie Mittwochabend bis zwei in der ›Scheune‹ gearbeitet. Stimmt das?«

»Lassen Sie mich mal nachdenken«, sagte Tillman. »Doch, das stimmt, bis zwei.«

»Wann sind Sie gegangen?«

»Muss so was um Viertel nach gewesen sein, nach zwei also. Ich hab nicht auf die Uhr geguckt, aber es dauert ja immer eine Weile, eh ich meinen Kram eingepackt hab.«

»Was haben Sie dann gemacht?«

»Bin nach Hause gefahren. Hab ein bisschen gegessen, Wasser getrunken. Im Internet gesurft. Computerspiele gespielt. Das mach ich immer nach der Arbeit, weil ich eine Zeit brauche, bis ich zur Ruhe komme. Hab mich wohl so gegen vier hingelegt. Glaub ich.«

»Dann waren Sie also wach, als das Bürgerhaus brannte. Haben Sie etwas davon bemerkt?«

»Nein, da hab ich tatsächlich das Spektakel des Jahres verpasst.«

»Ich möchte Sie noch fragen, ob Sie Ismail Mehmedović in der Nacht mit jemandem zusammensitzen gesehen haben, nachdem das Lokal geschlossen war.«

»Ja, ich erinnere mich, dass ich zum ersten Mal gesehen hab, wie jemand länger geblieben ist als ich. Es war ein Ausländer. Schien aus Smileys Heimat zu stammen.«

»Was machte er dort? Ich meine in der ›Scheune‹, als Sie gingen?«

»Nichts Besonderes. Saß da und trank ein Bier.«

»Was hat Mehmedović getan?«

»Er wischte die Tische ab und stellte die Stühle hoch, wenn ich mich richtig erinnere.«

»Können Sie diese Person näher beschreiben?«

»Nicht genau, vielleicht in meinem Alter. Dunkelhaarig, an der Kleidung war nichts Besonderes, an das ich mich erinnere, wohl die üblichen Klamotten. Dünn war er jedenfalls, nicht dick.«

»Da ist noch etwas«, sagte Enquist, »wobei Sie mir weiterhelfen können. Wissen Sie, ob Mehmedović an dem Abend Alkohol getrunken hat?«

Tillman schwieg mehrere Sekunden.

»Nein, nicht soweit ich gesehen habe. Manchmal versucht er mir einen Whisky anzubieten, wenn ich auflege. Aber ich trinke nur Wasser; ich nehme jedoch an, dass er hin und wieder einen kippt. Übrigens, wenn ich genauer darüber nachdenke, weiß ich, dass es so ist. Manchmal lässt er das Auto nachts stehen. Ich erinnere mich, dass ich ihn im letzten Winter einmal aus diesem Grund nach Hause gefahren habe. Er war nicht voll, aber er wollte nicht selber fahren.«

Enquist bedankte sich für die Informationen. Als er die Tür öffnete, wischte die Katze hinaus.

»Pech«, sagte Enquist und ging.

Niklassons Augen waren blutunterlaufen. Gestern Nachmittag um fünf Uhr hatte er zwei Tüten mit Papieren von Määttä und Eriksson bekommen, und erst nachdem er sie vier Stunden lang sortiert hatte, konnte er sich den ersten Überblick verschaffen. Danach hatte er sich mit einem Minirechner und einem Notizbuch hingesetzt.

Um zwei in der Nacht war er nach Hause gekommen, war aber trotzdem schon am frühen Morgen wieder in seinem Dienstzimmer. Viertel nach zehn machte er einen Punkt mit dem rechten Zeigefinger und drückte dann der Reihe nach auf »Save« und »Print«.

Er ging zum Drucker und nahm einen kleinen Stapel Papiere heraus. Zuoberst auf der ersten Seite stand: »Protokoll über Ismail Mehmedović' wirtschaftliche Lage von Kriminalassistent Jan Niklasson«. Mit drei Exemplaren in der Hand ging er zu Kärnlunds Zimmer.

Oskar Kärnlund streckte die Hand nach seinem Papierhaufen aus, Jönsson bekam einen und Niklasson behielt den dritten.

Kärnlund warf einen raschen Blick auf die Überschrift. »Zu welchem Ergebnis bist du gekommen?«, fragte er. »Berichte in kurzen Zügen, was in dieser beachtlichen Denkschrift steht.«

Niklasson räusperte sich, als ob er eine Rede halten wollte.

»Also«, sagte er, »zwei Dinge sind klar zu Tage getreten. Erstens gibt es ziemlich viel Schwarzgeld bei Mehmedović. Dass sein Einkommen so niedrig taxiert wird, er aber anscheinend ganz gut davon leben kann, muss daher kommen, dass er Einkünfte aus schwarzem Verkauf von Bier und Schnaps hat. Außerdem bezahlt er Angestellte manchmal mit Schwarzgeld. Zweitens wird von der Brandnacht fast kein Verdienst angegeben. Die Unterlagen der Kasse weisen für die Nacht nur 61 Kronen Einnahmen aus. Und das ist doch wohl kaum denkbar. Von sieben Uhr abends bis zwei in der Nacht war geöffnet – und dann hat er keinen Verdienst gehabt?«

»Gute Arbeit, Niklasson«, sagte Kärnlund. »Jetzt hast du einiges, wonach du Mehmedović fragen kannst, Jönsson.«

Er legte die Handflächen auf den Tisch, obwohl er selbst nicht aufstehen und gehen wollte. Das Zeichen galt Jönsson und Niklasson.

»Wir warten auf Enquist«, sagte Jönsson, als sie draußen auf dem Flur waren. »Dann machen wir einen Schlenker zu Mehmedović.«

Enquist betrat Jönssons Zimmer eine Stunde später.

»Entschuldigung, dass ich mich etwas verspätet habe. Aber ich musste nach Hause fahren und Schuhe und Strümpfe wechseln.«

Jönsson und Niklasson sahen einander an, sagten jedoch nichts.

»Schade, dass das schöne Wetter vorbei ist«, sagte Enquist.

»Überlassen wir das den Wetterfröschen im Fernsehen und konzentrieren uns auf die Ermittlung«, sagte Jönsson. »Was haben die Kellnerin, der Discjockey und der Koch gesagt?«

»Mit dem Koch hab ich nicht gesprochen«, sagte Enquist. »Er ist schon um zwölf gegangen. Aber die Kellnerin, Liisa Kiivirantta, war gut.«

»Wie bitte?«, platzte Niklasson heraus.

»Ich meine, sie konnte gut erzählen.«

»Ach? Und was hat sie gesagt?«

»Na ja, nicht viel, wenn ich ehrlich sein soll. Sie war sehr erstaunt darüber, dass wir Mehmedović festgenommen haben. In der Brandnacht ist sie fünf Minuten bevor das Lokal geschlossen wurde, gegangen und hat nichts von Bedeutung gesehen, wie ich finde. Außer einer Sache vielleicht.«

»Und das wäre?«, fragte Jönsson.

»Dass Mehmedović gern und oft Whisky bei der Arbeit trinkt. Und dass er es auch in der Brandnacht getan hat.«

»Er ist Bosnier«, sagte Niklasson. »Moslem. Die trinken doch keinen Alkohol.«

»Wenn das so wäre, sollte er wohl keinen Pub besitzen«, sagte Jönsson.

»Ich kann nur wiedergeben, was sie mir erzählt hat«, sagte Enquist. »Sie behauptet aber mit Sicherheit, dass er sich nicht hinters Steuer setzt, wenn er getrunken hat. Wir müssen ihn selbst danach fragen. Falls das für den Zusammenhang von Bedeutung ist.«

Er holte einen Block aus seiner Gesäßtasche.

»Aber der Discjockey, wartet mal …«

Enquist blätterte in seinem Notizblock.

»… Fredrik Tillman, der hat etwas Interessantes gesagt. Dass nämlich noch ein Gast dasaß, als er Viertel nach zwei gegangen ist. Jemand, der aussah wie ein Jugoslawe. Seine Personenbeschreibung war etwas mager; was er aber beschreiben konnte, weicht nicht markant von Peter Adolfssons Beschreibung des Kanistermannes ab. Es könnte der unbekannte Dragan sein.«

Jönsson reichte Enquist Niklassons Protokoll.

»Fräulein Kiivirantta scheint ja auch interessant zu sein«, sagte Jönsson. »Wenngleich nicht direkt für die Ermittlung. Schau mal hier, Enquist. Es geht um Mehmedović' wirtschaftliche Lage.«

Jönsson und Niklasson ließen Enquist ungestört lesen.

»Schwarzgeld«, sagte er und schaute von den Papieren auf. »Und diese Einnahmen von 61 Kronen in der Brandnacht sagen uns etwas Wichtiges. Liisa Kiivirantta hat gesagt, dass an jenem Abend ungefähr zwanzig Gäste im Lokal waren. Nicht viele, aber die haben ja wohl nicht nur drei Kronen pro Person ausgegeben.«

»Ja?«, sagte Jönsson. »Und?«

»Nehmen wir mal an, der Durchschnittsgast gibt 150 Kronen aus«, sagte Enquist, »das bedeutet bei zwanzig Gästen 3000 Kronen. Ausgerechnet an diesem Abend weist Mehmedović sehr niedrige Einnahmen nach. Könnte es sein, dass er Dragan, den Unbekannten, bezahlt hat, damit er ihm hilft, das Bürgerhaus anzuzünden? Und das einzige Geld, womit er seinen neuen Freund bezahlen konnte, war das Geld in der Kasse?«

Jönsson und Niklasson sahen Enquist schweigend an.

»Also wirklich, Enquist«, sagte Jönsson. »So viel Genie hätte ich dir gar nicht zugetraut.«

Er stand heftig vom Stuhl auf.

»Enquist«, sagte er, »überleg dir, was wir tun müssen, um Dragan und seinen Fiat zu finden. Niklasson, du und ich holen jetzt mal Mehmedović aus den Katakomben rauf.«

Niklasson blieb sitzen.

»Du hast eins vergessen«, sagte er. »Mehmedović will ab jetzt einen Rechtsanwalt dabeihaben.«

»Scheiße!«, fluchte Jönsson. »Ruf Susanne, oder wie sie noch heißt, an.«

Eine Dreiviertelstunde später betrat Susanne Norman Jönssons Dienstzimmer. Ihre blauen Augen bohrten sich wie Laserstrahlen in die drei Männer, die dort auf ihren Stühlen saßen.

»Danke, ich stehe gern«, sagte sie.

Enquist und Niklasson erhoben sich sofort. Susanne Norman rührte sich nicht.

»Wer von Ihnen ist Egon Jönsson?«

»Ich«, sagte Jönsson und machte eine halbherzige Bewegung, als wollte er aufstehen.

Susanne Norman hielt ihm ein Bündel Papiere hin.

»Die lagen gestern auf meinem Schreibtisch. ›Festnahme von Ismail Mehmedović. Dringend der Brandstiftung verdächtigt‹, steht hier auf der ersten Seite.«

Sie schaute die drei Männer der Reihe nach an. Ihr Blick blieb an Jönsson hängen.

»Die Entscheidung des Staatsanwaltes basiert auf den Polizeiermittlungen unter Leitung von Egon Jönsson.

Jetzt frag ich mich nur eins: Wurden diese Papiere etwa mit dem Manuskript von einem Stehaufkomiker verwechselt? Oder soll ich vielleicht lieber Sitzkomiker sagen, Jönsson?«

»Kein Grund, hysterisch zu werden«, sagte Jönsson.

»Nein, wirklich nicht«, sagte Susanne Norman scharf. »Also werden Sie es lieber nicht, falls Sie es vermeiden können.«

Sie wandte sich an Niklasson und dann an Enquist.

»Ismail Mehmedović hat von einem Wirt im Bürgerhaus in Surahammar Konkurrenz bekommen. Er hat mit einer nicht identifizierten Person eine Nacht lang Karten gespielt. Er hat ein Auto betankt, das ein Zeuge nicht eindeutig mit der Brandnacht in Verbindung bringen kann, und er hat einen Kanister mit Benzin gefüllt, das er selbst bezahlt hat. Die nächste Verbindung zum Bürgerhaus, die Sie herstellen konnten, ist die Lage seiner Wohnung, und dort befindet er sich normalerweise jede Nacht. Falls dies ein Stück von einem Komiker sein soll, ist das ein ungewöhnlich schlechter Scherz, finde ich.«

»Der Staatsanwalt hat das weder für schlecht noch für einen Scherz gehalten«, sagte Jönsson. »Aber ich gebe zu, dass es ungewöhnlich ist. Brandstiftung ist nun einmal ungewöhnlich. Könnten Sie sich vorstellen, Ihrem Mandanten beizustehen, wenn wir ihn verhören?«

»Ich will erst mit ihm reden«, sagte Susanne Norman. »Sie müssen warten.«

Sie drehte auf dem Absatz um und ging hinaus. Jönsson schüttelte den Kopf. Niklasson schwieg.

»Liisa Kiivirantta nicht ganz unähnlich«, sagte Enquist.

Eine Stunde später betraten Jönsson und Niklasson den Verhörraum. Weder Ismail Mehmedović noch Susanne Norman erhoben sich.

»Mein Mandant wird auf alle Fragen, die dem Verdacht der Brandstiftung gelten, so gut antworten, wie er kann«, sagte Susanne Norman. »Bitte fangen Sie an.«

Jönsson stellte das Tonbandgerät an und sprach Namen und Zeit aufs Band. Er sah Susanne Norman nicht an, sondern wandte sich direkt an Mehmedović.

»Wir haben Ihre Bücher durchgesehen, Herr Mehmedović. Aus ihnen geht deutlich hervor, dass es in Ihrem Restaurant Schwarzgeld gibt, für Einkommen und Ausgaben. Können Sie darlegen, wie groß der Anteil des Restaurants ist, der mit unversteuerten Mitteln betrieben wird?«

»Darauf brauchen Sie nicht zu antworten«, sagte Susanne Norman. »Das würde bedeuten, dass Sie über ein mögliches Steuervergehen aussagen, und deswegen sind Sie nicht hier.«

»Frau Norman«, sagte Jönsson, »Ismail Mehmedović' wirtschaftliche Situation ist insoweit von Interesse, als die Brandstiftung ein ökonomisches Motiv hat.«

»Falls Herr Mehmedović mit der Tat in Verbindung gebracht werden kann, ja. Lassen Sie uns am Ende anfangen. Mein Mandant muss sich nicht wegen behaupteter Verbrechen selbst anzeigen, wegen derer er formell gar nicht verdächtigt wird.«

»Ich arbeite zu denselben Bedingungen wie alle anderen Wirte auch«, sagte Mehmedović.

»Und was meinen Sie damit?«, fragte Jönsson.

»Sie können ja die Restaurantbranche untersuchen lassen. Dann wissen Sie, was ich meine.«

Jönsson blätterte in seinen Papieren. Niklasson saß regungslos auf seinem Stuhl.

»Dann frage ich Sie, wie viele Gäste Sie in Ihrem Disko-Restaurant am Mittwoch, den 2. Mai, hatten, also am Abend vor dem Feuer?«, sagte Jönsson.

»Nicht sehr viele.«

»Ungefähr wie viele also?«

»Zwanzig, vielleicht fünfundzwanzig. Ich hab sie nicht gezählt.«

»Wie hoch waren die Einnahmen in der Kasse?«

»Da müsste ich erst nachsehen.«

»Das haben wir schon getan. Ganz genau 61 Kronen. Ist das eine glaubwürdige Summe bei zwanzig bis fünfundzwanzig Gästen?«

Mehmedović sah Susanne Norman an. Sie nickte leicht.

»Nein, natürlich nicht.«

»Wie hoch sind die Einnahmen normalerweise? Zu den Bedingungen, zu denen alle Wirte arbeiten?«

»Vielleicht zwei- bis dreitausend.«

»Und was ist mit der Differenz passiert?«

»Wie Sie sich erinnern, hab ich Karten mit Dragan gespielt.«

»Wir erinnern uns.«

»Ich hab beim Poker verloren. Er hat alles Geld gewonnen. Ich hatte nicht mehr als das, was in der Kasse war.«

»Dann hat er also zufällig genau die Summe gewonnen, die in der Kasse war?«

»Bis auf 61 Kronen.«

Mehmedović wandte sich wieder zu Susanne Norman um.

»Ich wollte das Geld später zurücklegen. Kein Schummeln mit Schwarzgeld.«

»Darum geht es im Augenblick nicht«, sagte Jönsson. »Sie sagen, Sie haben das Geld an Dragan verloren. War es nicht so, dass Sie ihn für eine Art Auftrag bezahlt haben?«

»Was für ein Auftrag sollte das sein?«

»Irgendwas, erzählen Sie es mir.«

»Es war, wie ich gesagt habe. Poker.«

Jönsson lehnte sich auf seinem Stuhl zurück. Er fixierte Mehmedović mit starrem Blick.

»Sind Sie nach dem Pokerspiel nach Hause gefahren?«

»Ja, ungefähr gegen fünf.«

»Mit Ihrem eigenen Auto?«

»Natürlich.«

»Sind Sie Moslem, Herr Mehmedović?«

Ismail Mehmedović drehte sich zu Susanne Norman um. Sie schüttelte den Kopf.

»Mein Mandant ist aus Bosnien«, sagte sie. »Genügt es nicht, dass Sie seine Nationalität kennen? Ihn nach seiner religiösen Überzeugung zu fragen, grenzt an Meinungsschnüffelei. Was wollen Sie mit einer solchen Frage ausdrücken?«

»Lassen Sie sie mich neu formulieren«, sagte Jönsson ungerührt. »Trinken Sie Alkohol?«

Susanne Norman wollte etwas sagen, wurde jedoch von Jönsson unterbrochen:

»Haben Sie an dem Abend etwas getrunken?«

»Nein«, sagte Mehmedović. »Ich trinke schon mal, nicht viel. Aber ich fahre nie, wenn ich getrunken habe.«

»Dann haben Sie also am Abend des Brandes nichts getrunken und sind nüchtern nach Hause gefahren, habe ich das richtig verstanden?«

»Ja, so war es.«

»Wir haben einen Zeugen, der ausgesagt hat, Sie haben getrunken.«

»Das stimmt nicht.«

»Aber über eins sind wir uns doch einig, Herr Mehmedović: Es kommt schon mal vor, dass Sie im Dienst trinken, und wenn Sie getrunken haben, fahren Sie nicht mit dem Auto nach Hause?«

Ismail Mehmedović sah Susanne Norman an.

»Das hat mein Mandant schon gesagt«, sagte sie.

»Und an jenem Abend sind Sie nach Hause gefahren?«

»Ja«, sagte Mehmedović.

»Dann hören wir für heute auf«, sagte Jönsson. »Der Aufseher holt Sie ab, Herr Mehmedović.«

Nachdem Mehmedović abgeführt worden und Susanne Norman gegangen war, rief Jönsson Enquist zu sich, der kam und sich auf den Stuhl der Anwältin setzte.

»Worauf wolltest du eigentlich hinaus?«, fragte Niklasson. »Zum Schluss konnte ich deinen Gedanken nicht mehr folgen.«

»Was Ismails Trinken am betreffenden Abend angeht, steht Aussage gegen Aussage. Aber in einem Punkt sind Liisa Kiivirantta und Ismail Mehmedović sich einig, nämlich dass er nicht Auto fährt, wenn er getrunken hat. Und das kann sehr wohl stimmen. Sein Heimweg ist nicht lang und er würde seine Konzession zum Alkoholausschank verlieren, falls er in eine Kontrolle gerät.«

»Das hat der Discjockey Tillman auch bestätigt«, sagte Enquist. »Ich hab vergessen, es zu erzählen. Er hatte ein konkretes Beispiel, dass Mehmedović das Auto stehen ließ, als er Whisky getrunken hatte.«

»Ich versteh es trotzdem nicht«, sagte Niklasson. »Auf was wolltest du hinaus?«

»Mehmedović hat sich an jenem Abend anders als sonst verhalten«, sagte Jönsson. »Er brauchte das Auto nicht, um nach Hause zu fahren. Er brauchte es, um mit einem Kanister Benzin zum Bürgerhaus zu fahren. Wenn es uns gelingt, noch mehr Zeugenaussagen zu bekommen, die bestätigen, dass er getrunken hat, können wir ihn sogar bei einer Lüge erwischen.«

»Meinst du, wir sollen die Gäste verhören?«, fragte Enquist. »Wie sollen wir die finden?«

Jönsson erhob sich.

»Wir müssen Dragan finden«, stellte er fest. »Wenn wir den erst mal haben, sind fast alle unsere Probleme gelöst. Samstag muss der Staatsanwalt entscheiden, entweder nimmt er Ismail fest oder er lässt ihn laufen. Hier ist wohl niemand wild darauf, Samstag zu arbeiten, oder?«

Weder Niklasson noch Enquist sagten einen Ton.

»Das bedeutet, dass uns der Rest des Tages und der Freitag bleibt. Freitag um vier also. Bis dahin müssen wir Dragan gefunden haben.«

14

»Hallo!«

Elina Wiik drehte sich um. Sie war gerade im Polizeipräsidium angekommen, etwas später als üblich, es war schon fast halb acht.

Sie sah Kjell Stensson am anderen Ende des Korridors. Er kam auf sie zu.

»Inzwischen hast du sicher über meinen Vorschlag nachgedacht«, sagte er. »Und?«

»Doch, ich hab nachgedacht.« Elina zögerte. »Wie gesagt, ich freu mich, dass du gerade mich gefragt hast. Aber ich bleibe doch lieber bei der Kripo. Die ist im Augenblick für mich das Richtige.«

»Wie du willst. Vielleicht später mal, wenn du reifer geworden bist und weißt, was das Beste für dich und deine Karriere ist.«

Er grinste.

»Wie geht es übrigens im Fall der Brandstiftung voran? Du weißt doch, dass ich in Surahammar wohne? Am Ortsrand.«

»Nein, das wusste ich nicht. Aber ich hab nicht viel zu erzählen. Ich war nur ein paar Tage zu Anfang der Ermittlungen dabei, und ich glaube nicht, dass Jönsson mich vermisst.«

»Jönsson glaubt an die Frauenquote. Es muss genauso viele weibliche Polizisten wie Polizeihunde geben. Und mich hat Kommissar Jönsson noch nicht gefragt. Obwohl er weiß, dass ich fast alles von dem Ort weiß. Manche sind sich eben selbst genug.«

»Und eine wie ich ist sich auch selbst genug«, sagte Elina. »Bis später.«

Sie ging in ihr Zimmer. Auf dem Schreibtisch häuften sich nicht erledigte neue Anzeigen. Lustlos blätterte sie in den Papieren. Sie wusste immer noch nicht recht, was sie eigentlich wollte.

Vielleicht mache ich es falsch, dachte sie. Vielleicht sollte ich etwas Neues ausprobieren.

Telefonklingeln riss sie aus ihren Gedanken.

»Ich bin's«, hörte sie Kärnlund sagen. »Kommst du bitte mal in mein Zimmer?«

»Mach die Tür hinter dir zu«, sagte er, als sie eintrat. »Bitte setz dich.«

Er stützte die Ellenbogen auf den Schreibtisch.

»Du warst ja dabei, als wir mit der Ermittlung der Brandstiftung angefangen haben«, sagte er, »und hast unseren wichtigsten Zeugen, Peter Adolfsson, getroffen. Jetzt ist etwas Merkwürdiges passiert. Wir haben eine Anzeige von Frau Margareta Adolfsson aus Surahammar bekommen. Sie hat heute Morgen angerufen und gesagt, ihr Mann sei seit gestern Nachmittag verschwunden.«

Er nahm ein Blatt Papier hervor.

»Nach ihrer Aussage hätte Bertil Adolfsson gestern um sechzehn Uhr von der Arbeit kommen sollen. Frau Adolfsson selbst war zu dem Zeitpunkt nicht zu Hause, sie ist etwas später gekommen. Der Mann war nicht da und ist seitdem nicht mehr aufgetaucht. Sie gibt an, sie habe abends Bekannte in Blekinge angerufen, aber niemand scheint zu wissen, wo er ist.«

»Bertil und Margareta«, sagte Elina. »Sind das Peter Adolfssons Eltern?«

»Genau. Nicht dass ich einen Zusammenhang mit dem Feuer erkennen könnte, aber wer weiß? Ismail Mehmedović sitzt hinter Schloss und Riegel, er kann mit dem Verschwinden also nichts zu tun haben. Vielleicht hat Bertil Adolfsson seine Familie einfach satt und ist abgehauen. So was ist ja schon öfter vorgekommen in der Weltgeschichte. Egal, seine Frau ist jedenfalls der Meinung, dass er nicht dort ist, wo er sein sollte.«

»Ist das nicht ein Fall für die Polizei in Hallstahammar?«

»Normalerweise ja. Ich hab mit dem Dezernatschef in Hallsta telefoniert. Er hat zu wenig Leute. Und da die Angelegenheit theoretisch mit dem Brand zu tun haben könnte, übernehmen wir sie. Jönssons Gruppe kann sich nicht auch noch darum kümmern, die haben schon alle Hände voll zu tun. Deswegen möchte ich gern, dass du dich der Sache annimmst. Hier ist die Anzeige.«

Er reichte Elina das Blatt. Sie stand auf, um zu gehen.

»Wiik, bis auf weiteres behandeln wir den Fall wie ein normales Verschwinden. Geh also routinemäßig vor. Aber nimm ihn gleich in Angriff.«

In ihrem Zimmer klickte Elina Wiik sich am Computer in die Personaldaten der Familie Adolfsson ein. Dann kontrollierte sie, ob einer von ihnen vorbelastet war. Niemand war wegen eines Vergehens bestraft worden. Danach hob sie den Hörer ab und rief Niklasson an. Jönsson wäre vermutlich die richtige Person gewesen, zu der sie Kontakt aufnehmen müsste, aber sie hatte keine Lust, mit ihm zu sprechen.

»Ich bin gerade zur Tür hereingekommen«, schnaufte Niklasson. »Ich hab viel zu tun.«

»Es geht ganz schnell«, sagte Elina. »Dass Peter Adolfsson Zeitungsbote ist, weiß ich, aber was machen seine Mutter und sein jüngerer Bruder?«

»Warum fragst du danach?«

»Weil der Vater der Familie, Bertil, seit gestern Nachmittag verschwunden zu sein scheint.«

»Verschwunden? Wieso?«

»Gute Frage, Niklasson. Ich soll versuchen, es herauszufinden.«

»Aha. Der Bruder ist genau wie Peter Zeitungsbote. Die Mutter auch, aber nur in Ausnahmefällen. Vermutlich ist sie überwiegend Hausfrau.«

»Ist dir irgendetwas Besonderes über die Familie bekannt?«

»Nein, nichts, außer dass Zeitungaustragen in der Familie zu liegen scheint«, sagte Niklasson.

Elina Wiik quittierte die Autoschlüssel eines freien Autos in der Polizeigarage und fuhr durch das große Tor auf die Västgötagatan hinaus. Auf der Landstraße hielt sie sich konstant an die neunzig.

Was ist das für eine Familie, dachte Elina. Sind alle wie Peter? Weich, etwas schwammig. Haben zu anderen Menschen fast den Kontakt verloren. So sehr verloren, dass einer von ihnen tatsächlich verschwindet?

Sie spürte, wie das Adrenalin in ihrem Körper stieg. Was sie erwartete, wusste sie nicht. Wusste nur, dass es bedeutend interessanter war als all die Fälle, die jetzt noch einen weiteren Tag auf ihrem Schreibtisch warten mussten.

Sie bog auf einen Schotterplatz vor einem Haus ein, dessen Fassade mit grauen Eternitplatten verkleidet war. Das Auto ließ sie unverschlossen stehen. Bevor sie die Haustür erreichte, wurde diese von einer Frau mittleren Alters geöffnet.

»Sind Sie von der Polizei?«, fragte die Frau. »Mein Mann ist verschwunden.«

»Ich heiße Elina Wiik«, stellte Elina sich vor und reichte der Frau die Hand. »Können wir uns drinnen unterhalten?«

Als Elina Wiik den Flur betrat, wollte sie ihre Schuhe ausziehen, überlegte es sich aber schnell anders. Auf diesem Fußboden wollte sie ihre Schuhe lieber anbehalten.

Sie setzte sich in einen Sessel im Wohnzimmer. Margareta Adolfsson setzte sich ihr gegenüber, auf den äußersten Rand eines braunen Sofas. Es sah aus, als würde sie jeden Augenblick herunterfallen.

»Ich versteh nicht, was da passiert sein könnte«, sagte sie und rang ihre Hände. »Er ist noch nie so lange weggeblieben.«

»Erzählen Sie bitte von Anfang an, Frau Adolfsson. Von dem Zeitpunkt an, als Sie Ihren Mann zum letzten Mal gesehen haben.«

»Das war gestern Morgen. Bevor er um sieben zur Arbeit ging. Ich bin aufgestanden und hab ihm Frühstück gemacht. Seitdem ist er weg.«

»Meinen Sie damit, dass er nicht zur Arbeit war?«

»Ja, nein, Entschuldigung, er war da. In der Fabrik. Ich hab mit seinem Vorarbeiter gesprochen. Er hat gesagt, Bertil ist wie üblich gegangen. Aber seitdem hat ihn keiner mehr gesehen.«

»Ich möchte, dass Sie die Namen von allen Leuten aufschreiben, mit denen er in der letzten Zeit Kontakt hatte«, sagte Elina. »Das machen wir gleich. Was sagen Ihre Kinder?«

»Keiner von ihnen hat ihn gesehen. Ich habe sie gefragt.«

»Wo sind sie jetzt?«

»Stina ist in der Schule. Peter und Mikael schlafen oben.«

»Sie schlafen jetzt? Ich möchte gern mit ihnen sprechen. Aber wir können noch ein bisschen warten. Vor dem Haus steht ein Auto. Gehört das Ihnen?«

»Es ist Bertils Auto. Aber jetzt bei dem schönen Wetter fährt er mit dem Fahrrad zur Arbeit.«

»Dann hat er also nicht das Auto genommen«, sagte Elina mehr zu sich selber.

Margareta Adolfsson schwieg. Sie sah sich ständig um, als ob sie etwas erwartete.

»Kennen Sie jemanden, den er vielleicht besuchen wollte?«

»Nein, wen sollte er besuchen? Wir haben hier keine Freunde. Den Einzigen, von dem ich mir vorstellen könnte, dass er ihn treffen möchte, hab ich schon angerufen. Einen Bekannten zu Hause.«

»Zu Hause?«

»Ja, in Blekinge. Wir kommen aus Blekinge.«

Elina Wiik stand auf, ging zu einem Sekretär mit Buchregal und nahm ein Foto von einem großwüchsigen Mann herunter, der neben dem Auto stand, das vor dem Haus geparkt war.

»Ist das Ihr Mann?«

»Ja, das ist Bertil. Als wir das Auto gekauft haben.«

Elinas Augen glitten über die Einrichtung. Einige kleinere Fotos der Kinder, sie erkannte Peter. Ein Hochzeitsfoto. Eine Jesusfigur an einem Plastikkreuz und einige Nippesfiguren aus Porzellan. Eine Bibel und ein Kirchenliederbuch. Drei Bücher mit religiösen Titeln.

»Wie geht es Ihnen wirtschaftlich?«, fragte sie.

Margareta Adolfsson zuckte zusammen. Sie schien weit entfernt zu sein mit ihren Gedanken.

»Mager. Wir sind fünf und nur Bertil hat einen Ganztagsjob.«

»Und wie ist das Familienleben?«, fragte Elina und sah der Frau in die Augen.

Schweigen war die Antwort.

»Sie brauchen es nicht zu erzählen. Aber eine Antwort würde mir vielleicht helfen zu verstehen, ob er von sich aus weggegangen ist.«

Margareta Adolfsson schaute zu Boden.

»Das glaube ich nicht. Er würde seine Familie nicht verlassen. Er ist ein guter Mann. Und es geht uns ... ziemlich gut.«

»Kennen Sie jemanden, der Ihren Mann nicht mag?«

»Nein, wer sollte das sein? Er versorgt seine Familie, wir gehen jeden Sonntag in die Kirche und versuchen, nach Gottes Geboten zu leben.«

»Würden Sie jetzt bitte Ihre Söhne wecken? Ich möchte gern mit ihnen reden. Und dann schreiben Sie bitte die Namen auf. Ich hätte gern auch eine genaue schriftliche Beschreibung: wie Ihr Mann gekleidet war, wie groß er ist, Augenfarbe und alles, was Ihnen einfällt. Solche Angaben brauchen wir für die Suchmeldung.«

Margareta Adolfsson erhob sich und ging die Treppe hinauf ins Obergeschoss. Elina ging in die Küche. Die Türen der Küchenschränke waren gelb gestrichen, viele waren abgestoßen. Der Kühlschrank brummte laut. Der Küchentisch war mit einer geblümten Plastikdecke bedeckt.

Wie zum Kindergeburtstag, dachte sie. Draußen, mit Kindern, die Saft vergießen.

Sie hörte Schritte auf der Treppe. Es war Peter.

»Hallo«, sagte Elina. »Erinnerst du dich an mich?«

»Ich erinnere mich. Ich erinnere mich an alles. Das hab ich doch schon auf dem Revier gesagt, aber zu dem anderen Polizisten.«

Elina spürte ein leises Unbehagen im Magen.

»Können wir hier in der Küche sitzen bleiben?«, schlug sie vor.

Peter zog einen Stuhl hervor und setzte sich.

»Wann hast du deinen Vater zuletzt gesehen?«

»Vorgestern Abend.«

»Warum bist du ihm nicht gestern Morgen begegnet?«

»Ich hab schon geschlafen nach dem Zeitungaustragen, als er morgens aufstand. Und dann ist er am Nachmittag nicht nach Hause gekommen.«

»Wo warst du am Nachmittag, als er hätte zurückkommen müssen?«

»Ich war in Hallstahammar in der Autoausstellung. Ich bin hin und zurück mit dem Rad gefahren.«

»Und wann bist du nach Hause gekommen?«

»Ungefähr gegen halb fünf.«

Elina schaute Peter eine Weile an, ohne ein Wort zu sagen.

Fast durchsichtig, dachte sie; was soll aus dir werden, wenn du groß bist?

»Peter«, sagte sie schließlich, »hat jemand dich oder deine Familie bedroht, seit du wegen des Feuers ausgesagt hast? Oder ist dir irgendetwas aufgefallen, was dich beunruhigt?«

»Niemand hat uns bedroht«, antwortete Peter. »Ich weiß nicht, warum mein Vater verschwunden ist.«

Elina hob den Blick und sah Margareta Adolfsson im Flur stehen und lauschen.

»Ist Mikael wach?«, fragte sie. »Ich möchte jetzt gern mit ihm reden.«

»Er ist oben in seinem Zimmer«, sagte Margareta Adolfsson.

Unter Elinas Schuhen knarrte es, als sie die Treppe hinaufstieg. Mikael saß auf seinem ungemachten Bett.

»Mein Name ist Elina Wiik. Und du bist Mikael.«

Mikael schwieg.

Genauso ein weichliches Gesicht, dachte Elina, aber ein kräftigerer Körper.

»Ich stelle dir die gleiche Frage wie deinem Bruder: Wann hast du deinen Vater zuletzt gesehen?«

»Vorgestern Abend.«

Elina wartete auf eine Fortsetzung, aber es kam nichts.

»Und das kommt daher, weil du schon geschlafen hast, als er gestern Morgen zur Arbeit ging?«

»Ja.«

»Weißt du etwas, was deinem Vater passiert sein könnte?«

»Nein.«

Sinnlos, dachte Elina.

»Wo warst du gestern Nachmittag, als er nach Hause hätte kommen sollen?«

»Auch auf dem Heimweg.«

»Von wo?«

»Vom Training.«

»Und das hat wo stattgefunden?«

»Sura Bodybuilding Club. Im Ort.«

»Wann bist du nach Hause gekommen?«

»Irgendwann nach halb fünf.«

»Könntest du ein bisschen genauer sein?«

»Nein.«

»Wer war alles zu Hause, als du vom Training zurückgekommen bist?«

»Alle anderen, nur Vater nicht.«

Elina sah sich im Zimmer um.

»Ist das dein Computer?«

»Ja, aber ich benutz ihn nicht oft. Ich muss die Telefonkosten selber zahlen, wenn ich ins Internet gehe.«

Guck mal einer an, dachte Elina, er kann ja reden.

»Warum hängt nichts an den Wänden? Jugendliche in deinem Alter tapezieren ihre Wände doch mit Plakaten.«

»Das erlaubt Vater uns nicht. Der Gemeindeleiter hat es verboten.«

»Der Gemeindeleiter?«

»Von der Kirche, in die wir gehen.«

Elina verließ das Zimmer und ging die Treppe hinunter. Peter saß noch in der Küche auf dem Stuhl.

»Peter«, sagte Elina, »du hast gesagt, dass du gegen halb fünf nach Hause gekommen bist. Wer war da zu Hause?«

»Niemand«, antwortete Peter. »Ich kam als Erster. Stina kam gleich nach mir. Mikael ist zwanzig vor fünf gekommen und Mutter Viertel vor.«

»Woher weißt du das so genau?«

»Ich hab auf die Uhr gesehen.«

»Und dann erinnerst du dich an alles?«

Peter antwortete nicht. Margareta Adolfsson reichte Elina ein Blatt Papier mit drei Namen und Angaben zur Person ihres Mannes.

»Sie müssen uns helfen!«, flehte sie.

Elina schaute auf den Zettel und nickte.

»Ich ruf Sie an, falls wir mehr Angaben über Ihren Mann brauchen. Dann also auf Wiedersehen.«

Sie ging zum Opel der Familie Adolfsson und öffnete die Tür. Nichts im Innenraum fesselte ihren Blick. Dann öffnete sie den Kofferraum. Dort lag nur ein Reservereifen. Sie schlug den Deckel zu und ging zu ihrem Auto, setzte sich hinters Lenkrad, steckte den Zündschlüssel ins Schloss, blieb jedoch still sitzen, ohne das Auto zu starten.

Jemand hat etwas gesagt, dachte sie. Etwas von früher. Das muss Peter gewesen sein, oder nicht? Wer, was?

Sie schlug sich mit der Handfläche gegen die Stirn, als wollte sie die Erinnerung mit Gewalt herbeizwingen.

Nach einer Weile gab sie auf, startete das Auto und bog auf die 252 ein. Der erste Name auf der Liste war der des Gemeindeleiters. Der andere Name war Bertil Adolfssons Vorarbeiter. Unter dem dritten Namen, Simon Benjaminsson, stand: »hat Bertil die Arbeit verschafft«. Alle drei arbeiteten in der Fabrik.

Die Torwache bei der Haupteinfahrt zur Fabrik rief alle drei an und teilte ihnen mit, die Polizei habe nach ihnen gefragt.

»Sie sind da«, sagte er. »Bitte fahren Sie hinein, dann kommt Sie jemand abholen.«

Weder der Gemeindeleiter noch der Vorarbeiter konnten Licht in das Verschwinden bringen. Beide beschrieben Bertil Adolfsson als pflichtbewusst, aber nicht besonders aktiv, weder bei der Arbeit noch in der Kirchentätigkeit. Der Vorarbeiter bestätigte, dass Adolfsson gestern um die übliche Zeit gestempelt hatte.

Simon Benjaminsson war der Einzige der drei, der ein eigenes Arbeitszimmer hatte. Darin waren keinerlei persönliche Gegenstände. Er bat Elina, sich zu setzen.

»Ich hab gehört, dass Bertil verschwunden ist«, sagte er. »Sonderbar, wirklich sonderbar.«

»Wie gut haben Sie Bertil Adolfsson gekannt?«, fragte Elina.

»Ich hab ihn vor etwa vier Jahren in der Zentrumkirche kennen gelernt. Er war in einem Bus mit einer Gruppe aus Blekinge gekommen. Er hatte keine Arbeit, und für mich war es eine Selbstverständlichkeit, ihm als Gemeindebruder zu helfen. Zufällig war hier ein Job frei und unsere Gemeindebrüder pflegen pflichtbewusste Arbeiter zu sein. Deswegen hat mein Chef seiner Anstellung zugestimmt.«

»Ich verstehe. Hat er die Erwartungen erfüllt?«

»Im Großen und Ganzen ja.«

»Und die Familie, kennen Sie die auch?«

»Ja, wir treffen uns doch jeden Sonntag in der Kirche. Sonst treffe ich meistens Peter und Margareta. Die sind am aktivsten in der Kirchenarbeit. Diese Tätigkeit liegt mir persönlich sehr am Herzen.«

»Gibt es jemanden in der Familie, der... sagen wir mal... vom normalen Muster abweicht?«

Elina meinte zu sehen, wie sich Simon Benjaminssons Miene veränderte.

»Nein, sie sind geschätzte Gemeindemitglieder, auch wenn das Aktivitätsniveau manchmal schwankt. Besonders bei Mikael, aber auch bei Bertil.«

»Denken Sie bitte nach, Benjaminsson. Vielleicht haben Sie etwas gehört oder gesehen, was erklären könnte, was da passiert ist?«

Simon Benjaminsson schwieg lange. Elina wartete. Sie wusste, dass Schweigen häufig das wirkungsvollste Mittel war, um jemanden zum Sprechen zu bringen. Viele Menschen finden Schweigen unerträglich, wenn sie mit einem anderen Menschen zusammen sind. Schließlich beginnen sie zu reden, weil die Stille mehr ausdrücken kann als das Gesprochene.

»Nein, ich habe weder etwas gehört noch gesehen. Hoffentlich taucht er wieder auf. Jetzt müssen Sie mich bitte entschuldigen, ich muss an die Arbeit.«

Er begann, sich mit einigen Papieren zu beschäftigen, die auf seinem Schreibtisch lagen. Elina Wiik erhob sich und ging zur Tür. Dort blieb sie stehen.

»Als Sie ihn eingestellt haben, haben Sie da Referenzen von seinem früheren Arbeitgeber eingeholt?«

Benjaminsson schaute auf.

»Das ist nicht nötig. Er war Gemeindebruder und das reichte mir.«

»Und später, als er hier arbeitete, haben Sie da etwas über ihn aus Blekinge erfahren? Von seinem früheren Leben sozusagen?«

»Nein«, antwortete Benjaminsson.

Vor dem Gebäude drehte sie sich um und schaute zu dem Fenster hinauf, von dem sie glaubte, dahinter sei das Zimmer, in dem sie gewesen war. Sie sah einen Mann, der sich schnell zurückzog, konnte sein Gesicht jedoch nicht erkennen. Trotzdem wusste sie, dass es Benjaminsson war.

Menschen sagen Sachen, die ich nicht begreife, dachte sie. Wie in Bertil Adolfssons Haus. Und manchmal lügen sie mich an. Wie Simon Benjaminsson.

15

Die Zeit lief ihm davon. Jönsson schaute auf die Uhr. Zwei Minuten vor drei. In gut einer Stunde war er mit Oberstaatsanwalt Ulf Lindengren verabredet und bis jetzt hatte die Spezialgruppe Dragan noch nicht gefunden.

Die Voraussetzungen waren klar. Ohne die geringste Spur vom Kanistermann konnte der Staatsanwalt Ismail Mehmedović kaum festnehmen lassen. Drei Uhr war ihre Deadline.

»Ich warte«, sagte er ungeduldig, als Niklasson und Enquist sein Zimmer betraten. »Gebt mir was.«

»Null«, sagte Enquist. »Ich hab mit allen Jugoslawen gesprochen, die ich finden konnte. Ich hab mit dem serbischen Verein und mit dem bosnischen Verein und dem kroatischen Verein und dem kosovo-albanischen Verein gesprochen. Niemand kennt einen, auf den die Beschreibung zutrifft. Ich hab mit zwei Jugoslawen gesprochen, die im Gefängnis von Västerås saßen. Niemand wusste, wer das sein könnte, auch wenn sie andere kannten, die Dragan hießen.

»Bei mir auch null«, sagte Niklasson. »Er taucht in keinem Register auf, das ich überprüfen konnte. Ich hab zwar zwei Dragans im richtigen Alter gefunden, aber beide haben ein Alibi. Einen von ihnen hab ich mir sicherheitshalber angeguckt. Er arbeitet in einer Pizzeria in der Sturegatan. Er war zwei Meter groß. Sah eher aus wie ein Basketballspieler als ein Pizzabäcker. Oder als unser Brandstifter.«

»Und ich hab mit Hedåsen gesprochen«, sagte Jönsson. »Dem Wirt vom Bürgerhaus. Vor dem Brand ist er nicht bedroht worden, weder von Ismail noch von jemand anders.«

Jönsson trommelte mit den Fingern auf die Schreibtischplatte. Niklasson und Enquist schienen intensiv nachzudenken, ohne dass ihnen eine Lösung einfiel.

»Okay«, sagte Jönsson. »Wir haben getan, was wir konnten. Ich glaub nicht, dass es einen Sinn hat, die Quälerei bis morgen auszudehnen. Wir müssen uns mit der Lage abfinden. Wollen wir zusammenfassen, was wir wissen und dem Staatsanwalt vortragen können?«

»Mach du das«, sagte Enquist.

»Ausgangspunkt für den Verdacht ist die Tatsache, dass Ismail einen Autotyp besitzt, der mit dem Brand in Zusammenhang gebracht werden kann. Der Zeuge kann jedoch nicht mit Sicherheit sagen, ob es sich genau um das Auto handelt. Der Verdächtigte hat kein Alibi für den Zeitpunkt. Aber das gilt andererseits auch für einige andere Leute. Er hat ein Motiv: Er würde daran verdienen, wenn das Bürgerhaus abbrennt. Aber das beweist noch nichts. Er hat einen Benzinkanister betankt und in dieser Sache gelogen. Wir wissen nicht, wozu der Kanister benutzt wurde, und gelogen hat er vielleicht aus Angst, noch stärker in Verdacht zu geraten.«

»Kurz gesagt«, führte Enquist weiter aus, »seine Anwältin Susanne – ihren Nachnamen hab ich vergessen – hat ihren Finger in unsere wunden Punkte gelegt. Du klingst wie sie, Jönsson. Hast du das gemerkt? Und es ist uns nicht gelungen, Ismails Geschichte zu widerlegen.

Uns fehlen technische Beweise und wir brauchen den Kanistermann.«

Als Ulf Lindengren knapp eine Stunde später Jönssons Zusammenfassung hörte, gab er ungefähr denselben Kommentar ab. Abgesehen von der Bemerkung zu Susanne Norman.

»Es reicht also nicht, Jönsson. Ich brauche Beweise, die an den Grad der Wahrscheinlichkeit heranreichen, um ihn festhalten zu können. Ich glaube wie du, dass Mehmedović der Täter ist. Zu viel deutet auf ihn hin, als dass es ganz falsch sein könnte. Aber das Gericht verlangt handfestere Beweise. Ich hab kaum vierundzwanzig Stunden. Glaubst du, ihr kriegt heute Abend und Samstag noch was raus?«

»Nein«, sagte Jönsson. »Wenn es uns nicht sozusagen von selbst in den Schoß fällt.«

Lindengren ließ einen Stift in der Luft kreiseln und fing ihn nach zwei Drehungen auf.

»Leider. Ich muss ihn laufen lassen. Aber ich finde, es macht nichts, wenn wir ihn nicht in der Untersuchungshaft festhalten. Die Verdunklungsgefahr ist nicht groß. Ich bezweifle, dass er weiß, wo Dragan sich befindet, und im Moment kann er die Ermittlung kaum negativ beeinflussen. Ihr müsst euch noch mal ordentlich ins Zeug legen, Jönsson. Raus und an die Arbeit!«

»Danke für den Rat, auf den haben wir wirklich gewartet«, sagte Jönsson und ging.

Sobald sie ihr Dienstzimmer betrat, wählte Elina Wiik die Direktnummer von Kärnlund. Es war Viertel nach vier. Noch eine halbe Stunde, dann begann ihr freies Wochenende.

»Ich dachte, du möchtest vielleicht einen kurzen Bericht über den verschwundenen Bertil Adolfsson haben«, sagte sie.

»Mal los«, sagte Kärnlund.

»Er ist spurlos verschwunden, im wahrsten Sinne des Wortes spurlos. Niemand weiß etwas. Vielleicht sollte ich es nicht ausgerechnet in diesem Moment sagen, aber an dieser ganzen Familie Adolfsson ist irgendetwas faul. Über ihrem Haus scheint ein Schatten zu liegen. Ich kann es nicht anders erklären. Man möchte es so schnell wie möglich wieder verlassen.«

»Hast du etwas rausbekommen?«

»Wie gesagt, niemand weiß etwas. Aber ich hab das Gefühl, als würde zumindest eine Person Wissen zurückhalten: Simon Benjaminsson, von derselben religiösen Gemeinde.«

»Wieder die Intuition, Wiik? Sag nichts, im Gegensatz zu Jönsson glaube ich an Intuition, wenn sie auf wirklichen Beobachtungen basiert. Was willst du jetzt tun?«

»Ich will abwarten. Er kann ja jede Minute auftauchen. Ja, ich hoffe, nicht buchstäblich. Nichts deutet darauf hin, dass ein Verbrechen begangen wurde, und da ich nicht weiß, wo ich suchen soll, kann ich nur warten. Und horchen. Sonntag geh ich zu der Beerdigung vom Hausmeister des Bürgerhauses. Vielleicht erfahre ich dort etwas.«

»Ich finde, wir sollten jetzt eine Suchmeldung nach ihm rausgeben«, sagte Kärnlund.

»Der Meinung bin ich auch. Ich bereite den Text vor, ehe ich nach Hause gehe.«

»Dann ein schönes Wochenende, Wiik.«

»Danke, gleichfalls.«

Elina stellte den Computer an und öffnete ihre E-Mail im Netscape. Einige uninteressante Personalnachrichten. Eine Frage von Niklasson nach Bertil Adolfsson.

Das erledige ich später, dachte Elina.

Zwei interne Verkaufsangebote. Sie klickte sich bis zur letzten Überschrift durch. Sie lautete einfach »Post«. Vor zwei Minuten geschickt. Von Martin. Sie spürte ein leichtes Kribbeln im Unterleib.

Die Nachricht war kurz.

An was hast du vor sechzig Sekunden gedacht?

Elina lächelte. Sie klickte auf »Reply« und ging in das Mitteilungsfeld.

Dass Intuition nicht geschlechtsgebunden ist, sondern von allen fünf Sinnen gesteuert wird.

Sie klickte auf »Send«, lehnte sich zurück und wartete. Eine Minute später kam die Antwort.

Interessant. Erklär mir das.

Sie wiederholte die Prozedur und schrieb eine neue Nachricht.

Das werde ich. Wenn du das nächste Mal kommst.

Zwei Minuten später kam eine neue Antwort.

Sobald ich kann, meine Freundin. Hoffentlich nächste Woche. Wenn du willst.

Das war die Liebe für dieses Wochenende, dachte Elina.

Der Aufseher des Untersuchungsgefängnisses benahm sich an diesem Freitagnachmittag wie alle anderen im Präsidium. Er schaute ununterbrochen auf die Uhr. Dienstschluss und das Wochenende näherten sich. Zwanzig Minuten vor fünf bekam er die Nachricht per E-Mail. Sie besagte, dass Ismail Mehmedović nicht länger vorläufig festgenommen war.

Der Aufseher machte einen Doppelcheck der Nachricht und ging zur Zellentür. Das Geräusch des Schlosskolbens konnte man fast gut geölt nennen.

»Sie können gehen, Mehmedović«, sagte er.

Ismail Mehmedović erhob sich von seiner Pritsche und verließ die Zelle.

»Warten Sie«, sagte der Aufseher und zeigte auf das Journal. »Unterschreiben Sie hier.«

Mehmedović unterschrieb. Dann nahm er seine Schlüssel, das Handy und seine Brieftasche aus einem kleinen Plastikkasten, der neben dem Journal stand, und ging ohne ein Wort.

Sobald er auf die Straße kam, wählte er die Nummer von zu Hause.

»Hol mich ab«, sagte er. »Vorm Präsidium.«

Achtzehn Minuten später bog der schwarze Mercedes auf den Parkplatz des Präsidiums ein. Jasmina Mehmedović streckte sich über den Beifahrersitz und öffnete die Tür. Ismail stieg ein.

Keiner von beiden sagte etwas. Auf halber Strecke zwischen Västerås und Surahammar bremste Jasmina und fuhr auf einen Parkplatz. Sie griff nach Ismails Nacken, beugte sich vor und küsste ihn. Dann fuhr sie weiter.

Als Ismail vor dem Haus aus dem Auto stieg, kam ein Nachbar mit einer Supermarkttüte in der Hand heran.

»Hallo«, sagte Ismail.

Der Mann antwortete nicht und ging an ihm vorbei, ohne ihn anzusehen. Ismail blieb stehen und folgte ihm mit den Augen. Dann ging er die Garagentür öffnen.

Drinnen im Haus umarmte er lange seine Tochter. Dann rief er Liisa Kiivirantta an.

»Hier ist Ismail«, sagte er. »Sie haben mich entlassen. Heute Abend läuft der Betrieb wie üblich.«

»Klar«, antwortete Liisa Kiivirantta. »Bist du sicher, dass du es schaffst? Wir kriegen es auch allein hin. Ich glaube, die anderen kommen, ich hab jedenfalls nichts Gegenteiliges gehört.«

»Ich schaff das. Die kriegen mich nicht klein.«

Um sieben schloss Ismail Mehmedović das Tor der »Scheune« auf. Eine Dreiviertelstunde später kamen die ersten beiden Gäste. Nach zehn Minuten kam eine weitere Person. Eine Stunde später gingen die drei, nachdem sie insgesamt sieben Bier getrunken hatten. Um elf am Abend war das Lokal immer noch leer.

»Wir machen dicht«, sagte Mehmedović.

»Es war schon Mittwochnachmittag rum in der Stadt«, sagte Liisa Kiivirantta vorsichtig. »Ich kapier nicht, wie das funktioniert. Donnerstag wussten alle, dass die Polizei dich vorläufig festgenommen hat. Ich hab's überall gehört. Die Leute haben über nichts anderes geredet.«

»Sie haben mich in Uniform abgeholt. Sie haben mir Handschellen angelegt und mich vor den Augen meiner Nachbarn abgeführt. Vor meinem Haus stand ein Streifenwagen wie eine riesige verdammte Anzeige.«

Liisa Kiivirantta schüttelte den Kopf.

»Geh nach Hause, Ismail. Sei lieber mit deiner Familie zusammen. Mit der Zeit spielt sich das hier wieder ein.«

16

Der Tisch war nahezu völlig von Bierdosen bedeckt. Auf der Spüle standen Teller mit angetrockneten Essensresten. Der Abfluss war verstopft mit Kippen, Streichhölzern und einer grauen Plastiktüte. Aus der Kloschüssel roch es nach Magensäften. Die Fenster waren nackt. An der Wand des einen Zimmers hing eine Fahne mit einem Hakenkreuz.

Einer der Jungen im Flur, der dickste der drei, schlang sich einen Schal um den Hals. Er zog ihn bis über die Nase und machte einen festen Knoten im Nacken. Dann zog er ihn wieder herunter. Er drehte sich um und öffnete eine Schranktür. Hinter ein Paar Schuhen stand ein Baseballschläger. Er steckte ihn unter seine Jacke.

»Gehen wir«, sagte er.

Die Straße war menschenleer. Nur einige wenige Fenster im Viertel waren erleuchtet. Eine Kirchturmuhr schlug zweimal, als sie losgingen, an einigen Querstraßen vorbei, dann nach rechts und weiter an einigen Häuserblocks entlang. Ein Mann, der eine Frau im Arm hielt, kam ihnen entgegen. Bevor sie sich auf dem Fußweg begegneten, überquerte das Paar die Straße.

Einer der Jungen lachte und strich sich mit der Hand über den kahlen Schädel. Seine Jacke hing durch. Das

Gewicht in einer seiner Taschen ließ den Kragen an seinem Hals schaben.

Sie blieben vor einem gelben Haus mit braunem Dach stehen. Der Junge mit der durchhängenden Jacke steckte eine Hand in die Tasche und holte einen großen Stein hervor. Er ging in den Garten und stellte sich unter das Fenster links von der Haustür. Mit voller Kraft schleuderte er den Stein hinauf. Der zerschmetterte das Glas im ersten Stock und verschwand im Haus.

Der dickste der drei Jungen zog den Schal über Mund und Nase. Mit dem Baseballschläger zertrümmerte er die beiden Fenster im Erdgeschoss. Dann machte er ein paar Schritte rückwärts und stellte sich breitbeinig auf den Rasen. Er wandte den Kopf dem zerbrochenen Fenster im Obergeschoss zu.

»Komm raus, verdammter Kanake, wir wollen mit dir reden!«, rief er.

Drinnen hörte man nur ein Kind schreien.

Der Dicke bückte sich und hob einen Erdbrocken auf, den er in Richtung Haus schleuderte.

»Hau ab, du verdammter Brandstifter! Hast du gehört! Das nächste Mal schmorst du selbst in der Hölle.«

Die drei Jungen zogen sich langsam rückwärts aus dem Garten zurück. Als sie auf der Straße waren, fingen sie an zu laufen.

Die Rettungsassistentin der Notrufzentrale nahm den Anruf um 02.14 Uhr entgegen.

»Ja, ich höre Sie«, versuchte sie den Anrufer zu beruhigen. »Jetzt erzählen Sie langsam, was passiert ist.«

Sie schwieg eine Weile.

»Ich werde dafür sorgen, dass eine Funkstreife zu Ihnen kommt. Sind die noch am Haus? Sie wissen nicht, wo die im Augenblick sind, hab ich das richtig verstanden? Der Wagen kommt, so schnell es geht.«

Um elf Uhr am Samstagvormittag betrat Ismail Mehmedović das Polizeipräsidium von Västerås. Bartstoppeln bedeckten sein Gesicht vom Kinn fast hinauf bis zu den blutunterlaufenen Augen.

»Ich möchte mit einem Verantwortlichen sprechen«, sagte er verbissen zu dem Polizisten an der Sperre.

»Um was geht es?«

Mehmedović schloss die Augen.

»Es geht um eine wichtige Angelegenheit. Um den Überfall auf meine Familie heute Nacht.«

»Können Sie das ein bisschen genauer spezifizieren?«

»In Surahammar. Heute Nacht. Es muss einen Bericht darüber geben.«

»Warten Sie einen Moment, dann können Sie mit dem Diensthabenden sprechen.«

Der Polizist verschwand durch eine Tür. Eine Minute später war er wieder da.

»Kommen Sie mit mir«, forderte er Ismail auf.

Er wurde durch einen Korridor in ein Zimmer geführt. Hinter dem Schreibtisch saß ein Polizist mit grauen Haaren.

»Setzen Sie sich«, sagte er. »Ich bin hier heute der Diensthabende. Vor mir liegt der Bericht von heute Nacht. Eine unangenehme Angelegenheit. Es ist uns leider nicht gelungen, einen der Täter zu fassen.«

»Ich will Schutz haben. Sie haben geschrien, dass sie mein Haus abbrennen wollen.«

»Sind Sie sicher? Meinen Sie nicht, das nur in der Hitze des Gefechts verstanden zu haben?«

»Es war kein Gefecht. Ich weiß, was Gefechte sind. Sie haben uns mitten in der Nacht überfallen. Ich weiß, was ich gehört habe.«

»Ich kann Ihnen keine Bewachung Ihres Hauses versprechen, jedenfalls nicht rund um die Uhr. Aber ich will sehen, was ich tun kann.«

»Und was ist das? Ich möchte es jetzt wissen.«

»Ich werde mit dem Abteilungschef Per-Göran Larsson sprechen. Er entscheidet, welchen Einsatz wir leisten können.«

»Herr Polizist«, sagte Ismail Mehmedović, »ich komme aus Banja Luka in Bosnien. Die Tschetniks haben mich einen verdammten Türken genannt und mein Haus abgebrannt. Die Polizei hat ihnen geholfen. Ich bin hierher geflohen, um in Frieden zu leben. Jetzt werde ich von irgendwelchen Verrückten Kanake genannt, die drohen, mein Haus abzubrennen. Weil die Polizei mich einer Tat angeklagt hat, die ich nicht begangen habe.«

»Ich werde dafür sorgen, dass Sie erfahren, was wir tun können«, sagte der Diensthabende. »Mehr kann ich im Augenblick nicht sagen.«

Ismail Mehmedović blieb auf dem Stuhl sitzen. Er sah auf seine leeren Hände. Dann erhob er sich und ging. Auf der Treppe drehte er sich zum Polizeirevier um. Er holte tief Luft und spuckte gegen die Wand.

Auf Elina Wiiks indischem Couchtisch lagen ein Slip und ein dazu passender BH der Größe 70B. Smaragdgrün und weiß. Die Preisschilder hingen noch dran. Beides hatte entschieden mehr gekostet, als Elina sich eigentlich leisten zu können meinte.

Sie war gerade von ihrer Samstagsrunde durchs Zentrum nach Hause gekommen und stand in der Küche und schnitt die Stängel der Blumen ab, die sie gekauft hatte. Auf dem CD-Player drehte sich Iris Dements *Troublesome Waters.*

Troublesome waters around me do roll
They're rockin' my boat and wreckin' my soul
Loved ones are driftin' and livin' in sin
The treacherous whirlpools are pullin' them in

Elina sang leise mit. Sie besaß die Scheibe schon seit sieben Jahren und konnte den Text auswendig.

Als das Telefon klingelte, stellte sie die Lautstärke leiser und setzte sich aufs Sofa.

»Kärnlund«, hörte sie Oskar Kärnlund sagen. »Ich störe hoffentlich nicht?«

Er redete weiter, ohne die Antwort abzuwarten.

»Ein paar Rowdys haben heute Nacht Steine auf Ismail Mehmedović' Haus geworfen, und Larsson hält es für das Beste, wenn wir für eine Bewachung sorgen, jedenfalls für die nächste Woche, bis sich alles beruhigt hat. Heute Nacht schaffen wir es nicht, weil Wochenende ist, aber die Nachtstreife hat Order bekommen, so oft wie möglich dort vorbeizufahren. Von der Nacht auf Montag an stellen wir zwei Leute vors Haus. Die Dezernate müssen sich das teilen. Ich wollte dich fragen, ob du den ersten und zweiten Nachtdienst übernehmen kannst. Das bedeutet, dass du von Sonntag auf Montag um Mitternacht zum ersten Mal dran bist.«

Elina dachte eine Weile nach.

»Ich hab Anfang der nächsten Woche nichts, was besonders eilig ist«, sagte sie. »Wenn nicht etwas passiert, was den verschwundenen Bertil Adolfsson betrifft.«

»Gut. Danke und bis dann.«

Sie legte auf und lehnte sich auf dem Sofa zurück. Ein Bewachungsauftrag. Sie konnte sich nicht entscheiden, was sie von Mehmedović und dem Brand hielt.

Aber vielleicht sollte ich froh sein, dass wenigstens einer an meiner Anwesenheit zur Nachtzeit interessiert ist, dachte sie und seufzte.

Die Gedanken wanderten wie auf einer Schnitzeljagd durch die Ereignisse der letzten Tage. Sie holte sich den Geruch im Haus der Familie Adolfsson zurück. Sie hörte ihre Stimmen. Mikael, der fast wortlos redete. Die Hinweise des übereifrigen kleinen Peter. Die Ängste der

Ehefrau, die wie Schweißtropfen aus der Haut hervortraten.

Was haben sie mir gesagt?, dachte Elina. Wer hat das gesagt, was ich gehört, aber nicht verstanden habe? War es eine versteckte Mitteilung oder habe ich es wirklich schon einmal gehört? Denk nach, Elina, denk nach!

Sie erhob sich und lief im Zimmer herum. Sie hatte das Gefühl, als wäre die Antwort unter ihrem Gaumen kleben geblieben.

Sie ging in die Küche und steckte die Blumen in eine gelbe Porzellanvase, die sie auf den Couchtisch stellte. Die CD mit Iris Dement war stehen geblieben.

Wechsle die Spur, dachte sie und setzte sich wieder aufs Sofa, hob den Telefonhörer ab und folgte mit den Fingern einem eingeübten Bewegungsschema.

»Hallo, Susanne, hier bin ich«, sagte sie. »Alles in Ordnung?«

»Klar«, antwortete Susanne Norman. »Emilie schläft, Johan spielt Golf. Was machst du?«

»Denke über meine Arbeit nach, nichts Besonderes. Ich muss am Wochenende etwas arbeiten. Morgen wird der Hausmeister vom Bürgerhaus beerdigt, der in dem Feuer umgekommen ist, du weißt schon, und ich soll die Polizei vertreten.«

»Wirklich? Warum denn? Sag nicht, dass du an den Ermittlungen beteiligt bist.«

»Nein, ich hab anfangs nur Hinweise entgegengenommen. Jönsson vom Dezernat leitet die Ermittlung und er will meine kritischen Ansichten nicht hören.«

»Verstehe«, sagte Susanne Norman. »Ich hab mir schon Sorgen gemacht. Diese Ermittlung ist nicht gerade ein Musterbeispiel. Ich habe sie gelesen. Ich bin nämlich zu Ismail Mehmedović' Pflichtverteidigerin bestellt worden.«

Elina Wiik zog die Augenbrauen hoch.

»Du? Dann sollten wir lieber nicht mehr über den Fall sprechen. Vielleicht werde ich wieder einbezogen und dann hab ich Jönsson im Nacken.«

»Gratuliere. Das ist ja ein Knüller.«

»Vielleicht tut er sein Bestes. Übrigens soll ich Mehmedović' Haus in den Nächten zu Montag und Dienstag bewachen. Weißt du schon, dass sein Haus mit Steinen beworfen wurde?«

»Er hat mich angerufen. Elina, können Emilie und ich nicht auf eine Tasse Kaffee vorbeikommen, wenn sie aufwacht? Wir brauchen ein bisschen Bewegung.«

»Ich wusste gar nicht, dass Emilie Kaffee trinkt. Aber kommt nur. Du kannst mich beraten, was ich zur Beerdigung anziehen soll.«

Sie legte auf und schaute zur Unterwäsche auf dem Tisch.

Die vielleicht doch nicht, dachte sie. Die werde ich bei einer angenehmeren Gelegenheit tragen. Nächste Woche hoffentlich.

17

Eigentlich gab es nicht viel Auswahl. Elina Wiik besaß nur eine schwarze Jacke und zwei schwarze Röcke. Unter der Jacke trug sie eine dunkelbraune Bluse.

Sieben Personen standen vor der Kirche von Virsbo und unterhielten sich, als sie ankam. Sie gab jedem die Hand und stellte sich vor. Sechs der Versammelten waren Männer. Zwei waren Bekannte von Karl Johansson aus Virsbo, die anderen waren Kollegen oder Repräsentanten vom Bürgerhaus in Surahammar. Wie gut sie den Toten persönlich gekannt hatten, konnte Elina nur raten. Den Einzigen, den sie schon einmal gesehen hatte, war Evert Bergman, der Sekretär des Vereins vom Bürgerhaus.

»Wir sind froh, dass auch jemand von der Polizei anwesend ist«, sagte Evert Bergman. »Das wissen wir zu schätzen.«

Die Frau war Johanssons Schwester aus Borlänge. Sie lächelte schwach, als sie Elina begrüßte.

»Wie geht die Ermittlung voran?«, fragte sie. »Sie werden ihn doch kriegen, der das getan hat?«

»Die Ermittlung macht Fortschritte«, sagte Elina und hoffte, ihr würde erspart bleiben, weiter darauf einzugehen. »Ich bin sicher, dass der Schuldige zur Verantwortung gezogen wird.«

Zu ihrer Erleichterung begnügte sich die Schwester mit dieser Antwort. Fünf Minuten später kam der Pfarrer aus der Kirche und fragte, ob noch mehr Leute erwartet wurden.

»Das glaub ich nicht«, sagte Evert Bergman und sah fragend von einem zum anderen. Ein leichtes Kopfschütteln war die Antwort.

»Dann fangen wir an«, sagte der Pfarrer und winkte der kleinen Schar. Es wurde nicht viel aus dem Choralsingen. Elina hörte nur die Stimme des Pfarrers und von Evert Bergman. Sie selber sang eher zum Schein mit.

Die Predigt des Pfarrers war kurz. Sie stellte Karl Johansson als einen treuen und pflichtbewussten Menschen dar. Elina musste daran denken, dass diese Treue nicht gerade reichlich belohnt worden war. Die Schwester weinte, sonst schienen alle sehr gefasst zu sein.

Nach der Zeremonie gab es Kaffee und Kuchen im Gemeindehaus. Elina setzte sich neben Evert Bergman.

»Kalle war wirklich ein pflichtbewusster Mensch, wie der Pfarrer es ausgedrückt hat«, sagte Bergman. »Er erledigte seine Arbeit perfekt und er schien ständig anwesend zu sein. Das kam wahrscheinlich daher, dass er immer zum Einsatz bereit war, auch wenn er keinen Dienst hatte.«

»Was wird mit dem Haus passieren?«, fragte Elina.

»Die Versicherung deckt den größten Schaden ab. Schon in der nächsten Woche wird das Grundstück abgeräumt. Mitten in der Stadt kann es ja nicht aussehen wie auf einem Kriegsschauplatz. Das ist nicht gut für die Stimmung im Ort. Dann bauen wir neu. Wir müssen; es geht auf lange Sicht ums Überleben von Surahammar.«

»Wie meinen Sie das?«

Evert Bergman seufzte.

»Alles ist anders als früher«, antwortete er. »Die Leute ziehen weg aus dem Ort. Jugendliche kehren nach dem Studium nicht zurück, hier gibt es nichts für sie.«

Er sah ihr in die Augen.

»Innerhalb weniger Jahrzehnte hat das Gebiet Bergslagen seine Zukunft verloren. Wir von der Arbeiterbewegung haben geglaubt, wir bauen weiter am Volksheim unserer Eltern, aber irgendwo ist etwas schief gegangen. Die Zeit ist uns davongelaufen. Jetzt wissen wir nicht, wie wir es anstellen sollen, sie wieder einzuholen. Mir ist immer, als wäre in jener Nacht das Haus meines Vaters abgebrannt.«

»Das ist sonderbar«, sagte Elina. »Ich hatte die gleiche Vorstellung. Mein Vater ist auch Sozialdemokrat, ich habe es genau wie Sie empfunden.«

»Wir müssen das Bürgerhaus ganz einfach wieder aufbauen«, sagte Evert Bergman.

Auf dem Heimweg beschloss Elina, einen Abstecher nach Surahammar hinein zu machen. Als Erstes fuhr sie an Ismail Mehmedović' gelbem Haus vorbei, um sich ein Bild zu verschaffen, wie die Überwachung zu bewerkstelligen war. Sie konnte keine andere Möglichkeit entdecken, als in einem geparkten Auto vor dem Haus zu sitzen. Da Henrik Svalberg ihr Gesellschaft leisten würde, konnte einer von ihnen regelmäßig eine Runde ums Haus gehen, damit auch die Rückseite einigermaßen unter Kontrolle war.

Dann fuhr sie am Zentrum vorbei, über den Kanal und hinaus auf die 252. Vor Bertil Adolfssons Haus hielt sie an. Sie überlegte, ob sie klingeln sollte, ließ es aber. Sie hatte am Morgen schon kurz mit Margareta Adolfsson gesprochen und wusste, dass es nichts Neues gab. Bertil Adolfsson war immer noch spurlos verschwunden. Bis jetzt war die Suchmeldung ohne Ergebnis geblieben.

Sie saß still im Auto und schaute zum Haus. Was hatte jemand gesagt? Wer von ihnen war es gewesen? Es irritierte sie mehr als so manches andere. Sie versuchte, ihren Blick zu schärfen, als ob ein intensives Starren ihr Unterbewusstsein dazu veranlassen könnte, im Gehirn ein klares Bild von dem zu formen, was sie gesehen und gehört hatte. Aber es geschah nichts weiter, als dass ihre Irritation noch mehr wuchs.

Sie trat aufs Gas und fuhr mit einem Blitzstart davon.

Zwanzig Minuten vor Mitternacht öffnete Elina Wiik die Haustür auf dem Oxbacken und ging hinaus auf die Straße. Die Nacht war hell, aber sie sah ein paar Sterne am Himmel. Es war windstill und vom Ringvägen waren Geräusche von vereinzelten Autos zu hören.

Ein Auto bog in ihre Straße ein und hielt vor ihren Füßen. Die Beifahrertür wurde geöffnet.

»Guten Abend«, sagte Henrik Svalberg.

»Ja, wahrhaftig ein guter Abend«, sagte Elina. Sie setzte sich neben ihn. Er lächelte. Sie lächelte zurück.

»Hast du etwas geschlafen?«, fragte er.

»Ich bin ungefähr für eine Stunde eingedöst, und du?«

»Das Gleiche. Vor einer Stunde hab ich mit dem Einsatzleiter gesprochen. Seit die Fensterscheiben zerdeppert wurden, ist es vor dem Haus ruhig geblieben. Ich glaube, heute Nacht wird auch nichts passieren.«

»Wollen wir's hoffen.«

Henrik Svalberg setzte den Wagen zurück in eine breitere Straße und fuhr los.

»Ich bin draußen gewesen und hab die Lage überprüft«, erzählte Elina. »Das Haus liegt auf einem Eckgrundstück. Ich glaube, der beste Parkplatz ist schräg hinter der Garageneinfahrt. Dann haben wir Haus und Kreuzung im Blick.«

In Mehmedović' Haus waren noch mehrere Fenster erleuchtet. Elina ging zur Haustür und klopfte leise, um niemanden zu wecken.

»Wer ist da?«, hörte sie eine Frauenstimme hinter der Tür.

»Elina Wiik von der Polizei.«

Die Tür wurde langsam geöffnet.

»Ich bin Jasmina«, sagte die Frau.

»Wir stehen die ganze Nacht hier draußen«, sagte Elina. »Ich glaube, Sie können ruhig schlafen. Aber lassen Sie bitte die Außenbeleuchtung an.«

»Mach ich«, sagte die Frau und schloss die Tür.

Elina sah, wie das Licht im Haus erlosch. Die Lampe vor der Haustür blieb an.

Svalberg schien Recht zu bekommen. In den ersten Stunden sahen sie keinen einzigen Menschen. Ungefähr alle zehn Minuten wechselten sie sich ab, einmal ums Haus zu gehen. Das einzige Lebewesen, das sie sahen, war eine Katze. Elina unterhielt sich gern mit Henrik Svalberg, der erfrischend frei vom Drang zur Selbstdarstellung war.

Gegen vier am Morgen spürte sie, dass die Müdigkeit sie zu übermannen drohte. Sie ging eine Runde ums Haus, um wach zu bleiben.

»Nichts«, sagte sie, als sie sich wieder ins Auto setzte.

Fünf Minuten saßen sie still da bei heruntergedrehten Seitenfenstern, um dem intensiven Gesang der Vögel lauschen zu können. Es war schon fast hell, als sie den ersten Menschen in dieser Nacht sahen. Ein Radfahrer kam bei der Kreuzung um die Ecke. Er fuhr bis zu Mehmedović' Pforte und hob den Deckel des Briefkastens.

Elina drehte den Kopf und folgte ihm mit Blicken.

»Das war Peter Adolfsson«, sagte sie.

Svalberg sah dem Zeitungsboten nach.

»O Scheiße!«, platzte er heraus. »Surahammar ist wirklich ein kleiner Ort.«

Um sechs Uhr startete Henrik Svalberg das Auto und fuhr zurück nach Västerås.

Keiner von ihnen nahm an der 8-Uhr-Besprechung im Dezernat teil. Aber Jönsson, Niklasson und Enquist waren da. Die Ermittlung im Brandfall war der zweite Punkt auf Kärnlunds Liste. Er wandte sich an Jönsson.

»Ich hab gehört, dass nichts aus der Verhaftung geworden ist«, sagte er. »Hast du ein paar gute Ideen, was wir jetzt tun sollen?«

»Mehmedović wird natürlich noch genauso verdächtigt wie vorher«, sagte Jönsson. »Wir haben den Schlussstrich gezogen, dass er einen Helfer gehabt haben muss, da Peter Adolfsson ihn nicht als den Kanistermann identifizieren konnte. Und der Helfer ist vermutlich Dragan, wenn das nun der richtige Name von Mehmedović' Kartenspieler während der Brandnacht ist. Zuerst haben wir gedacht, Dragan sei eine Erfindung von Mehmedović, um eine Art Alibi zu bekommen. Aber nach dem Gespräch mit dem Discjockey können wir feststellen, dass der Mann existiert.«

»Warum findet ihr ihn nicht?«, fragte Kärnlund irritiert.

»Vielleicht weil der Name nicht stimmt. Ohne Namen ist es wie die Suche nach einer Nadel im Heuhaufen. Aber wir haben nichts anderes, woran wir uns halten können. Dragan und sein alter Fiat.«

»Und was passiert jetzt?«

»Wir wollen Mehmedović beschatten. Es ist wohl kaum zu hoffen, dass er Kontakt zu Dragan aufnimmt. Aber Dragan nimmt vielleicht Kontakt zu ihm auf. Zum Beispiel um zu erfahren, was die Polizei gesagt hat. Es gibt auch eine Chance, dass Mehmedović sich irgendwie selbst entlarvt. Und dann können wir die Fahndung nach Dragan im Register ausweiten.«

»Okay, Jönsson, aber ich kann dich nicht endlos mit zwei Leuten arbeiten lassen. Du hast noch diese Woche, dann muss ich Resultate sehen.«

Zwanzig Minuten vor Mitternacht wiederholte sich die Szene der letzten Nacht. Ein Auto hielt vor Elina Wiiks Füßen, die Beifahrertür wurde geöffnet, Henrik Svalberg sagte »Guten Abend« und Elina sagte »hallo«.

»Das sollte nicht zur Gewohnheit werden«, sagte Elina.

»Ich kann mir schlechtere vorstellen«, sagte Svalberg.

Sie parkten an derselben Stelle vor Mehmedović' Haus. Die ersten vier Stunden waren genauso eintönig wie in der vergangenen Nacht. Der einzige Unterschied bestand darin, dass kurz nach drei zwei Nachtwanderer am Auto vorbeigingen.

»Die fragen sich vermutlich, was wir hier im Auto machen«, sagte Svalberg.

»Das frag ich mich auch«, antwortete Elina.

Kurz nach vier sah Elina Peter Adolfsson auf seinem Fahrrad die Straße entlangkommen. Er hielt vor Mehmedović' Haus und steckte die Zeitung in den Briefkasten. Er schaute nicht zum Auto, und Elina war nicht sicher, ob er bemerkt hatte, dass zwei Personen darin saßen. Sie folgte ihm mit Blicken und sah ihn die Zeitung beim nächsten Haus einwerfen und dann weiterfahren.

»Halt die Stellung«, ermahnte sie Henrik Svalberg und öffnete die Tür, so leise sie konnte.

»Was hast du vor?«

»Ich will einer Eingebung folgen.«

Sie blieb beim Auto stehen, bis Peter Adolfsson an eine Kreuzung links eingebogen und außer Sicht war. Dann folgte sie ihm rasch, ging jedoch langsamer, als sie sich der Kreuzung näherte, um nicht von ihm entdeckt zu werden. Sie beobachtete, wie Peter fast bei jedem Haus auf der rechten Straßenseite Zeitungen verteilte. Als er um die nächste Ecke nach rechts abbog, folgte sie ihm, so schnell sie konnte.

Die Straße führte durch ein Villenviertel. Sie sah, wie er im Zickzack hin und her flitzte, um die Zeitungen in den Häusern beiderseits der Straße zu verteilen. Bei der nächsten Kreuzung bog er wieder nach rechts ab. Sie ging bis zum Eckhaus und konnte gerade noch den Kopf zurückziehen, damit er sie nicht sah. Er hatte die Zeitungen nur an der rechten Straßenseite verteilt und wollte gerade umkehren, um sie links einzuwerfen. Sie zog sich in den Garten nah ans Haus zurück, um nicht entdeckt zu werden.

Bei der nächsten Kreuzung folgte Peter Adolfsson demselben Ablaufmuster. Und an der nächsten Kreuzung auch.

Er verteilt die Zeitungen methodisch, um so kurze Strecken wie möglich mit dem Fahrrad zu fahren, dachte Elina.

Sie folgte ihm zu einer weiteren Kreuzung und reckte den Hals, um sicherzugehen, dass er nicht am Ende der Häuserreihe in eine andere Richtung abbog.

Die Straße war leer. Sie schaute in alle Richtungen, konnte ihn aber nirgends entdecken.

Er kann doch nicht schon fertig sein, dachte sie. Das ist unmöglich. Sie blieb stehen und hatte keine Ahnung, was sie tun sollte, in die nächste Straße einbiegen oder umkehren. Sie betrachtete die Häuser. In keinem Fenster brannte Licht.

Er kann doch nirgends reingegangen sein, dachte sie und suchte mit den Augen nach seinem Fahrrad.

Sie rieb ihr Kinn und hörte nicht die Schritte hinter sich.

»Warum folgen Sie mir?«

Sie legte die Hand auf die Brust und atmete heftig. Rasch drehte sie sich um. Er stand nur einen Meter von ihr entfernt.

»Warum folgen Sie mir?«

Es war eher eine Anklage als eine Frage. Elina fiel es schwer, richtig zu antworten.

»Ich nehme an, ich wollte zugucken, wie du die Zeitungen verteilst«, sagte sie und hörte, wie einfältig das klang.

»Warum?«

»Nur so eine Idee. Nichts Besonderes. Ich wollte dich ein wenig genauer anschauen, glaube ich. Du spielst ja bei zwei Ermittlungen eine Rolle, mit denen wir beschäftigt sind.«

»Lassen Sie mich in Ruhe«, sagte er und ging.

Er muss mich gesehen haben und um das Eckhaus herumgegangen sein, dachte sie. Aber wie kann ein Mensch so leise gehen?

Sie kehrte zum Auto zurück.

»Was hast du gemacht?«, fragte Svalberg.

»Er hat mich erwischt«, sagte sie. »Das ist nicht gut, wenn man bedenkt, dass ich wegen des Verschwindens seines Vaters ermittle.«

»Warum bist du ihm gefolgt, Elina?«

»Ich weiß auch nicht genau. Eine Eingebung. Irgendwas hat mich dazu getrieben, weil ich sehen wollte, wie er beim Zeitungaustragen vorgeht. Ich weiß nicht, was es war. Und ich weiß nicht, warum ich wissen wollte, wie er sich verhält. Es klingt verrückt, oder?«

»Nein, tut es nicht«, murmelte Svalberg.

»Ich versuche mich selbst zu verstehen. Jönsson hat es letzte Woche bei der Besprechung ein wenig verächtlich Intuition genannt. Es ist, als ob man einen Duft wieder erkennt, aber nicht weiß, woher man ihn kennt. Einer der Sinne reagiert. Aber das Gehirn kann die beiden Ereignisse nicht miteinander in Verbindung bringen.«

Eine Weile saß sie still da.

»Das ist mir auch passiert, als ich im Haus der Familie Adolfsson war. Jemand hat etwas gesagt, aber ich weiß nicht, was. Nur, dass es wichtig ist. Es ärgert mich wahnsinnig, dass es mir nicht wieder einfällt.«

Sie lachte ein wenig.

»Das Schlimmste ist ja, dass ich es dir oder jemand anders nicht erklären kann. Ich muss selbst drauf kommen … Niemand kann mir helfen.«

Sie verstummte jäh.

»Was ist mit dir?«, fragte Svalberg. »Du siehst aus, als hättest du einen Schlag auf den Kopf gekriegt.«

»Pst«, machte Elina. Sie öffnete die Autotür und sprang hinaus. Sie neigte den Kopf und schlug sich mit der Handfläche gegen die Stirn.

»Still, sag nichts!«

»Ich hab doch keinen Ton gesagt«, sagte Svalberg leise zu sich selbst.

»*Sie* hat es gesagt, jetzt weiß ich es!«

Elina sprang wieder ins Auto und schloss die Tür. Sie ballte die Fäuste und schüttelte sie in der Luft.

»Möchtest du, dass ich La Ola mache?«, fragte Svalberg.

»›Sie müssen uns helfen.‹ Das hat Margareta Adolfsson gesagt, die Ehefrau von Bertil. Ich hab sie schon mal gesehen, bei Hennes & Mauritz in Västerås.«

Henrik Svalberg schüttelte den Kopf.

»Und?«

»Das war so: Vorletzten Samstag war ich bei H&M, um mir ein Kleid zu kaufen. Ich hab von weitem eine Frau gesehen, die hatte einen blauen Fleck am Arm und trug einen Schal um den Kopf. Geschlagen, so hab ich das jedenfalls gedeutet. Aber als ich zu ihr ging, ist sie fast weggelaufen. Ihr Gesicht habe ich nicht richtig gesehen. Ich hab ihr was nachgerufen, und sie hat nur geantwortet: ›Mir kann keiner helfen.‹ Als ich Freitag im Haus war, hat Margareta Adolfsson gesagt: ›Sie müssen uns helfen.‹ Das war es, was ich gehört hab, das ich nicht in den richtigen Zusammenhang bringen konnte. Es war dieselbe Frau.«

»Und was bedeutet das alles?«

»Wir haben es mit einer Familie zu tun, in der misshandelt wird. Diese Frau hat viel durchgemacht, glaub mir. Man kann sich kaum einen unterwürfigeren Menschen vorstellen. Wie ein Hund, der Angst vor Prügel hat. Und die Kinder müssen damit leben, vielleicht sind sie auch Gewalt ausgesetzt gewesen. Das wirft unbestreitbar ein neues Licht auf Bertil Adolfssons Verschwinden, oder was meinst du?«

»Ich mach La Ola. Damit weißt du aber immer noch nicht, was mit dem Mann passiert ist.«

»Nein, aber jetzt kann ich andere Fragen stellen. Gezieltere Fragen. Und du, Henrik, um La Ola zu machen, dafür muss man mindestens zu zweit sein.«

Sie zeigte es mit den Armen.

»Ich mache es immer mit einem Arm«, sagte Henrik Svalberg.

Dann schwiegen sie wieder eine Weile.

»Ich will ja kein Spielverderber sein«, sagte er, »aber damit du neue Anhaltspunkte hast, über die du nachdenken kannst: Warum bist du dem Zeitungsboten gefolgt?«

»Spielverderber«, seufzte Elina.

18

Die Nachtwache gab Elina das Recht, einen Tag freizunehmen, aber sie hielt es zu Hause nicht aus. Sie wollte Kärnlund berichten, was sie jetzt über die Familie Adolfsson zu wissen meinte. Nach eineinhalb Stunden Schlaf war sie mit dem unbestimmten Gefühl aufgestanden, keinen richtigen Kontakt zur Wirklichkeit zu haben. Eine Dusche half ihr, mental anzukommen.

Es war fünf vor halb neun, als sie von ihrem Dienstzimmer Kärnlund anrief und um ein Gespräch bat.

»Komm in einer Viertelstunde«, sagte er.

Sie öffnete die E-Mail und las die gestern eingegangenen Briefe. Dann klickte sie auf »New message«. Sie schrieb Martins E-Mail-Adresse und ging in das Mitteilungsfeld.

Von wem hast du heute Nacht geträumt?, schrieb sie. Nicht mehr. Sie klickte auf »Send« und lehnte sich zurück. Nach fünf Minuten wurde ihr klar, dass er nicht da war, an seinem Computer. Er befolgte immer die Regeln ihres Spiels, die er selber vorgeschlagen hatte. Im »unbewussten Spiel« galten drei einfache Regeln: Man durfte nur nach etwas fragen, was nicht von bewussten Gedanken gesteuert wurde. Man musste sofort antworten. Und man musste ehrlich antworten.

Auf diese Weise, hatte er gesagt, erfahre ich mehr über dich. Ich bekomme Verbindung zu deinem Unterbewusstsein. Und du wirst gezwungen, dich selbst von außen zu sehen. Außerdem komme ich deinem Sexualleben näher. Und du meinem.

Die einfachsten Fragen galten Träumen und Gedanken. Nach einem halben Jahr waren die Fragen verzwickter geworden.

Das Telefon klingelte.

»Träumst du, Wiik? Ich warte.«

»*Yessir. I'm comin'*!«

Kärnlund betrachtete sie forschend, als sie hereinkam und sich auf einen Besucherstuhl setzte.

»Du siehst mitgenommen aus, Wiik«, sagte er.

»Genau das, was eine Frau hören möchte, Chef.«

Er lachte kurz.

»Ich meine müde, du hast heute Nacht gearbeitet. Wollen wir uns ernsthaft unterhalten oder weiter blödeln? Du wolltest mir etwas sagen.«

Sie erzählte von der Begegnung bei H&M und wie sie schließlich einen Zusammenhang mit Margareta Adolfsson herstellen konnte. Kärnlund unterbrach sie nicht ein einziges Mal. Als sie fertig war, stand er auf und begann, im Zimmer herumzugehen.

»Stark, Wiik, wirklich stark. Du hältst die Augen offen. Die Implikation geht unzweifelhaft weit, gibst du mir nicht Recht?«

»Ja, das tu ich. Aber ich baue auf meine Erfahrungen mit Frauenmisshandlung.«

»Entwickle das weiter«, sagte Kärnlund.

»Mir ist noch nie ein Haustyrann begegnet, der seine Burg freiwillig verlassen hat. Ich hab nicht den kleinsten Beweis, das muss ich gleich hinzufügen, aber ich glaube nicht, dass er aus freiem Willen verschwunden ist.«

»Was bedeutet?«

»Wir müssen anfangen, uns vorzustellen, dass er ermordet wurde. Von einem Mitglied seiner Familie. Die dreizehnjährige Tochter können wir wohl gleich ausschließen, aber die Ehefrau und die beiden Söhne sind vorstellbare Verdächtige.«

»Und wer von den dreien, was meinst du?«

»Einer der Söhne. Die Frau würde den Druck nicht aushalten, glaube ich. Sie würde sich bei dem geringsten Antippen verraten.«

»Üben wir den Druck doch mal aus, dann werden wir ja sehen. Aber wir haben ein Problem, nicht wahr, Wiik?«

»Uns fehlt die Leiche. Er ist weg. Wir wissen nicht mal, wo wir anfangen sollen zu suchen.«

»Fahr hin und guck dir alles mit neuen Augen an, Wiik. Vielleicht entdeckst du was. Der Fall ist deiner, wohin er auch führen mag. Ich muss mit Larsson darüber reden, weil die Sache formell zum Dezernat Hallstahammar gehört. Und du bist keine Kommissarin. Aber er kann an meiner Entscheidung nichts ändern.«

Elina Wiik holte tief Luft. Sie schob die Gedanken beiseite, die hervordrängten.

»Aber eins versteh ich nicht«, begann sie.

»Was?«, fragte Kärnlund.

»Freitagvormittag, als ich mit Bertil Adolfssons Bekannten gesprochen habe, hatte ich ganz stark den Eindruck, dass einer von ihnen etwas zurückhält. Das hab ich doch kürzlich schon mal erwähnt? Simon Benjaminsson heißt er, er arbeitet in der Personalabteilung der Fabrik und hat Adolfsson damals den Job verschafft. Sie gehören derselben religiösen Gemeinde an. Er hat merkwürdig reagiert. Ich bin überzeugt, dass er etwas weiß. Aber in welcher Form könnte er an dieser Sache beteiligt sein?«

»Auch wenn dich deine Intuition das erste Mal richtig geleitet hat, muss es ja nicht immer so sein. Ehrenhafte methodische Polizeiarbeit währt am längsten. Vergiss das nicht. Und bis jetzt ist Adolfsson nur theoretisch tot.«

Elina Wiik erhob sich.

»Noch etwas, Wiik. Ich kann nicht richtig einschätzen, ob diese Sache die Ermittlung bei der Brandstiftung beeinflussen kann. Es sind zwei ganz verschiedene Abläufe. Ich möchte, dass du Jönsson seine Arbeit machen lässt.«

»Geht in Ordnung.«

Auf dem Korridor machte Elina Wiik einen kleinen Hüpfer, nachdem sie die Tür hinter sich geschlossen hatte.

»Denk nach, Elina«, sagte sie zu sich selber, als sie wieder in ihrem Dienstzimmer war. »Denk richtig. Was soll ich machen und in welcher Reihenfolge?«

Sie legte ihren Notizblock und einen Stift vor sich hin, blieb aber still sitzen. Mit einem Ruck beugte sie sich vor und klickte auf die E-Mail. Enttäuscht stellte sie fest, dass Martin nicht geantwortet hatte. Dann nahm sie den Stift und schrieb »noch mal mit allen reden« auf den Block. Dann »mit der Ehefrau anfangen« und »suchen«. Schließlich schrieb sie »Stensson nach den Söhnen fragen«.

Sie betrachtete, was sie geschrieben hatte, und hob den Telefonhörer ab.

»Stensson?«, sagte sie. »Hier ist Elina Wiik. Hast du ein paar Minuten Zeit?«

Kjell Stensson grinste Elina entgegen, als sie sein Zimmer betrat. Er ging auf und ab, ehe er etwas sagte.

»Hat es sich die gnädige Frau anders überlegt? Das wäre keine Sekunde zu früh.«

»Ich brauch ein paar Informationen, und ich hab das Gefühl, du kannst mir helfen.«

»Immer zu deinen Diensten«, sagte er und breitete die Arme aus.

»Sagt dir der Name Bertil Adolfsson etwas?«

»Kein Stück.«

»Und was sagst du zu Peter Adolfsson und Mikael Adolfsson? Alle wohnen in Surahammar.«

»Dazu fällt mir etwas mehr ein. Peter kenn ich nicht, aber auf Mikael bin ich schon mal gestoßen. Sind sie Geschwister?«

»Ja, und Bertil ist der Vater. Im Augenblick verschwunden. Was weißt du über Mikael?«

»Nicht viel, aber er gehörte zu unseren lokalen Sturmtruppen. Trainiert mit ihnen im Bodybuilding Club.«

»Woher weißt du das?«

»Ich hab so meine Quellen.«

»Mikael ein Nazi? Es dreht sich um eine Familie, die in die Kirche geht. Klingt unwahrscheinlich.«

»Das ist es wohl. Ich glaube, keiner aus dieser Gruppe hat jemals auch nur die erste Zeile in *Mein Kampf* gelesen. Ich bezweifle sogar, dass sie lesen können. Das sind Jungs, die keinen Platz in der Gesellschaft haben. Sie versuchen, ihre Identität zu finden. Das machen sie so auffällig, dass es niemandem entgehen kann.«

Kjell Stensson rieb sein Kinn.

»Kommando zurück«, sagte er. »In einem Fall muss ich mich korrigieren. Ein Junge ist dabei, der scheint ideologisch überzeugter zu sein. Einer, der sich mehr damit beschäftigt als die anderen. Er ist auch ihre Leitfigur. Patrik heißt er.«

Elina schrieb einige Worte in ihren Block und klopfte sich dann mit dem Stift gegen das Kinn.

»Okay. Was glaubst du, haben sie Mehmedović' Haus mit Steinen beworfen?«

»Lass es mich so ausdrücken«, antwortete Stensson: »Wenn ich in dieser Sache ermitteln müsste, würde mein erster Hausbesuch einem dieser Jungen gelten.«

»Und Mikael? Laut Anzeige waren es drei Täter. Könnte er einer von ihnen sein? Er ist noch nicht vorbestraft.«

»Ihn kenn ich nicht so gut. Es gibt mindestens drei, die enger mit diesem Kreis verbunden sind als er. Typen, die wegen Misshandlung oder anderer netter Vergehen verurteilt sind. Es ist auch denkbar, dass Mikael Adolfsson nur mit ihnen trainiert und sich sonst einen Dreck um das ganze *Heil* kümmert.«

»Du meinst, man kann trotzdem befreundet sein?«

»Tatsache ist, dass diese kleine Gruppe seit dem Polizistenmord in Malexander Zurückhaltung übt. Die Neonazis in Schweden haben nicht vorausgesehen, dass die Gesellschaft knallhart zurückschlagen würde, nachdem sie das Etablissement angegriffen haben. Die Polizisten und dieser Gewerkschaftsmann und die anderen beiden Journalisten. In dem Augenblick wurden die Neonazis zu einer offiziellen Bedrohung erklärt. Solange sie Schwule und Einwanderer angegriffen haben, wurde nur von Dummejungenstreichen geredet. Sie haben einen taktischen Fehler begangen, wie man so sagt.«

»Stellen wir uns mal vor, deine lokalen Neonazis haben Mehmedović wegen der Brandstiftung überfallen. Wie eine Art kommunales einwandererpolitisches Comeback. Ist das nicht ein bisschen unlogisch, wenn man deine hausgemachte Analyse aufgreift? Ich meine, wer auch immer das Bürgerhaus abgefackelt hat, er hat gleichzeitig die Ausstellung gegen Rassismus vernichtet. Sollten sich die Nazis nicht darüber freuen?«

»Ich bezweifle, dass sie weiter denken, als ihre Nase reicht. Aber drehen wir es mal um. Indem sie die Schuld auf einen Einwanderer lenken, schlagen sie doch zwei Fliegen mit einer Klappe.«

»Kannst du mir die Namen von Mikaels Kameraden nennen?«

»Klar, wenn du mir ein bisschen Zeit zum Nachdenken lässt.«

»Vielen Dank«, sagte Elina. »Bis dann.«

Aber wir waren die Ersten, dachte sie, als sie das Zimmer verließ. Wir haben als Erste behauptet, Mehmedović sei schuldig. Wir haben den ersten Stein geworfen.

Sie tippte die Telefonnummer der Familie Adolfsson auf ihrem Handy. Margareta Adolfsson meldete sich.

»Er ist immer noch weg«, sagte sie mit schriller Stimme. »Es muss was Ernstes passiert sein, verstehen Sie das nicht? Wie sollen wir allein fertig werden?«

»Ich wollte zu Ihnen rauskommen«, sagte Elina. »Ich fahre gleich von Västerås los. Passt das?«

»Ich denke schon«, sagte Margareta Adolfsson mit leiserer Stimme.

Sie öffnete die Haustür.

Dasselbe grüne Kleid wie bei Hennes & Mauritz, dachte Elina und trat ein.

Sie setzten sich in die Küche. Margareta Adolfsson an die Längsseite und Elina Wiik an die Schmalseite des Tisches.

»Die Jungen schlafen«, sagte Margareta Adolfsson.

»Frau Adolfsson, wir beide sind uns schon mal begegnet.«

Margareta Adolfsson runzelte die Stirn.

»Ja … Sie waren Freitag doch schon mal hier.«

»Ich meine vorher. Bei Hennes & Mauritz in Västerås.«

»Das versteh ich jetzt nicht.«

»Ich hab versucht, mit Ihnen zu reden. Über den blauen Fleck, den Sie am Arm hatten.«

Margareta Adolfsson erstarrte. Langsam begann sie den Körper zu wiegen.

»Ich möchte, dass Sie mir erzählen, was da passiert ist. Lassen Sie sich Zeit.«

»Bertil ist weg«, sagte Margareta Adolfsson. »Wollen Sie nicht nach ihm suchen?«

»Dies ist auch wichtig. Ich möchte, dass Sie es mir erzählen.«

»Es gibt nichts zu erzählen.«

Der Mund zitterte. Sie rieb sich unablässig die Hände. Elina saß still da und wartete.

»Er hat mich geschlagen«, flüsterte Margareta Adolfsson. »Aber es war meine Schuld.«

»Ist das schon mal vorgekommen?«

Margareta Adolfsson wandte das Gesicht ab. Sie schaute zur Treppe, die zum ersten Stock führte.

»Mal schon, vielleicht. Aber Bertil ist nett. Er versucht, nach den Geboten Gottes zu leben.«

»Niemand hat das Recht, Sie zu schlagen. Wie lange sind Sie verheiratet?«

»Seit zwanzig Jahren. Im nächsten Monat. An dem Wochenende wollten wir nach Blekinge runterfahren und meine Mutter besuchen. Was soll jetzt daraus werden?«

»Wissen Ihre Kinder, dass er Sie geschlagen hat?«

Sie sah Elina an, als hätte sie nicht verstanden.

»Wir sind einander immer nah gewesen, wie in einer Familie«, sagte sie.

»Frau Adolfsson, hat er die Kinder auch geschlagen?«

Margareta Adolfsson brach in Tränen aus. Elina nahm ihre Hand und wartete.

»Er hat versucht, sie zu erziehen, so gut er konnte«, sagte sie. »Aber es ist nicht leicht gewesen. Ich ... ich finde schon, dass er manchmal etwas hart war.«

»Ich verstehe. Jetzt denken Sie gut nach. Haben diese Schläge etwas mit seinem Verschwinden zu tun?«

Elina sah ihr in die Augen. Margareta Adolfsson schüttelte den Kopf.

»Ich verstehe nicht. Wie meinen Sie ...?«

»Ist etwas passiert an den Tagen, bevor er verschwand, was Sie nicht erzählt haben?«

»Nein, ich weiß nichts. Alles war wie immer.«

Elina erhob sich und schob den Stuhl zurück.

»Darf ich mich ein wenig umsehen? Ich möchte auch gern mit Peter und Mikael reden.«

»Ich sag ihnen Bescheid.« Margareta Adolfsson stand ebenfalls auf.

Elina ging ins Wohnzimmer und ließ den Blick über jeden Gegenstand gleiten. Sie ging weiter in die Diele und dann in den Vorraum. Sie rückte das Schuhgestell von der Wand ab und schob ein paar Kleidungsstücke beiseite. Sie reckte sich und tastete die Hutablage ab. Dann verließ sie das Haus und ging in den Garten. Sie suchte den Boden mit Blicken ab, entfernte sich rückwärts ein Stück vom Haus, um das Dach zu überblicken.

Der Schuppen lag an der Grundstücksgrenze. Die Holztür war nicht abgeschlossen und sie ging hinein. Dort standen zwei Herrenfahrräder und ein Damenrad in einer Reihe. An allen dreien hingen Taschen mit dem Logo der *Länstidningen*.

Das Fahrrad, dachte sie. Wie konnte ich Freitag vergessen, danach zu fragen? Nicht gut. Wirklich nicht. Ich muss mich zusammenreißen.

Entlang der Wände hingen Werkzeuge und in einer Ecke lehnte eine Harke. Elina ging zu der Kiste mit dem Holzvorrat und griff nach dem Deckel. Er war zerschlagen. Die Spuren waren frisch.

Sie kehrte ins Haus zurück. Margareta Adolfsson saß auf demselben Stuhl wie vorhin.

»Mikael kommt gleich. Aber Peter will im Augenblick nicht mit Ihnen reden. Ich weiß nicht, warum.«

Aber ich weiß es, dachte Elina.

»Was ist mit der Holzkiste im Schuppen passiert?«, fragte sie. »Der Deckel ist kaputt.«

»Wirklich? Ich geh da nur rein, wenn ich mein Fahrrad hole. Mir ist nichts aufgefallen.«

»Wo ist das Fahrrad, mit dem Ihr Mann immer zur Arbeit gefahren ist?«

Margareta Adolfsson kam wie aus einer Betäubung zu sich.

»Das ist auch nicht wieder aufgetaucht. Dann ist er also nicht hier gewesen, nach der Arbeit, das bedeutet es ja wohl? Er wäre doch nicht mit dem Fahrrad weggefahren, wenn er das Auto hier hatte.«

»Wo stellte er sein Rad normalerweise ab?«

»Im Schuppen, genau wie wir.«

»Würden Sie bitte mal nachprüfen, ob noch alle Autoschlüssel da sind? Und wie es mit den Fahrradschlüsseln aussieht?«

Elina sah, dass Margareta Adolfsson an ihr vorbeischaute, und drehte sich um. Mikael Adolfsson stand schweigend in der Tür hinter ihr.

»Hallo, Mikael«, begrüßte sie ihn. »Können wir uns im Wohnzimmer unterhalten?«

Wortlos ging er ihr voran und setzte sich aufs Sofa. Elina blieb einen Moment stehen und folgte Margareta Adolfsson mit Blicken, als sie eine Küchenschublade aufzog.

»Es gibt zwei Autoschlüssel«, sagte sie. »Mehr haben wir nicht. Bertils Reserveschlüssel vom Fahrrad ist auch da. Aber der, den er immer benutzt, ist weg.«

Elina ging ins Wohnzimmer und schloss die Tür hinter sich. Sie setzte sich in den Sessel und schaute Mikael in die Augen.

»Erzähl mal, wie es ist, mit deinem Vater zusammenzuleben«, sagte sie.

Er zuckte mit den Schultern.

»Da gibt es nichts zu erzählen. Wir machen nicht viel zusammen.«

»Was hältst du von ihm?«

»Er ist mein Vater, er ist wohl wie andere Väter.«

»Du hast meine Frage nicht beantwortet, Mikael. Was hältst du von ihm?«

»Nichts Besonderes.«

»Was macht er, wenn du ihm widersprichst oder etwas tust, was ihm nicht gefällt?«

»Dann sagt er mir die Meinung.«

»Schlägt er dich?«

»Manchmal, eine Ohrfeige.«

»Wie oft?«

»Manchmal.«

Mikael schaute weg.

Er ist nicht nur wortkarg, dachte Elina. Er will nicht darüber reden.

»Schlägt er deine Mutter und deine Geschwister?«

Mikael sah sie an.

»Er hat Mutter geschlagen. Ich konnte nichts machen. Er war zu groß.«

Die Worte kamen schnell. Dann verstummte er.

»Warum sagst du, er *war* groß? Ist er das nicht immer noch?«

»Ich meine, zu groß, als er sie schlug.«

»Mikael, was hat dein Vater als Letztes zu dir gesagt?«

»Ich kann mich nicht erinnern.«

»Wann hast du ihn zuletzt gesehen?«

»Das hab ich doch schon gesagt.«

»Wann, Mikael?«

»An dem Abend, bevor er verschwand.«

Elina erhob sich.

So komm ich nicht weiter, dachte sie. Wenn ich zu weit geh, macht er ganz dicht.

Sie öffnete die Tür, drehte sich jedoch noch einmal um.

»Was ist mit dem Deckel von der Holzkiste passiert?«, fragte sie. »Im Schuppen?«

Er schaute zu Boden.

»Ich weiß nicht.«

Margareta Adolfsson saß immer noch auf ihrem Stuhl in der Küche.

»Ich geh jetzt«, sagte Elina. »Mit Peter kann ich mich ein andermal unterhalten.«

Sie setzte sich ins Auto und fuhr los, aber nicht zurück in den Ort, sondern weiter auf der 252 in Richtung Süden. Nach wenigen hundert Metern hielt sie an einer Abzweigung, stieg aus und kehrte zu Fuß zurück zum Haus, immer darauf bedacht, dass niemand von dort sie sehen konnte. Von einem Wäldchen aus hatte sie den ganzen Schotterplatz im Blickfeld. Hier stellte sie sich hin und wartete.

Eine Stunde, dachte sie und sah auf die Uhr. Zwanzig vor elf.

Niemand verließ das Haus. Das Einzige, was passierte, war, dass sie Hunger bekam. Sie steckte die Hand in die Tasche und holte eine Tüte mit sauren Bonbons heraus, die sie in der letzten Nacht gekauft hatte. Es waren nur noch zwei übrig, sie steckte beide in den Mund.

Zwanzig vor zwölf begann sie das Wäldchen zu durchstreifen, die einzige Stelle in der Nähe des Hauses, wo ein liegendes Fahrrad oder ein Körper nicht sofort entdeckt werden konnten. Das Wäldchen erstreckte sich bis zu dem See hinunter, in den der Kanal mündete.

Nach einer weiteren Stunde gab sie auf und kehrte zum Auto zurück. Sie nahm den Notizblock hervor und schrieb aus dem Gedächtnis ein Gesprächsprotokoll. Dann rief sie die Fabrik von Surahammar an und verlangte Simon Benjaminsson.

»Ich hab nichts mehr zu sagen«, sagte er, als er den Hörer abhob.

»Woher wissen Sie, was ich fragen will?«

Als Elina Benjaminssons Zimmer betrat, saß er hinter seinem Schreibtisch und blätterte in Papieren.

Er versucht, beschäftigt auszusehen, dachte sie und ließ sich unaufgefordert auf dem Besucherstuhl nieder.

Simon Benjaminsson trug eine Brille mit dicken Gläsern unter seiner Haartolle. Sein Schlips war nachlässig über einem weißen Hemd geknotet. Der Anzug war dunkelblau und auf den Schultern lagen Schuppen.

Dich krieg ich schon, dachte Elina. Sie saß still, während er seine Papiere weiter ordnete.

»Wie ich schon erklärt habe, ich habe nichts hinzuzufügen«, sagte Benjaminsson ohne aufzuschauen.

»Wie lautet das achte Gebot, Herr Benjaminsson?«

»Wie bitte?«

»Sie haben gehört, was ich gefragt habe. Wie lautet das achte Gebot?«

»Was soll das denn?«

»Das ist ein Polizeiverhör. Dabei soll man das achte Gebot befolgen. Du sollst nicht falsch Zeugnis reden wider deinen Nächsten. Lüge nicht, einfacher ausgedrückt. Sie sollen nicht lügen, Benjaminsson.«

Er starrte sie mit offenem Mund an.

»Jetzt möchte ich zur Abwechslung mal Wahrheiten hören. Oder wollen Sie, dass wir es formell im Polizeirevier erledigen?«

Sie sah, dass seine Hände zitterten.

»Das also nicht. Wissen Sie etwas, was ein Licht auf Bertil Adolfssons Verschwinden werfen könnte?«

»Nichts, nichts. Was sollte ich wissen, was?«

Seine Stimme war schrill. Er hatte weißen Speichel in den Mundwinkeln.

»Denken Sie nach, Herr Benjaminsson. Und denken Sie an das achte Gebot.«

Er sank in sich zusammen.

»Bertil hat Margareta geschlagen. Ich hab es gewusst, aber ich habe nichts dagegen unternommen.«

Elina spürte, wie eine Welle der Enttäuschung durch ihren Körper ging. War das alles? Hast du nicht mehr zu verbergen?, dachte sie.

»Und weiter?«, fragte sie.

Er saß still, fast wie gelähmt.

»Ich weiß nichts mehr. Jetzt müssen Sie gehen.«

Elina machte keine Anstalten, sich zu erheben.

»Warum glauben Sie, dass es etwas mit Bertil Adolfssons Verschwinden zu tun hat?«

»Das weiß ich nicht. Ich glaube das auch gar nicht. Über sein Verschwinden weiß ich nichts. Gehen Sie jetzt.«

»Wie lange hat er seine Frau schon geschlagen?«

»Seit er vor ein paar Jahren nach Surahammar gekommen ist. Wie oft er sie geschlagen hat, weiß ich nicht, aber ich habe es Margareta mehrere Male angesehen. Und ich habe nichts unternommen. Ich habe nichts gesagt.«

Elina spürte Hass gegen den Mann aufflammen, der ihr gegenübersaß. Sie erhob sich mit einer heftigen Bewegung.

»Damit müssen Sie jetzt leben. Lassen Sie uns hoffen, dass wir Bertil Adolfsson finden und ihn vor Gericht stellen können wegen der Misshandlung. Und Sie werden Zeuge sein.«

Sie drehte sich jäh um und verließ Benjaminsson. Auf dem Weg zurück nach Västerås fuhr sie fast 130 km/h, bis ihr Puls wieder normal arbeitete. Auf halbem Weg bremste sie vorsichtig und fuhr an den Straßenrand. Sie stieg aus und atmete ein paarmal tief durch, setzte sich wieder hinter das Steuer und schlug die Autotür zu. Als der Blick nach vorn und hinten frei war, machte sie eine U-Kurve und fuhr zurück nach Surahammar.

Das Mädchen in der Rezeption trug einen einfarbigen Pullover und blaue Jeans. Sie schaute zu Elina auf, nachdem sie etwas auf einem Blatt Papier notiert hatte. Elina war unklar, was es sein könnte.

»Haben Sie einen Termin?«, fragte sie.

»Nein«, antwortete Elina. »Ich heiße Elina Wiik und bin von der Polizei aus Västerås. Ich möchte mit Ihrem Chef sprechen.«

»Meinen Sie den Sozialchef der Kommune oder den Chef dieses Büros?«

»Einer von beiden genügt.«

»Wo der Sozialchef im Augenblick ist, weiß ich nicht. Aber die Bürochefin ist da. Sie ist allerdings beschäftigt. In einer Besprechung. Hat das keine Zeit?«

»Nein, es hat keine Zeit.«

»Es ist trotzdem nicht sicher, ob sie kommen kann.«

»Versuchen Sie es«, sagte Elina und fing an, mit den Fingern auf den Tresen der Rezeption zu trommeln.

Die Frau hob den Telefonhörer ab und wählte eine kurze Nummer.

»Da ist Besuch für Margit. Ein Mädchen, sie sagt, es eilt. Von der Polizei in Västerås.«

Mädchen?, dachte Elina. Strahl ich so wenig Autorität aus?

Die Frau hinterm Tresen legte auf.

»Sie sagen ihr Bescheid. Bitte setzen Sie sich und warten Sie.«

Nach sieben Minuten erschien eine kräftig gebaute Frau. Sie war ungeschminkt, aber die Haare waren zu einer kunstvollen Frisur arrangiert. Elina schätzte, dass sie um die fünfzig war.

»Entschuldigen Sie bitte, dass Sie warten mussten. Aber ich hatte ein Entwicklungsgespräch mit einer meiner Mitarbeiterinnen. Mein Name ist Margit Sjögren. Womit kann ich Ihnen helfen?«

»Elina Wiik«, sagte Elina. »Können wir in Ihr Zimmer gehen? Es dauert nicht lange.«

Margit Sjögren tippte einen Code für eine Tür ein, die zurück in den Korridor führte, und hielt sie Elina auf.

»Die dritte Tür links«, sagte sie.

Elina setzte sich auf den einzigen Besucherstuhl im Zimmer, während die Bürochefin auf der anderen Seite vom Schreibtisch Platz nahm. Hunger und Schlafmangel ließen Elina alle Höflichkeitsphrasen überspringen.

»Ich ermittle in einer Vermisstenmeldung«, sagte sie. »Es geht um eine Person mit Namen Bertil Adolfsson. Er wohnt hier im Ort. Ich möchte wissen, ob er oder seine Familie als Antragsteller beim Sozialamt auftauchen.«

»Aus welchem Grund?«, fragte Margit Sjögren.

»Aus welchem Grund auch immer.«

»Das verstehe ich, aber ich habe es anders gemeint. Warum möchten Sie das wissen? Was ist Ihr Grund?«

»Weil das vielleicht ein Hinweis auf sein unerklärliches Verschwinden sein könnte, das ist doch klar.«

Ganz ruhig, dachte sie und versuchte, ihre Irritation in den Griff zu bekommen. Das Sozialamt ist nicht schuld, dass du weder geschlafen noch gegessen hast.

»Mir würde es vielleicht helfen, wenn ich verstehe, was passiert ist«, sagte sie in einem freundlicheren Ton.

»Wie Sie wissen, handelt es sich um vertrauliches Material. Wenn er oder ein Familienmitglied in unseren Akten erscheint, dann gibt es einen formellen Weg zwischen Polizei und Sozialamt.«

Elina überlegte kurz, welchen Weg sie beschreiten sollte, um ihren Willen so schnell wie möglich durchzusetzen.

»Ich weiß«, sagte sie. »Wir im öffentlichen Dienst haben alle viel zu tun. Könnten Sie das Ganze in Kurzform erledigen und mir nur mitteilen, inwieweit es überhaupt etwas zu erfahren gibt? Ohne zu sagen, um was es sich handelt?«

Die Frau hinter dem Schreibtisch saß bewegungslos da und schwieg. Die Augen waren auf Elinas Augen gerichtet.

»Haben Sie die Personennummer des Mannes und die der Familienmitglieder?«

Elina holte ihren Notizblock aus der Tasche und blätterte eine Seite auf. Margit Sjögren hielt ihr ein Blatt Papier und einen Stift hin.

»Warten Sie hier«, sagte sie, nachdem Elina fünf zehnziffrige Nummern aufgeschrieben und das Blatt Papier über den Tisch geschoben hatte.

Zehn Minuten später kam sie zurück ins Zimmer.

»Nein«, sagte sie. »Keiner von ihnen hat eine Akte bei uns. Warum glauben Sie, dass das wichtig ist?«

»Das kann ich leider nicht sagen.«

»Wie üblich also. Zwischen Polizei und Sozialverwaltung werden Informationen immer nur von der einen beteiligten Institution erwartet.«

»Es tut mir Leid«, sagte Elina so mild, wie sie konnte. »Aber Sie verstehen sicher meine Situation. Könnte es etwas anderes als eine Akte geben, was beweist, dass jemand von der Familie Kontakt zu Ihnen aufgenommen hat?«

Margit Sjögren seufzte.

»Hier arbeiten viele. Da sehen Sie bestimmt ein, wie schwer die Frage zu beantworten ist.«

»Aber wenn ein Familienmitglied die Zentrale angerufen oder das Büro aufgesucht hat?«, fuhr Elina unbeirrt fort. »Ohne dass er gleich in den Akten erscheint. Wie wird mit dieser Art Kontakt umgegangen?«

»Die Rezeption notiert an und für sich jeden, der sich hier meldet. Wenn es Ihnen genügt, zu erfahren, wer in diesem Jahr zu uns Kontakt aufgenommen hat, können wir die Notizen der Rezeption durchgehen. Ich kann es Sie aber nicht selber machen lassen, da es sich um vertrauliche Informationen handelt.«

»Könnten Sie das nachprüfen? Jetzt?«

Die Frau verließ das Zimmer wieder, ohne ein Wort zu sagen. Fast sofort kehrte sie mit einem dicken schwarzen Kalender in der Hand zurück und ließ sich schwerfällig auf ihrem Schreibtischstuhl nieder.

»Eigentlich habe ich keine Zeit«, sagte sie, während sie blätterte.

Elina wartete schweigend. Schon zwei Minuten später hob Margit Sjögren den Kopf.

»Hier ist tatsächlich eine Notiz«, sagte sie. »Eine Person, die behauptete, Mikael Adolfsson zu heißen, hat am 4. Januar dieses Jahres angerufen. Er wollte nicht sagen, um was es ging, nur so viel, dass es sich nicht um finanzielle Unterstützung handelt. Er ist direkt gefragt worden, ob es um Geld ging.«

»Hat er jemanden im Haus gesprochen?«, fragte Elina.

»Nein, offenbar nicht. Ihm wurde ein Termin in fünf Wochen mit einer Sachbearbeiterin angeboten, wir haben leider lange Wartezeiten, aber da keine Akte über ihn existiert, ist er wohl nicht zu dem Termin erschienen.«

»Warum ist er nicht gekommen? Kann man das herausfinden?«

Margit Sjögren hob den Telefonhörer ab.

»Mia«, sagte sie, »hier ist Margit. Kannst du bitte etwas für mich nachprüfen? Am 7. Februar um 10.00 Uhr hattest du einen Termin mit einem Mikael Adolfsson. Er hat keine Akte bei uns, offenbar ist er nicht erschienen. Weißt du, worum es ging?«

Sie lauschte eine Weile und legte dann auf.

»Er ist einfach nicht erschienen«, sagte sie.

»Und da unternehmen Sie nichts? Nehmen zum Beispiel Kontakt zu ihm auf, um zu erfahren, was er für Probleme hatte? Es geht um ein Kind. Er ist unter achtzehn.«

»In diesem Fall wussten wir nicht, wer er war. Wir kannten nur seinen Namen.«

»Es gibt nur einen Mikael Adolfsson in Surahammar. So schwer wäre das nicht gewesen.«

»Dergleichen gehört nicht zu unseren Aufgaben«, sagte Margit Sjögren. »Wie sollten wir das durchführen? Wir haben alle Hände voll zu tun mit denen, die wirklich herkommen. Ich bezweifle, dass die Polizei in Västerås jeden aufspürt, der angerufen hat, ohne zu sagen, was er wollte. Oder?«

Elina Wiik erhob sich.

»Ich wäre Ihnen dankbar, wenn Sie den ganzen Kalender durchsehen würden. Und alle, die seit 1997 aufbewahrt werden. Rufen Sie mich bitte an, wenn jemand von der Familie erwähnt wird. Ich brauche die Information so schnell wie möglich.«

Sie legte ihre Visitenkarte auf den Tisch und ging hinaus, ohne sich zu verabschieden.

19

Ismail Mehmedović trank noch eine Tasse Kaffee. Er saß allein am Tisch. Vor zwanzig Minuten hatte er die letzte Abbestellung für das Restaurant am Abend entgegengenommen und Tillman abgesagt. Fredrik Tillman hatte behauptet, das bedeutete Verdienstausfall für ihn, da es unmöglich war, innerhalb von sechs Stunden einen neuen Auftrag zu bekommen. Ismail antwortete, seine eigene Situation sei noch schlimmer und dass er Tillman keinen Verdienstausfall zahlen könne.

Liisa Kiivirantta hatte mehr Verständnis. Die Mittwochsdisko habe sich schon die ersten beiden Male schwer getan, hatte sie gesagt. Und nach dem totalen Fiasko am Freitag war dieser Mittwoch geradezu dazu verurteilt, ein Reinfall zu werden. Er hatte sie gefragt, was er tun sollte, um die Gäste zurückzuholen. Aber sie wusste auch keinen Rat.

Langsam trank er seinen Kaffee. Am Tisch vor ihm saßen zwei ältere Frauen und tranken Tee. Die übrigen drei Tische im Café waren leer.

Ismail Mehmedović' Rücken war von der anderen Straßenseite aus zu sehen. Erik Enquist war an der Reihe, ihn zu beschatten. Niklasson hatte den Montag und Jönsson den Dienstag übernommen. Sie hatten das Risiko, entdeckt zu werden, diskutiert, da Mehmedović sie beide kannte. Aber sie hatten keine Wahl. Andere Einsatzkräfte waren nicht aufzutreiben.

Sie hielten den Abstand so groß wie möglich, ohne Mehmedović aus dem Blickfeld zu verlieren. Ihre Hoffnung war, Dragan würde auftauchen.

Eine Möglichkeit für Enquist, selbst eine Tasse Kaffee zu trinken, ergab sich nicht. Im Auto hatte er eine Thermoskanne und zwei belegte Baguettebrötchen. In solchen Tagen hatte die Nahrungsaufnahme keine Priorität.

Mehrere Autos fuhren am Café vorbei. Keins war ein alter Fiat. Keiner der Fahrer sah aus, als wäre er aus dem Kosovo.

Enquist zuckte zusammen, als sein Handy klingelte. Es war Jönsson.

»Brich die Überwachung ab, Enquist«, sagte er. »Bist du im Augenblick in Surahammar?«

»Ja, vorm Café. Was ist los?«

»Peter Adolfsson steht vorm Supermarkt und wartet auf dich. Lies ihn auf und bring ihn ins Revier von Surahammar. Niklasson und ich kommen auch raus.«

»Ja, aber ...«

»Du erfährst alles später. Fahr jetzt.«

Enquist ging einen Häuserblock weiter und holte sein Auto. Er fuhr zum Revier, parkte es dort und ging zu Fuß zum Supermarkt in der Fußgängerzone. Peter Adolfsson stand vorm Eingang.

»Ich hab den mit dem Kanister gesehen.«

»Komm mit zum Revier, dann können wir uns unterhalten«, sagte Enquist.

»Ich weiß, wo er wohnt. Ich bin ihm gefolgt.«

»Gut, Peter, aber wir warten auf meine Kollegen. Sonst musst du zweimal dasselbe erzählen.«

Es dauerte weniger als eine Viertelstunde, da betraten Jönsson und Niklasson das Revier.

»Und jetzt los, Peter, fang von Anfang an«, sagte Jönsson, schon bevor er sich gesetzt hatte.

»Ich war in der Bibliothek. Die neue liegt am anderen Ende der Fußgängerzone, an der rechten Seite ein bisschen nach hinten versetzt. Ich wollte dort in Autozeitschriften lesen. Wenn man am Kiosk blättert, gefällt das den Verkäufern nicht, also ...«

»Lassen wir das«, sagte Jönsson. »Erzähl lieber, was du gesehen hast.«

»Also, als ich auf die Straße kam und mein Fahrrad aufschloss und nach links in den Hjulmakarvägen einbog, um nach Hause zu fahren, da sah ich ihn in seinem Auto.«

»Was war es für ein Auto?«

»Ein VW Passat Kombi aus den späten achtziger Jahren.«

»Kein Fiat?«

»Nein, die sehen ganz anders aus. Ich kenne alle Automarken. Das hab ich doch schon gesagt.«

»Klar, wie konnten wir das vergessen?«

Jönsson wandte sich an Niklasson.

»Er muss das Auto gewechselt haben«, sagte er.

»Offenbar.«

»Peter«, sagte Jönsson, »erzähl weiter. Was hast du dann gemacht?«

»Ich hab dran gedacht, was Sie gesagt haben: dass ich beim ersten Mal in der Nacht genauer hätte hinschauen sollen, ob er in den Mercedes gestiegen ist und so. Da hab ich beschlossen, umzukehren und hinter ihm herzufahren. Er ist ziemlich langsam gefahren, das ging also ganz gut.«

»Und wohin ist er gefahren?«

»Er ist nach rechts in die Svarvargatan eingebogen. Die ist nur ein paar Straßen entfernt. Und dann hab ich gesehen, wie er parkte und in ein Haus ging. Es liegt zwar an der Svarvargatan, aber die Adresse ist Borevägen 15D.«

»Borevägen 15D?«, platzte Enquist heraus.

»Ja.«

»Bist du ihm durch die Haustür gefolgt und hast gesehen, in welche Wohnung er gegangen ist?«

»Nein, das kam mir ein bisschen zu unvorsichtig vor.«

Enquist richtete sich auf.

»Peter, warte bitte einen Augenblick. Kommt mal mit, ihr zwei.«

Enquist schloss die Tür und ließ Peter Adolfsson allein im Zimmer.

»Ich bin schon mal im Borevägen gewesen«, sagte Enquist. »Dort wohnt Fredrik Tillman. Der Discjockey. Das muss sofort überprüft werden.«

Er wählte eine Telefonnummer.

»Hallo, hier ist Enquist. Kannst du mir bitte helfen? Ja, mir geht's gut. Doch, ich komm nach Hallsta zurück, sobald wir den Fall hier geklärt haben. Du, ich hab's ein bisschen eilig. Überprüf doch bitte mal, was für ein Auto Fredrik Tillman, Borevägen 15D in Surahammar, fährt. Ich bleib dran, ja.«

Keiner sagte ein Wort, während sie warteten.

»Ein blauer Passat, Baujahr 89, danke. Tschüs!«

»Ihr habt's gehört«, sagte Enquist. »Wie zum Teufel hängt das zusammen?«

»Tillman ist der Einzige, der Mehmedović' Aussage über Dragan bestätigt hat«, stellte Niklasson fest.

»Ja. Kein anderer«, sagte Enquist.

»Wenn Tillman der Kanistermann ist, dann hat er ja allen Grund gehabt zu lügen, nicht wahr?«

»Wahrhaftig«, sagte Enquist. »Und Tillman entspricht Adolfssons Beschreibung vom Kanistermann. Ich hab ihn doch selbst gesehen.«

»Endlich ein Volltreffer!«, sagte Jönsson. »Dann machen wir es so: Ihr beide sichert Adolfssons Aussage mit Gegenfragen. Nehmt das Verhör auf Band auf. Ich fahr nach Västerås und rede mit Kärnlund und dann mit dem Staatsanwalt, Ulf Lindengren. Bevor ich zu ihm geh, berichtet ihr mir, was Adolfsson gesagt hat, damit ich eine gute Basis habe. Ich kann mir nichts anderes vorstellen, als dass Tillman und Mehmedović festgenommen werden. Jetzt kriegen wir sie.«

Zwei Stunden später fuhren zwei Autos vor Mehmedović' Haus und zwei vor dem Haus auf dem Borevägen vor. Es waren Zivilautos und alle sieben Polizisten waren zivil gekleidet.

»So trifft man sich wieder«, sagte Jönsson, als Ismail Mehmedović die Tür öffnete. »Wir nehmen Sie fest wegen des Verdachts auf Brandstiftung. Darüber reden wir weiter im Polizeipräsidium in Västerås. Holen Sie Ihre Jacke und kommen Sie mit.«

Jönsson wandte sich an Erkki Määttä.

»Bitte sehr, das Haus gehört dir.«

»Ich sag's dir noch mal, Jönsson.« Määttä schüttelte den Kopf. »Hier gibt es nichts mehr. Hätte es etwas gegeben, dann hätten wir es letztes Mal gefunden. Aber klar, wir können noch einen Versuch machen. Ist es dir recht, wenn ich mich diesmal auf die Teile des Hauses konzentriere, die beim letzten Mal keine Priorität hatten?«

»Ich verlasse mich darauf, dass du weißt, was du tust«, sagte Jönsson.

Als sie zum Polizeipräsidium in Västerås kamen, verlangte Ismail Mehmedović, sofort seine Anwältin zu sprechen.

»Das dürfen Sie. Er ist schon hier.«

»Er?«

»Susanne Norman hat das Mandat niedergelegt, wegen Befangenheit, behauptet sie. Ich weiß zwar nicht, worin die bestehen soll, aber das hat der Staatsanwalt behauptet. Sie haben einen Anwalt bekommen. Er heißt Harald Eneby. Das wurde heute entschieden. Ich werde ihn bitten, Sie in Ihrer Zelle aufzusuchen.«

Harald Eneby schien ein Mann in den Sechzigern zu sein und trug einen tadellosen Anzug und glänzende Schuhe. Er begrüßte Mehmedović mit einem weichen Händedruck.

»Ich hatte leider noch keine Zeit, das Material zu sichten«, sagte er. »Könnten Sie mir kurz erzählen, was Ihnen widerfahren ist, dann komme ich beim Verhör besser mit. Sprechen Sie übrigens Schwedisch?«

Punkt sechs versammelten sich Jönsson, Niklasson und Enquist in Jönssons Zimmer. Die beiden Angeklagten waren vom Verhörzimmer ins Untersuchungsgefängnis zurückgebracht worden.

»Ein hartgesottener Typ«, sagte Enquist. »Tillman gibt keinen Millimeter nach. Sagt, an dem Abend hätte er seine Sachen zusammengepackt und sei vor halb drei zu Hause gewesen. Er leugnet, dass er nachts unterwegs gewesen sein und Feuer gelegt haben soll. Aber ihm fällt nichts ein, was seine Version stützt.«

»Dasselbe bei Mehmedović«, sagte Jönsson. »Ist in keinem Punkt von seinen früheren Aussagen abgewichen.«

»Ich hab mit Määttä und Per Eriksson gesprochen«, sagte Niklasson. »Sie können jede Minute kommen.«

Enquist gähnte. Niklasson spielte mit einem Stift. Jönsson klickte zerstreut an seinem Computer herum.

»Wie lange beschäftigen wir uns jetzt schon damit?«, fragte Enquist. »Langsam hab ich das Gefühl, als hätte ich den ganzen Frühling nichts anderes gemacht.«

»Das hast du vielleicht auch nicht«, sagte Jönsson. »Bei dir draußen in Hallstahammar passiert ja nicht viel. Ihr helft doch meistens nur alten Frauen über die Straße. Und ergreift das eine oder andere Kind, das geklaut hat.«

Enquist gähnte wieder.

»Morgen vor zwei Wochen ist das Bürgerhaus abgebrannt«, sagte Niklasson. »So lange sind wir damit beschäftigt.«

Die Tür wurde geöffnet und Erkki Määttä kam mit Per Eriksson im Schlepptau herein. Määttä holte ein Protokoll hervor.

»Wir haben ein paar Sachen zur Analyse mitgenommen, das meiste aus Tillmans Wohnung. In der sind wir vorher ja nicht gewesen. Aber ich kann euch gleich sagen, dass es bei ihm keinen Hinweis gibt, der mit dem Brand zusammenhängen könnte.«

»Und Kleidungsstücke?«, fragte Enquist. »Adolfsson hat ja schon beim ersten Verhör einige Angaben zur Kleidung des Kanistermannes gemacht.«

»Wir haben nachgeschaut. Klar, Turnschuhe hat er. Und schwarze Jeans. Die Sachen haben wir zur Analyse mitgebracht. Wir werden nach Spuren von Benzin, Ruß und Erdresten und so was suchen.«

»Und Mehmedović' Haus?«, fragte Jönsson.

»Ich hab tatsächlich noch etwas gefunden«, sagte Määttä. »Ein Paar Arbeitshandschuhe draußen im Garten. Es kann daher kommen, weil wir uns letztes Mal auf das Haus und die Garage konzentriert haben. Die Handschuhe lagen in einer Hecke, aber ich hab trotzdem schlampig gearbeitet. Sie gehen zur Analyse.«

Määttä holte eine Zigarette hervor. Er hielt sie hoch, neigte den Kopf und hob die Augenbrauen, als wollte er fragen, ob jemand etwas dagegen hatte.

»Meinetwegen darfst du«, sagte Jönsson. »Aber du riskierst es, dass der Feueralarm losgeht.«

Määttä schob die Zigarette zurück ins Päckchen.

»Ich hab ihnen gesagt, dass es eilt«, sagte er. »Den ersten Bescheid könnt ihr wahrscheinlich Freitag haben, genau rechtzeitig zum Haftprüfungstermin. Eriksson und ich machen morgen da draußen weiter.«

»Und morgen werden wir ein paar fette Fische fangen«, sagte Jönsson.

20

Elina Wiik fühlte sich leicht erschöpft. Sie wusste nicht, mit wie vielen Personen sie im Lauf des Donnerstags gesprochen hatte, nur, dass es viele waren. Und das Ergebnis war mager. Ein einziger von Bertil Adolfssons Arbeitskollegen war sicher gewesen, dass er Bertil nach Feierabend auf seinem Fahrrad gesehen hatte. Anfangs waren sie denselben Weg gefahren, in Richtung Norden, die Bruksgatan entlang. Dann war Adolfsson nach links in den Herrgårdsvägen zum Kanal abgebogen und der Arbeitskollege war geradeaus weitergefahren.

Aus dieser Zeugenaussage zog Elina den Schluss, dass Bertil Adolfsson nach der Arbeit keine anderen Pläne gehabt hatte, als nach Hause zu fahren. Sie hatte Zeugen an der Kreuzung Bruksgatan/Herrgårdsvägen gesucht, aber niemand in den Häusern entlang seines Heimwegs hatte Bertil an dem Tag gesehen. Auch keiner der nächsten Nachbarn von Adolfssons hatte ihn nach Hause kommen oder später am Nachmittag von zu Hause weggehen sehen.

Elina überlegte, wie sie mit Mikaels Nazikumpels umgehen sollte. Die hätte sie am liebsten ausgefragt, was Mikael von seinem Vater erzählt hatte. Aber sie musste einsehen, dass das zu heikel war. Jede dieser Fragen würde vermutlich den Verdacht auf Mikael lenken, obwohl er formell gesehen ein Opfer war. Sein Vater war verschwunden, es ging um den Sohn einer betroffenen Familie. Dass der Vater seine Familienmitglieder misshandelt hatte, machte sie nur noch mehr zu Opfern.

Sie hatte Mikael am Telefon nach seinem Kontakt zum Sozialamt gefragt. Er hatte geantwortet, er erinnere sich an kein Gespräch mit jemandem von dort oder dass er einen Termin für eine Besprechung bekommen hätte. Außerdem habe er nie Grund gehabt, das Sozialamt aufzusuchen. Elina war beharrlich gewesen, hatte gesagt, dass es in der Rezeption eine Notiz mit seinem Namen gebe. Aber er hatte eigensinnig an seiner Version festgehalten.

Ich kann die Familie nicht mal zum Verhör zwingen, dachte sie. Mir sind die Hände gebunden. Die Gefahr ist groß, dass ich nicht weiterkomme. Bei meinem ersten Mordfall.

Möglichem Mordfall, korrigierte sie sich selber.

Was ich brauche, ist eine Leiche. Denk jetzt nach, Elina. Du bist cleverer als die anderen. Wo ist der Totenschädel? Das ist hier die Frage – Shakespeare.

Sie holte ihren Plan von Surahammar hervor, ein DIN-A4-Blatt und einen Stift. Auf das Blatt schrieb sie drei Namen: Bertil, Peter, Mikael. Unter Bertil schrieb sie 16.05, der frühstmögliche Zeitpunkt, zu dem er nach Hause hätte kommen können. Unter Peter schrieb sie 16.30, die ungefähre Zeit, zu der er selbst behauptete, von seinem Besuch der Autohalle in Hallstahammar nach Hause gekommen zu sein. Und unter Mikael schrieb sie 16.40.

Sie lehnte sich auf dem Stuhl zurück. Denk nach, Elina, denk nach! Die Zeiten scheinen zu stimmen. Ich glaube nicht, dass Peter und Mikael lügen, da auch die Mutter und Stina ungefähr zu dieser Zeit nach Hause kamen.

Aber wenn wir uns nun einmal vorstellen, dass einer von ihnen schon früher zu Hause war und dem Vater begegnete, als er von der Arbeit kam? Und dann mit ihm auf dem Fahrrad weggefahren ist? Und ihn getötet hat?

Wenn es Peter war, hatte er insgesamt 25 Minuten Zeit. Von 16.05 bis 16.30 Uhr. Das heißt 12,5 Minuten zum Mordplatz und noch einmal genauso lange zurück.

Mikael hätte 35 Minuten zur Verfügung gehabt, was 17,5 Minuten in jede Richtung bedeuten würde. Mikael hätte es am weitesten schaffen können. Aber Peter könnte es genauso gut gewesen sein.

In 17,5 Minuten kann man im Gelände nicht mehr als 1,5 Kilometer gehen. Vermutlich nicht einmal so viel. Und der Mord selbst muss auch eine ganze Weile gedauert haben. Aber das ist ein unbekannter Faktor. Der Tod kommt schneller, als man glaubt.

Dann schrieb sie »Fahrrad« auf das DIN-A4-Blatt und »20 km/h« daneben.

Das wären höchstens sechs Kilometer in 17,5 Minuten.

Elina schaute auf den Plan. Ein Stück nördlich von Adolfssons Haus erstreckte sich ein scheinbar unendlicher Wald.

Das Fahrrad ist weg. Also müssen sie wenigstens ein Stück mit dem Rad gefahren sein. Je länger sie gefahren sind, um so weniger Zeit hatten sie, in den Wald zu gehen und zu morden und ermordet zu werden. Wenn sie sechs Kilometer gefahren sind, liegt die Leiche an einem Wegesrand. Sind sie nur ein kleines Stück gefahren und den Rest des Weges gegangen, dann liegt Bertil Adolfssons Leiche höchstens 1,5 Kilometer von einem Weg entfernt. Die Strecke, die man zu Fuß im Gelände in 17,5 Minuten schaffen kann.

Sie zeichnete einen Kreis um das Haus, der 1,5 Kilometer tatsächlicher Entfernung entsprach.

So weit schaffen sie es, wenn sie sofort zu Fuß losgegangen und nicht mit dem Rad gefahren sind.

Dann maß sie sechs Kilometer auf der Landstraße 252 nach Norden ab. Den Endpunkt kennzeichnete sie mit einem Kreuz.

Wenn er bis zu seinem Tod mit dem Rad gefahren ist, liegt er dort.

Dann zog sie einen geraden Strich vom Kreuz zum linken Rand des Kreises und einen Strich zum rechten. Die Figur bildete ein Dreieck mit rundem Boden.

Sind sie in Richtung Norden gefahren, liegt er innerhalb dieser Fläche, dachte sie.

Dann maß sie sechs Kilometer in Richtung Süden entlang der 252 ab und machte noch einmal das Gleiche. Ein Weg führte nach Westen zu Lisjö. Auch er bekam ein Dreieck mit einem Kreuz an der Spitze. Ein weiterer Weg führte nach Nordwesten, fast parallel zur Strecke nördlich an der 252 entlang. Ein neues Kreuz und ein neues Dreieck, das zu großen Teilen dasselbe Gebiet umfasste wie das erste Dreieck, das nach Norden führte.

Jetzt sah das Bild aus wie ein vierzackiger Stern, dessen Zacken nach Norden, Nordwesten, Westen und Süden zeigten.

»Innerhalb dieses Gebietes liegt er«, sagte sie laut zu sich selbst.

Sie durchdachte die Alternative. Ähnliche Dreiecke könnten ostwärts angelegt werden. Aber dann hätten sie erst zurück in den Ort fahren müssen. Jemand müsste sie gesehen haben. Und wo sollten sie die Leiche verstecken? Kaum denkbar. Wenn sie das Auto genommen haben, würde das Gebiet sehr viel größer werden. Aber Mikael ist auf seinem Fahrrad nach Hause gekommen. Peter hätte das Auto wohl von einem Mordplatz zurückfahren können. Aber wo ist dann Bertil Adolfssons Fahrrad?

Nein, entschied sie. Sie sind nicht mit dem Auto gefahren. Nicht in meiner Arbeitshypothese.

Sie zog das Blatt Papier wieder zu sich heran. Unter Peters und Mikaels angegebenen Zeiten ihrer Heimkehr zeichnete sie ein Fragezeichen.

Ich muss im Bodybuilding Club nachfragen, wann Mikael von dort weggefahren ist, dachte sie. Wenn jemand definitiv bestätigen kann, dass er bis halb fünf dort geblieben ist, dann hat er ein Alibi. Jedenfalls in diesem Szenarium. Dasselbe gilt für Peter. Frag in den Autohallen nach, Elina.

Sie schaute auf die Karte. Ganz unten, unter die Dreiecke, schrieb sie: »Such«.

Das wird dauern, dachte sie. Aber es muss getan werden. Woher krieg ich Leute dafür?

Die Erschöpfung war verschwunden. Sie lehnte sich auf dem Bürostuhl zurück. Heute Abend würde Martin kommen.

Lass die Ermittlung, dachte sie. Auf der Stelle.

Sie schaukelte mit dem Stuhl, um in einen anderen mentalen Rhythmus zu kommen. Zurück blieb eine Irritation, die sie nicht richtig einordnen konnte. Die steckte in ihr seit ihrem Besuch in Surahammar. In ihrem Gehirn formte sich ein Gedanke, aber seine Konturen blieben undeutlich.

Sie beugte sich wieder vor und hob den Telefonhörer ab.

»Kjell«, sagte sie, »hast du ein paar Minuten Zeit für mich? Da ist etwas, was ich nicht verstehe.«

Kjell Stensson stand, als sie ohne anzuklopfen eintrat.

»Stehst du dauernd?«, fragte sie.

»Wie meinst du das?«

»Jedes Mal wenn ich dich sehe, bist du auf den Füßen. Ständig unterwegs, oder wie?«

Er lachte und setzte sich.

»Okay, es gibt viel, was ich nicht verstehe. Aber was verstehst du nicht?«

»Ich weiß nicht genau«, antwortete sie. »Ich weiß nicht, wie ich es formulieren soll, nur, dass ich es beschissen finde.«

Er wartete schweigend.

»Wie gesagt, ich weiß nicht genau, was ich sagen will oder was ich von dir erklärt haben möchte. Aber ungefähr so: Wie zum Teufel kann es angehen, dass keiner reagiert, wenn es anderen Menschen schlecht geht, obwohl die Umgebung es weiß oder vielleicht sogar dafür bezahlt bekommt, es zu wissen? Diese Familie Adolfsson – die Ehefrau ist seit Jahren misshandelt worden und mindestens eins der Kinder wurde geschlagen, und ich hab Grund zu glauben, dass es versucht hat, Hilfe zu finden. Die Leute ihrer Kirchengemeinde haben gewusst, was passiert ist, und das Sozialamt hätte es wissen können, wenn es sich nur ein bisschen mehr bemüht hätte. Aber niemand hat seinen Arsch bewegt, um auch nur das Mindeste zu tun.«

Sie verstummte nach dem derben Ende ihrer Wortkaskade.

Kjell Stensson stand auf und begann, in seinem Dienstzimmer herumzuwandern.

»Sind wir bei der Polizei so viel besser?«, sagte er. »Seit Jahren verfügen wir über das Wissen, wie man die gewöhnlichsten Verbrechen mit neuen Methoden bekämpfen könnte. Aber sie werden selten genutzt. Nimm nur die Misshandlung von Frauen, worüber du ja ziemlich viel weißt. Frauen werden in einem erschreckenden Ausmaß geschlagen und sogar getötet, aber wie oft zuckt die Polizei mit den Schultern und sagt, dass sie nicht ständig alle bedrohten Frauen bewachen kann? Wo es doch eigentlich darauf ankommt, bei jeder Gelegenheit gegen die Männer vorzugehen, die das Besuchsverbot missachten oder auch nur die geringste Drohung gegen eine gefährdete Frau aussprechen? Bestell sie her, verhör sie, stell sie vor Gericht und lass sie verurteilen. Konsequent. Zeig, dass die Gesellschaft nicht toleriert, dass Frauen wie Besitz behandelt werden, mit dem man alles machen kann.«

Er begann, mit den Armen zu fuchteln.

»Unsere so genannten Rechtschützer lassen viel durchgehen. Warum zum Beispiel wenden Staatsanwälte und Gerichte nicht konsequent das Gesetz an und verhängen einen Monat Gefängnis für wiederholtes unerlaubtes Fahren? Das würde ungeahnte Konsequenzen haben, musst du dir vorstellen. Jeder Berufsdieb benutzt das Auto, um Diebesgut von seinen Einbrüchen zu transportieren, und fast alle fahren ohne Führerschein. Aber statt sie von der Piste zu räumen, bevor sie das Leben vom nächsten armen Schlucker zerstören, in dessen Haus sie gerade eingebrochen sind, wartet der Staatsanwalt ein Jahr oder so, bis er den Schurken schließlich des einundfünfzigsten Wohnungseinbruchs überführt.«

»Ich weiß auch nicht, was falsch läuft«, sagte Elina. »Oder was man tun sollte.«

Kjell Stensson setzte sich auf den Stuhl, erhob sich jedoch sofort wieder.

»Ich werde dir sagen, was falsch läuft. Die Behörden gehen einzig und allein von einem Regelwerk aus. Das ganze soziale Schutznetz baut auf Bestimmungen auf. An und für sich ist alles andere unmöglich. Aber menschliche Schwächen, Fehler und Irrtümer können nicht durch schriftliche Anweisungen behoben werden. Noch weniger das Böse oder das Gute. Ohne Engagement der Angestellten – ich spreche auch von dir und von mir – landen die, die am meisten gefährdet sind, im Abseits. Und wie oft findest du einen Angestellten, der wirklich beseelt ist von seiner Aufgabe? Aus dem Stegreif kann ich mich nicht erinnern, dass ich in all meinen Jahren bei der Polizei mehr als eine Hand voll wirklich engagierter Menschen getroffen habe. Und dabei spreche ich von allen, die mir begegnet sind, innerhalb aller denkbaren Behörden. Manchmal frag ich mich, ob wir von der Polizei nicht am schlimmsten sind«, murmelte er. »Aber ich weiß es nicht. Vielleicht ärgere ich mich auch nur über meine Umgebung ... So, jetzt hab ich dir aber einen Vortrag gehalten, über den du nachdenken kannst.«

»Danke«, sagte Elina unsicher. »Ich werde darüber nachdenken, in erster Linie, was es für mich selbst bedeuten könnte.«

Als Elina in ihr Zimmer zurückkehrte, sammelte sie ihre Papiere ein und schichtete sie zu einem Haufen rechts auf dem Schreibtisch. Sie schaute auf die Uhr. Es war Viertel nach fünf. Sie nahm einen Taschenspiegel aus ihrer Handtasche und warf einen schnellen Blick auf ihr Gesicht. Dann ging sie auf den Korridor und verschloss ihre Tür.

Ihre Füße waren leicht auf dem Weg zum Bondtorget. Dort gab es alles, was sie für das Gericht heute Abend brauchte: vier frische Feigen, vier Scheiben Parmaschinken, ein kleines Stück Parmesan, vier größere Meereskrebse, einen kleinen Roquefort, drei verschiedene Sorten Salate, Kirschtomaten, eine Gurke, einige Champignons, eine Avocado. Die restlichen Zutaten hatte sie schon zu Hause.

Auf dem Heimweg ging sie in den staatlichen Alkoholladen. Sie wählte eine Weile zwischen den Weißweinen und entschied sich schließlich für einen kalifornischen Chardonnay für 99 Kronen.

Sobald sie nach Hause kam, legte sie die Flasche in den Kühlschrank und begann, das Essen vorzubereiten. Sie zerteilte die Meereskrebse, schnitt die Schwänze in kleinere Stücke. Dann zermuste sie den Roquefort zusammen mit ein wenig Olivenöl, rührte das Krebsfleisch hinein und verteilte die Mischung in die Krebsschalen. Sie spülte und zerkleinerte das Gemüse und ordnete es rosettenförmig auf zwei verschiedenen Tellern an.

Die Krebse sollten überbacken werden; aber dafür war es vermutlich noch zu früh. Das Gleiche galt für die Feigen, die erwärmt, anschließend in Parmaschinken eingerollt und mit Parmesan bestreut werden und dann wieder in den Backofen sollten.

Sie deckte den Tisch und fluchte kurz, weil sie vergessen hatte, Blumen zu kaufen. Dann zog sie sich aus, ging ins Bad und duschte. Als sie fertig war, nahm sie ihre neue Unterwäsche hervor, zog sie an und stellte sich vor den Spiegel. Sie konnte ihren ganzen Körper sehen und drehte sich ein wenig vor und zurück.

»Wir sind gar nicht übel, Wiik«, sagte sie zu ihrem Spiegelbild und sah, wie ihr Alter Ego langsam mit der Hand über das Hinterteil ihres Slips fuhr. Weder du noch ich. Aber wir sind ein wenig unterschiedlich als Personen. Du unterwirfst dich und wirst weich wie eine Katze. Und ich hab entdeckt, dass dir anscheinend Hemmungen fehlen. So bin ich nicht. Kein bisschen. Aber mach dir keine Sorgen. Heute Abend werde ich mich zurückhalten. Du hast nicht so oft Gelegenheit. Die Nacht gehört dir.

21

Sie hatte Kärnlund angerufen und gesagt, dass sie sich verspäten würde und nicht an der 8-Uhr-Besprechung teilnehmen könnte. Aber dass sie hinterher gern eine Besprechung mit ihm hätte. Sie einigten sich auf neun, in seinem Zimmer.

»Du siehst froh aus«, sagte Kärnlund, als sie hereinkam, fünf Minuten verspätet.

»Immer gleich aufmerksam, Chef«, sagte sie. »Mir gefällt froh besser als erschöpft.«

»Ich nehme an, du willst über unseren möglichen Mordfall sprechen. Setz dich hin. Was hast du herausgefunden?«

Sie holte die Karte mit den Kreisen und Dreiecken hervor.

»Möchtest du eine Kurzfassung?«

»Ja, Wiik. Das wäre von Vorteil.«

»Okay. Bertil Adolfsson hat seine Familie während einer längeren Zeitspanne misshandelt. Seine Frau und einer der Söhne haben das ausgesagt, wenn auch widerwillig und wortkarg. Der Mann, der ihn angestellt hat, Benjaminsson, den ich im Verdacht hatte, er verberge etwas, hat es auch bestätigt.«

»Aha, Wiik. Noch eine intuitive Vermutung, die sich bestätigt?«

Elina lächelte schwach.

»Es bestärkt jedenfalls meine Vermutung, dass hinter Adolfssons Verschwinden ein Verbrechen steckt«, sagte sie. »Wenn es so ist, kommt am ehesten einer der Söhne als Täter in Betracht. Ob es Peter oder Mikael gewesen sein könnten oder vielleicht beide zusammen, darüber will ich noch nicht spekulieren. Ich hab guten Grund, zu glauben, dass Bertil Adolfsson nach der Arbeit nach Hause gefahren ist«, fuhr sie fort, »und ich vermute, dass einer der beiden Jungen gleich nach seiner Heimkehr mit ihm weggefahren ist. Mit dem Rad. Bertil Adolfssons Fahrrad ist nämlich ebenfalls verschwunden.«

Sie legte die Karte auf den Schreibtisch. Oskar Kärnlund beugte sich darüber.

»Wir müssen die Leiche finden«, sagte sie. »Und so stelle ich mir das vor.«

Mit dem Stift in der Hand erklärte sie, wie der vierzackige Stern zu verstehen war. Als sie fertig war, schaute Kärnlund auf.

»Das kauf ich dir glatt ab«, sagte er. »Obgleich das Ganze auf drei, vier Hypothesen aufbaut, die alle stimmen können, wenn deine geometrischen Figuren etwas mit der Wirklichkeit zu tun haben sollten. Zuerst musst du die Zeitangaben der Söhne überprüfen, das ist dir doch klar?«

»Natürlich«, sagte Elina. »Ich frag im Bodybuilding Club und in den Autohallen nach. Und spreche mit der Tochter, sie ist ja auch zu dem Zeitpunkt nach Hause gekommen.«

»Geh es vorsichtig an. Denk daran, dass sie formell gesehen nicht eines Mordes verdächtigt werden können, der nicht geschehen ist.«

Er klopfte mit seinem Stift auf die Karte.

»Wenn er tot ist, dann befindet er sich vermutlich in der Nähe des Hauses. Besser kann man das Gebiet, das durchsucht werden muss, gar nicht eingrenzen. Das Problem, Wiik, ist ein anderes. Soll die Suche systematisch durchgeführt werden, dann sind eine Menge Einsatzkräfte erforderlich. Und die hab ich leider nicht.«

»Aber wir haben keine Wahl. Wir müssen.«

»Ich hab keine Leute, das hab ich doch gesagt. Es gibt nur zwei Arten, eine Suchaktion durchzuführen: Entweder sammelt man Freiwillige aus dem Ort oder man nimmt das Korps hier in Västerås zu Hilfe.«

Elina setzte sich wieder. Sie dachte eine Weile nach.

»Freiwillige aus dem Ort, da hab ich kein gutes Gefühl. Es braucht Zeit, so eine Aktion zu organisieren. Außerdem besteht das Risiko, dass Mikael oder Peter Zeit gewinnen, die Leiche besser zu verstecken. Ich möchte das unangekündigt durchführen. Oder ihnen währenddessen die Fahndung auf die Spur setzen. Das wäre tatsächlich das Allerbeste.«

»Vergiss es, Wiik. Ich kann aufgrund so vager Vermutungen keine Fahndung einleiten. Und außerdem verlangt die Aktion Leute, die ich nicht habe.«

»Dann also das Korps aus Västerås«, sagte Elina. »Was sind das für Leute?«

»Kennst du die nicht? Einzigartig im Land, soweit ich weiß. Besteht aus Orientierungsläufern und anderen Leuten, die sich im Wald auskennen. Eine freiwillige Truppe, die nach kurzer Vorankündigung auf die Beine gestellt werden kann. Vor einem halben Jahr haben sie bei Tillberga ein verschwundenes Kind gefunden.«

Kärnlund kratzte sich am Kopf.

»Aber ich glaub, wir schaffen das auf einfachere Weise«, sagte er. »Es ist unnötig, dieses Korps zu nutzen, wenn die Lage nicht akut ist. Die Leute müssen sich freinehmen und das kostet Geld.«

Er fuhr mit dem Finger über die Karte.

»Das Gebiet ist verhältnismäßig klein. Ein Hundeführer mit einem guten Hund kann die Leiche innerhalb weniger Tage finden. Boss ist wahrscheinlich gut.«

»Boss?«

»Magnus Carléns Schäferhund. Carlén ist ein tüchtiger Bezirkspolizist und Boss ist im Korps der beste Hund im Leichenfinden. Jeder Hund hat seine Spezialität. Ich werde dafür sorgen, dass du die beiden kriegst, sobald es geht. Ach, ruf gleich selbst an und bestimm Zeit und Ort. Um den Papierkram kümmern wir uns später.«

Elina erhob sich und ging zur Tür, wurde aber noch einmal von Kärnlund zurückgehalten.

»Wiik«, sagte er, »wir wollen deine Hypothese testen. Aber vergiss eins nicht: alternative Täter. Verrenn dich nicht in der Idee, dass es einer der Söhne war.«

»Nein. Selbstverständlich nicht. Danke, dass du mich daran erinnerst.«

Elina rief sofort Magnus Carlén an, als sie in ihr Zimmer zurückkam.

»Wir können gleich Montagmorgen anfangen«, sagte er, nachdem Elina von dem Auftrag erzählt hatte. »Boss ist im Augenblick gut in Form. Er liebt Aufträge, die er draußen erledigen kann.«

»Möchten Sie, dass ich dabei bin, wenn Sie suchen?«

»Nein, Sie können kaum von Nutzen sein, wenn Boss arbeitet. Geben Sie mir nur eine ordentliche Karte mit deutlichen Anweisungen, dann schaffen wir das allein. Ich kann in einer halben Stunde vorbeikommen und sie abholen.«

»Ausgezeichnet«, sagte Elina und legte auf.

Um drei Uhr am Nachmittag sollte das Amtsgericht in Köping, das auch für die Einwohner aus Surahammar zuständig war, über den Antrag des Bezirksstaatsanwaltes auf Erlass eines Haftbefehls gegen Ismail Mehmedović und Fredrik Tillman entscheiden. Um halb zwei wollte Jönsson sich mit Ulf Lindengren treffen, um den Antrag vorzubereiten. Erkki Määttä hatte Jönsson versprochen, gegen eins ein vorläufiges Ergebnis der Analysen vorzulegen.

Jönsson hob den linken Arm. Es war eine Minute vor eins. Sein Blick folgte dem Sekundenzeiger. Zu Enquist und Niklasson hatte er gesagt, er glaube, es werde zur Verhaftung kommen. Durch Peter Adolfssons Hinweis auf Tillman standen ihre Chancen zehn zu eins. Aber alle drei waren sich einig, dass sie Untermauerung in Form technischer Beweise brauchten.

Eine Minute nach eins rief Määttä an.

»Nichts an Tillmans Kleidung«, sagte er. »Aber an den Arbeitshandschuhen aus Mehmedović' Garten haben wir Spuren von Benzin gefunden.«

Jönsson reckte den rechten Daumen.

»Wenn man allerdings berücksichtigt, dass er einen benzinbetriebenen Rasenmäher besitzt, ist das vielleicht nichts Besonderes«, sagte Määttä. »Ich gieß auch immer etwas daneben, wenn ich meinen auffülle.«

»Dann ist das also kein Beweis?« Jönssons Stimme klang enttäuscht.

»Es ist nicht meine Aufgabe, das zu beurteilen, das weißt du.«

Er schwieg eine Weile.

»Beurteile es trotzdem«, sagte Jönsson. »Du hast doch das Material in der Hand. Muss ich dich erst dazu auffordern?«

»Du brauchst mich nicht aufzufordern. *Just say please.*«

»Okay. *Please.*«

»Wir haben Benzin an ungewöhnlichen Stellen gefunden. Am rechten Handschuh war es an der Außenseite der Hand und an einem Finger. Am linken war es an der anderen Seite, sozusagen in der Handfläche.«

»Und was kann man daraus schließen?«

»Wir stellen uns vor, dass jemand Benzin auf seine Handschuhe vergossen hat, nicht wahr? Aus einem Kanister.«

»Ja, selbstverständlich!«

»Sei nicht so ungeduldig, Jönsson, ich bin doch gerade dabei, es dir zu erklären. Wenn man aus einem vollen Kanister eine Flüssigkeit gießt, läuft immer ein bisschen daneben. Außerdem ist Benzin eine leicht fließende Flüssigkeit. Es gerät überallhin rund um die Tülle. Wenn man dann einen bespritzten Kanister über der Schulter trägt, gelangt an die Außenseite der rechten Hand Benzin. Und so hat dein Mann den Kanister vermutlich gehalten, als er vom Brandplatz weglief, oder?«

»Ja, so war es.«

»Und er trug einen Handschuh. Nun stellen wir uns mal vor, wie man die linke Hand benutzt, wenn man Benzin aus einem vollen Kanister gießt. Fünf Liter wiegen fünf Kilo, und da nimmt man gern beide Hände zu Hilfe, um den Kanister anzuheben. Die rechte Hand am Griff und die linke unterm Kanister, zum Beispiel. Wo landet dann das Benzin auf dem linken Handschuh?«

»In der Handfläche! Danke, Erkki. Ruf an, wenn du noch mehr findest.«

Um zwanzig Minuten nach drei argumentierten Mehmedović' und Tillmans Anwälte vor dem Amtsgericht für die Freilassung ihrer Mandanten. Das Hauptargument der Anwälte war, dass die Mandanten nicht vorbestraft waren und sie der Fortführung der Ermittlung nicht schaden konnten, wenn sie auf freiem Fuß waren.

Fünf Minuten später beschloss Köpings Amtsgericht, Ismail Mehmedović und Fredrik Tillman in Untersuchungshaft zu nehmen.

22

Er wischte sich mit der Hand unter der laufenden Nase entlang und bückte sich. Mit derselben Hand klappte er die Gummimatte auf dem Boden des Beifahrersitzes hoch. Er holte einen kleinen Schraubenzieher und ein dünnes Stahlblatt mit einer Kerbe am einen Ende hervor. Auf dem Sitz lag eine Schultertasche, die er mit herauszog.

Es war noch nicht richtig hell, obwohl die Freitagnacht schon vor zwei Stunden in den Samstag übergegangen war.

Die Straße, auf der er sein Auto geparkt hatte, war menschenleer. Fast alle Fenster in den Häusern waren dunkel. Die Autos standen in einer Reihe geparkt und er ging von Wagen zu Wagen und spähte durch die Seitenscheiben. Beim sechsten Auto steckte er auf der Fahrerseite das Stahlblatt in die Ritze zwischen Vordertür und Hintertür und zog es schräg nach oben zu sich hinauf. Dann öffnete er die Autotür, legte sich seitwärts über den Vordersitz und schraubte rasch den CD-Player los. Er richtete sich auf und steckte das Gerät in die Tasche.

Hastig durchsuchte er das Handschuhfach und ging weiter zum nächsten Auto. Sieben Minuten später lag er über dem nächsten Autositz und schraubte den dritten

CD-Player des Abends ab. Das Geräusch von einem Automotor, vier jäh bremsende Reifen und zwei knallende Autotüren unterbrachen brutal die Stille. Er schaffte es gerade noch, sich aufzurichten, da wurde eine Pistole gegen seinen Rücken gedrückt.

»Lass den Schraubenzieher los!«

Reflexartig ließ er den Schraubenzieher auf den Autoboden fallen. Dann hob er langsam die Arme und legte die Handflächen auf den Kopf.

»Komm raus!«

Er duckte sich, um aus dem Auto zu gelangen, und drehte sich um. Der Mann in Polizeiuniform stand nur einen Meter von ihm entfernt und hielt immer noch die Pistole auf ihn gerichtet.

»Dreh dich um und leg die Arme auf den Rücken!«

Er rührte sich nicht.

»Ich hab gesagt, du sollst dich umdrehen!«, sagte der Polizist und drehte ihn mit einem Griff an seinem rechten Arm herum.

Handschellen klickten um seine Handgelenke. Mit einem erneuten Griff an der Schulter wurde er eine Vierteldrehung zum Polizeiauto geschoben, das den Fluchtweg zwischen den geparkten Autos versperrte. Der Polizist drückte seinen Kopf herunter, als er ihn auf den Rücksitz schob. Der andere Polizist ging um das Auto herum und setzte sich neben ihn. Keiner von ihnen sagte etwas.

Das Tor vor dem Polizeipräsidium in Västerås glitt auf, als sie ankamen. Der Polizist auf dem Rücksitz führte den gefassten Mann in ein Zimmer und nahm ihm die Handschellen ab. Er drückte ihn auf einen Stuhl, setzte sich auf die andere Seite des Tisches und schaltete den Computer an.

»Diebstahl in Autos auf dem Vallonvägen in Skultuna«, sagte er leise zu sich selber, während er gleichzeitig die Worte eingab.

»Wie heißt du?«, fragte er, ohne sich zu dem Mann an der anderen Seite des Tisches umzuwenden.

Der Mann antwortete nicht.

»Wie heißt du?«, wiederholte der Polizist.

»Nicht Schwedisch«, antwortete der Mann.

»*Name, what is your name*?«, versuchte es der Polizist auf Englisch.

»Shimi.«

»*How do you spell that*?«

Der Mann antwortete nicht.

»Ausweis, Pass, *do you have that*?«

»Nein, Pass.«

»Dann muss ich wohl raten, Shimi.«

Er buchstabierte den Namen auf einem Zettel und zeigte ihn dem Mann. Shimi nickte.

»Okay, Shimi, *what more?* Was mehr?«

»Dragan.«

23

Zum ersten Mal seit fast einem Jahr hatte Mikael bis zum Weckerklingeln durchgeschlafen. Er lag noch im Bett, als seine Mutter von unten an der Treppe rief:

»Frühstück, Kind!«

Langsam schwang er die Beine über die Bettkante, stellte die Füße auf den Fußboden und stemmte sich hoch. Die Alltagshose lag ein paar Schritt entfernt, er stieg hinein und zog ein T-Shirt an. Dann ging er nach unten. Stina und Peter saßen schon am Frühstückstisch. Mikael setzte sich auf seinen Platz. Margareta gab mit einem Löffel Grütze auf die Teller.

An der Schmalseite des Tisches stand ein hervorgezogener Stuhl vor einem tiefen Teller und einem Löffel. Peter aß von der Grütze und schaute zu dem leeren Platz.

»Warum deckst du für Vater?«, fragte er.

»Falls er kommt«, antwortete Margareta.

Sie aßen, ohne ein Wort miteinander zu wechseln. Als alle fertig waren, stand Margareta auf und räumte den Tisch ab.

»Wir machen es wie üblich«, sagte sie. »Als ob es ein ganz gewöhnlicher Sonntag wäre. Aber wir müssen mit den Rädern zur Kirche fahren. Ich habe eure besten Hemden gebügelt.«

»Ich komm nicht mit«, sagte Mikael.

»Was sagst du da?«

»Ich bleib zu Hause.«

»Aber das kannst du doch nicht machen. Das kannst du nicht, Mikael.«

Er stand auf und ging hinauf in sein Zimmer, ohne zu antworten. Seine Mutter legte die Schürze ab und folgte ihm sofort.

»Mikael, was soll Vater sagen?!«

»Ich weiß nicht«, antwortete Mikael und zuckte mit den Schultern. »Er ist ja nicht hier.«

»Aber er kommt wieder. Was wird er sagen, wenn er erfährt, dass du nicht in der Kirche warst?!«

Er schaute seine Mutter an.

»Ich werde nie wieder in die Kirche gehen.«

Sie griff sich an die Brust. Ihre Lippen bebten.

»Mikael«, keuchte sie, »aber Mikael ...«

Margareta blieb stehen und wartete. Schließlich war das Schweigen zwischen ihnen fast greifbar und sie wollte die Treppe hinuntergehen.

»Mutter«, sagte Mikael.

Sie drehte sich, das Gesicht voller Hoffnung, heftig um.

Mikael schwieg einen Augenblick und sprach dann mit leiser Stimme.

»Grüß Benjaminsson«, sagte er.

»Was meinst du damit?«

»Tu nur, was ich dir sage. Grüß Benjaminsson von mir, wenn du ihn in der Kirche triffst.«

»Ich verstehe nicht«, flüsterte sie und ging langsam die Treppe hinunter.

»Wir machen uns jetzt fertig«, sagte sie zu Peter und Stina mit lauterer Stimme.

Als Margareta Adolfsson vor dem Haus auf ihr Fahrrad stieg, schaute sie zu Mikaels Fenster hinauf. Es war leer. Peter und Stina waren schon losgefahren. Sie stand allein auf dem Hof.

Vor der Kirche kam ihnen der Gemeindeleiter entgegen und nahm Margareta Adolfssons Hand.

»Nichts Neues von Bertil?«, fragte er.

»Nein«, sagte sie.

»Hab Vertrauen. Gott wacht über die Seinen.«

»Ja, das tut er.«

Der Gemeindeleiter sah Peter und Stina an.

»Wo ist Mikael?«

Margareta Adolfsson schwieg einen Augenblick. Dann antwortete sie fast flüsternd:

»Er konnte heute nicht kommen.«

»Er ist doch hoffentlich nicht krank?«

»Nein, aber er konnte nicht.«

Ein Großteil ihrer Zusammenkunft wurde Bertil Adolfssons Verschwinden gewidmet.

Der Gemeindeleiter las Texte aus der Bibel, die ihnen in einer schweren Stunde Trost spenden und besonders Margareta, Peter und Stina den Sinn dieser Prüfung erklären konnten.

Mikael erwähnte er nicht.

Nach der Betstunde versammelten sie sich zum Kaffee. Als Margareta Adolfsson eine Tasse vor Simon Benjaminsson gestellt und einen Schritt zurückgetreten war, zögerte sie.

»Mikael möchte, dass ich dich grüße«, sagte sie.

Simon Benjaminsson drehte sich so hastig um, dass er die Tasse mit der Hand umfegte. Die Tasse fiel zu Boden und zersprang. Margareta Adolfsson bückte sich und begann, die Scherben einzusammeln.

»Mich grüßen? Was meint er damit?«

»Grüß Benjaminsson von mir. Das war alles. Mehr hat er nicht gesagt.«

Sie warf die Scherben in die Abfalltüte und holte eine neue Tasse, die sie ihm reichte. Er nahm sie mit zitternden Händen entgegen.

24

Jan Niklasson ging immer noch schnell, obwohl er den Eingang des Polizeipräsidiums schon erreicht hatte. Er überholte Henrik Svalberg und war schon auf dem Weg die Treppe hinunter, als Svalberg rief:

»Hallo, was soll das denn?«

Niklasson hielt mitten im Schritt inne.

»Ich will ein neues Leben anfangen«, antwortete er keuchend. »Jeden Tag joggen oder mit dem Rad zur Arbeit fahren. Heute ist Montag, der 21. Mai.«

»Und was ist daran so Besonderes?«

»Mein Geburtstag. Gibt es einen besseren Tag, um ein neues Leben anzufangen, als den Geburtstag?«

»Sehr sportlich«, lobte Svalberg ihn. »Und Glückwunsch. Wie alt bist du eigentlich geworden?«

»35«, sagte Niklasson.

»Unglaublich«, sagte Svalberg, »du siehst keinen Tag älter aus als 34.«

Niklasson lief die Treppe hinunter in den Umkleideraum. Fünf Minuten später war er in seinem Dienstzimmer. Seine Kleidung war etwas feucht vom Duschwasser und dem Schweiß nach dem Duschen. Er war kaum zur Tür hereingekommen, da klingelte das Telefon.

»Hier ist der Aufseher vom Untersuchungsgefängnis«, sagte eine Männerstimme. »Tillman möchte mit einem von euch reden. Ich hab versucht, Jönsson zu erreichen, aber er meldet sich nicht.«

»Jönsson ist heute auf einem Kurs«, sagte Niklasson. »Um was geht es?«

»Wie soll ich das wissen?«, sagte der Aufseher. »Mir beichtet nie einer was.«

»Sag ihm, dass ich komme.«

»Das wird er schon früh genug merken«, sagte der Aufseher und legte auf.

Der Aufseher saß an einem Schreibtisch und las in der *Länstidningen*, als Niklasson den Korridor des Untersuchungsgefängnisses im dritten Stock betrat. Niklasson zog das Journal zu sich heran, das auf dem Tisch lag, und suchte nach Tillmans Namen.

»Er sitzt in der Drei«, sagte der Aufseher, ohne den Blick von der Zeitung zu heben.

Niklasson setzte sich in Bewegung, kehrte aber noch einmal zurück und legte den Finger an einen Namen.

»Wer ist das denn? Dragan Shimi?«

»Ist Samstagmorgen eingeliefert worden. Autoeinbrüche. Ich weiß nicht, warum er immer noch hier ist. Frag den Wachhabenden. Er weiß, wo der Bericht ist.«

Niklasson schrieb die Angaben, die es über Dragan Shimi gab, auf einen Zettel.

»Sag Tillman, dass er warten muss!«, rief Niklasson auf dem Weg zur Tür hinaus.

»Das wird er schon früh genug merken«, sagte der Aufseher.

Zehn Minuten später hatte Niklasson den Bericht in der Hand. Er saß an seinem Schreibtisch, fuhr mit dem Zeigefinger an den Zeilen entlang und murmelte leise vor sich hin.

»Shimi, Dragan, 770101 ... Am Samstag, den 19. Mai, um 02.13 Uhr von einer Streife nach Anzeige durch einen Zeugen gefasst ... montierte einen CD-Player in einem Auto ab. Zwei CD-Player in einer Tasche. Drei aufgebrochene Autos auf demselben Parkplatz ... hier durchsucht.«

Er suchte mit dem Finger weiter unten.

»Gibt durch einen Übersetzer an, er sei jugoslawischer Staatsbürger ... ist vom Kosovo hierher gekommen ... vorläufige Aufenthaltsgenehmigung. Besitzt keinen Pass.«

Er nahm das Blatt hoch und las laut:

»Shimi gibt an, sein Auto stehe noch auf dem Parkplatz, wo er gefasst wurde. Unter Shimis Eigentum wurde ein Autoschlüssel gefunden. Die Streife sorgte dafür, dass ein Fahrzeug der Marke Fiat, das am angegebenen Platz stand und zu dem der Zündschlüssel passte, sichergestellt wurde. Das Fahrzeug ist auf Shimis Namen eingetragen.«

Niklasson legte das Papier auf den Tisch.

»Zum Teufel – und das an meinem Geburtstag!«

Er hob den Hörer ab und wählte Jönssons Handynummer.

»Was, um alles in der Welt...!«, platzte Jönsson heraus.

Eine Minute später erreichte Niklasson Enquist, der ihm zuhörte, ohne ihn zu unterbrechen.

»Diese Geschichte wird immer merkwürdiger«, philosophierte er dann für sich. »Hast du mit Jönsson gesprochen?«

»Er kommt gleich. Der Kurs über kreative Polizeiarbeit war in dem Moment, als ich anrief, für ihn zu Ende.«

»Ich komme auch. Sobald der Zahnarzt mit seinen kreativen Bohrarbeiten fertig ist.«

Sie versammelten sich ausnahmsweise in Niklassons Zimmer. »Der Übersetzer ist schon da«, sagte Niklasson. »Und Dragan Shimi wartet im Verhörzimmer. Wollen wir gleich gehen?«

»Warte«, sagte Jönsson. »Wir müssen nachdenken. Was bedeutet das alles?«

»Ich habe schon nachgedacht«, sagte Enquist. »Wenn Dragan der Dragan ist, den wir suchen, dann bedeutet es entweder, dass alle drei beteiligt sind, dass also Mehmedović, Tillman und Dragan Verschworene sind. Oder es bedeutet, dass Peter Adolfsson sich hinsichtlich Tillman geirrt hat. Andere Alternativen gibt es nicht.«

»Tillman will übrigens mit uns sprechen«, sagte Niklasson. »Deshalb hab ich überhaupt entdeckt, dass ein Dragan in Untersuchungshaft sitzt.«

»Er muss warten«, sagte Jönsson. »Wir packen erst mal den Stier bei den Hörnern.«

Der Übersetzer erhob sich und begrüßte die drei Kripobeamten, als sie das Verhörzimmer betraten. Dragan Shimi blieb sitzen.

Jönsson drückte auf »Rec« des Aufnahmegerätes.

»Verhör am 21. Mai, 10.01 Uhr, von Dragan Shimi, geboren am 1.1.1977.«

»Dragan«, fuhr er fort, »wir sind nicht hier, um mit Ihnen über das zu sprechen, weswegen Sie Samstag festgenommen wurden. Zuerst möchten wir Sie nach Ihrem Auto fragen, dem Fiat. Seit März läuft er unter Ihrem Namen. Haben nur Sie ihn seitdem gefahren oder haben auch andere ihn benutzt?«

Der Dolmetscher übersetzte und bekam eine Antwort.

»Er sagt, nur er hat das Auto benutzt.«

»Was haben Sie am Mittwoch, den 2. Mai, gemacht?«

»Daran kann ich mich nicht erinnern«, antworte Dragan Shimi durch den Übersetzer.

»Sind Sie schon mal in Surahammar gewesen?«

»Vielleicht ein Mal«, übersetzte der Dolmetscher.

»Könnte es der 2. Mai gewesen sein?«, fragte Jönsson. »Im Restaurant ›Scheune‹? Zusammen mit einer Person namens Ismail Mehmedović?«

»Jetzt erinnert er sich«, sagte der Dolmetscher. »Er sagt, er erinnert sich an Ismail. Sie haben zusammen Karten gespielt.«

»Haben Sie um Geld gespielt? Und wer hat gewonnen?«

»Er hat am meisten gewonnen.«

»Wie viel?«

»Daran erinnert er sich nicht. Aber ziemlich viel.«

»Was haben Sie gemacht, als Sie zu spielen aufgehört haben?«

»Er sagt, er ist weggefahren.«

»Wohin?«

»Nach Sala, wo er wohnt.«

»Haben Sie noch etwas anderes getan?«

»Nichts, sagt er.«

Enquist beugte sich zu Jönsson und flüsterte ihm etwas ins Ohr. Jönsson nickte.

»Dragan«, sagte er, »haben Sie an dem Abend Alkohol getrunken?«

Der Dolmetscher übersetzte und Dragan schüttelte den Kopf und antwortete.

»Er sagt, er hat ein oder zwei Bier getrunken, als er kam. Aber nichts beim Kartenspielen, nachdem das Pub geschlossen war. Das hat er sich nicht getraut.«

»Was meint er damit, er hat sich nicht ›getraut‹?«

»Weil er nach Sala fahren wollte und weil er fast immer von der Polizei angehalten wird.«

»Angehalten warum, weiß er das?«

»Ausländer, altes Auto«, sagte der Übersetzer, ohne Dragan Shimi zu fragen. »Das vermute ich. Mir ist das auch schon oft passiert.«

»Dann frage ich, ob Ismail etwas beim Kartenspielen getrunken hat.«

»Dragan sagt, dass Ismail eine Flasche Whisky auf dem Tisch stehen hatte und mehrere Gläser getrunken hat.«

»Hier unterbrechen wir«, sagte Jönsson zu Niklasson und Enquist. »Wir untersuchen sein Auto, bevor wir weitermachen. Kannst du Määttä oder Eriksson herbestellen, Niklasson?«

Jönsson wandte sich dem Übersetzer zu.

»Ich möchte gern, dass Sie kurzfristig erreichbar sind. Geht das?«

»Sie haben meine Handynummer. Rufen Sie einfach an.«

Als der Übersetzer und Niklasson gegangen waren, blieben Jönsson und Enquist auf dem Korridor vor der Zelle stehen.

»Dragan gibt es also«, stellte Jönsson fest. »Plötzlich haben wir zwei Kandidaten für den Kanistermann. Wollen wir mal hören, was Tillman loswerden wollte, da wir schon mal hier sind?«

»Warte, Jönsson«, sagte Enquist. »Vielleicht ist das nicht so wichtig, aber ich mach mir Gedanken über das Trinken. Dragan und Liisa Kiivirantta haben beide gesagt, dass Ismail im Lauf des Abends getrunken hat, und so war es wohl. Es ist doch kein Wunder, dass Ismail abstreitet, angetrunken gefahren zu sein?«

»Natürlich nicht«, sagte Jönsson. »Aber inzwischen wissen wir doch mit Sicherheit, dass er nicht der kleine wahrheitsliebende Engel ist, für den er sich ausgibt. Er erzählt nur, was für ihn von Vorteil ist. Und es muss einen Grund gegeben haben, dass er sich angetrunken ans Steuer gesetzt hat. Brandstiftung zum Beispiel.«

Jönsson sah auf die anderen Zellentüren.

»Wo sitzt Tillman?«

Der Aufseher zeigte ihnen die Zelle. Tillman saß auf der Pritsche, als sie hereinkamen.

»Das ist ja ein Wahnsinn«, sagte er.

»Kommen Sie zur Sache«, sagte Jönsson. »Was wollten Sie uns mitteilen?«

Tillman schüttelte den Kopf.

»Das werde ich mein Lebtag nicht vergessen. Begreifen Sie, was Sie getan haben? Nein, das begreifen Sie natürlich nicht.«

Jönsson und Enquist warteten. Tillman seufzte.

»Mir ist etwas eingefallen, woran ich vorher nicht gedacht habe«, sagte er schließlich ergeben.

Er sah Enquist an.

»Sie erinnern sich, dass ich gesagt habe, ich hätte nach der Arbeit in der ›Scheune‹ Computerspiele gespielt? Das hab ich Ihnen beim ersten Mal erzählt, als Sie bei mir zu Hause waren. Bevor ich in Verdacht geriet.«

»Ich erinnere mich.« Enquist nickte.

»Ich habe ein Spiel gespielt, das heißt Snood. Jedes Mal wenn man ein gutes Ergebnis hat, loggt man sich in den PC. Ich weiß nicht, wie mein Computer funktioniert, aber es gibt ja eine Uhr. Ich meine, vielleicht kann man sehen, wann ich mich in der Nacht eingeloggt habe. Und das beweist, dass ich wirklich zu Hause war.«

»Das werden wir untersuchen, Tillman. Wir kommen wieder.«

Der Aufseher öffnete die Tür.

»Sie können auch rauskommen, Tillman«, sagte der Mann. »Sie können im Tagesraum sitzen, wenn Sie wollen.«

Erkki Määttä war schon beim Fiat, als sie dorthin kamen.

»Auf den ersten Blick hab ich nichts gefunden«, sagte er. »Mal sehen, was eine genauere Untersuchung ergibt. Ja, ich weiß. Es ist eilig.«

»Määttä«, sagte Enquist, »wo ist Tillmans Computer?«

»In seiner Wohnung geblieben.«

»Habt ihr reingeschaut? Ich meine, ob ihr ihn angestellt habt und den Inhalt durchgegangen seid.«

»Wir haben ihn angestellt. Es gab nur drei Sachen: seine Buchungen, eine Liste mit CD-Scheiben und einige Computerspiele. Steht im technischen Protokoll.«

»Kann man sehen, wann er gespielt hat?«

»Ich bin kein Computerexperte. Aber Per Eriksson kann so was. Fragt ihn.«

Määttä drückte die Nummer auf seinem Handy und reichte es Enquist.

»Bitte sehr.«

Vierzig Minuten später saßen Jönsson, Enquist und Per Eriksson in Tillmans Wohnung. Eriksson stellte den Computer an und öffnete das Programm. Er machte dreimal einen Doppelklick mit der Maus.

»Am 3. Mai hat er sich das erste Mal um 02.49 Uhr eingeloggt«, sagte er, »dann um 02.53 und noch einmal um 03.12. Das letzte Spiel ist um 03.34 gemacht.«

»Zwei Minuten bevor der Feueralarm einging«, sagte Enquist. »Der Junge hat ein Alibi.«

»Warte mal eben«, sagte Eriksson. »Ich muss noch überprüfen, ob die Uhr richtig geht – ja, tut sie. Bis auf dreißig Sekunden genau. Das ist wahrhaftig das erste Mal, dass jemand ein Alibi durch seinen Computer bekommt. Es ist also was dran an dem Gerede, dass die Computer übernehmen.«

»Es könnte ja jemand anders gespielt haben«, sagte Jönsson.

»Snood?«, fragte Enquist. »Auf Tillmans Computer um drei Uhr nachts? Während Tillman selber draußen unterwegs ist und das Bürgerhaus anzündet?«

Jönsson antwortete nicht.

»Was machen wir jetzt?«, fragte Enquist.

»Sprechen mit dem Staatsanwalt«, sagte Jönsson. »Und warten auf Tillmans Entschädigungsanspruch.«

»Okay, Tillman darf gehen«, sagte Enquist. »Aber so schlimm ist das gar nicht. Dafür haben wir ja Dragan. Ich finde, wir sollten die Gelegenheit wahrnehmen und Tillman bitten, Dragan als die Person zu identifizieren, die er in der Brandnacht in der ›Scheune‹ gesehen hat. Sicherheitshalber, falls Dragan und Ismail ihre Aussagen ändern. Wir müssen ihn allerdings wohl sehr freundlich darum bitten«, fügte er hinzu.

25

Dienstagnachmittag konnte Elina es nicht mehr aushalten. Sie holte einen Zettel aus der Schreibtischschublade hervor und tippte die notierte Handynummer ein.

»Carlén«, meldete sich eine Stimme.

»Hier ist Elina Wiik. Wie steht's?«

»Nichts bis jetzt«, antwortete Magnus Carlén. »Boss arbeitet wie eine Dampflok, aber es gibt nichts zu finden.«

»Ich möchte gern rauskommen und eine Weile suchen helfen. Geht das?«

»Kommen Sie, wenn Sie wollen. Lassen Sie mich nur auf die Karte schauen, wo ich mich gerade befinde. Ich leg mal eben das Telefon weg.«

Elina saß eine halbe Minute mit dem Telefonhörer in der Hand da.

»Ich kann auf Sie warten, wenn Sie auf der 252 den Kanal überqueren«, sagte Carlén dann. »Ich steh am Widerlager. Ungefähr in einer halben Stunde.«

»Bis dann«, sagte Elina.

Sie war ein bisschen missmutig, als sie das Auto fünfzig Meter von der Brücke entfernt am Straßenrand parkte. Carlén hatte gesagt, er und Boss könnten das Gebiet in zwei Tagen durchkämmen. Und jetzt näherte sich der zweite Tag seinem Ende.

Magnus Carlén streckte Elina die Hand hin. Boss reckte seine Schnauze.

»Hallo«, grüßte Carlén.

»Hallo«, antwortete Elina und tätschelte dem Hund den Kopf, nachdem sie Magnus Carlén die Hand geschüttelt hatte.

»Wir haben nur noch ein kleines Stück«, sagte Carlén. »Nur noch das Gebiet zum See runter und dann eine schmale Spur südwärts am Kanal entlang.«

Er zeigte zu einem lichten Wald auf dem Hügelkamm.

»Eigentlich weiß ich nicht, warum ich das mache«, sagte Elina. »Vermutlich will ich fühlen, dass ich suche, rein physisch. Hoffentlich bin ich Ihnen und Boss nicht im Weg.«

»Nein, nein, kommen Sie, gehen wir.«

Boss zog keuchend los und Magnus Carlén folgte ihm. Es sah aus, als hänge das Herrchen an der Leine des Hundes und nicht umgekehrt. Elina hielt den Blick auf den Boden gerichtet, als ob plötzlich eine Leiche vor ihr auftauchen müsste.

Eineinhalb Stunden später hatte sie nicht die winzigste Spur gefunden, weder von einem lebenden noch von einem toten Wesen. Und Boss auch nicht.

Er bellte und wedelte mit dem Schwanz.

»Leider«, sagte Magnus Carlén. »Hier ist Bertil Adolfsson nicht. Boss hätte ihn gefunden, wenn er irgendwo hier draußen gelegen hätte.«

»Draußen, sagen sie. »Hätte Boss eine Leiche gefunden, wenn sie in einem der Häuser in der Umgebung liegen würde? In einem Erdkeller oder einem Schuppen oder was Ähnlichem?«

»Das kommt darauf an, wie die Leiche verborgen ist. Je besser, um so näher muss Boss ihr kommen, um die Witterung aufzunehmen.«

»Und wenn die Leiche vergraben ist?«

»Dasselbe. Es hängt davon ab, wie tief eine Person unter der Erde liegt. Unter idealen Bedingungen kann Boss die Witterung von einem Menschen in 400 Meter Entfernung aufnehmen. Freies Feld, richtige Windrichtung, all das. Jetzt haben wir das Gebiet in 100-Meter-Schleifen abgesucht. Wenn Boss eine Chance haben soll, einen vergrabenen Menschen oder eine tote Person in einem Haus aufzuspüren, müssen wir das Gebiet fast Meter für Meter absuchen. Das würde Wochen dauern. Das schafft Boss nicht allein.«

»Wie ist es mit dem Fahrrad? Bertil Adolfssons Fahrrad. Hätte Boss es finden müssen, was meinen Sie?«

»Kaum. Keinen Metallgegenstand, der eineinhalb Wochen draußen gelegen hat. Boss ist auf Leichen abgerichtet.«

»Trotzdem vielen Dank«, sagte Elina zu Carlén und streichelte den Hund.

Das war's also mit der begnadeten Theorie, dachte Elina auf dem Weg nach Västerås.

Sie trommelte mit den Fingern aufs Lenkrad. Sie fuhr sich heftig mit einer Hand durch die Haare. Sie schlug sich mit der rechten Faust auf die Oberschenkel. Sie fluchte laut.

»So eine Scheiße!«

Täusche ich mich denn ganz und gar in den Jungen?, dachte sie. Vielleicht bin ich auf dem Irrweg. Vielleicht war es gar keiner von ihnen. Aber ist es richtig, so leicht aufzugeben, nur weil ein Hund draußen herumgeschnüffelt und keine Leiche gefunden hat? Und was soll ich nun tun, ohne meine Hypothese voll ausgetestet zu haben?

Als sie Västerås erreichte, hatte sie eine Entscheidung getroffen. Sie parkte das Auto in der Garage des Polizeipräsidiums, gab die Schlüssel zurück und ging direkt zu Oskar Kärnlunds Zimmer.

»Störe ich?«, fragte sie, nachdem sie angeklopft und die Tür geöffnet hatte.

»Komm herein, setz dich.«

»Der Hund hat nichts gefunden«, begann sie. »Magnus Carlén sagt, Bertil Adolfssons Leiche liegt nicht draußen im Freien. Vermutlich bin ich total auf dem Holzweg mit meinen Vermutungen. Oder vielleicht hab ich trotzdem Recht.«

»Wie meinst du das?« Kärnlund runzelte die Stirn.

»Er könnte sich in dem Gebiet befinden, nur besser versteckt. Unter der Erde zum Beispiel. Oder innerhalb eines Gebäudes. In einer verlassenen Scheune vielleicht. Oder in einem Erdkeller. Das schafft Boss nicht, trotz seines exzellenten Riechorgans.«

»Gebäude können wir selber durchsuchen. Wenn wir die Erlaubnis der Besitzer bekommen. Aber das würde viel Zeit kosten. Und wenn er vergraben ist ... Wir können doch nicht das ganze Gebiet aufbuddeln.«

»Nein, aber ich möchte deine Genehmigung für eine Suchaktion haben. Vor allen Dingen, um das Fahrrad zu finden. Finden wir es, können wir den Boden durchkämmen und die Gebäude in der Umgebung durchsuchen.«

Kärnlund sah Elina Wiik mit einem Blick an, den man als mitleidig deuten konnte.

»Du brauchst eine bessere Indikation, Wiik. Irgendwas, was darauf hinweist, wo Bertil Adolfsson sein könnte. Ich kann es nicht auf meine Kappe nehmen, das ganze Korps für eine Suchaktion nur auf der Grundlage einer Vermutung in Bewegung zu setzen. Oder nur um nach einem Fahrrad zu suchen. Du hörst wohl selbst, wie verrückt das klingt.«

»Dann weiß ich wirklich nicht, wie ich in dieser Sache weiterkommen soll«, sagte Elina flehend.

»Mal ganz ruhig, Wiik. So schlimm ist es nun auch wieder nicht. Probier andere Hypothesen aus. Ich hab dir ja gesagt, du sollst dich nicht in die Theorie verrennen, dass ein Familienmitglied schuldig ist. Vielleicht ist Bertil Adolfsson nicht mal tot. Denk noch mal alles genau durch, dann diskutieren wir morgen weiter.«

Elina ließ den Kopf hängen. Sie saß so still da, als wäre es ihr unmöglich, aufzustehen. Nach einer Weile schaute sie Kärnlund an.

»Ich versteh ja, dass du auf der Basis so vager Vermutungen keine Suchaktion in Gang setzen willst«, sagte sie. »Aber hast du etwas dagegen, wenn ich versuche, mir Hilfe vom Militär zu holen? Ich habe mir etwas überlegt und würde es gern ausprobieren. Obwohl ...«

Kärnlund zuckte mit den Schultern.

»Mach das, wenn du denkst, es bringt was.«

Er fing an, sich mit Papieren auf seinem Schreibtisch zu beschäftigen. Elina ging, ohne noch etwas zu sagen.

Sie zwang sich, konstruktiv zu denken.

Wer kann helfen? In Västerås gab es keine Verbände mit Wehrpflichtigen. In ganz Mälardalen gab es kaum noch welche. Und ich hab mir mal in einem Schulaufsatz Frieden auf der Erde gewünscht! Dabei könnte ich jetzt ein paar stolze Krieger gut gebrauchen.

Sie setzte sich auf den Stuhl in ihrem Zimmer und rief den Verteidigungsstab an. Nachdem sie zweimal weiterverbunden worden war, bekam sie eine Liste der drei denkbaren Alternativen. S 1 in Enköping, Mek. B 10 in Strängnäs und A 9 in Kristinehamn.

Enköping lag am nächsten.

»Kann ich bitte mit dem Verbandschef sprechen?«, fragte sie jemanden in der Zentrale, der offenbar zu den Einberufenen gehörte.

Sie wurde direkt zur verantwortlichen Person durchgestellt.

»Oberst Kamp hier«, meldete sich eine erstaunlich sanfte Stimme.

Passender Name, hätte Elina fast gesagt, entschied sich aber dafür, nur ihr Anliegen vorzutragen, ohne Bertil Adolfssons Namen oder den Mordverdacht zu erwähnen.

»Leider«, bedauerte der Oberst. »Der ganze Verband ist bis zur Beendigung des Grundwehrdienstes in zwei Wochen mit Manövern beschäftigt. Aber wenn Sie bis Mitte August warten, können wir Ihnen vielleicht helfen. Dann kommt der nächste Wurf.«

Von Mek. B 10 in Strängnäs bekam Elina die gleiche Antwort und von A 9 in Kristinehamn auch.

»Aber warten Sie mal«, sagte der stellvertretende Chef von A 9. »Am 19. Juni ist eine Übung für die Reserve angesetzt. Die dauert vier Wochen. Ehrlich gesagt haben wir keine vernünftigen Aufgaben für die. Ich glaube, ich kann Ihnen für etwa eine Woche einen Zug zur Verfügung stellen. Die Züge können sich ja abwechseln bei dieser Suche.«

»Wie viele gehören zu einem Zug?«

»24 oder 32 Männer; das hängt ein bisschen davon ab, was für Aufgaben sie bewerkstelligen müssen. Ich melde mich wieder bei Ihnen.«

Bis dahin ist es noch ein Monat, dachte Elina. Aber ich habe keine andere Wahl. Wenn ich den Fall nicht vorher löse.

II

20.–30. Juni

26

Die Strümpfe rutschten dauernd von den Füßen und rollten sich um die Zehenspitzen in den Stiefeln. Elina Wiik fluchte, dass sie keine Skisocken angezogen hatte.

Ich kauf mir ein Paar in der Mittagspause, dachte sie. Wenn man solche Socken im Sommer überhaupt kriegt.

Sie stand auf dem Hof eines Bauern, der der Polizei erlaubt hatte, den Hof als Sammelplatz zu benutzen. Vor ihr stiegen gerade Männer, die um die dreißig waren, von der Ladefläche eines Militärfahrzeuges. Sie waren alle grün gekleidet.

Die sind besser ausgerüstet als ich, dachte Elina und schaute an ihrer Windjacke und den Jeans hinunter.

Ein zweiter Laster fuhr vor und weitere Männer sprangen von der Ladefläche. Sie standen in Gruppen beisammen und redeten und lachten. Elina ließ ihnen einige Minuten Zeit.

»Ruhe bitte!«, rief sie dann. »Können Sie sich bitte vor mir aufstellen?«

»Sagen Sie nur Bescheid, jederzeit. Wir haben seit über vierundzwanzig Stunden keine Frau mehr gesehen«, sagte einer der Grüngekleideten.

Die anderen Männer lachten.

Wenn man eine Uniform trägt, meint man, sich blöd benehmen zu dürfen, dachte Elina. Ein Glück, dass ich immer in Zivil gehe.

»Ich weiß, dass Sie gestern eingerückt sind, und verstehe, dass das Leben manchmal unerträglich schwer ist«, sagte sie. »Aber jetzt haben wir eine ernste Aufgabe vor uns. Ich heiße Elina Wiik und bin Kriminalassistentin bei der Polizei von Västerås. Ich freue mich, dass Sie hier sind. Wir wollen nach diesem Mann suchen. Würden Sie bitte das Foto herumgehen lassen?«

Sie wartete, bis alle das Foto angesehen hatten und ihre Aufmerksamkeit wieder auf sie richteten. Jetzt lachte niemand mehr.

»Ich glaube kaum, dass wir ihn draußen im Gelände finden werden«, fuhr sie fort. »Wir haben nämlich das ganze Gebiet schon mit einem Polizeihund abgesucht. Der Mann heißt Bertil Adolfsson und ist seit Donnerstag, dem 10. Mai, verschwunden. Heute ist Mittwoch, der 20. Juni. Es sind also 41 Tage vergangen. Gleichzeitig mit ihm verschwand sein Fahrrad, ein Herrenrad. In erster Linie hoffe ich jetzt, dass wir das Fahrrad finden.«

Elina schwieg eine Weile. Dann redete sie weiter.

»Wir können nicht ausschließen, dass Bertil Adolfsson in einem Gebäude vergraben oder versteckt ist. Wenn Sie etwas sehen, was auf die Gegenwart oder Aktivität eines Menschen hindeutet, irgendetwas, dann melden Sie es bitte. Wenn jemand von Ihnen Unbehagen angesichts dieser Aufgabe empfindet, kann er jetzt ausscheiden.«

Niemand sagte etwas oder rührte sich. Sie zählte die Männer mit dem rechten Zeigefinger. 24 Leute, 25 mit ihr.

»Die Suche soll folgendermaßen ablaufen«, sagte sie dann: »Ihr Zugführer Pelle und ich leiten das Ganze. Wir durchkämmen das Gelände in Reihen mit jeweils fünf Meter Abstand. Ich am einen Ende und Pelle am anderen. Der Start ist dort hinten.«

Sie drehte sich um und zeigte mit der ganzen Hand auf eine Tanne an der Straße.

Schon ganz militärisch, Elina?, dachte sie und senkte die Hand.

»Von dort gehen wir also los. Wir gehen genau zwanzig Minuten lang. Wenn die vorbei sind, pfeife ich auf einer Trillerpfeife. Dann drehen wir um wie ein Scharnier. Pelle, der am äußersten Ende geht, bleibt stehen und wir anderen gehen an ihm vorbei und stellen uns auf der anderen Seite im 5-Meter-Abstand auf. Dann gehen wir zurück auf die Landstraße zu. Dort findet das gleiche Manöver statt, bei dem ich das Scharnier bin. Noch Fragen?«

Niemand meldete sich zu Wort.

»Gut«, sagte Elina. »So machen wir es also. Wir drehen jedes Mal um, wenn ich pfeife. Das Gebiet, das wir absuchen, wird immer schmaler, je weiter wir uns entfernen. Die Runden werden immer kürzer. Schließlich werde ich schon nach zwei Minuten pfeifen. Und denken Sie an eins: Wenn wir durch Gebüsch oder Vegetation gehen, wo der Boden nicht zu sehen ist, stehen bleiben und untersuchen! Wir dürfen nichts übersehen. Und wenn Sie etwas finden, fassen Sie nichts an, sondern sagen mir Bescheid. Okay? Dann fangen wir an.«

Die Grüngekleideten trotteten über den Hof und die Straße entlang zum Start, den Elina ihnen gezeigt hatte. Sie hatte beschlossen, mit der Suche an der Straße anzufangen, die vom Haus aus nach Westen führte. Nördlich des Weges war der Wald auf natürliche Art durch Äcker und dem See Glåpen begrenzt. Außerdem würde ein Großteil des Waldes in der unmittelbaren Nähe vom Haus gleich mit abgedeckt werden.

»Wir stellen uns auf!«, rief sie, als sie die Tanne erreichte.

Die Männer stellten sich im fünf Meter Abstand auf. Als alle an ihrem Platz waren, schaute Elina auf die Uhr. Dann blies sie in ihre Trillerpfeife und ging los.

Das erste Stück bestand aus Preiselbeerreisig und war leicht zu begehen. Tiefer im Wald war der Untergrund verstrüppt. Tannenzweige zerkratzten ihr das Gesicht. Aber sie war guten Mutes. Auf diesen Tag hatte sie gewartet. Bertil Adolfsson war immer noch spurlos verschwunden. Bis jetzt hatte kein Verhör einen Anhaltspunkt gebracht. Sie hatte versucht, mit Stina zu sprechen, aber im Vergleich zu ihr war der wortkarge Mikael geradezu redselig gewesen.

Beiläufig hatte sie das Mädchen nach den entscheidenden Zeitpunkten gefragt. Stina hatte die Angaben der Brüder bestätigt.

Die Gespräche im Bodybuilding Club und in den Autohallen hatten auch nichts von Bedeutung ergeben. Dort erinnerte sich niemand an irgendeine Uhrzeit. In den Autohallen kannte man Peter allerdings sehr gut. Er war dort seit mehreren Jahren bekannt.

Elina hatte sich einen kostspieligen Einsatz erkämpft, der vor zwei Wochen stattfand. Sie hatte mit in einem Hubschrauber gesessen, der das Gebiet systematisch absuchte. Über den Wäldern war nicht viel vom Boden zu sehen gewesen. Aber die Äcker waren gut überschaubar. Nirgends hatte sie in dem schon ziemlich hohen Getreide ein Herrenfahrrad entdecken können.

Um zwölf machten sie eine Mittagspause. Zugführer Pelle hatte eine Feldküche bestellt, die an einem Treffpunkt an der Straße stand. Als sie dort ankamen, zogen mehrere der Grüngekleideten ihre Schuhe aus.

»Wir haben kein Pflaster dabei«, sagte der Zugführer, »und keine Verbände. Die Stiefel scheuern. Ich schick die beiden, die am stärksten leiden, mit der Feldküche zurück ins Quartier. Morgen nehmen wir genügend Verbandszeug mit.«

Diese Aktion wird dauern, dachte Elina.

27

Der Schlag ließ alle zusammenzucken. Harald Eneby reckte sich auf seinem Stuhl und richtete seinen Sakko. Neben ihm saß Ismail Mehmedović in grauem Anzug mit grünem Schlips. Dragan Shimi trug einen blauen Collegepullover, Jeans und Turnschuhe. Sein juristischer Beistand war verhindert. Nur ein Übersetzer war anwesend.

Auf den Zuhörerbänken saßen vier Personen: ein Lokalreporter der *Länstidningen*, ein Reporter vom Lokalradio, Egon Jönsson, Jasmina Mehmedović.

Jönsson trug einen Sakko und ein offenes Hemd, Jasmina Mehmedović ein blaues Kostüm. Sie saßen weit voneinander entfernt.

Der Vorsitzende legte den Hammer beiseite.

»Das Amtsgericht verkündet jetzt seine Entscheidung in der Sache gegen Ismail Mehmedović und Dragan Shimi.«

Harald Eneby erhob sich und gab Ismail und Dragan ein Zeichen, ebenfalls aufzustehen.

»Das Gericht hält Ismail Mehmedović der schweren Brandstiftung, Anstiftung zur Brandstiftung und grober gemeinschädlicher Sachbeschädigung für schuldig. Das Gericht hält Dragan Shimi der schweren Brandstiftung und grober allgemeingefährlicher Zerstörung für schuldig.«

Jasmina Mehmedović hob den Kopf und schlug die Hände vors Gesicht. Jönsson rührte sich nicht.

»Ehe ich das Strafmaß verkünde, werde ich die Urteilsbegründung erläutern«, sagte der Vorsitzende des Gerichts. Er zog einen Stapel Papiere zu sich heran und blätterte langsam eine Seite auf.

»Das Gericht stellt fest, dass unmittelbare Beweise fehlen, alle Indizien zusammen jedoch so überzeugend sind, dass kein Zweifel besteht.

Was Ismail Mehmedović angeht, wurde festgestellt, dass er ein wirtschaftliches Motiv für seine Handlungsweise hatte. Seinem Argument, dass er selber Gäste nach dem Brand verloren hat, misst das Gericht keine Bedeutung bei. Die Gäste sind offenbar als Konsequenz weggeblieben, weil er der Brandstiftung verdächtigt wurde, und nicht durch den Brand selbst. Eine Person, Peter Adolfsson, hat mit großer Sicherheit bezeugt, dass ein Auto, identisch mit Mehmedović' Mercedes, zum Zeitpunkt des Brandes in der Nähe abgestellt war. Mehmedović konnte nicht beweisen, dass es alternative Autos dieses Typs gibt. Gegen den zweiten erwähnten Mercedes-Besitzer in Surahammar, Andreas Mårtensson, besteht kein Verdacht.

In Mehmedović' Garten wurde ein Paar Arbeitshandschuhe gefunden. Die Handschuhe tragen Spuren von Benzin an Stellen, die darauf hindeuten, dass die Handschuhe zum Entleeren eines Benzinkanisters benutzt wurden. Das Gericht stellt fest, dass Mehmedović angegeben hat, ein Paar Handschuhe dieser Art zu besitzen. Andere Arbeitshandschuhe als diese wurden nicht bei ihm gefunden.«

Der Vorsitzende machte eine kurze Pause und warf einen Blick in den Saal.

»Das Gericht stellt weiterhin fest, dass Mehmedović sich in der Brandnacht nicht in seinem Haus befunden hat, im Gegensatz zu seinen normalen Gewohnheiten. Das Gericht stellt ebenfalls fest, dass Mehmedović während dieser Zeit mit einer Person zusammen war, deren Aussehen mit der Beschreibung übereinstimmt, die der Zeuge Peter Adolfsson von dem so genannten Kanistermann abgegeben hat.

Das Gericht stellt fest, dass Mehmedović nicht die Wahrheit gesagt hat, als er verneinte, an dem betreffenden Abend und in der Nacht Alkohol getrunken zu haben – ein Verhalten, das keine Auswirkung auf die Tat selbst hat, das jedoch bei der Beurteilung der allgemeinen Glaubwürdigkeit Mehmedović' eine Rolle spielen muss, wenn es um seine Vorhaben zu der entsprechenden Zeit geht. Das Gericht stellt außerdem fest, dass Mehmedović beim Verhör versucht hat, Angaben zurückzuhalten, die das Betanken eines Benzinkanisters drei Tage vor dem Brand betrafen.

In der betreffenden Nacht gibt es im Restaurant keine weiteren Einnahmen über 61 Kronen hinaus. Das Gericht misst Mehmedović' Erklärung, er habe das übrige Geld beim Kartenspiel verloren, keine Bedeutung bei. Derartig geringe Einnahmen sind in der Buchführung des Restaurants noch nie vorgekommen.

Die Summe der Beweise überzeugt das Gericht von Mehmedović' Verantwortung für den Brand im Bürgerhaus. Das Gericht war sich in seiner Entscheidung einig.«

Der Vorsitzende legte die Papiere beiseite und bekam einen neuen Stapel von seinem Beisitzer zugeschoben.

»Was Dragan Shimi angeht, stellt das Gericht fest, dass er mit dem Brandanstifter Ismail Mehmedović zwischen zwei und fünf Uhr in der betreffenden Nacht zusammen war. Das Feuer brach kurz nach halb vier aus. Gemäß Shimis eigenen Angaben war er zu diesem Zeitpunkt mit Mehmedović zusammen.

Shimis Aussehen, Körperbau und Kleidung entsprechen in jeder Hinsicht der Beschreibung, die Peter Adolfsson nach der Brandnacht abgegeben hat. Die Tatsache, dass Adolfsson fälschlicherweise eine andere Person bezeichnet hat, schwächt seine Zeugenaussage zwar ab, aber nicht so weit, dass sie in diesem Punkt unerheblich wäre. Die ersten Angaben haben für das Gericht den höheren Beweiswert.

Shimi zeigt ein kriminelles Verhalten, das ihn in diesem Prozess allerdings nicht spezifisch belasten soll, das aber vom Gericht bei der Beurteilung von Shimis Beweggründen und Motiven seiner Handlungsweise in Betracht gezogen werden muss.

Shimi gibt zu, dass er annähernd 3000 Kronen von Mehmedović erhalten hat. Seine Erklärung, es handle sich dabei um einen Spielgewinn, berücksichtigt das Gericht nicht aus den Gründen, die im Hinblick auf Ismail Mehmedović ausgeführt wurden.

Mit dieser zusammengefassten Beweisführung hält das Gericht Dragan Shimi für die Brandstiftung im Bürgerhaus verantwortlich. Das Gericht ist sich nicht einig in diesem Beschluss. Ein Schöffe hat eine abweichende Meinung vertreten, die in einer Anlage des Urteils dargelegt wird.«

Der Vorsitzende hob den Kopf und sah erst Ismail Mehmedović und dann Dragan Shimi an.

»Das Gericht verurteilt Ismail Mehmedović zu sieben Jahren Haft und danach zu einer zehnjährigen Ausweisung aus dem Land. Das Gericht verurteilt Dragan Shimi zu sechs Jahren Haft und danach zu lebenslänglicher Ausweisung. Das Gericht beschließt, dass Ismail Mehmedović und Dragan Shimi gemeinsam Schadenersatz in Höhe der von den Landesversicherungen in Västmanland veranschlagten 32 645 000 Kronen zu leisten haben.«

Der Vorsitzende nahm den Hammer und schlug damit hart auf die hölzerne Tischplatte. Im selben Augenblick richtete Jasmina Mehmedović sich auf. Aus ihrem Mund kam ein Laut, der fast wie ein Heulen klang. Sie schaukelte den Körper vor und zurück. Alle sahen sie an, aber sie hörte nicht auf.

28

Nach zweieinhalb Tagen hatte Elina Wiik einige der Männer näher kennen gelernt. Am häufigsten hatte sie sich mit Pelle, dem Zugführer, unterhalten. Sie vermutete, dass er jünger war als sie, hatte ihn aber nicht gefragt. Sie hatte gesehen, dass er keinen Ehering trug.

Schon nach zwei Tagen bemerkte sie, dass er von der Suche besessen war. Es war wie ein Zwang, immer weiterzugehen, nicht auszuruhen. Einige der anderen Männer hatte es genauso gepackt. Sie brachen die Pausen ab, sobald es ging. Elina empfand denselben Zwang. Die Füße bewegten sich vorwärts, als ob sie keine Verbindung mehr zu bewusst gefassten Entscheidungen hätten.

Wie wenn man ein Feld mit leuchtenden Pfifferlingen entdeckt, dachte sie. Man sammelt immer weiter. Es gibt keinen einzigen Menschen, der Pfifferlinge stehen lässt.

Er hatte sie gleich zu Anfang gefragt, wie sie die Suche geplant habe, und Elina hatte ihren Plan im Detail erklärt. Sie hatten diskutiert, in welcher Reihenfolge sie ihre Dreiecke abdecken wollten. Am Donnerstag gegen zwölf Uhr waren die Gebiete westlich und südlich des Hauses abgesucht. Jetzt waren noch zwei Dreiecke übrig, nördlich und nordwestlich, die in großen Teilen ineinander griffen. Das Waldstück auf der anderen Seite der 252 zum See hinunter wollte Elina sich zuletzt vornehmen, um Peter und Mikael nicht unnötig darauf aufmerksam zu machen, was sie dort trieben.

Mittags servierte die Feldküche Erbsensuppe und Pfannkuchen. Und da es außerdem der Tag vor dem Mittsommerfest war, hatte Pelle, der Zugführer, für eine Flasche Punsch und Plastikbecher gesorgt. Alle 24 Männer wollten ihren Anteil von knapp drei Zehntelliter Punsch haben.

Elina und Pelle, der Zugführer, saßen im Preiselbeerreisig auf einer kleinen Anhöhe. Die Sonne schien, aber der Boden war etwas feucht.

»Dann prost!«

»Zum Wohl!«, sagte Elina.

»Sind Sie verheiratet?«, fragte Pelle, der Zugführer, nachdem er den Punsch hinuntergeschluckt hatte.

»Nein, Sie?«

»Nein. Sie sind sehr hübsch.«

Elina spürte, dass sie rot wurde.

»Danke.« Sie lächelte. »Nett von Ihnen, aber es ... gibt einen Mann in meinem Leben.«

»Ich bin nicht nett«, sagte Pelle, der Zugführer, und stand auf. »Aber Sie sind hübsch.«

Nach der Mittagspause begannen sie, das nördliche Gebiet zu durchkämmen. Sie starteten an der Kreuzung der 252 und dem Herrgårdsvägen, jener Straße, die über den Kanal in den Ort führte. Die ersten zwei Kilometer östlich von der 252 bestanden aus einem schmalen Waldgebiet, einem Schlauch, der an der breitesten Stelle nicht mehr als 175 Meter maß. Elina beschloss, das ganze Gebiet in einem Rutsch zu durchkämmen, auch wenn sie mit etwas größerem Abstand als fünf Meter gehen mussten.

Fast eine Stunde lang bewegten sie sich geradewegs nach Norden. Rechts von ihnen war ein noch kleineres Waldstück, das am Magsjön endete, einem kleinen Binnensee in dem großen Kanalsystem. Die Kette sammelte sich, und Elina zeigte auf der Karte, wie sie gehen sollten. Sie stellten sich wieder in einer Reihe auf und Elina blies in ihre Trillerpfeife. Nach weniger als einer Viertelstunde erreichten sie den See.

»Halt!«, rief einer der Männer mitten in der Reihe. »Das hier muss ich mir genauer anschauen.«

Er zog sich Schuhe, Strümpfe, Hemd und Hose aus.

»Gucken Sie weg, Wiik!«, schrie er.

Elina schüttelte den Kopf, lächelte und wandte sich dem Wald zu. Sie hörte 23 Soldaten laut lachen und drehte sich wieder um.

»Das muss man einfach gesehen haben«, murmelte sie vor sich hin.

Der ziemlich hellhäutige, vorher grün gekleidete Soldat watete nackt in den See hinaus. Als ihm das Wasser bis zur Taille reichte, blieb er stehen. Eine Weile stand er still und drehte sich dann zu 23 jubelnden Kameraden um. Elina sah, dass er selber nicht lachte. Er drehte sich wieder um und knickte den Körper ein wie ein Klappmesser. Das Gesicht verschwand unter Wasser, der Rücken war noch sichtbar. Langsam richtete er sich auf, als ob er sich dabei anstrengen müsste. In einer Wasserkaskade reckte er die Arme in die Luft. Er hielt ein Fahrrad in den Händen.

»Ich komm raus!«, rief er.

Elina verstand, was er meinte, und drehte sich wieder um.

Er trug das Fahrrad mit ausgestreckten Armen und legte es auf die Erde, wischte sich das Wasser von der Haut und zog sich wieder an.

Die ganze Gruppe versammelte sich um das Rad und starrte darauf herunter.

»Ein Herrenfahrrad«, stellte der Finder überflüssigerweise fest. »Es scheint noch nicht lange im Wasser gelegen zu haben.«

»Nein«, sagte Elina. Sie bückte sich und zog an dem Riemen einer der beiden Seitentaschen, die am Gepäckträger hingen. Sie öffnete die Tasche und schaute hinein, ohne hineinzugreifen.

»Eine Proviantdose«, sagte einer der Männer, der Einblick in die Tasche hatte. »Und ich sehe ein Stück Papier. Oberhalb der Dose. Es klebt an der Tasche.«

Elina steckte die Hand hinein und zog es vorsichtig heraus. Es war ein Umschlag. Sie richtete sich auf und las den handgeschriebenen Text auf dem Umschlag. »Zu Händen Bertil Adolfsson«, stand darauf.

»Es ist sein Fahrrad«, sagte sie laut.

Sie spähte den Abhang hinauf.

»Wir suchen systematisch weiter«, wies sie die Männer an. »Aber wir halbieren den Abstand zwischen uns. Halten Sie auf dem Boden Ausschau nach jeder nur denkbaren Spur. Nach allem, was nicht normal wirkt.«

Sie gingen aufwärts, dicht nebeneinander, als ob sie sich gegenseitig stützen müssten. Sie bogen jeden Busch beiseite, fast übertrieben genau. Ihre Schritte waren langsam, die Bewegungen andächtig. Niemand sagte ein Wort.

Elina ging ganz links außen den Hügel hinauf. Als sie die halbe Strecke bis zur Landstraße zurückgelegt hatten, hörte sie eine Stimme:

»Hier! Das hat ein Mensch gemacht!«

»Nicht näher gehen!«, sagte Elina sofort. »Bleiben Sie, wo Sie sind, und tun Sie absolut nichts, bevor ich es nicht sage.«

In einer Spalte zwischen zwei Felsblöcken war die Erde dicht mit Tannenreisig bedeckt. Vorsichtig hob Elina einen Zweig an. Dann drehte sie sich zu den Reserve-Männern um, die regungslos dastanden.

»Hier hat jemand gegraben«, sagte sie. »Bitte nicht näher kommen, damit die Erde nicht zertrampelt wird. Es könnte sich um den Ort eines Verbrechens handeln. Ich muss die Spurensuche anrufen, bevor wir etwas unternehmen. Drehen Sie um und gehen Sie in Ihren eigenen Spuren zurück zum Wasser hinunter. Dann gehen Sie bitte ein Stück nach rechts und kehren zur Landstraße zurück. Warten Sie dort auf mich.«

Alle gehorchten sofort. Elina holte ihr Handy hervor und wählte Kärnlunds Direktnummer.

»Hier ist Wiik. Wir haben Bertil Adolfssons Fahrrad gefunden und eine Stelle, die ein Grab sein könnte. Ich brauche jemanden von der Spurensuche.«

Sie schwieg einen Augenblick.

»Wir befinden uns in einem Wald östlich von der 252, ungefähr zwei Kilometer nördlich von der alten Kirche von Surahammar. Ich warte an der Landstraße.«

Sie blieb eine Weile stehen und musterte die Spuren in der Nähe des Fundortes, ohne etwas Besonderes zu entdecken. Dann kehrte sie zur Landstraße zurück.

»Ich hab zwei der Jungs gebeten, die Laster zu holen«, sagte Pelle, der Zugführer. »Vermutlich haben wir jetzt getan, was wir tun konnten.«

»Nein, ich möchte, dass Sie noch eine Weile bleiben. Wir müssen das ganze Gebiet in der Umgebung absuchen. Es könnte zum Beispiel eine Mordwaffe geben. Können Sie hier am Straßenrand warten, bis die Spurensuche kommt und nachschaut, ob es da oben etwas in der Erde gibt?«

»Selbstverständlich.«

Elina nahm die Blaulichter wahr, bevor sie die Autos sah. Es waren zwei Streifenwagen. Sie winkte ihnen, anzuhalten.

Dahinter kam ein Zivilwagen mit Kärnlund, Henrik Svalberg und Erkki Määttä.

»Da unten.« Elina zeigte mit der ganzen Hand. »Wir machen einen kleinen Umweg, damit wir keine Spuren zertrampeln.«

Zehn Meter bevor sie die Felsspalte mit den Tannenzweigen erreichten, blieb sie stehen und zeigte Määttä die Stelle.

»Da zwischen den Felsen. Und dort unten liegt sein Fahrrad. Einer der Soldaten hat es im Wasser entdeckt.«

Sie drehte sich zu den uniformierten Kollegen um.

»Ich möchte, dass ihr das Gelände im großen Umkreis absperrt. Von der Landstraße bis zum Wasser runter und in mindestens fünfzig Meter Breite. Jemand muss von der Landstraße zum See gegangen sein und das Fahrrad hineingeworfen haben.«

»Ich hab Svalberg mitgebracht für den Fall, dass du Hilfe brauchst«, sagte Kärnlund.

»Die werde ich brauchen«, sagte Elina.

Erkki Määttä hatte das Tannenreisig beiseite gehoben. Eine Fläche von einigen Metern Länge und einem halben Meter Breite schien aufgegraben und dann wieder zugeschüttet worden zu sein. Vorsichtig steckte Määttä einen spitzen Spaten in das eine Ende der Fläche. Hinter sich hatte er eine dicke Plastikplane ausgebreitet, auf die er die ausgegrabenen Erdbrocken häufte.

Elina, Kärnlund und Svalberg standen daneben und schauten zu. Määttäs Spaten war jetzt in einem halben Meter Tiefe.

»Hier gräbt es sich leicht«, sagte er, »es gibt nicht viele Steine, nur Erde und Schotter vom Hügel.«

Er steckte den Spaten noch einmal hinein. Langsam, ohne fest zu drücken.

»Hier ist was«, sagte er, bückte sich und bürstete unten im Loch Erde beiseite.

Alle sahen den Gegenstand ungefähr gleichzeitig, der jetzt von Määttäs Bürste freigelegt wurde.

»Ein Schuh«, sagte Elina.

»Und der steckt an einem Fuß«, stellte Määttä fest.

Eineinhalb Stunden später stand Määttä über eine freigelegte Leiche gebeugt. Eine männliche Person. Der Tote lag in einem halben Meter Tiefe auf dem Rücken. Er war bekleidet. Der Kopf wirkte angeschwollen. Die Haare am Hinterkopf waren mit Erde und einer dunkelbraunen, erstarrten Masse verschmiert.

»Sieht aus, als wäre ihm der Schädel von hinten eingeschlagen worden«, sagte Määttä. »Mit einem stumpfen, länglichen Gegenstand. Keinem Hammer und keiner Axt. Da bin ich fast sicher. Aber wir müssen hören, was der Gerichtsmediziner sagt.«

»Kärnlund«, sagte Elina, »können wir heute noch einen Taucher bekommen? Wenn der Mörder das Fahrrad ins Wasser geworfen hat, dann hat er vielleicht auch die Mordwaffe weggeworfen.«

»Hoffen wir's. Es geht auf Mittsommer zu, da ist es nicht ganz leicht. Aber ich werde mich darum kümmern.«

»Määttä«, sagte Elina, »oben an der Landstraße stehen 24 Männer, die an Land nach der Mordwaffe suchen können. Soll ich sie einsetzen?«

»Ja«, antwortete Määttä. »Aber die Polizeiuniformen dahinten müssen erst mal einen Umkreis von ungefähr fünfzehn Metern Durchmesser um die Leiche herum absperren. Die Fläche nehme ich mir selber vor. Deine Jungs können den Rest durchkämmen.«

Kärnlund ging zu Elina.

»Ich fahr zurück nach Västerås. Morgen hab ich frei. Bin draußen bei meinen Kindern und Enkelkindern in Norrtälje. Ruf an, falls etwas Wichtiges ist. Aber ich glaub, du schaffst das allein.«

»Dann wünsch ich dir ein schönes Mittsommerfest. Und vergiss den Taucher nicht.«

»Wiik«, sagte Kärnlund, »du hattest Recht mit deinen Überlegungen. Jetzt ist mir klar, dass wir schon früher sorgfältiger nach Adolfsson hätten suchen müssen. Ich trag die Verantwortung. Das hast du gut gemacht.«

»Danke«, sagte Elina.

Zwei Komplimente an einem Nachmittag, dachte sie. Eins für mein Aussehen und eins für mein Gehirn. Nicht schlecht.

Als der Wagen, der die Leiche zur Obduktion abholen sollte, eine gute Stunde später kam, war das Gelände durchsucht. Määttä arbeitete weiter innerhalb seiner Absperrung, aber die Grüngekleideten machten sich für den Aufbruch bereit.

»Dann haben wir also getan, was zu tun war«, sagte Pelle, der Zugführer.

»Ja«, sagte Elina. »Danke. Kommen Sie jetzt zurecht?«

»Diese Reserveübung wird wohl keiner von den Männern vergessen«, antwortete er. »Lassen Sie doch mal von sich hören und erzählen mir, wie es mit den Ermittlungen weitergeht. Ich möchte es gern wissen.«

»Das werd ich machen«, sagte Elina.

Sie bedankte sich bei jedem einzeln.

»Geht es Ihnen gut?«, fragte sie den Soldaten, der Bertils Grab gefunden hatte. »Ich fand es schrecklich.«

»Kein Problem«, antwortete er.

Sie winkte ihnen nach, als die Laster davonfuhren. Svalberg stand neben ihr. Kärnlund war schon weggefahren.

»Was machen wir jetzt?«, fragte Svalberg. »Du bist der Boss.«

»Dann nehmen wir uns jetzt den Mörder von Adolfsson vor, wenn ich entscheiden darf.«

»Darauf wär ich nie gekommen«, sagte Svalberg.

»Als Erstes reden wir mit der Familie. Informieren sie nur darüber, was passiert ist. Mit den richtigen Verhören fangen wir an, wenn Määttä und der Taucher fertig sind. Ich rede, du achtest genau auf die Reaktionen. Das ist besonders wichtig, wenn mehrere gleichzeitig anwesend sind. Du schaust den oder die an, mit denen ich gerade nicht spreche.«

Sie drehte den Kopf zum See.

»Etwas stimmt nicht«, sagte sie fast zu sich selber. »Adolfsson war vergraben und die Stelle mit Tannenreisig bedeckt. Und das Fahrrad wurde ein ganzes Stück von der Landstraße entfernt ins Wasser geworfen. Das muss einige Zeit gedauert haben.«

Sie schaute Svalberg an.

»Das konnten weder Mikael noch Peter schaffen«, sagte sie.

Svalberg zog die Augenbrauen hoch und legte den Kopf ein wenig schräg.

»Jetzt kann ich dir nicht ganz folgen«, sagte er.

»Setz dich zu mir ins Auto, dann erklär ich es dir«, forderte Elina ihn auf. »Vorher muss ich nur noch etwas kontrollieren.«

Sie ging zurück zu Määttä, sprach ein paar Worte mit ihm und richtete ihren Blick auf ihre Armbanduhr. Dann ging sie die gerade Strecke zur Landstraße zurück und schaute wieder auf die Uhr.

»Vier Minuten und 35 Sekunden. Kannst du das Auto hierher holen, Henrik?«

Svalberg holte das Auto, fuhr einen Halbkreis und hielt vor Elinas Füßen. Er streckte den Arm aus und öffnete die Beifahrertür.

»Wieso krieg ich dabei ein Déjà-vu-Gefühl?«, fragte er.

»Stell den Kilometerzähler auf null«, sagte sie, »und fahr zu Familie Adolfssons Haus, immer geradeaus, ich werd's dir zeigen.«

Svalberg fuhr los. Beim Haus bog er auf den Schotterplatz ein und bremste.

»2,7 Kilometer«, stellte Elina fest. »Das dauert mit dem Fahrrad ... mindestens acht Minuten. Acht hin und acht zurück, 4,5 Minuten von der Straße zum Mordplatz und 4,5 zurück. Das sind zusammen 25 Minuten. Peter oder Mikael, beide können es getan haben. Aber keiner von beiden kann es in der Zeit geschafft haben, Bertil Adolfsson zu vergraben und die Stelle mit Tannenreisig abzudecken oder gar zum See zu gehen und das Fahrrad hineinzuwerfen. Nicht mal, wenn sie es gemeinsam getan haben.«

»Ich wäre dankbar, wenn du mich an deinen Gedankengängen teilhaben lassen würdest«, sagte Svalberg.

Elina zuckte zusammen.

»Entschuldige, ich war ganz woanders. Kannst du warten, bis wir mit der Familie gesprochen haben? Wir können ja nicht hier im Auto sitzen bleiben.«

Sie stiegen aus und richteten ihre Kleidung, als ob sie ordentlicher aussehen wollten, jetzt, da sie eine Todesnachricht zu überbringen hatten. Elina klingelte an der Tür. Margareta Adolfsson öffnete. Sie trug ihr grünes Kleid.

»Dürfen wir hereinkommen?«, fragte Elina. »Das ist Kriminalassistent Henrik Svalberg. Vielleicht könnten wir uns ins Wohnzimmer setzen?«

Margareta Adolfsson zeigte in Richtung Wohnzimmer und ließ sie vorangehen. Sie setzten sich erst, als Frau Adolfsson sich auf dem Sofa niedergelassen hatte.

»Wir haben Ihren Mann gefunden«, sagte Elina. »Er ist tot. Er liegt im Wald ein Stück von hier entfernt. Alles deutet darauf hin, dass er ermordet wurde. Erschlagen.«

Margareta Adolfsson saß lange Zeit still. Keiner sagte etwas.

»Er hat mich geschlagen«, sagte sie schließlich. »Jetzt ist er selbst geschlagen worden. Vielleicht kennt Gott den Sinn. Er hat mich geschlagen, aber ich hatte niemand anders. Einmal hat er mich mit nach Kopenhagen genommen. Wir waren im Tivoli und haben in einem Hotel übernachtet.«

Sie verstummte. Ihre Hände ruhten still im Schoß.

»Frau Adolfsson«, sagte Elina. »Sind die Kinder zu Hause?«

»Sie kommen wahrscheinlich bald.«

»Möchten Sie, dass wir warten?«

»Nein. Ich schaffe das allein.«

»Leider muss ich Sie bitten, nach Västerås zu kommen und die Person zu identifizieren, die wir gefunden haben.«

Margareta Adolfsson schaute auf.

»Ist es denn nicht sicher, dass er es ist?«

»Doch«, antwortete Elina. »Er ist es. Aber es ist trotzdem nötig.«

»Dann möchte ich warten, bis ich mit den Kindern gesprochen habe. Geht das?«

»Ja. Rufen Sie diese Nummer an, dann werde ich Ihnen ein Auto schicken. Wir gehen jetzt. Aber spätestens morgen müssen wir wieder mit Peter und Mikael sprechen.«

Frau Adolfsson brachte sie zur Tür.

Svalberg fuhr zurück nach Västerås. Anfangs schwiegen sie.

»So, jetzt erklär mir mal deine Theorie«, bat Svalberg.

Als Elina damit fertig war, hob Svalberg die Hände vom Steuer.

»Ich mache La Ola. Wieder. Natürlich mit einem Arm. Ich hab gehört, wie Kärnlund gesagt hat, dass du gute Arbeit geleistet hast, und ich kann ihm nur Recht geben.«

Das war das dritte Kompliment heute, dachte Elina.

»Aber wer hat ihn vergraben und wer hat das Fahrrad ins Wasser geworfen?«, fragte sie.

»Peter oder Mikael, einer von beiden, kann später am Abend oder in der Nacht wieder hingefahren sein«, sagte Svalberg.

»Ja«, sagte Elina. »Das ist eine Möglichkeit.«

»Oder dem Mörder hat jemand anders geholfen. Jemand, der kam und wieder gegangen ist, und wir wissen nicht, wer es war.«

»Das ist eine andere Möglichkeit. Aber wer?«

29

Das wird ja ein richtig schönes Mittsommerfest, dachte Elina und fuhr sich mit der Hand durch die kurzen dunklen Haare. Es war erst sieben Uhr und das Thermometer zeigte schon vierzehn Grad. Am Himmel war keine Wolke.

Ausnahmsweise drehte sie noch eine Extrarunde, anstatt direkt zum Polizeipräsidium zu gehen. Sie überquerte die Schlossbrücke zum Vasapark, ging dann weiter den Kopparbergsvägen hinunter und die Stora Gatan hinauf zur Hållgatan.

Der Himmel war hoch. Elina war voller Erwartung.

In ihrem Postfach lag ein Umschlag von der Gerichtsmedizin. Sie öffnete ihn, nahm ein »Vorläufiges Obduktionsergebnis« hervor und las es schon im Gehen.

Der Schädel war von hinten mit einem länglichen, stumpfen, aber nicht ganz runden Gegenstand eingedrückt worden.

Das klingt nach einem Brecheisen, dachte sie. Oder einem Kuhfuß. Ich muss mir mal in einer Eisenwarenhandlung ansehen, was es so gibt.

Auf ihrem Schreibtisch lag ein Zettel mit einer handschriftlichen Mitteilung: »Ruf mich zu Hause an, Erkki Määttä« und dann seine Telefonnummer. Sie wählte die

Nummer. Nach fünfmaligem Klingeln wurde am anderen Ende abgehoben.

»Ja?«

»Määttä, hier ist Elina Wiik. Hab ich dich geweckt?«

»Ich hab heute frei«, brummelte er. »Gib mir fünf Minuten, dann ruf ich zurück.«

Sie wartete eine Viertelstunde und hob den Hörer schon ab, ehe das erste Klingelzeichen zu Ende war.

»Fünf Minuten auf die Sekunde«, sagte Määttä. »Ich hab heute frei, wie gesagt. Aber vielleicht möchtest du wissen, was wir am Mordplatz gefunden haben?«

»Ja«, sagte Elina. »Das möchte ich.«

»Fast nichts. Auch das ist eine Antwort. Keine Mordwaffe, nichts, was Menschen hinterlassen haben, außer der Leiche. Keine Anzeichen von Kampf, bevor der Tod eintrat. Auch keine Fußspuren, leider. Ich hatte gehofft, dass der, der die Leiche vergraben hat, so unvorsichtig gewesen ist, die Erde festzustampfen.«

»Du hast ›fast‹ nichts gesagt. Was bedeutet das?«

»Wir haben Blutspuren gefunden. Aber alle haben dieselbe Blutgruppe wie Bertil Adolfsson. Vermutlich von seinem Schädel. Und ein bisschen abgeschabtes Moos auf einem Stein in der Spalte, wo er lag.«

»Was glaubst du, wo er ermordet wurde?«

»Ungefähr dort, wo seine Füße lagen. Nach den Blutflecken und dem Moos zu urteilen, bekam er einen Schlag auf den Kopf und fiel der Länge nach in die Spalte. Dann hat jemand genau daneben das Grab gegraben und ihn hineingewälzt. Zum Schluss wurde das Grab zugeschaufelt und mit Tannenreisig bedeckt.«

Elina hörte im Hintergrund Kinderstimmen.

»Papa kommt gleich!«, rief Määttä. »Wir haben auch Tannen gefunden, von denen in Gesichtshöhe Zweige abgeschnitten waren.«

»Habt ihr sie gekennzeichnet? Und das Tannenreisig mitgenommen, das auf der Leiche lag?«

»Willst du mich beleidigen, Wiik?«

»Hab ja nur gefragt. Noch was?«

»Ein Taucher war im See. Er hat einiges gefunden, aber keine Mordwaffe. Das ist alles, was ich dir sagen kann.«

»Danke, Määttä. Schönes Mittsommerfest.«

»Desgleichen, Wiik.«

Sie holte ihr Notizbuch hervor und lehnte sich auf dem Stuhl zurück.

Wieder Zeit, zu denken, Elina, dachte sie.

Sie legte ihr Notizbuch auf den Schreibtisch, erhob sich und begann, im Zimmer herumzuwandern. Nach drei Runden griff sie nach einem Stift und schrieb in das Buch: »Gibt es einen länglichen, schweren Gegenstand im Haus oder im Schuppen? Schnitzmesser oder Taschenmesser? Spaten? Blut an der Kleidung? Wer hat das Fahrrad in den See geworfen? P. und M. fragen: Was haben sie an dem betreffenden Abend gemacht?«

Sie hörte ein Klopfen.

»Herein«, sagte sie.

Henrik Svalberg öffnete die Tür und steckte den Kopf herein.

»Was machen wir heute?«, fragte er.

»Ich werde Peter und Mikael verhören«, sagte Elina. »Und einen Eisenwarenladen aufsuchen.«

»Arbeiten wir den ganzen Tag? Ich hab heute Abend was vor und hätte nichts dagegen, eher aufzuhören. Mittsommer ist ja eigentlich nur ein halber Arbeitstag.«

»Das hängt davon ab, was die Verhöre ergeben. Aber ich denke, wir hören heute Mittag auf.«

Um zehn gingen sie zusammen zu Sundströms Eisenwarenhandel in der Vasagatan. Die Regale der Werkzeugabteilung bedeckten eine ganze Längswand.

»Fang du an dem Ende an, ich nehm das hier«, sagte Elina und begann, die Regale von unten bis oben unter die Lupe zu nehmen.

Als sie sich in der Mitte trafen, hielt Svalberg ein Brecheisen in der Hand und Elina einen großen Kuhfuß. Beide Werkzeuge hatten achtkantige Griffe.

»Wenn es dieses Werkzeug ist, dann wissen wir, wonach wir suchen müssen«, sagte Svalberg.

»Jetzt fahren wir nach Surahammar«, sagte Elina. »Wir holen Peter und Mikael. Oder in umgekehrter Reihenfolge, das ist egal. Und ab ins Polizeirevier.«

»Dann müssen wir in Hallstahammar vorbei, die Schlüssel holen.«

»Gut, machen wir das. Ich will die Verhöre auf Band aufnehmen.«

Margareta Adolfsson öffnete ihnen die Haustür.

»Guten Morgen«, begrüßte Elina sie. »Es tut uns Leid, wenn wir Sie schon wieder stören. Aber es ist leider nötig. Wir müssen mit Peter und Mikael sprechen.«

»Ich hole sie«, sagte Margareta Adolfsson.

Elina überlegte, ob sie sie bitten sollte, hereinkommen zu dürfen, beschloss jedoch, draußen zu warten. Mikael kam als Erster herunter. Er stellte sich in die Türöffnung und blinzelte ihnen entgegen.

»Wir möchten gern mit dir reden«, sagte Elina. »Im Polizeirevier, dort ist es ruhiger.«

»Ich muss zum Training.«

»Nein, du kommst mit uns. Wir warten nur noch auf Peter. Er muss auch mitkommen.«

»Peter will nicht mit Ihnen reden. Und ich muss zum Training.«

»Mikael, dein Vater ist tot. Ermordet. Du musst uns helfen, den Täter zu finden. Egal ob du willst oder nicht. Dasselbe gilt für Peter. Wenn du jetzt nicht mitkommst, sorgen wir dafür, dass du abgeholt wirst. Das Ergebnis läuft aufs Gleiche hinaus. Lass es uns auf die einfachere Art zu Ende bringen.«

Peter kam heraus. Er hatte hinter der Tür gestanden und gelauscht. Er sah weder Elina noch Svalberg an.

»Komm, Mikael«, sagte er. »Wir machen, was die Alte sagt.«

Mikael drehte sich um und nahm ein Paar Turnschuhe von der Schuhablage. Dann ging er zu Elinas und Svalbergs zivilem Dienstwagen und setzte sich auf den Rücksitz. Peter setzte sich auf die andere Seite.

»Setz dich ans Steuer, Henrik«, sagte Elina.

Sie ging zum Auto, öffnete eine der hinteren Türen und senkte den Kopf, sodass ihre Gesichter in gleicher Höhe waren.

»Ich möchte noch mal in euren Schuppen schauen«, sagte sie. »Habt ihr was dagegen?«

»Sie machen ja doch, was Sie wollen«, knurrte Mikael.

Sie ging zum Schuppen, zog die Tür auf und ließ sie offen, damit sie etwas sehen konnte. Der Deckel der Holzkiste war immer noch kaputt. Entlang der einen Wand hing Werkzeug aufgereiht. Sie konnte keinen Kuhfuß und kein Brecheisen entdecken. Im Schuppen gab es nichts, was womöglich als Mordwaffe benutzt worden sein könnte. Ihre Augen suchten nach einem Messer. An einem Nagel neben dem Fenster hing ein Fahrtenmesser in einer schwarzen Scheide. Mit Daumen und Zeigefinger hob sie es vom Haken. In einer Ecke stand ein Spaten gegen die Wand gelehnt. Den nahm sie in die andere Hand und ging hinaus zum Auto.

»Ich nehm diese Sachen mit«, sagte sie. »Ihr bekommt eine Quittung dafür.«

»Das ist nicht nötig«, sagte Peter.

»Ihr kriegt sie trotzdem. – Henrik, bestätige bitte mit deiner Unterschrift, dass ein Fahrtenmesser und ein Spaten aus dem Schuppen mitgenommen wurden. Und dann möchte ich, dass ihr Jungs das auch unterschreibt.«

»Das ist nicht nötig«, wiederholte Peter.

»Unterschreib, Peter«, sagte Elina. »Du bist der Ältere von euch beiden.«

Er nahm den Stift und unterschrieb etwas krakelig. Elina steckte das Blatt Papier zusammen mit dem Messer in eine durchsichtige Plastiktüte. Den Spaten legte sie vorsichtig in den Kofferraum.

Auf dem Weg ins Präsidium sagte niemand ein Wort. Svalberg parkte. Drinnen im Gebäude stand die Luft still und Elina suchte nach einem Ventilator. Sie fand keinen und öffnete stattdessen das Fenster.

»Wir fangen mit dir an, Peter. Mikael muss solange draußen warten. Es wird ein wenig dauern.«

»Wir können beide gleichzeitig mit Ihnen reden«, sagte Peter.

Elina seufzte hörbar.

»Bitte gib nicht zu allem, was ich sage, deinen Kommentar ab. Wenn du mir weiter widersprichst, haben wir weniger Zeit, den Mörder deines Vaters zu finden.«

Elina steckte eine Kassette in das Tonbandgerät und drückte auf »Rec«. Nach den einleitenden Formalitäten begann sie, ihn zu befragen.

»Wo warst du am Nachmittag von Donnerstag, dem 10. Mai, dem Tag, als dein Vater verschwand?«

»Das habe ich schon gesagt.«

»Was hab ich eben gesagt, Peter? Wenn du so weitermachst, wirst du lange hier sitzen. Antworte nur auf die Fragen, dann wird alles einfacher.«

»Ich war in Hallstahammar in den Autohallen.«

»Welchen Autohallen?«

»Volvo und Saab-Opel.«

»In der Reihenfolge?«

»Ja, ich seh sie mir immer in der Reihenfolge an.«

»Wann bist du in die erste Halle gekommen?«

»Ungefähr gegen zwei.«

»Und wann hast du die letzte verlassen?«

»Ungefähr um vier.«

»Was hast du dann gemacht?«

»Bin direkt nach Hause gefahren. Kurz nach halb fünf war ich da.«

»Woher weißt du das so genau?«

»Ich erinnere mich an alles. Ich habe unter Kontrolle, was ich tue. Noch bevor ich mir die Schuhe ausgezogen hab, ist Stina nach Hause gekommen. Donnerstags kommt sie immer fünf Minuten nach halb fünf.«

»Und wann kamen die anderen?«

»Mikael kam um zwanzig vor fünf und Mutter Viertel vor.«

»Was hast du dann gemacht?«

»Ich hab mir die Kataloge angeschaut, die ich aus Hallstahammar mitgebracht habe. Dann haben wir Abendbrot gegessen. Um acht bin ich in den Ort gefahren. Mutter machte sich Sorgen, weil Vater nicht nach Hause gekommen war, und wollte, dass ich nach ihm suche. Ich wusste nicht, wo ich suchen sollte, und bin nur so ein bisschen rumgefahren. Um Viertel vor neun war ich wieder zu Hause. Um zehn bin ich schlafen gegangen. Es war ja ein Donnerstag und am nächsten Morgen musste ich Zeitungen austragen. Vor so einem Tag geh ich immer um zehn schlafen.«

»Hast du jemanden im Ort getroffen?«

»Niemanden, den ich kenne.«

»Hast du jemanden gesehen, der dich wieder erkennen würde?«

»Nicht dass ich wüsste.«

»Du erinnerst dich doch sonst an alles. Hast du jemanden gesehen oder nicht?«

»Nein.«

»Bist du an diesem Donnerstag in Richtung Norden gefahren?«

»Nur bis zum Herrgårdsvägen. Da biegt man in den Ort ab.«

»Bist du mal am Magsjön gewesen?«

»Wo liegt der?«

»Ein paar Kilometer geradeaus nach Norden. Bevor die 252 den Kanal überquert.«

»Nein, noch nie.«

»Hat dein Vater dich geschlagen?«

Peter blieb still.

»Antworte, Peter!«

»Nein, das war nicht nötig.«

»Wie meinst du das?«

»Er und ich waren die besten Freunde.«

»Ach? Das erstaunt mich ein wenig. Ist es nie vorgekommen, dass er dich geschlagen hat?«

»Nein, nie.«

Entweder lügst du oder du hast es verdrängt, dachte Elina.

»Hat er deine Mutter geschlagen?«

»Nein.«

»Sie sagt aber selber, dass er sie geschlagen hat.«

»Wahrscheinlich hat sie die Situation missverstanden.«

»Wie ist es mit Mikael und Stina. Hat er einen von den beiden geschlagen?«

»Soweit ich weiß, nein.«

»Habt ihr einen Kuhfuß oder ein Brecheisen?«

»Nein. Ich hab jedenfalls keins gesehen. Weder das eine noch das andere.«

Elina wartete schweigend. Jetzt müsste er fragen, ob sein Vater mit einem Kuhfuß oder einem Brecheisen erschlagen wurde, dachte sie.

Peter sagte nichts.

»Du hast gesehen, dass ich ein Fahrtenmesser aus dem

Schuppen mitgenommen habe. Besitzt du ein eigenes Messer? Ein Taschenmesser oder so was?«

»Nein. Wenn ich etwas schnitzen muss, nehm ich immer das Fahrtenmesser. Das hängt am Nagel neben dem Fenster.«

Er fragt nicht, warum ich das Messer mitgenommen habe, dachte sie.

»Warum haben Sie das Messer mitgenommen?«, fragte Peter.

»Was meinst du, warum?«, fragte Elina zurück.

»Ich weiß es nicht.«

Elina wartete, dass er seine Frage wiederholen würde. Aber er schwieg.

»Wer könnte deinen Vater erschlagen haben, Peter?«

»Niemand, den ich kenne.«

»Was hältst du von so einer Person? Ein Mensch, den du nicht kennst, der deinen Vater ermordet hat?«

»Ich hoffe, Sie kriegen ihn«, sagte Peter.

»Aber wenn du an diese Person denkst, was denkst du dann?«

»Dass Sie ihn fassen müssen.«

»Kennst du Simon Benjaminsson?«

»Ja. Wir treffen uns jeden Sonntag in der Kirche.«

»Hatten er und dein Vater Streit?«

»Nein. In der Kirche halten wir immer Frieden miteinander.«

Elina schwieg. Sie überlegte, wie sie das Verhör fortsetzen sollte. Peter sagte nichts.

»Ihr kommt aus Blekinge, oder?«, fragte Elina schließlich.

»Ja.«

»Wolltest du hierher ziehen?«

»Nein, ich kannte ja niemanden hier. Aber Vater bekam zu Hause keine Arbeit, wir mussten also umziehen.«

»Und wie ist es jetzt, hast du hier Freunde?«

»Ich komm zurecht.«

»Nenn mir welche, mit denen du zusammen bist.«

»Meistens mit denen aus der Kirchengemeinde.«

»Wenn ich es richtig verstanden habe, hat Simon Benjaminsson deinem Vater die Arbeit in der Fabrik verschafft.«

»Ja, das war Simon.«

»Und in Blekinge, was waren das für Leute, die in der Kirche waren? Gab es zum Beispiel welche, die ein Unternehmen besaßen?«

»In der Kirche sind meistens sehr fleißige Menschen. Viele sind Kleinunternehmer, glaub ich.«

»Warum konnte dann keiner von denen deinem Vater eine Arbeit beschaffen? Warum musstet ihr aus eurem Heimatort wegziehen?«

Peter Adolfsson schaute auf den Tisch.

»Warum, Peter?«

»Ich weiß es nicht. Das ist ja schon vier Jahre her. Ich weiß es nicht.«

»Hast du oder jemand anders aus der Familie Kontakt zu Leuten da unten?«

»Nur mit Großmutter. Sie ist nach Karlskrona gezogen. Vater hat noch einen Bekannten dort. Aber sie haben sich nicht getroffen, seit wir weggezogen sind. Und dann haben wir ein paar Verwandte, aber ... es hat sich nie ergeben, dass wir uns sehen.«

»Dann beenden wir das Verhör von Peter Adolfsson um 11.36 Uhr.«

Elina beugte sich vor und drückte auf »Off«. Henrik Svalberg sah sie an, als ob er Anweisungen erwartete.

»Danke, Peter«, sagte Elina. »Svalberg begleitet dich hinaus. Wenn du willst, können wir dich jetzt nach Hause bringen lassen. Sonst kannst du warten, bis wir mit Mikael fertig sind.«

»Das ist nicht nötig. Ich geh zu Fuß.«

Elina nickte Svalberg zu. Er erhob sich und bat Mikael hereinzukommen.

»Machst du bitte die Tür zu, Henrik?«, sagte Elina. »Setz dich, Mikael. Der Tod deines Vaters tut mir Leid. Das ist wirklich traurig. Wie geht es dir?«

»Gut«, sagte Mikael.

Elina musterte ihn forschend. Ihr Blick blieb an seinem rechten Ohr hängen.

»Hübscher Ring«, sagte sie und drückte wieder auf »Rec«.

»Erzähl mir, was du an dem Nachmittag getan hast, als dein Vater verschwand. Ich möchte es so ausführlich wie möglich hören. Wo du warst, wann du an den verschiedenen Plätze angekommen und wieder gegangen bist.«

»Ich war im Bodybuilding Club. Dann bin ich nach Hause gefahren.«

»Kannst du sagen, wann?«

»Am Nachmittag. Peter sagt, ich bin um zwanzig vor fünf nach Hause gekommen.«

»Du wusstest es also nicht selber?«

»Nein. Zeiten sind mir egal.«

»Wann bist du im Bodybuilding Club angekommen, wenn wir da mal anfangen?«

»Weiß ich nicht. Ich war ziemlich lange dort.«

»Kannst du sagen, wann ungefähr du gegangen bist?«

»Nein. Muss fünf Minuten vorher gewesen sein, bevor ich nach Hause gekommen bin.«

»Waren andere dort?«

»Nein. Nur der, dem der Club gehört.«

Hoffnungslos, dachte Elina.

»Was hast du gemacht, als du nach Hause kamst?«

»Vorm Computer gesessen, gegessen. Nach dem Essen bin ich ein bisschen mit dem Rad rumgefahren. Mutter wollte, dass ich nach Vater suche. Dann bin ich schlafen gegangen.«

»Wann bist du mit dem Rad unterwegs gewesen?«

»Nach dem Essen – weiß nicht.«

»Wo bist du herumgefahren?«

»Nur so ein bisschen rum. Keine besonderen Stellen.«

»Bist du auf der 252 in Richtung Norden gefahren?«

»In welche Richtung ist das?«

»Richtung Ramnäs. Nach Süden wäre es Hallstahammar.«

»Ich war nur im Ort. Aber nicht ganz drin. Nur zur Fabrik und dann zum Gemeindehaus.«

»Du hast gesehen, dass ich das Messer aus dem Schuppen mitgenommen habe, Mikael. Wozu wird das benutzt?«

»Nichts Besonderes.«

»Hast du es benutzt?«

»Manchmal.«

»Erzähl mir, wofür du es kürzlich benutzt hast.«

»Hab ich vergessen.«

»Hast du ein eigenes Messer?«

»Nein.«

»Ich hab auch einen Spaten mitgenommen. Hast du den benutzt?«

»Ja, ich hab Mutters Gartenbeete umgegraben.«

»Wann?«

»Weiß ich nicht. Vielleicht vor ein paar Tagen.«

»Hast du noch woanders gegraben?«

»Nein.«

»Nie?«

»Nicht dass ich wüsste.«

»Kennst du Simon Benjaminsson?«

Durch seinen Körper ging ein Zucken.

»Ja klar. Von der Kirchengemeinde.«

»Was glaubst du, wer deinen Vater erschlagen haben könnte?«

»Weiß ich nicht.«

»Warum, glaubst du, ist er erschlagen worden?«

»Weiß ich nicht.«

»Als er dich geschlagen hat, hast du jemals daran gedacht, es ihm zurückzuzahlen?«

Er schwieg. Elina wartete. Der Sekundenzeiger an der Wand machte zwei Umdrehungen.

»Haben Sie noch Fragen?«, sagte Mikael.

»Ich habe eine Frage gestellt und warte auf deine Antwort.«

»Ich hab ihn nicht geschlagen.«

»Hättest du ihn schlagen mögen, Mikael?«

»Das ist ja nicht mehr nötig, oder?«

»Hast du deinen Vater erschlagen, Mikael?«

Er sah ihr ruhig in die Augen.

»Nein«, sagte er.

Elina Wiik und Henrik Svalberg blieben im Zimmer sitzen, nachdem Mikael Adolfsson gegangen war.

»Was meinst du?«, fragte Elina.

»Schwierige Jungs«, sagte Svalberg. »Peter hat psychopathische Züge. Er wirkt total unberührt. Und er versucht, seine Welt in kleine Vierecke einzuteilen, die er unter Kontrolle hat. Erinnert sich an alles. Folgt bei jedem Besuch in den Autohallen in Hallstahammar demselben Muster. Weiß über seine Zeiten Bescheid. Ist irritiert, wenn jemand die peinlich genau errichtete Struktur seines Daseins in Frage stellt.«

»Und Mikael, was für einen Eindruck hast du von ihm?«

»Voll verdrängter Wut und Schmerz. Hält alles unter Verschluss. Eine wandelnde Bombe.«

»Die vielleicht schon explodiert ist«, fügte Elina hinzu. »Hast du übrigens Psychologie studiert?«

»Drei Semester, bevor ich auf die Polizeihochschule gewechselt bin«, sagte Svalberg. »Beeindruckt?«

»Sehr«, antwortete Elina.

Henrik Svalberg kratzte sich am Kopf.

»Weißt du«, sagte er, »Peter hat es nicht gepasst, dass du nach Blekinge gefragt hast.«

»Das hab ich gemerkt«, sagte Elina. »Aber ihn zum Sprechen bringen zu wollen, das ist, wie Wasser aus einem Stein zu pressen. Er verschweigt etwas, was mit dem Grund zu tun hat, warum sie umgezogen sind. Oder er verleugnet etwas vor sich selbst, genau wie er es mit den Schlägen des Vaters macht. Das müssen wir herausfinden.«

Elina erhob sich.

»Fahren wir zurück?«

Als sie zum Polizeipräsidium in Västerås kamen, verpackte Elina das Fahrtenmesser und den Spaten ordentlich, schrieb einen Bericht über die Beschlagnahmung und klebte die Quittung an den Spaten. Kein Rechtsanwalt sollte die Chance bekommen, in Frage zu stellen, dass die Gegenstände aus dem Schuppen von Familie Adolfsson stammten.

»Das mit dem Spaten versteh ich«, sagte Svalberg. »Aber was hast du mit dem Messer vor? Die Spurensicherung wird Fingerabdrücke von Mikael und Peter darauf finden, ohne dass es auch das Geringste beweist.«

Elina saß auf ihrem Bürostuhl und klebte die Plastiktüte zu, in der das Messer steckte. Sie schaute zu Svalberg hinüber.

»Sind Tannen Individuen?«

»Willst du in die Politik gehen, Wiik? Willst du das Recht der Tannen verteidigen, für ihren Wald zu kämpfen?«

»Ich meine, dass man vielleicht bei einer einzelnen Tanne eine DNA-Analyse vornehmen und sie auf diese Weise von einer anderen unterscheiden kann.«

Sie wedelte mit der Plastiktüte in Svalbergs Richtung.

»Wenn das möglich ist und wenn es am Messer oder in der Scheide Tannenspuren gibt, dann können wir die Spuren eventuell mit dem Tannenreisig vergleichen, das auf der Erde über Adolfsson gelegen hat. Und dann, *my dear Henrik Watson*, habe ich hier einen technischen Beweis in der Hand. – Machen wir jetzt Wochenende?«

Elina Wiik hatte sich auf den Mittsommerabend gefreut. Zusammen mit Susanne und Johan Norman und zwei ihrer Freunde hatte sie für neun Uhr einen Tisch im Straßenlokal am Hafen bestellt. Die Gefahr, vielleicht das fünfte Rad am Wagen zu sein, bekümmerte sie kein bisschen.

Am frühen Abend hatten sie sich ein wenig aufgewärmt. Die Kommentare zu dem phantastischen Wetter und was für ein Glück sie gerade an diesem Abend hatten, wurden so oft wiederholt, dass sie sich der Grenze der Strafbarkeit näherten. Aber die anwesende Polizistin in der Runde dachte nicht ans Eingreifen. Vielleicht weil die Rechtsanwälte in der Gesellschaft in überwältigender Mehrheit waren. Die beiden Freunde, die Elina noch nicht kannte, arbeiteten in einem Rechtsanwaltsbüro der Konkurrenz.

Elina fand sie nett, genau wie sie Johan nett fand, aber eher oberflächlich. Susanne war etwas anderes in Elinas Augen. Nachdenklicher, intelligenter, nicht so leicht zu beeindrucken von blendenden Nichtigkeiten. Besessen von ihrem Kind, das schon, aber wer wäre das nicht? In Elinas Augen lebte Susanne mit einem Ernst, den sie bei anderen Freundinnen nicht gefunden hatte. Das und natürlich die Tatsache, dass sie einander mochten, war der eigentliche Grund für ihre Freundschaft. Elina glaubte an ihren Bestand.

Sie saß am äußersten Ende des Tisches, neben ihr Johan und schräg gegenüber Susanne. Sie bestellte Breasola mit Ziegenkäse als Vorspeise und Anglerfisch, ihren Lieblingsfisch, als Hauptgericht. Als der Kaffee serviert wurde, waren Johan und seine Freunde in eine Diskussion über die Honorare der Rechtsanwälte vertieft.

»Was hast du heute so gemacht, Elina?«, fragte Susanne.

»Unseren gemeinsamen Bekannten Peter Adolfsson verhört, unter anderem. Es ist vielleicht nicht gerade ein passendes Gesprächsthema beim Essen, aber ich habe seinen toten Vater gefunden.«

Susanne beugte sich vor und senkte die Stimme ein wenig.

»Spannend«, sagte sie. »Dann ist dein erster Fall also wirklich ein echter Mordfall geworden. Erzähl mal.«

»*For your ears only*«, sagte Elina und erzählte von ihren geografischen Dreiecken und Theorien und ließ nur aus, was sie in der Ermittlung für wirklich geheim hielt.

Susanne beugte sich noch näher.

»Elina«, flüsterte sie, »wenn du ein besseres Bild von Peter Adolfsson haben willst, lies die Ermittlungen im Brandfall. Ich werde nichts sagen, was dich jetzt beeinflusst. Aber lies sie. Dann können wir später drüber diskutieren, wenn du willst. Da gibt es das eine oder andere zu holen.«

30

Elina wachte mit heftigen Kopfschmerzen auf. Der Abend war in die Nacht übergegangen, und die Nacht war früher Morgen geworden, ehe sie ins Bett kam. In ihr eigenes. Sie hatte mehr Alternativen als Finger an einer Hand gehabt. Als der Tanz im Restaurant begonnen hatte, war sie sofort von Männern umlagert gewesen, die sahen, dass sie ohne Mann dort war.

Sie schaute auf die Uhr. Fünf Minuten vor zehn. So lange hatte sie schon seit Jahren nicht mehr geschlafen.

Ich vernachlässige das Training, dachte sie verwirrt. Aber heute ist ja sowieso keins, warum muss ich ausgerechnet jetzt ein schlechtes Gewissen haben?

Beim Versuch, sich aufzurichten, stöhnte sie. Ihr Kopf schien zu zerspringen. Der Körper sank zurück, sie drehte sich im Bett um und schlief wieder ein.

Eineinhalb Stunden später zuckte sie mitten in einem Traum zusammen und wurde wach. Sie griff sich an den Kopf, um zu fühlen, ob die Schmerzen noch da waren. Sie waren fast verschwunden. Elina streckte Muskeln und Sehnen und stand auf. Obwohl es der Mittsommertag war, hatte sie ganz andere Pläne, als draußen in der Sonne zu faulenzen. Sie duschte und nahm ein schnelles

Frühstück ein. Eifer verbreitete sich wie Freude in ihrem ganzen Körper.

Das Präsidium war fast leer. Nur der Wachhabende und die Funkbereitschaft waren zu sehen.

»Wolltest du unser düsteres Dasein ein wenig aufhellen?«, fragte der Wachhabende.

»Ich wollte mir ein bisschen Mittsommerlektüre besorgen«, sagte sie. »Eine schon abgeschlossene Polizeiermittlung. Sie müsste in der Registratur liegen. Weißt du, wie man da jetzt reinkommt?«

»Ich weiß, wo der Generalschlüssel ist«, sagte er und stand auf. »Komm mit, das kriegen wir hin.«

Er nahm den Schlüssel aus einem Schrank, der mit einem Code verschlossen war, und gab ihn ihr.

»Schließ hinterher wieder ab und bring mir den Schlüssel zurück. Verlier ihn bloß nicht. Das könnte teuer werden.«

Sie ging in die Registratur und begann zu suchen. Ziemlich bald musste sie einsehen, dass die Unterlagen nicht hier waren. Eine Weile stand sie da und klopfte die Fingerspitzen gegeneinander.

Trau ich mich?, dachte sie. Wenn ich bis Montag warte, muss ich es begründen. Im Augenblick überflüssig und nur anstrengend.

Elina ging zum Kriminaldezernat im ersten Stock hinauf und steckte den Schlüssel in Jönssons Türschloss. Sie betrat das Zimmer, machte die Tür hinter sich zu und begann zu suchen. Die Akte lag im obersten Regalfach. Ein dickes Bündel Papiere. Die Ermittlung der Brandstiftung.

Um nicht überrascht zu werden und unliebsame Fragen zu vermeiden, nahm sie die Unterlagen mit in ihr Zimmer. Sie begann zu lesen, von Seite eins an, mit dem Notizbuch daneben.

Der größte Teil der Ermittlungen bestand aus Verhören. Er enthielt auch Fotos, den Bericht der Spurensicherung, Protokolle über Beschlagnahmungen und Zusammenstellungen von Personenangaben der Verdächtigten. Elina erkannte schnell, dass die Unterlagen ordentlich zusammengestellt waren. Sie hatte häufig das Gegenteil gesehen. Außerdem gab es ein Inhaltsverzeichnis, was die Suche erleichterte.

Jönsson hatte sich seltsamerweise eine Kopie des Urteils beschafft, es lag ganz zuunterst.

Besten Dank, dachte Elina. Das erspart mir eine Fahrt zum Amtsgericht in Köping.

Peter Adolfsson war dreimal verhört worden. Das erste Verhör, das am Tag nach dem Brand stattgefunden hatte, war am ausführlichsten. Dann gab es ein ergänzendes Verhör und schließlich das, bei dem er den Discjockey Fredrik Tillman genannt hatte. Außerdem hatte Jönsson Peter einige Male angerufen, um einzelne Angaben zu überprüfen. Alles war genau wiedergegeben und registriert.

Als Elina die ganze Ermittlung und das Urteil gelesen hatte, lehnte sie sich zurück. Sie war überwältigt von dem Eindruck, wie Polizei, Staatsanwaltschaft und das Amtsgericht in jeder Lage die Zeugenaussagen zum Nachteil der Verdächtigten auslegten.

Sie hatten keine Chance, dachte Elina. Keine alternativen Erklärungen wurden untersucht. Was zum Teufel machen die Rechtsanwälte? Aber was sagt das alles über Peter aus? Konzentrier dich darauf, Elina.

Sie schlug noch einmal das erste Verhör von Peter Adolfsson auf. In ihr Notizbuch schrieb sie: »Kennt alle Automarken, besonders Mercedes und BMW.«

In Surahammar gibt es nur zwei Mercedes 280 SE des älteren Modells, dachte sie. Ein ziemlich auffälliges Auto. Wie kann es angehen, dass er, der sich so sehr für

Autos interessiert, sie nicht vorher schon mal gesehen hat?

Ganz unten auf den Block schrieb sie: »Viele Details über den Kanistermann, obwohl Peter Angst hatte und es ziemlich dunkel war.« Und dann: »Wie ist das möglich?«

Er phantasiert, dachte sie. Oder erfindet jedenfalls mehr dazu, als er gesehen hat. Warum sollte ein Brandstifter, der gerade das Bürgerhaus angezündet hat, durch die Fußgängerzone rennen und riskieren, gesehen zu werden? Warum sollte der Brandstifter den Kanister behalten, statt ihn im Haus verbrennen zu lassen? Warum sollte er das Auto gut sichtbar parken?

Sie klopfte mit dem Stift aufs Papier und versuchte, ein Muster zu erkennen.

Das ist unsinnig, dachte sie. Aber überzieh jetzt nicht, Elina. Du weißt doch, dass die unsinnigsten Sachen passieren können. Menschen verhalten sich nicht immer rational.

Es fiel ihr schwer, sich nicht vom Inhalt der Ermittlungen einfangen zu lassen, und sie zwang sich ständig, sich auf Peter Adolfssons Verhalten zu konzentrieren. Sie schlug das letzte Verhör von Peter auf, als es um den Discjockey ging.

Er sieht Tillman im Auto kommen, dreht mit dem Fahrrad um und folgt ihm, dachte Elina. Erkennt ihn als den Kanistermann. Den Discjockey der »Scheune«. Und dann stellt sich heraus, dass der ein Alibi hat. Warum ist er so sicher, dass es Tillman war, obwohl es nicht stimmt?

Elina kehrte zurück zum ersten Verhör. Dann wieder zum letzten. Und wieder zurück.

Der Mercedes, dachte sie. Und dann Tillman. Der Mercedes, dann Tillman. Der Mercedes. Tillman.

Sie sprang heftig auf. Der Stuhl fiel zu Boden.

»Warum hat niemand nachgedacht!«, rief sie laut. Keiner hat das Offensichtliche gesehen. Sind denn alle blind?

Sie klappte die Akte mit einem Knall zusammen, öffnete die Tür und spähte in beide Richtungen den Korridor entlang. Er war menschenleer. Dann nahm sie die Ermittlungen, schloss rasch Jönssons Tür auf und legte die Papiere in das richtige Regal. Sie sperrte hinter sich ab und ging hinunter zum Wachhabenden.

»Hier ist der Schlüssel«, sagte sie, »vielen Dank.«

»Jetzt mach mal Wochenende, Wiik«, sagte er.

Elina grüßte militärisch und ging.

Als sie nach Hause kam, rief sie sofort Susanne an.

»Du hast doch hoffentlich nicht geschlafen?«, fragte Elina.

»Nein, aber ich hab lange geschlafen. Es kommt ja nicht alle Tage vor, dass man sich als Mutter eines kleinen Kindes einfach platsch ins Bett fallen lassen kann. Emilie ist noch bei ihren Großeltern.«

»Susanne, ich hab die Ermittlungen von der Brandstiftung gelesen. Wenn ich es nicht besser wüsste, würde ich behaupten, es ist ein abgekartetes Spiel. Alles ist auf eine Verurteilung angelegt. Und das Urteil kam ja auch wie bestellt.«

»Genau das fand ich auch. Ich war noch nie so wütend. Wahrscheinlich hab ich zum ersten Mal in meinem Job die Wut rausgelassen, als ich bei diesem Jönsson war. Geht aus den Unterlagen hervor, wie der Rechtsbeistand, der mich ersetzt hat, agiert hat? Harald Eneby?«

»Lahm«, sagte Elina. »Scheint sich nicht übermäßig angestrengt zu haben.«

»Weißt du, dass er bei uns der einäugige Harald genannt wird?«

Elina lachte.

»Was steht im Urteil?«, fragte Susanne.

Elina nahm ihre Notizen und las sie vor. Susanne hörte zu, ohne sie zu unterbrechen.

»Das Gericht macht einen Fehler, der häufig vorkommt«, sagte sie, als Elina fertig war. »Sie nehmen eine Anzahl schwacher Indizien, legen sie zusammen und glauben, dass das einen starken Beweis ergibt. Man könnte genauso gut umgekehrt argumentieren, sodass die Beweiskette mit jedem schwachen Indiz, das man hinzufügt, abgeschwächt wird.«

»Keine Kette ist stärker als das schwächste Glied«, philosophierte Elina.

»Aber was hast du über Peter Adolfsson herausgefunden?«

»Dass man seine Beziehung zur Realität in Frage stellen sollte.«

»Er hat bedeutend mehr gesehen, als man unter den Umständen hätte sehen können«, sagte Susanne. »Das habe ich auch daraus gefolgert. In meinen Augen hätten Mehmedović und Shimi beide freigesprochen werden müssen. Aber ...«

»Was?«, fragte Elina.

»... ich brauch dir ja keinen Vortrag zu halten, aber man darf eine Sache nicht mit der anderen verwechseln. Dass die Indizien schwach sind, sagt eigentlich nichts über die Schuldfrage aus. Eine Ermittlung mit weniger Voraussetzungen hätte vielleicht auch zu einer Verurteilung geführt.«

»Ja, vielleicht. Die Punkte, auf die das Gericht verweist, sprechen ja eigentlich auch gegen die beiden. Vor allen Dingen gegen Mehmedović. Dragan Shimi scheint eher im Eifer des Gefechts mit verurteilt worden zu sein.«

»Was wirst du jetzt machen?«, fragte Susanne.

»Eigentlich brauchte ich eine Unterredung mit Kärnlund. Mir ist nämlich noch etwas anderes in den Ermittlungen aufgefallen, was noch bemerkenswerter ist. Ich verstehe nicht, wie es allen anderen entgehen konnte. Aber die Brandstiftung ist nicht mein Fall. Wenn ich das aufgreife, stelle ich mich offen gegen Jönsson, und dann gibt's Ärger. Da warte ich lieber noch eine Weile. Ich habe alle Hände voll mit meinem Fall zu tun.«

»Was machst du jetzt, also heute?«

»Ich fahre zu meinen Eltern. Sie haben mich zu einem Mittsommeressen eingeladen. Bis Montag lege ich eine Pause ein.«

31

Margareta Adolfsson schlich zur Tür.

»Mikael«, sagte sie, »das Frühstück ist fertig.«

Unten in der Küche hatte sie für sich und die Kinder gedeckt. Einen Teller vor dem leeren Platz des Vaters an der Schmalseite des Tisches gab es nicht. Sie füllte Stina und Peter Grütze auf, dann Mikael und zuletzt sich selbst. Dann setzte sie sich und begann zu essen.

Mikael kam die Treppe herunter und ging geradewegs zur Schmalseite des Tisches, zog den Stuhl hervor, streckte sich nach seinem Teller und fing an zu essen. Die anderen saßen wie erstarrt da, den Löffel in der Hand.

»Das ist Vaters Platz«, protestierte Peter.

Mikael nahm noch einen Mund voll Grütze. Stina führte langsam ihren Löffel zum Mund, dann Margareta und zum Schluss Peter.

»Mikael«, bat die Mutter, »du kommst doch heute mit in die Kirche?«

»Nein«, sagte Mikael. »Ich geh nicht hin. Niemand geht in die Kirche.«

»Was sagst du da?!«, platzte seine Mutter heraus. »Es ist Sonntag. Kirchtag.«

Mikael schlug mit der Faust auf den Tisch. Peters Teller fiel zu Boden. Stina begann zu weinen. Mikael erhob sich. Sein Körper war breiter denn je.

»Niemand geht in die Kirche.«

Er verließ die Küche, ging in den Vorraum und zog seine Turnschuhe an. Er holte das Fahrrad aus dem Schuppen und fuhr auf der 252 in Richtung Norden. Beim Herrgårdsvägen bog er zum Ort ab und fuhr dann zielbewusst weiter zur Skolgatan. Er bremste scharf vor dem Eingang und legte das Fahrrad in den Schotter, ohne es abzuschließen. Im zweiten Stock klingelte er an einer Tür.

Nach drei Signalen ging er. Bei Benjaminsson war niemand zu Hause.

32

Der endgültige Obduktionsbericht lag in einem verschlossenen Kuvert auf Elinas Schreibtisch. Wie üblich war sie frühzeitig an ihrem Arbeitsplatz. Sie hatte sich um halb acht mit Henrik Svalberg in ihrem Zimmer verabredet. Er kam auf die Minute pünktlich.

»Wie war das Wochenende, Elina?«, fragte er, als er sich ihr gegenüber niedergelassen hatte.

»Ruhig«, sagte sie. »Kleine Fete am Mittsommerabend, dann zu Hause bei meinen Eltern. Lammkoteletts und Kartoffelgratin. Und selber?«

»Kopfschmerzen bis Sonntagmorgen. Das erste Mal in meinem Leben, dass ich länger als vierundzwanzig Stunden einen Kater hatte. Ich hab durstige Kumpels.«

»Dann hast du also alles ausgetrunken, bevor sie kamen?«

»Nicht ganz so. Aber jetzt bin ich *ready, able and willing*. Was haben wir heute vor?«

»Ich möchte, dass du dir Gedanken über das machst, was im Obduktionsbericht steht, und deine Schlüsse mit dem Obduzenten und mit zwei von unseren Spurensuchern diskutierst. Es besteht die Gefahr, dass wir hinsichtlich der Mordwaffe zu schnell unsere Schlüsse ziehen. Was gibt es noch außer Brecheisen und Kuhfuß? Zerbrich dir darüber den Kopf, Henrik. Außerdem möchte ich, dass du dich mit einem Psychologen über die Mordmethode unterhältst.«

»Wie meinst du das?«, fragte Svalberg.

»Ich meine, dass sie vielleicht etwas über die Psyche des Täters verrät. Haben wir es zum Beispiel mit einem abgestumpften, kaltschnäuzigen Menschen zu tun? Oder einer Person, die von blindem Hass und unkontrollierbarer Wut getrieben wird? Vielleicht führen uns solche Überlegungen näher zu Peter oder Mikael.«

Svalberg nahm den Bericht und legte ihn sich auf die Knie.

»Wir tappen ziemlich im Dunkeln, nicht wahr? Oder täusche ich mich? Wir finden keinen handfesten Anhaltspunkt.«

Elina stand auf und zog ihre dünne Sommerjacke an.

»Diese Ermittlung macht so langsam Fortschritte, weil uns Spuren fehlen, die in eine bestimmte Richtung weisen. Auch gegen die Jungen haben wir nichts in der Hand. Aber wir haben den toten Bertil Adolfsson gefunden und wir wissen, dass er ermordet wurde. Wir können immer nur einen Schritt nach dem anderen machen, Henrik.«

»Und wohin führen dich deine Schritte jetzt?«, fragte er.

»Zu meinem Auto«, antwortete Elina. »Ich will versuchen, einen schwer fassbaren Gedanken zu packen. Wir treffen uns heute Nachmittag.«

Inzwischen kannte sie jede kleine Biegung auf dem Weg nach Surahammar, und sie musste aufpassen, dass sie nicht zu sehr aufs Gaspedal trat.

Elina suchte sich die Stelle, wo sie und Svalberg vor gut sechs Wochen bei ihrer Nachtwache im Auto gesessen hatten. Die Straße vor Mehmedović' Haus war wie gewöhnlich menschenleer und im Haus gab es kein Anzeichen von Leben.

Sie stellte den Motor ab und versuchte, den Körper zu entspannen, um Kraft für ihr Gehirn zu sammeln. Ihr Blick war geradeaus gerichtet, zur Kreuzung vor Mehmedović' Haus.

Peter Adolfsson, dachte sie. Peter Adolfsson. Antworte, kannst du das? Was hat mich in der zweiten Nacht an dir interessiert? Warum bin ich aus dem Auto gestiegen und dir gefolgt? Das ist wichtig, hörst du? Warum wollte ich wissen, wie du die Zeitungen verteilst?

Sie bemühte sich, Bilder der beiden Nächte in ihrem Kopf hervorzurufen. Ein Radfahrer kam vorbei, und sie versuchte, Peter in ihm zu sehen. Aber es half nichts.

Ich geb's auf, dachte sie und drehte den Zündschlüssel um.

Elina wollte auf die Fahrbahn einbiegen, bremste jedoch jäh vor einem kleinen Mädchen, das die Straße auf einem Fahrrad mit Stützrädern überquerte. Sie ließ das Kind vorbei, blieb jedoch regungslos hinterm Steuer sitzen. Ein Autohupen von hinten rief sie in die Wirklichkeit zurück.

Das habe ich gesehen, dachte sie. Jetzt weiß ich es.

Sie fasste schnell einen Entschluss, fuhr hinaus auf den Herrgårdsvägen, über den Kanal, nach links auf die 252 und hinunter auf den Schotterplatz vor Adolfssons Haus. Draußen war kein Mensch zu sehen und auch an keinem Fenster, einen Augenblick erwog sie, an der Tür zu klingeln. Dann entschied sie, es bleiben zu lassen, ging stattdessen zum Schuppen und schloss die Tür hinter sich.

Systematisch durchsuchte sie alles, was sich in den Regalen befand. Eine Viertelstunde später kehrte sie zum Auto zurück und holte eine Plastiktüte aus dem Handschuhfach. Im Garten rechts vom Haus stand ein großer Stachelbeerbusch. Sie kehrte das Innere der Plastiktüte nach außen, zog sie über die rechte Hand und griff eine Hand voll Erde. Dann drehte sie die Plastiktüte wieder um und verschloss sie.

Sie setzte sich ins Auto und fuhr zurück zu Mehmedović' Haus, stieg mit einer neuen Plastiktüte aus dem Auto und nahm eine Hand voll von der Erde unter der Gartenhecke an der Grundstücksgrenze. Sie kennzeichnete die Tüte mit »Mehmedović«, und ohne einen Blick aufs Haus zu werfen, setzte sie sich wieder ins Auto und fuhr davon.

Das Handy lag auf dem Beifahrersitz. Sie nahm es und drückte mit dem Daumen eine Nummer.

»Spurensicherung, Määttä«, meldete sich Erkki Määttä.

»Genau die Person, die ich haben wollte«, sagte Elina. »Hast du viel zu tun, Erkki?«

»Wie kommst du denn darauf? Ich sitz hier rum und dreh Däumchen.«

»Das ist gut, dann werde ich dich davor bewahren, den Tod der Langeweile zu sterben. Ich brauche nämlich Hilfe.«

»Wiik, ich hab keine Zeit.«

»Wir sehn uns also in einer Viertelstunde«, sagte Elina und drückte auf »No«.

Sie schaltete das Radio an. Im dritten Programm sang Loreena McKennitt *Night ride across the Caucasus*. Elina hörte die CD oft zu Hause, konnte den Text jedoch nicht und summte nur mit. Das beruhigte sie ein wenig, und Ruhe brauchte sie vor dem, was nun kommen würde.

Erkki Määttä schüttelte langsam den Kopf, als sie eintrat.

Sie legte die verschlossenen Plastiktüten vor ihn hin.

»Und was ist das nun?«, fragte er.

»Erde«, sagte Elina. »Ich erzähl dir, was du tun sollst.«

Es dauerte nicht lange, da unterbrach er ihre Erklärung.

»Ich verstehe. Du brauchst nicht weiterzureden. Hast du mit Jönsson darüber gesprochen?«

»Nein«, sagte Elina und sah ihm starr in die Augen. »Es gibt Krach, wenn er das erfährt.«

»Er braucht es ja nicht zu erfahren. Ich werde jedenfalls nichts sagen, wenn sich herausstellt, dass ich mich täusche. Es hängt also von dir ab, Erkki.«

»Und wenn du Recht hast?«

»Dann muss ich mit Kärnlund reden.«

Määttä rieb sein Kinn und holte tief Luft.

»Okay, ich mache es. Aber du musst mir einen Antrag auf technische Untersuchung quittieren. Und falls Jönsson mich fragt, sage ich, wie es ist. Ich werde deinetwegen nicht lügen.«

»Selbstverständlich nicht, es reicht schon, dass du deine Karriere und Zukunft riskierst. Ich bin ja mit so wenig zufrieden. Wie lange dauert es?«

»Ein paar Tage, glaube ich.«

Elina sah auf die Uhr. Es war halb elf.

»Dann ruf ich dich Mittwoch um halb elf an«, sagte sie. »Falls du nicht vorher von dir hören lässt. Danke, Erkki.«

Er schüttelte den Kopf, als sie ging.

Henrik Svalberg rief »Herein!«, als Elina an seine Tür klopfte.

»Ich war die ganze Zeit am Telefon, seit du gefahren bist«, sagte er. »Setz dich, ich hab dir etwas zu erzählen.«

Elina hängte ihre Jacke auf und setzte sich auf den einzigen freien Stuhl, den es gab.

»Der Pathologe ist geneigt zu glauben, es handle sich um einen Kuhfuß«, sagte Svalberg. »Teils weil die Verletzungen am Schädel auf eine achteckige stangenähnliche Mordwaffe hindeuten, teils weil es zwei Verletzungen gibt.«

»Zwei?«, sagte Elina erstaunt. »Ich dachte, er hätte nur einen Schlag bekommen.«

»Das stimmt, aber es gibt noch eine genau über der tödlichen Verletzung. Als ob ihn die Krümmung von einem Kuhfuß etwas schwächer gleichzeitig mit dem geraden Teil getroffen hätte, das die tödliche Verletzung verursacht hat.«

Svalberg zeichnete einen Kuhfuß in die Luft.

»Der Pathologe sagt auch, dass es erhebliche Kraft erfordert, um solche schweren Verletzungen zu verursachen. Er schließt aus, dass ein normalwüchsiges dreizehnjähriges Mädchen das schaffen würde.«

»Dann ist es also nicht Stina. Sie ist ja schwächlicher als normal. Aber sie haben wir ja schon ausgeschlossen, jedenfalls als die, die die Mordwaffe gehalten haben könnte. Worüber reden wir hier, Henrik? Sind die Kräfte eines Muskelpaketes nötig oder reichen die von Peter oder der Ehefrau?«

»Das habe ich mit dem Pathologen diskutiert. Quintessenz dessen, was er sagte, ohne sich *in so many words* auszudrücken, war, dass er zu einer Person mit Mikaels Körperkraft tendiert. Aber die anderen beiden kann man trotzdem nicht ausschließen. Menschen können größere Körperkräfte freisetzen, als man ahnt.«

»In was für Situationen?«

»Situationen, die sie mit Adrenalin voll pumpen. Unter Bedrohung zum Beispiel.«

»Oder Hass?«, fragte Elina.

»Ja. Genau das hat mir der Psychologe gesagt. Wer diese Tat begangen hat, ist besessen von einem zügellosen Hass.«

Peter oder Mikael, dachte Elina. Wohl kaum Margareta Adolfsson.

»Wie ist es dir ergangen?«, fragte Svalberg. »Hast du deinen entfleuchten Gedanken eingefangen?«

»Ja«, sagte Elina. »Das hab ich. Aber du musst dich leider noch etwas gedulden. Ich will erst ein Blatt Papier in der Hand halten, ehe ich dir oder jemand anders etwas darüber erzähle.«

»Von was für einer Art Papier redest du?«

»Einer Bestätigung«, sagte Elina, »dass ich Recht habe.«

33

Erst am Dienstagmorgen brachte die *Länstidningen* einen Artikel darüber, dass in den Wäldern nördlich von Surahammar eine männliche Person ermordet aufgefunden worden war. Elina las den Text, während sie ihr Schinkenbrot aß und Kaffee trank. Kärnlund wurde zitiert und mit einem kleinen Schwarzweißfoto abgebildet. Der Name des Ermordeten wurde nicht erwähnt, auch nicht, wie er umgebracht worden war. Nur, dass die Polizei den Verdacht habe, hinter dem Tod stecke ein Verbrechen.

Hoffentlich antwortet Kärnlund auf alle Fragen der Medien, dachte sie. Ein Sommermord, der außerdem schon ein Fahndungsmord geworden war. Da wird die *Länstidningen* anbeißen.

Als sie um Viertel vor acht zur Arbeit kam, lag ein Zettel auf ihrem Schreibtisch. Kärnlund wollte, dass sie sich sofort bei ihm meldete.

Seine Tür stand offen und Elina trat nach einem leichten Höflichkeitsklopfen ein.

»Ich nehme an, du willst mit mir diskutieren, wie wir mit den Medien im Mordfall umgehen?«, fragte sie.

»Mach die Tür zu und setz dich«, sagte Kärnlund.

Es geht um etwas anderes, dachte Elina und tat, wie ihr befohlen.

»Bei mir ist eine Beschwerde gegen dich eingegangen, Wiik. Wegen unkollegialen Verhaltens. Und nun möchte ich hören, was du zu deiner Verteidigung vorzubringen hast.«

Elina saß schweigend da. Sie wusste nicht, was sie sagen sollte. Das Unbehagen kroch ihr wie ein Insekt den Rücken entlang.

»Du warst Samstag in Jönssons Zimmer. Ohne ihn zu fragen oder es ihm hinterher zu sagen, hast du in seinen Unterlagen gelesen. Und du hast eine technische Untersuchung zu einer Ermittlung beantragt, die nicht deine ist. Stimmt das?«

»Woher weißt du das?«, fragte Elina.

»Antworte erst. Stimmt das?«

»Ja ...«

Sie fühlte sich unsicher.

»... ja, das stimmt. Ich hab mir die Ermittlungen zur Brandstiftung aus Jönssons Zimmer geholt, und ich habe um eine technische Untersuchung von Material gebeten, das zu dieser Ermittlung gehört. Aber woher weißt du das?«

»Das spielt keine Rolle. Die Sache ist ernst, weil du hinter dem Rücken von Jönsson gehandelt hast und damit auch hinter meinem Rücken, da ich sein Chef bin. Und dein Chef.«

»Ich möchte trotzdem wissen, woher du das weißt.«

»Jemand hat dich am Fenster von Jönssons Zimmer gesehen.«

Scheiße, dachte Elina, das Fenster zum Hof.

»Diese Person hat es im Vorbeigehen Jönsson erzählt. Und Jönsson ist zu mir gekommen.«

»Das war ja wirklich sehr mutig von ihm, sich bei dir zu beschweren, statt die Sache direkt mit mir zu klären«, sagte Elina. »Bewunderungswürdig.«

»Behalt deinen Sarkasmus für dich, Wiik. Jönsson hat

ganz richtig gehandelt. Es ist Chefsache, wenn Mitarbeiter eigenmächtig agieren. Und die technische Ermittlung ist im PC mit deiner Bestätigung festgehalten. Wusstest du das nicht? Jönsson hat es selbst entdeckt und mir mitgeteilt.«

Diese feige, verdammte Ratte, dachte Elina. Aber sie sagte nichts.

»Du hast dich auf eine Weise verhalten, die nicht zu akzeptieren ist, Wiik. Ich kann es nicht zulassen, dass jemand hinter dem Rücken von einem anderen handelt. Das zerstört unser Arbeitsklima und bringt Unruhe.«

»Kärnlund, ich hab nicht …«

»Das hast du sehr wohl, Wiik. Es gibt Regeln, wie die Arbeit zu erledigen ist, und die hast du gebrochen.«

Elina spürte, wie plötzlich Zorn in ihr aufstieg. Sie ballte die Fäuste im Schoß und versuchte sich zu beherrschen.

»Ich habe nicht …«

»Hör mir zu, Wiik …«

»Ich kann ja gar nicht anders, als dir zuzuhören«, sagte Elina so beherrscht wie möglich. »Wie wäre es, wenn du mir jetzt mal zuhörst?«

Einige Sekunden schwiegen sie und warteten darauf, dass der andere etwas sagen würde.

»Ich habe hinter niemandes Rücken gehandelt«, sagte Elina verbissen. »Ich hab versucht, meinen Job zu machen, nichts anderes, und ich habe nichts weiter getan, als am freien Mittsommertag zur Arbeit zu fahren und den Diensthabenden zu bitten, mir bei der Suche nach der Ermittlung über die Brandstiftung zu helfen. Frag ihn, falls du mir nicht glaubst. Die Unterlagen hätten in der Registratur sein müssen. Aber dort waren sie nicht. Ich vermutete, dass sie in Jönssons Zimmer waren. Die Ermittlung ist nicht sein persönliches Eigentum, also hab ich sie mir von dort geholt, um unbezahlt für meinen

Arbeitgeber zu arbeiten. Wenn du mich kritisieren willst, kann ich dir eine lange Liste liefern mit Sachen, die schlimmer sind.«

Kärnlund sagte nichts. Elina meinte zu erkennen, dass seine Gesichtszüge etwas weicher geworden waren.

»Ich habe die Ermittlungen über die Brandstiftung gelesen, um mehr über Peter Adolfsson zu erfahren. Das brauche ich für meinen Mord. Aber je mehr ich las, um so nachdenklicher wurde ich. Schließlich fand ich richtige Ungereimtheiten in der Ermittlung. Aber bevor ich meine Kritik an dem Kollegen vortrage, wollte ich etwas überprüfen. Jetzt komme ich zu der technischen Untersuchung. Ist es falsch, dass man sicheren Boden unter den Füßen haben will, wenn ein kalter Wind bläst, Kärnlund?«

»Was hast du denn gefunden, das weder ich, Jönsson, Enquist, Niklasson, der Staatsanwalt, die Rechtsanwälte, das Amtsgericht oder der Teufel und seine Großmutter gesehen haben? Ich hoffe, du hast eine gute Antwort, Wiik!«

Elina holte tief Luft. Sie hatte den Bescheid von Määttä abwarten wollen, aber jetzt konnte sie nicht mehr zurück.

»Es sind vor allem zwei Sachen …«

Sie wurde von einem Klopfen an der Tür unterbrochen. Henrik Svalberg steckte den Kopf herein.

»Sollen wir die 8-Uhr-Besprechung ohne dich machen, Kärnlund? Alle warten schon, außer Wiik. Die sitzt ja hier.«

Oskar Kärnlund sah auf die Uhr. Es war zehn Minuten nach acht.

»Wir reden nachher weiter«, sagte er zu Elina und erhob sich.

Kärnlund hielt Elina die Tür zum Pausenraum auf. Sie ging an allen vorbei, die an dem langen Tisch saßen. Sie spürte Jönssons Blick im Rücken, und er sah sie an, als sie sich ans Tischende gesetzt hatte und die anderen anschaute.

Gaff du nur, dachte sie. Wir werden ja sehen, wer am Ende den Blick niederschlagen und sich schämen muss.

»Heute haben wir fünf Punkte zu besprechen«, sagte Kärnlund.

Jönsson wedelte mit der Hand.

»Sechs Punkte«, sagte er. »Ich möchte Elina Wiiks Einmischung in Niklassons, Enquists und meinen Fall aufgreifen. Ich finde, das ist eine Frage des Prinzips, die alle angeht.«

Er ist nervös, dachte Elina. Sonst hätte er nicht versucht, die anderen gegen mich aufzubringen. Er hat Angst, dass seine Ermittlung wie eine Seifenblase platzt.

Kärnlund seufzte und wiegte den Kopf.

»Jönsson«, sagte er, »das können wir später klären.«

»Die Besprechungen sind für diese Art Diskussionen da«, wandte Jönsson ein. »Du hast selbst gesagt, wir können frei reden.«

»Auf deine eigene Verantwortung«, sagte Kärnlund seufzend.

Elina lächelte.

Kärnlund hat begriffen, dass ich weiß, wovon ich rede.

»Elina Wiik hat, ohne mich zu benachrichtigen, Material untersuchen lassen, das unseren Fall angeht«, sagte Jönsson. »Ein Material, das nicht das Geringste mit ihrem Mordfall zu tun hat. Ich muss hier und jetzt in Frage stellen, ob sie reif genug ist, einen derart wichtigen Ermittlungsauftrag durchzuführen.«

»Und außerdem ist sie in deinem Zimmer gewesen, ohne es dir zu sagen«, fuhr Kärnlund fort. »Aber darüber brauchen wir jetzt nicht zu reden, Jönsson. Das haben Wiik und ich nämlich schon geklärt. Auch wenn sie dich oder mich vorher hätte benachrichtigen müssen, habe ich eine annehmbare Erklärung dafür bekommen. Aber jetzt möchte ich einen guten Grund hören, warum du in den Fall eines Kollegen hineintrampelst, Wiik. Du hast das Wort.«

Elina überlegte, ob sie aufstehen sollte, fand jedoch, das würde so wirken, als wollte sie einen Vortrag halten.

»Es gibt zwei Sachen bei den Ermittlungen der Brandstiftung, die ich in Frage stellen muss«, begann sie etwas zögernd. »Erstens geht es um Peter Adolfssons Glaubwürdigkeit als Zeuge. Ich bezweifle, dass er wirklich alles gesehen haben kann, was er behauptet gesehen zu haben. Und ich verstehe nicht, warum er, der sich so für Autos interessiert, Mehmedović' großen Mercedes noch nie gesehen hat. Er bringt der Familie doch sogar die Zeitung.«

»Das Auto steht immer in der Garage«, unterbrach Jönsson sie. »Und Peter ist nie in der ›Scheune‹ gewesen. Ist das alles, was du vorzubringen hast, Wiik?«

»Nein«, sagte Elina. »Dann lass uns von dem ausgehen, was Peter Adolfsson selbst sagt. Er weiß nicht, dass der Mercedes Mehmedović gehört, oder?«

»Das haben wir soeben festgestellt«, antwortete Jönsson.

»Aber was passiert dann? Peter Adolfsson verweist auf Fredrik Tillman – eine Person, die er auch nicht kennt, wie er selber sagt. Oder irre ich mich, Jönsson?«

»Nein, das stimmt. Er wusste nicht, wer Tillman war. Worauf willst du hinaus?«

»Gleich. Jetzt denk mal nach. Der Mercedes und Tillman. Wenn der Discjockey der Kanistermann war, dann muss ein Zusammenhang bestehen, da Peter zuerst auf das Auto und dann auf die Person hingewiesen hat. Tillman war in der Nacht mit Mehmedović im Mercedes unterwegs und hat das Bürgerhaus angezündet. Klar wie Kloßbrühe. Aber es stellt sich heraus, dass Tillman ein Alibi hat.«

»Ja, da hat Peter Adolfsson sich getäuscht«, sagte Jönsson. »Na und?«

Elina sah ihm geradewegs in die Augen.

»Ist dir nicht klar geworden, dass das ein unglaubwürdiges Zusammentreffen ist?«, sagte sie langsam. »Von allen Menschen, die man aus Versehen herauspicken könnte, wählt Peter Adolfsson ›aus Versehen‹ ausgerechnet den Discjockey Fredrik Tillman?«

Niemand am Tisch sagte ein Wort. Niemand rührte sich. Alle schienen intensiv nachzudenken. Elina gab ihnen noch ein paar Sekunden, ehe sie fortfuhr:

»Peter Adolfssons Hinweis deutet an, dass er die Verbindung zwischen Tillman und dem Mercedes kannte. Peter könnte also gewusst haben, dass Tillman für Mehmedović arbeitet und der Mercedes Mehmedović gehört. Einen anderen Schluss kann ich daraus nicht ziehen – du, Jönsson?«

Obwohl sie am anderen Ende des Tisches saß, konnte Elina Schweiß auf Jönssons Stirn erkennen. Als er auf ihre Frage nicht antwortete, fuhr sie selber fort:

»Aber Peter Adolfsson leugnet, Tillman und den Mercedes zu kennen. Seine Zeugenaussage ist schlichtweg nicht glaubwürdig, Jönsson. Peter erfindet Sachen, um es mal klar auszudrücken.«

Jönssons Blick glitt über die Gesichter der anderen, als suche er Hilfe bei seinen Kollegen. Doch niemand sagte ein Wort.

»Surahammar ist klein«, sagte Jönsson. »Dass Peter sich geirrt hat, kann ein Zufall sein. Und warum sollte er sich das alles ausdenken?«

»Ich weiß es nicht«, sagte Elina. »Aber ich möchte noch einen Schritt weiter gehen. Und deshalb hab ich gebeten, Material von Mehmedović' Haus untersuchen zu lassen.«

»Dazu hattest du kein Recht …«

»Still, Jönsson«, sagte Kärnlund. »Was Recht oder Unrecht ist, darüber reden wir, wenn wir Wiiks Erklärung gehört haben.«

Elina holte tief Luft. Ohne das Untersuchungsergebnis in den Händen zu haben, wirkten die Argumente leichtgewichtig.

»Dann muss ich erst einmal zurück in die Vergangenheit gehen«, sagte sie. »Vor gut sechs Wochen haben Henrik Svalberg und ich Mehmedović' Haus zwei Nächte lang bewacht. In beiden Nächten sahen wir Peter Adolfsson Zeitungen austragen. Als er das zweite Mal auf seinem Fahrrad ankam, hab ich auf etwas reagiert, ohne zu wissen, was es war. Ich bin ihm zu Fuß gefolgt und habe gesehen, dass er bei seiner Arbeit sehr systematisch vorgeht. Ganz offenbar folgt er einem bestimmten Verteilungsmuster. Ich begriff, dass dies wichtig ist, wusste aber nicht, was es bedeutete.«

»Spukt bei dir wieder die Intuition?«, fragte Jönsson. »Müssen wir uns das Gelaber wirklich anhören?«

»Aber gestern hab ich herausgefunden, worauf ich reagiert habe«, fuhr sie fort. »In der ersten Nacht kam Peter aus der Querstraße. In der zweiten Nacht kam er direkt von vorn. Er ist unterschiedliche Wege um Mehmedović' Haus herum gefahren. Er hatte sein Muster durchbrochen.«

»Ich verstehe nicht«, sagte Kärnlund. »Was für eine Bedeutung soll das haben?«

»Ein wichtiger Beweis wurde in Mehmedović' Garten gefunden: die Arbeitshandschuhe. Sie lagen in einer Hecke, die an die Querstraße grenzt. Also an den Weg, den Peter Adolfsson in der ersten Nacht gefahren ist, aber nicht in der zweiten. Und dann wurden dort plötzlich Handschuhe gefunden, die vorher niemandem aufgefallen sind.«

»Du meinst also, Adolfsson hat die Handschuhe in den Garten geworfen?«, fragte Kärnlund.

»Denk an den Zeitpunkt«, sagte Elina. »Einige Tage später wies Peter auf den Discjockey hin und bei Mehmedović wurde eine weitere Hausdurchsuchung vorgenommen.«

Elina sah Jönsson direkt an.

»Ich glaube, Peter hat den Beweis in den Garten gepflanzt«, sagte sie. »Und dort ist er ja ordentlich gewachsen, so groß, dass es reichte, Mehmedović zu verurteilen.«

»Das ist ja verrückt«, sagte Jönsson. »Du bringst doch nicht mehr vor, als dass Peter einen anderen Weg gewählt hat.«

»Genau, Jönsson«, sagte Elina. »Das musste also überprüft werden. Zunächst hab ich nach ein Paar Arbeitshandschuhen im Schuppen von Familie Adolfsson gesucht. Vielleicht erinnerst du dich, dass Peter bei einem Verhör erzählt hat, es gebe zu Hause bei ihm solche Handschuhe? Aber ich habe keine gefunden. Dann hab ich um Untersuchung der Erde an den Handschuhen aus dem Beweismaterial gebeten. Und um einen Vergleich mit Erdproben, die ich aus Mehmedović' und Adolfssons Gärten geholt habe. Morgen bekommen wir das Ergebnis.«

Niemand sagte ein Wort. Niklasson trommelte lautlos mit einem Stift auf sein Knie. Jönsson schluckte. Schließlich brach Kärnlund die Stille:

»Wir müssen hoffen, dass du dich irrst, Wiik. Sonst haben wir dazu beigetragen, dass ein Unschuldiger verurteilt wurde.«

34

Der Uhrzeiger schien sich unendlich langsam vorwärts zu bewegen. Und er ging auch nicht schneller, wenn Elina mindestens einmal in der Minute hinschaute. Es war 10.20 Uhr und in zehn Minuten würde sie Erkki Määttä anrufen, um das Ergebnis der technischen Untersuchung der Arbeitshandschuhe zu erfahren. Wenn es überhaupt schon vorlag.

Elina Wiik war hin- und hergerissen zwischen Zweifel und Überzeugung, ob sie richtig gehandelt hatte. Ganz offenbar würde ihre Einmischung in die Ermittlungen zur Brandstiftung weitgehende Konsequenzen haben. Nach der gestrigen Besprechung hatte Jönsson ihr auf dem Weg hinaus zugezischt, das werde sie noch bereuen. Sie hatte geantwortet, sie würde es bereuen, wenn sie den Mund gehalten hätte. Das hatte ihr gut getan, obwohl sie jetzt einen Feind im Dezernat hatte, der spät vergessen und niemals verzeihen würde.

Sollte die technische Untersuchung ergeben, dass die Beweise fingiert waren, würde Mehmedović vermutlich vom Oberlandesgericht freigesprochen und vielleicht unmittelbar entlassen werden. So beurteilte sie die Sache. Wenn sie sich jedoch täuschte, dann würde sie, bildlich gesprochen, die Erdproben fressen müssen, die sie Määttä übergeben hatte.

Die Stimmung bei der heutigen Morgenbesprechung war bedrückt gewesen. Die Punkte von Kärnlunds Liste waren wortkarg und geschäftsmäßig abgehandelt worden. Die Spannung zwischen Elina Wiik und Egon Jönsson hatten ein Kraftfeld erzeugt, in das sich niemand freiwillig begeben wollte. Niemand, außer Henrik Svalberg, hatte Verständnis für Elinas Verhalten gezeigt, und das hatte er auch nur unter vier Augen getan.

Elina spürte wohl, dass sie jetzt Rückenstärkung von Kärnlund hatte, da er den Hintergrund kannte, aber er schien sich bis zum Ergebnis der technischen Untersuchung neutral verhalten zu wollen.

Sie schaute auf die Uhr. Eine Minute vor halb elf. Plötzlich klingelte das Telefon und sie riss den Hörer förmlich an sich.

»Hallo, hier ist Määttä«, hörte sie ihn sagen.

»Was hast du zu berichten?«

»Anscheinend hab ich gestern was verpasst«, sagte Määttä mit einem merkbaren Schmunzeln. »Die Morgensitzung scheint ja eine kleine gemütliche Vorstellung gewesen zu sein.«

Er lachte leise in den Hörer. Elina beherrschte sich und ließ sich zu keiner Antwort hinreißen.

»Aber du möchtest wahrscheinlich wissen, was die Untersuchung der Erdproben und Handschuhe ergeben hat?«, fragte Määttä freundlich.

»Keineswegs, eigentlich genügt es mir, wenn wir uns nur über Wind und Wetter unterhalten. Aber da du schon anrufst, kannst du mir ja vielleicht auch sagen, was du herausgefunden hast?«

»Okay, Wiik. Krieg ich jetzt eine Medaille? Du hattest Recht.«

Elinas Herz raste.

»Die Zusammensetzung der Erde in Mehmedović' und Adolfssons Gärten unterscheidet sich deutlich«, sagte Määttä. Jetzt sprach er wieder wie der Fakten orientierte Spurensucher, der er war.

»Ich nehme an, das kommt daher, dass Adolfssons Haus auf einer Kammlinie liegt, Mehmedović' dagegen nicht. Ich kann dir den chemischen Unterschied erklären, wenn du willst.«

»Das ist nicht nötig«, sagte Elina. »Ich kann's ja bestimmt in deinem schriftlichen Bericht nachlesen. Im Augenblick genügen mir deine Schlussfolgerungen.«

»Die Erde an den Handschuhen stimmt mit der Erde aus Adolfssons Garten überein. Daraus könnte man also schließen, dass Peter sie in Mehmedović' Garten geworfen hat. Das würde auch erklären, warum wir sie bei der ersten Durchsuchung nicht gefunden haben. Aber ein Beweis ist es kaum, Wiik. Darüber musst du dir im Klaren sein. An den Handschuhen sind keine Spuren, die zu Peter führen oder zu irgendeinem anderen Individuum. Theoretisch kann Mehmedović ja auch in anderer Leute Gärten gebuddelt haben.«

»Danke, Erkki«, sagte Elina. »Hat Jönsson bei dir gemeckert?«

»Das traut er sich nicht«, sagte Määttä. »Beim nächsten Mal ist er wieder auf mich angewiesen. Das Dezernat der Spurensicherung ist ein eigenes kleines Königreich, keinem von der Kripo würde es im Traum einfallen, dort anzugreifen.«

Elina lachte, überwiegend aus Erleichterung.

»Noch eine Sache, Wiik. Das Messer. Die Tannen. Falls du dich an deine eigene Ermittlung erinnerst? Da hab ich auch das Resultat.«

»Ja?«

»Nein. Es gab nichts zum Vergleichen, weder am Messer noch in der Scheide. Keine Tannenspäne oder irgendwelche organische Substanzen. Am Schaft waren natürlich Fingerabdrücke der Jungen, aber das bedeutet wohl nichts. Die Untersuchung des Spatens hat genauso wenig ergeben. Es sind keine Blutspuren und auch nichts anderes daran, was für uns wertvoll wäre. An der Spitze war Erde, aber die ist aus dem Garten von Familie Adolfsson. Das konnte ich durch den Vergleich mit der Erde, die du mir gebracht hast, feststellen.«

»Schade. Ich hatte tatsächlich aufs Messer gesetzt. Jetzt steh ich ganz ohne technische Beweise da. Und ich weiß, dass der Spaten erst kürzlich in ihrem Garten benutzt worden ist.«

»Möchtest du übrigens, dass ich wegen der Handschuhe mit Kärnlund rede?«, fragte Määttä.

Elina dachte einen Augenblick nach.

»Nicht nötig«, sagte sie. »Wenn er mehr Details will, kann er den Bericht lesen. Ich geh selbst zu ihm.«

Zu Elinas Erleichterung war Kärnlund allein in seinem Zimmer. Sie wollte nicht, dass Jönsson dabei war. Die Diskussion mit ihm, was für Konsequenzen sich daraus im Fall der Brandstiftung ergaben, konnte Kärnlund allein mit ihm führen.

»Na?«, sagte Kärnlund.

Elina erahnte ein kleines Lächeln auf seinen Lippen. Als sie mit dem Bericht fertig war, lehnte Kärnlund sich auf seinem Stuhl zurück und saß lange schweigend da.

»Lass mich erst eins sagen, Wiik: Ich kann nicht anders, als erneut zuzugeben, dass du gute Arbeit geleistet hast. Das ist das Wichtigste und deswegen werde ich dein Vergehen gegen die Regeln auch vergessen. Aber in Zukunft wirst du – mit der Betonung auf *wirst* – mich bei derartigen Maßnahmen informieren. Du hast für Stunk im Dezernat gesorgt. Mir gefällt deine Initiativkraft, aber nicht deine Selbstherrlichkeit.«

Elina nickte. Sie hatte keine Einwände, nicht mal still für sich.

»Eine andere Frage ist, was für Konsequenzen sich daraus in der Sache der Brandstiftung ergeben«, fuhr Kärnlund fort. »Ich werde selbst mit dem zuständigen Staatsanwalt sprechen, Ulf Lindenberg. Er muss handeln, was Mehmedović und Dragan Shimi angeht.«

Er beugte sich vor und stemmte die Ellenbogen auf den Schreibtisch.

»Wiik, ich möchte deine Meinung zu der Brandstiftung hören. Was hältst du von dem Ganzen?«

Auf die Frage war Elina nicht vorbereitet. Sie sammelte rasch ihre Gedanken und setzte eine nachdenkliche Miene auf, um Zeit zu gewinnen.

»Ich glaube ... dass Mehmedović unschuldig ist«, sagte sie. »Die Beweiskette gegen ihn war von Anfang an schwach. Und jetzt zeigt sich, dass das stärkste Glied nicht hält.«

»Der Meinung werden der Rechtsanwalt und das Oberlandesgericht wohl auch sein, glaube ich«, sagte Kärnlund. »Selbst wenn wir nicht mit Sicherheit wissen, ob Peter Adolfsson die Handschuhe in Mehmedović' Garten geworfen hat. Aber deine Überlegung, dass die Hinweise auf den Mercedes und den Discjockey zusammenhängen, reichen vermutlich schon, dass Mehmedović und Shimi freigesprochen werden. So ein Mist! Es hätte nie Anklage erhoben werden dürfen.«

»Nein«, sagte Elina. »Wir hätten mehr ermitteln müssen. Die Anklage war überstürzt.«

»Eigentlich möchte ich wissen, warum Peter Adolfsson das gemacht hat. Lass hören, Wiik.«

»Ich weiß es nicht. Darüber grüble ich nach. Es gibt mehrere denkbare Erklärungen. Entweder ist er ein Mythomane, der alles erfindet, um sich wichtig zu machen. Das würde mich nicht überraschen. Mit solchen

Leuten haben wir ja hin und wieder zu tun. In der Ermittlung zu dem Mord an Palme gibt es zum Beispiel auch so einen Zeugen. Peter Adolfsson ist ein ähnlicher Typ, finde ich. Eine andere Möglichkeit ist, dass er jemanden decken will. Nimm mal an, Mikael und seine Nazikumpel haben das Bürgerhaus in Brand gesteckt. Peter möchte vielleicht den Verdacht auf jemand anders lenken oder aber er wird dazu gezwungen. Das könnte erklären, warum es so lange gedauert hat, ehe er das erste Mal zu uns kam. Vielleicht ist er unter Druck gesetzt worden.«

Kärnlund klopfte mit dem Stift auf die Schreibtischplatte.

»Es gibt noch eine weitere denkbare Erklärung, Wiik. Oder?«

»Ja«, sagte Elina, »dass Peter Adolfsson der Brandstifter ist. Aber er hat kein Motiv. Jedenfalls nicht soweit ich weiß.«

»Zum Teufel«, sagte Kärnlund. »So eine Scheiße! Okay, Wiik, welche Bedeutung hat all das hier für die Mordermittlung?«

»Nur dass Peter als Verdächtigter einen Schritt vorgerückt ist. Aber wir haben schon vorher einen Mörderkandidaten in ihm gesehen. Die Frage ist nur, wie wir an ihn rankommen. In beiden Ermittlungen.«

»Wiederhol deinen Fehler nicht, Wiik. Der Staatsanwalt entscheidet, ob wir im Fall der Brandstiftung neu ermitteln. Und wenn es dazu kommt, dann ist das immer noch Jönssons Fall. Halt dich da raus. Kümmere dich um die Mordermittlungen – nur um die.«

»Dann mach ich das jetzt«, sagte Elina und stand auf.

Als sie die Tür zu ihrem Dienstzimmer hinter sich geschlossen und sich an den Schreibtisch gesetzt hatte, öffnete sie ihre E-Mail. Enttäuscht stellte sie fest, dass keine

Nachricht von Martin dabei war. Sie überlegte, ob sie an ihn schreiben und ihm erzählen sollte, was in den letzten Tagen passiert war, beschloss aber, es bleiben zu lassen.

Dagegen gab es eine Nachricht von der Zentrale, die ihr Interesse weckte: »Simon Benjaminsson wollte dich sprechen.« Mehr nicht. Keine Bitte, Kontakt zu ihm aufzunehmen.

Elina tippte die interne Nummer ein und erfuhr, dass eine Person mit dem Namen Simon Benjaminsson irritierend aufdringlich gewesen war. Aber er hatte keine Angaben hinterlassen, wo sie ihn erreichen konnte.

Sie suchte die Telefonnummer der Fabrik heraus, rief in der Zentrale an und fragte nach Benjaminsson.

»Er ist im Urlaub«, sagte die Telefonistin. »Am 23. Juli kommt er wieder.«

Elina suchte im Telefonbuch nach Benjaminsson, aber jemanden mit dem Nachnamen gab es nicht. Bei der Auskunft erfuhr sie, dass es jemanden mit dem Namen gab, die Nummer jedoch geheim sei.

Sie stand auf und ging in Henrik Svalbergs Zimmer.

»Komm, Henrik«, sagte sie. »Wir müssen uns unterhalten. Lass uns das auf dem Weg nach Surahammar machen.«

Es gab keinen freien Dienstwagen, also nahmen sie Elinas Micra. Elina ließ Svalberg fahren. Sie hatte gelernt, dass viele Männer sich im Auto nur wohl fühlen, wenn sie ein Lenkrad vor sich haben. Henrik Svalberg war so ein Mann.

»Simon Benjaminsson wollte was von mir«, sagte Elina. »Ich bin ziemlich neugierig, was für einen Grund er hatte.«

Sie erzählte, was in Kärnlunds Zimmer besprochen worden war.

»Was glaubst du?«, fragte sie.

»Es wird immer geheimnisvoller«, sagte Svalberg. »Aber Spaß beiseite. Ich bin deiner Meinung, dass Peter und Mikael oder Peter oder nur Mikael etwas mit der Brandstiftung zu tun haben. Genau dasselbe kann man vom Mord sagen. Das Problem ist nur, dass wir überhaupt keine Beweise haben, nur Theorien. Wir wissen nicht mal, nach wem wir suchen.«

»Und dann das mit Benjaminsson«, sagte Elina. »Irgendwas an ihm ist merkwürdig. Etwas, was mit dem Mord zu tun hat, ich bin mir sicher.«

»Ich glaube Folgendes«, sagte Svalberg. »Und das basiert auf meinem Psychologiestudium sowie auf meiner unschätzbaren Menschenkenntnis. Und auf meinen Gesprächen mit zwei Psychologen letzten Montag, muss ich wohl zugeben. Ich glaube, dass der, der das Bürgerhaus angesteckt hat, es wieder tun wird, also das Haus von jemand anders anstecken.«

»Brandstiftung gehört nicht zu unserer Ermittlung«, sagte Elina.

»Nein, ich sag ja auch bloß, was ich glaube. Und ich glaube, der Mörder von Bertil Adolfsson kann noch mehr Schaden anrichten. Vielleicht mehr Menschen töten.«

»Warum denn?«, fragte Elina. »Wenn es Peter oder Mikael waren, dann ist das Hassobjekt bereits vernichtet: der Vater. Warum sollten sie weiter töten?«

»Weil das Gefühl, ihn zu erschlagen, unheimlich stark gewesen sein kann. Fast wie eine sexuelle Erregung. Erlösend. Vielleicht möchte der Mörder das Gefühl wieder hervorrufen.«

»Okay«, sagte Elina. »Bei der Beobachtung dieser Brüder könnten wir also von unseren eigenen Ermittlungsinteressen ausgehen. Sollten wir ein paar Brandstiftertendenzen bei ihnen entdecken, zählen wir das als Bonus.«

Svalberg schwieg eine Weile.

»Aber die Chance, sie auf frischer Tat bei einem Verbrechen zu ertappen, ist minimal«, sagte er.

»Hier nach links«, dirigierte Elina ihn, die die Kartenleserin war.

Sie parkten auf der Straße vor einem gelben dreistöckigen Haus. Die Tür zum Eingang 53A war verschlossen. Keiner von ihnen kannte den Türcode. Und niemand war in der Nähe, den sie fragen könnten.

»Typisch«, schnaubte Elina. »Warum haben die eigentlich Türcodes auf dem Lande?«

Sie ging einige Schritte zurück, um in die Fenster sehen zu können. Hinter einem Küchenfenster im Erdgeschoss sah sie, wie eine ältere Frau sich tiefer in den Raum zurückzog. Elina trat in einen großen Busch, der die Wand unter dem Fenster bedeckte, und klopfte an die Scheibe.

Die Frau öffnete das Fenster.

»Wen suchen Sie?«, schrie sie durch die Öffnung.

»Wir sind von der Polizei in Västerås«, sagte Elina und hielt ihren Ausweis hoch. »Würden Sie uns bitte den Türcode nennen?«

»Wen suchen Sie?«, wiederholte die Frau.

Elina seufzte.

»Wir möchten mit Simon Benjaminsson sprechen«, sagte sie. »Könnten wir den Türcode jetzt bekommen?«

»Benjaminsson?«, fragte die Frau.

»Ja, er.« Elina versuchte zu verbergen, dass es sie irritierte, sich ständig erklären zu müssen.

»Das ist sinnlos. Er ist nicht zu Hause. Er ist vor zwanzig Minuten weggefahren. Eilig hatte er es auch. Er ist fast gelaufen. Wollte verreisen.«

»Woher wissen Sie das?«, fragte Elina.

»Er hatte einen Koffer bei sich.«

»Vielleicht ist er zurückgekommen. Geben Sie uns bitte den Türcode, dann können wir bei ihm klingeln.«

»Sinnlos. Ich sehe alle, die kommen und gehen. Und jemand anders ist nicht in seiner Wohnung. Er lebt allein.«

»Wissen Sie, wohin er fahren wollte?«

»Nein, das war ihm nicht anzusehen.«

Elina überlegte, was die Frau damit meinte. Dann begriff sie, dass die Frau ihre Nachbarn ausspähte, ohne mit ihnen zu reden. Ein Mensch, der seine Einsamkeit durch soziale Kontrolle kompensierte.

»Wissen Sie, warum er es so eilig hatte?«

»Nein«, sagte die Frau. »Aber irgendwas war da faul, oberfaul. Sonst hat er es nie eilig.«

Elina fand, das Wort »oberfaul« klang sonderbar aus dem Mund der alten Frau. Sie reichte ihre Visitenkarte zum Fenster hinauf.

»Nehmen Sie die«, sagte sie. »Und rufen Sie mich an, wenn er zurückkommt. Dürfte ich um Ihren Namen bitten?«

»Svea Karlsson.«

»Ist Simon Benjaminsson übrigens mit einem Auto weggefahren?«, fragte Elina.

»Ja. In seinem weißen Toyota Corolla.«

Ein Ort, in dem es von Autoexperten wimmelt, dachte Elina. Da war wirklich etwas oberfaul.

35

»Was machst du da?«

Mikael drehte sich so heftig um, dass Peter mehrere Schritte zurücksprang.

»Ich hab doch bloß gefragt, was du machst«, sagte Peter.

»Nichts«, sagte Mikael. »Nichts, was dich angeht. Ich will nur was reparieren, ein total wertloses Ding.«

Peter schloss die Tür und Mikael war wieder allein in der Küche und konnte sich auf seine Handbewegungen konzentrieren. In der rechten Hand hielt er eine breite Metallfeile, in der linken einen zwanzig Zentimeter langen Schraubenzieher.

»Noch ein bisschen«, flüsterte er vor sich hin. »Bald ist er scharf genug.«

Als er zufrieden war, ging er in den Schuppen und legte die Feile ins Werkzeugregal. Den Schraubenzieher steckte er in seinen Hosenbund überm Hintern. Eine Weile stand er still da und hielt seine Hände offen ein Stück von den Hüften entfernt. So schnell er konnte, zog er den Schraubenzieher mit der rechten Hand heraus und schlug damit vor sich in die Luft.

Mikael schob den Schraubenzieher zurück zwischen Hosenbund und Rücken. Wieder stellte er sich breitbeinig und mit offenen Händen hin. Mit einer raschen Bewegung zog er den Schraubenzieher mit der linken Hand und hieb ein unsichtbares Loch in die Luft. Dann steckte er ihn wieder in den Hosenbund. Die rechte Hand steckte er in die Hosentasche und holte den Fahrradschlüssel hervor.

Es war fast neun Uhr am Morgen, als er das Fahrrad gegen die Giebelwand des dreistöckigen Hauses lehnte. Der Hof war menschenleer. Mikael ging zum Eingang 53A und drückte den Türcode ein, betrat das Treppenhaus und lauschte. Nur das Summen eines Zählerkastens war zu hören.

Er stieg die Treppen zum zweiten Stock hinauf. Dort gab es drei Wohnungstüren: eine in der Mitte, eine links und eine rechts. Er klingelte an der mittleren Tür und legte die Hand über den Spion. Die offene Rechte senkte er langsam zur Hüfte.

Er wartete. Dann drückte er noch einmal auf den Klingelknopf. Aus der Wohnung war kein Laut zu hören. Nach dem vierten Klingeln drehte er sich um und ging die Treppen hinunter, durch die Haustür und zurück zu seinem Fahrrad an der Giebelseite.

Zehn Minuten später klingelte das Telefon in Elinas Dienstzimmer.

»Bin ich mit Kommissarin Wiik verbunden?«, fragte eine Stimme.

»Ja«, sagte Elina und machte sich nicht die Mühe, die Anrede zu korrigieren. »Mit wem spreche ich?«

»Hier ist Svea Karlsson. Ich wohne …«

»Ich weiß, Frau Karlsson«, unterbrach Elina sie. »Wir haben ja gestern miteinander gesprochen. Ist Benjaminsson zurückgekommen?«

»Nein, er ist immer noch verreist. Aber ein Junge ist eben hier gewesen und hat an seiner Tür geklingelt. Ich hab gedacht, das würde Sie interessieren.«

Elina runzelte die Stirn.

»Ein Junge? Wer denn?«

»Ich weiß nicht, wie er heißt. Aber er ist schon zwei Mal dagewesen.«

»Wann?«

»Das erste Mal vor mehr als einem Monat«, sagte Svea Karlsson. »Und da ist er zusammen mit Benjaminsson gekommen. Das zweite Mal letzten Sonntag. Da war er allein und Benjaminsson war nicht zu Hause.«

»Wie sah dieser Junge aus?«

»Kindlich, aber ziemlich kräftig, fünfzehn, sechzehn Jahre alt vielleicht.«

Mikael, dachte Elina.

»Wissen Sie, woher er Benjaminsson kennt? Oder was er jetzt wollte?«

»Nein. Ich weiß nichts über diesen Jungen. Aber er kannte den Türcode.«

»Danke, Frau Karlsson. Rufen Sie mich wieder an, wenn etwas Ungewöhnliches passiert oder Benjaminsson zurückkommt.«

Elina tippte die Hausrufnummer von Henrik Svalberg ein.

»Wieder mal Zeit für einen Trip nach Surahammar«, sagte sie. »Wir müssen mit Mikael reden.«

»Muss ich unbedingt mitkommen?«, fragte Svalberg. »Ich hab in einer halben Stunde einen Arzttermin.«

»Dann treffen wir uns später.«

Auf dem Weg nach Surahammar überlegte sie, ob sie nicht doch lieber umkehren sollte. Allein mit einem verdächtigten Mörder und einem verdächtigten Brandstifter – war das eine vernünftige Entscheidung? Ausgerechnet jetzt, wo Benjaminsson aus Angst geflohen zu sein schien. Doch dann beschloss sie weiterzufahren.

Peter Adolfsson öffnete ihr die Tür. Sie sah, dass es in seinem Körper zuckte, obwohl er stillzustehen versuchte.

»Ist Mikael zu Hause?«, fragte Elina, nachdem sie so lange wie möglich geschwiegen hatte, ohne dass es merkwürdig wirkte.

»Nein«, sagte Peter. »Er ist beim Training im Bodybuilding Club.«

Elina überlegte, ob sie Peter nach seiner Beziehung zu Benjaminsson fragte sollte, ließ es dann aber. Sie bedankte sich und ging zurück zum Auto.

Der Bodybuilding Club war in einem Gebäude untergebracht, das aussah wie ein geschlossener Lebensmittelladen. Es hatte große Schaufenster, die jetzt halb verdeckt waren, um die Muskelpakete vor Zuschauern zu schützen.

Als Elina den Raum betrat, lag Mikael in einer Beinstreckmaschine. Offenbar war er allein im Center. Auf dem Boden neben ihm stand eine schwarze Sporttasche. Sie nahm an, die gehörte ihm.

Als er Elina erkannte, richtete er sich auf. Er zog die offene Tasche mit dem Fuß zu sich heran. Der Schraubenzieher lag gut sichtbar auf dem Handtuch. Er zog den Reißverschluss halb zu. Jetzt konnte sie nicht mehr hineinschauen, aber er würde mit Leichtigkeit die Hand hineinstecken können.

»Du arbeitest schwer, wie ich sehe«, sagte sie.

Mikael antwortete nicht. Sie beschloss, ihm keine Bedenkzeit zu geben.

»Vor einer halben Stunde warst du bei Simon Benjaminsson«, sagte sie. »Was wolltest du von ihm?«

Er sah verwundert auf. Sie merkte, dass er sich fragte, woher sie das wusste.

»Verfolgen Sie mich?«, fragte er.

»Nein«, antwortete sie. »Warum sollte ich? Du bist nicht wegen irgendwas verdächtigt. Aber du wurdest dort gesehen, und ich möchte wissen, was du von Benjaminsson wolltest.«

»Sie verfolgen mich.«

»Nein, das habe ich doch gesagt. Nachbarn haben dich gesehen. Dieser Ort hat viele Augen. Jetzt antworte mir.«

Er dachte schweigend nach.

»Ich wollte Simon sagen, dass ich nicht mehr in die Kirche gehe. Aber er war nicht da. Wissen Sie, wo er ist?«

»Nein. Bist du früher schon mal bei Benjaminsson zu Hause gewesen?«

»Nein.«

Warum lügt er?, dachte Elina.

»Du hast an seiner Tür geklingelt, nicht wahr?«

»Ja.«

»Wie bist du ins Haus gekommen?«

»Die Haustür war nicht abgeschlossen.«

»Das stimmt nicht. Die Tür hat einen Code. Wenn du noch nie dort gewesen bist, woher kennst du dann den Code?«

Mikael antwortete nicht. Er legte seine Hand auf die Sporttasche.

»Woher kennst du den Code, Mikael?«

»Ich hab dort Zeitungen ausgetragen.«

Vielleicht stimmt das, dachte sie, vielleicht auch nicht. Aber du bist dort gewesen und willst nicht sagen, warum.

»Ruf mich an, falls du etwas erzählen willst. Wenn du über deinen toten Vater sprechen möchtest. Du kannst mich jederzeit anrufen.«

Sie drehte sich um und ging mit schnellen Schritten hinaus.

Henrik Svalberg war gerade von seinem Arztbesuch zurückgekehrt, als Elina ihn übers Handy anrief.

»Gut, dass du da bist«, sagte sie. »Ich komm zu dir, so schnell ich kann. Wir müssen einige Entscheidungen treffen.«

In ihrem Kopf legte sie sich die Taktik zurecht. Vom nächsten Tag an würden sie Peter und Mikael jeden Morgen beschatten. Am besten beide gleichzeitig; aber wenn es nicht genügend Leute gab, mussten sie die Brüder abwechselnd überwachen.

Sie sind hochgradig angespannt, dachte sie. Jeden Augenblick können sie etwas Unüberlegtes tun. Oder etwas Geplantes. Ich muss ihre Panzer durchbrechen. Einen von ihnen dazu bringen, sich zu entlarven. Dann werden sie reden.

Aber Henrik Svalberg zeigte keinen Enthusiasmus für ihre Pläne.

»Sie jeden Morgen von drei Uhr an beschatten? Wie lange halten wir das durch?«

»Henrik, die stehen das ganze Jahr über mitten in der Nacht auf und tragen Zeitungen aus. Wir brauchen ihnen nur zu folgen. Du weißt doch, einer arbeitet, zwei gucken zu.«

»Okay, *I get your point*. Aber in einer Woche fängt mein Urlaub an. Deiner doch wohl auch.«

»Schon, aber ich bin bereit, ihn zu verschieben.«

»Ich nicht«, sagte Svalberg. »Ich hab von nächsten Montag an zwei Wochen Griechenland gebucht.«

Kärnlund war genauso ablehnend. Er hielt einen leeren DIN-A4-Bogen hoch.

»Das ist unsere Stellvertreterliste für diesen Sommer. Die Leute, die uns bewilligt wurden, springen bei der Bezirkspolizei ein. In diesem Dezernat wird im Großen und Ganzen gesehen die Tätigkeit eingestellt. Zwei, sage und schreibe zwei Männer arbeiten im Juli und werden sich einzig und allein um das Tagesgeschehen kümmern. Aktuelle Verbrechensermittlungen, nichts anderes. Aber wenn du deinen Urlaub wegen dieses Falls verschieben willst, bitte schön.«

Elina sah ein, dass es sinnlos war zu widersprechen.

»Noch etwas, Wiik. Auch wenn die Brandstiftung nicht dein Fall ist, solltest du erfahren, was der Staatsanwalt dazu zu sagen hatte. Er hat nicht vor, die Ermittlung erneut aufzurollen. Er fand nicht schwerwiegend genug, was du herausgefunden hast.«

»Nicht schwerwiegend genug?«, platzte Elina überrascht heraus. »Du warst auch der Meinung, dass die ganze Beweiskette geplatzt ist. Jemand muss das Bürgerhaus doch in Brand gesteckt haben.«

»Ich bin kein Staatsanwalt«, sagte Kärnlund. »Lindengren wird Mehmedović' und Shimis Rechtsanwälte informieren. Dann können sie nach eigenem Ermessen vorgehen.«

»Der Herr Bezirksstaatsanwalt Ulf Lindengren denkt nicht daran, zuzugeben, dass er einen Fehler gemacht hat. Das hast du gesagt, nicht wahr?«

»Das ist deine Interpretation, Wiik. Und meine auch, wenn ich ehrlich sein soll. Aber unsere Meinung spielt hier keine Rolle. Er ist der Voruntersuchungsleiter in dieser Angelegenheit.«

»Wollen wir Peter nicht mal wegen der Arbeitshandschuhe verhören?«

»Nein.«

»Das hat zur Folge, dass sich jetzt niemand mehr um die Ermittlungen im Brandfall kümmert, nicht wahr? Nicht einmal wenn Mehmedović und Shimi vom Berufungsgericht freigesprochen werden. Sie werden weiter für schuldig gelten und nur mangels Beweisen freigesprochen.«

»Falls die beiden freigesprochen werden, ist die Sache natürlich wieder offen – formell gesehen. Aber in der Praxis wird nichts geschehen, glaube ich.«

Elina überdachte rasch die Situation. Bei der Beschattung von Peter und Mikael war also nicht mit Unterstützung von den Ermittlern der Brandstiftung zu rechnen. Svalberg ging in Urlaub. Und andere Hilfe in der Mordermittlung konnte sie während des Sommers nicht bekommen.

Wie sie auch rechnete, die Endsumme blieb eine Person. Und diese eine Person war sie.

Also allein, dachte Elina. Dann soll es eben so sein.

36

Als der Wecker um Viertel nach zwei klingelte, war Elina schon wach. Sie stand auf und duschte kurz. Währenddessen kochte das Kaffeewasser und sie zog sich an. Sie nahm ein extra Stückchen Zucker in den Kaffee, um mehr Energie zu bekommen.

Draußen war es fast hell, als sie sich ins Auto setzte. Auf dem Beifahrersitz lagen Kopien von Karten über die sechs Austragungsgebiete der Gemeinde von Surahammar. Auf einer der Karten stand »Mikael« und auf einer anderen »Peter«. Auf beiden Karten waren einige Kreuze eingezeichnet. Elina hatte den größten Teil des gestrigen Tages damit verbracht, die Stellen zu kennzeichnen, wo sie die Straßen einsehen konnte, in denen Peter oder Mikael unterwegs waren.

Sie wollte den beiden nicht folgen. Letztes Mal hatte Peter sie schon nach wenigen Minuten entdeckt. Deshalb wollte sie sich nach einem festgesetzten Schema an Stellen aufhalten, wo das Risiko, bemerkt zu werden, am geringsten war. Und vor ihnen, nicht hinter ihnen. Das hatte zwar zur Folge, dass sie die beiden nicht ständig unter Kontrolle hatte, aber das half nun auch nichts.

Da die Jungen ihre Bezirke manchmal untereinander tauschten, war nicht vorauszusehen, wo der eine und wo der andere arbeiten würde. Elina hatte beschlossen, jeden zweiten Tag zwischen den Bezirken zu wechseln. Ihr war bewusst, dass die Chance klein war, irgendetwas zu entdecken. Sie wusste nicht einmal, was dieses *Etwas* sein sollte.

Wahrscheinlich würde sich das Beschatten als nutzlos erweisen. Aber andererseits fiel ihr nichts Vernünftigeres ein, was sie in dieser Ermittlung unternehmen könnte. Trotzdem gab ihr die Beschäftigung das Gefühl, näher in Kontakt zu dem Verbrechen zu kommen. In ihren Augen erhöhte es die Chance, Fortschritte zu machen.

Sie würde auch einen ernsthaften Versuch unternehmen, Simon Benjaminsson zu erreichen, aber tagsüber und erst in der nächsten Woche. Und früher oder später würde sie gezwungen sein, die Spuren der Familie Adolfsson zurück nach Blekinge zu verfolgen. Sie hatte keine Ahnung, was sie dort unten finden würde, nur, dass es sich als wichtig erweisen könnte. Kärnlund hatte einer Zugreise und ein paar Tagen Hotelkosten zugestimmt. Aber so eine Reise erforderte Vorbereitungen. Zeit also.

Jetzt hieß es erst mal, zwei Wochen lang morgens früh aufzustehen. Dann hatten Peter und Mikael Urlaub, wie sie auf vorsichtige Nachfrage beim Vertriebschef der Zeitung erfahren hatte. Sie hatte beschlossen, dann selber in Urlaub zu gehen. Wenn in den nächsten vierzehn Tagen nichts geschah, mussten sie und die Ermittlungen sich vier Wochen erholen.

Es war Freitag, der 30. Juni. Peter hatte Namenstag.

Ich fange mit seinem Bezirk an, dachte Elina. Das ist auch eine Art, den Namenstag zu würdigen.

Da die Gefahr bestand, dass der Autoexperte Peter ihren Wagen erkennen würde, parkte sie nicht vorm Polizeirevier. Sie stellte das Auto in einer Seitenstraße ab, die weder Peter noch Mikael passieren würden. Der Blick war unleugbar freier geworden, seit das Bürgerhaus abgebrannt war. Und jetzt waren die Ruinen fort, das Grundstück geräumt.

Zwei Minuten nach halb vier sah sie Peter auf seinem Fahrrad. Er kam von Norden die Fußgängerzone herunter, genau wie sie es vorausgesehen hatte. Seine Zeitungen lagen vor dem Büro der *Länstidningen*. Aus der Entfernung konnte sie nicht sehen, wie er sein Fahrrad belud, aber nach einigen Minuten kam er zurück und fuhr den Schotterweg zum Park hinunter, nur zehn Meter von ihr entfernt.

Als er aus ihrem Blickfeld verschwunden war, durchquerte sie rasch den Park und ging durch mehrere Villengärten zum nächsten »Kreuz«. Sie stellte sich hinter eine Garage und warf einen Blick auf die Uhr. Acht Minuten nach halb vier. Eine knappe Minute später sah sie Peter. Er überquerte die Straße und verteilte auf beiden Seiten Zeitungen. Sie folgte ihm mit dem Blick und war sicher, dass er sie nicht bemerken würde. Als er hinter einer Kreuzung verschwand, suchte sie rasch ihren nächsten Standpunkt auf.

Gut zwanzig Minuten später stand Elina hinter einem Kastenwagen in einer Garagenauffahrt. Von hier aus konnte sie Ismail Mehmedović' Haus sehen. Sie spürte, wie sich das Adrenalin in ihrem Körper ausbreitete. Peter kam direkt auf sie zugefahren.

Nicht wie damals, als du die Arbeitshandschuhe in den Garten geworfen hast, dachte Elina.

Sie stand ganz still und atmete langsam mit offenem Mund. Peter steckte die Zeitung in Mehmedovićs' Briefkasten. Dann hob er das Gesicht in Richtung Haus, ein schneller Blick nur, nicht mehr, und fuhr weiter.

Der Blick, dachte Elina. Er ist auf der Hut vor den Leuten, die dort wohnen.

Elina achtete genau auf Peters Kopfbewegungen bei jedem Halt vor einem Briefkasten. Kein anderes Haus schien ihn zu interessieren.

Fast eineinhalb Stunden später beendete Elina die Beschattung und kehrte zu ihrem Auto zurück. An diesem Morgen war nichts geschehen. Peter hatte die Zeitungen in seiner systematischen Art ausgeteilt und fuhr nach Hause, als er fertig war.

Jetzt war es taghell, vereinzelte Menschen waren auf den Straßen zu sehen, und es waren mehr Autos unterwegs.

Elina hatte schon vorher beschlossen, Peter oder Mikael tagsüber nicht zu beschatten. Jedenfalls nicht, ehe Simon Benjaminsson zurückgekehrt war. Sie glaubte mehr an die Einsamkeit der Nacht.

III

13.–16. Juli

37

Es war der vorletzte Arbeitstag vorm Urlaub, sowohl für Peter und Mikael als auch für ihren weiblichen Schatten. Zwölf Morgen lang hatte Elina sie bei ihrer Arbeit beobachtet. Im Großen und Ganzen hatte sie sich daran gehalten, jeden zweiten Tag den Bezirk zu wechseln. Aber einige Male war sie am selben Morgen zwischen den beiden Bezirken hin- und hergeflitzt. Das tat sie, um häufiger in der Nähe von Ismail Mehmedović' Haus zu sein.

Beide Jungen hatten sich vollkommen vorhersehbar verhalten. Keiner war von seiner eingefahrenen Route abgewichen, keiner hatte sich irgendwie auffällig verhalten.

Elina war missmutig. Eigentlich hatte sie die Hoffnung aufgegeben, das Beschatten könnte die Ermittlung einen Schritt voranbringen. Es war nichts weiter als ein Training, nicht entdeckt zu werden.

Trotzdem wollte sie ihren einmal gefassten Plan zu Ende führen. An diesem Morgen wollte sie wieder Peter überwachen. Sie stand im Midgårdspark und wartete darauf, dass er in der Fußgängerzone auftauchte.

Heb ab, du Unglücksvogel, dachte sie. Es ist Freitag, der 13. Flieg in mein Netz.

Es war fünf Minuten nach halb vier. Ungewöhnlich spät für Peter. An jedem anderen Morgen hatte sie fast ihre Uhr nach seiner Ankunft stellen können. Nie mehr als zwei Minuten nach halb.

Elina wartete weitere fünf Minuten. Obwohl es sich um etwas so Triviales wie eine Verspätung handelte, spürte sie, wie ihr Puls höher schlug. In der Ferne entdeckte sie einen Radfahrer. Als er etwas näher kam, erkannte sie Mikael.

Sie haben den Bezirk gewechselt, dachte sie.

Mikael verschwand hinter dem Bürogebäude der *Länstidningen*. Einige Minuten später tauchte er wieder auf. Er fuhr den Schotterweg entlang, sie folgte ihm mit den Augen, ließ ihn passieren und in eine Querstraße einbiegen. Als sie gerade zum nächsten Überwachungspunkt gehen wollte, hörte sie ein schwaches Knistern. Obwohl das Geräusch ihr bekannt vorkam, konnte sie es nicht zuordnen. Sie drehte den Kopf, um es zu orten. Es schien von einer Stelle hinter der Fußgängerzone zu kommen.

Sie schaute in die Richtung. In Höhe des geräumten Grundstücks hatte sie Einblick in die Fußgängerzone. Auf der gegenüberliegenden Seite war ein Supermarkt. Langsam hob sie den Blick über das Dach zum Himmel.

»Scheiße!«, fluchte sie laut. »Scheiße, Scheiße!«

Im Laufen holte sie ihr Handy hervor und stolperte fast, als sie für einen Moment stehen bleiben musste, um die Knöpfe von 112 zu erwischen. Damit der Rettungsassistent sie verstehen konnte, musste sie ein bisschen langsamer gehen.

»Großalarm in Surahammar«, keuchte sie. »Es brennt irgendwo im nordwestlichen Teil des Ortes. Ich weiß nicht genau wo, bin aber auf dem Weg in Richtung Rauchentwicklung. Ich bin Kriminalassistentin Elina Wiik von der Polizei in Västerås und rufe sofort wieder an, wenn ich etwas Neues weiß.«

»Verstanden«, sagte der Rettungsassistent. »Ich gebe jetzt Alarm und erwarte weitere Angaben von Ihnen.«

Elina stellte das Telefon ab, behielt es aber in der Hand. Dann lief sie, so schnell sie konnte, auf den Rauchpilz zu, der jede Sekunde dicker zu werden schien.

Sie überquerte die Eisenbahnschienen und lief den Hjulmakarvägen hinunter. Bevor sie den Kanal erreichte, bog sie nach rechts zum Ekängsvägen ab. Ungefähr 500 Meter entfernt sah sie das brennende Haus. Sie drückte auf »yes, yes« an ihrem Handy. Der Rettungsassistent meldete sich sofort. Elina konnte nur schwer sprechen.

»Hier ist wieder Wiik. Es brennt in einem Gebäude am Ekängsvägen.«

»Die ersten Wagen sind schon unterwegs«, sagte der Rettungsassistent. »Sollen wir Großalarm geben oder wie beurteilen Sie die Situation?«

»Großalarm«, antwortete Elina.

Sie war jetzt richtig außer Atem.

Das Training, dachte sie. Das ist die Strafe.

Die Flammen schlugen hoch in den Himmel und plötzlich meinte sie eine Person vor dem brennenden Haus stehen zu sehen. Jetzt war sie vielleicht nur noch hundert Meter entfernt. Sie sah, wie er sich umdrehte, sich dann rasch auf sein Fahrrad schwang und im Stehen davonfuhr zu einer Abzweigung nach rechts.

»Peter!«, schrie Elina. »Halt an! Bleib stehen, sag ich! Ich hab dich schon gesehen.«

Sie versuchte, schneller zu laufen, war jedoch schon zu erschöpft. Peter Adolfsson war aus ihrem Blickfeld verschwunden. Hinter sich hörte sie mehrere Sirenen. Kurz darauf fuhr das Auto des Rettungsleiters vorbei und hinterher kam der erste Löschwagen.

Elina erreichte das Haus knapp eine Minute später als die Feuerwehr. Das rote Gebäude stand schon in Flammen. Das letzte Stück bis zum Rettungsleiter ging sie langsam.

»Ich hab angerufen«, sagte sie. »Mein Name ist Elina Wiik. Ich glaube, wir haben uns nach dem Brand vom Bürgerhaus schon mal gesehen. Sie sind Kent Widell, nicht wahr?«

»Ja«, sagte er. »Wir können nachher reden. Im Augenblick hab ich keine Zeit.«

»Nur eins«, sagte Elina: »Was ist das für ein Gebäude?«

»Hier hält eine Kirchengemeinde ihre Treffen ab«, antwortete Widell.

Elina trat beiseite, um nicht bei den Löscharbeiten im Weg zu sein. Sie wählte die Nummer des Wachhabenden des Polizeipräsidiums in Västerås.

»Ich stehe beim Feuer in Surahammar«, sagte sie, nachdem sie sich vorgestellt hatte. »Kommt ein Streifenwagen raus?«

»Ist schon unterwegs, es sind Karlsson und Agestål.«

»Ich glaube, das war Brandstiftung, und ich habe auch schon einen Verdächtigen. Wenn der Wagen kommt, fangen wir an, nach ihm zu suchen. Es ist also noch eine Streife nötig, um den Brandplatz abzusichern.«

Sie sah auf die Uhr. Es war sieben Minuten vor vier. Sie konnte nichts anderes mehr tun als warten. Und zusehen, wie sich das Feuer trotz der Anstrengungen der Feuerwehrleute in das Kirchengebäude fraß.

Als der Streifenwagen zwölf Minuten später vorfuhr, war das Feuer schon zu Glut geworden. Aber Gottesdienste würden hier keine mehr abgehalten werden können.

»Diesmal warst du aber schnell vor Ort, Wiik«, sagte Agestål durch das heruntergedrehte Seitenfenster vom Fahrersitz. »Was machst du hier?«

»Steigt gar nicht erst aus«, sagte Elina. »Wir müssen nach dem Brandstifter suchen.«

Sie setzte sich auf den Rücksitz und bat Agestål, nach Nybygget zu fahren.

»Wen suchen wir?«, fragte Karlsson.

»Peter Adolfsson. Er war der Hauptzeuge im Brandfall Bürgerhaus. Ich hab ihn vor einer Viertelstunde vor der Kirche gesehen.«

»Oh, Scheiße!«, platzte Karlsson heraus. »Wohnt er in Nybygget?«

»Nein, er trägt dort Zeitungen aus. Ich weiß ungefähr, wo wir ihn finden können.«

Elina dirigierte Agestål zum Billsbovägen.

»Hier irgendwo müsste er sein«, sagte sie. »Fahr an den Häusern entlang, bis wir ihn oder sein Fahrrad sehen. Falls wir sein Rad an einem Eingang finden, halt ein Stück entfernt an, damit er uns nicht durchs Treppenhausfenster sieht. Wir schnappen ihn uns, wenn er herauskommt.«

Der Streifenwagen fuhr rasch die asphaltierten Gänge entlang. Elina sah das Fahrrad als Erste. Es stand am zweiten Eingang des dritten Hauses.

»Da«, sagte sie.

Agestål bremste und schaltete das Licht aus. Sie stiegen gleichzeitig aus und lehnten die Türen nur an. Bevor sie die Haustür erreichten, kam Peter Adolfsson heraus. Er wandte sich den drei Polizisten zu und machte eine Bewegung, als wollte er anfangen zu laufen. Aber dann wechselte er den Fuß und blieb stehen.

»Rühr dich nicht, Peter«, sagte Elina. »Steh still und warte, bis wir bei dir sind. Halt deine Hände so, dass wir sie sehen können.«

Peter Adolfsson stand bewegungslos da. Seine Augen waren aufgerissen. Als Elina seinen Arm ergriff und ihn zum Auto führte, spürte sie keinen Muskelwiderstand von seinem Körper.

38

31 Stunden später saß Elina Wiik auf dem Stuhl in ihrem Dienstzimmer. Es war ein schöner Vormittag mitten im kurzen schwedischen Sommer und es war Samstag. Außerdem war es mitten in dem, was ihr Urlaub hätte sein sollen.

Aber Elina dachte nicht darüber nach, warum sie fast allein im Polizeipräsidium war. Sie war gerade angekommen und hatte sich darauf eingestellt, mehrere Stunden zu bleiben. Nach einer langen und schweißtreibenden Trainingsrunde hatte sie keinerlei Schwierigkeiten, sich auf die Arbeit zu konzentrieren.

Vor sich hatte sie einen Haufen Papiere. Eins davon war eine Kopie des Beschlusses, Peter Adolfsson wegen Verdachts der Brandstiftung festzunehmen, unterschrieben von einem stellvertretenden Staatsanwalt, den sie noch nicht kannte. Ein Stapel der Papiere war die Abschrift des Verhörs von Peter Adolfsson durch Krim.-Ass. E. Wiik. Ein anderer war ein Verhör derselben von Mikael Adolfsson. Alle Unterlagen waren auf Freitag, den 13. Juli datiert.

Elina wollte lesen und nachdenken. Das gelang ihr am besten, wenn sie das Gelesene in Gedanken umsetzen und diese rasch zu Worten auf einem Bildschirm oder einem Stück Papier formen konnte. Das Denken war ein Arbeitsvorgang, keine Freizeitbeschäftigung. Darum saß sie auf ihrem Stuhl in ihrem Dienstzimmer und nicht draußen im schwedischen Sommer.

Sie nahm die Abschrift des Verhörs von Peter vor, legte sie auf ihren Schoß und begann zu lesen.

Frage: Zuerst muss ich dich, Peter Adolfsson, darüber informieren, dass der Staatsanwalt entschieden hat, dich jetzt, 08.41 Uhr, wegen des Verdachts der Brandstiftung festzunehmen. Möchtest du, dass ein Rechtsanwalt zugegen ist?

Antwort: Nein, ich kann Ihre Fragen selber beantworten.

F: Erzähl mir, was du heute Morgen gemacht hast, vom Aufstehen bis zu dem Moment, als du von mir und der Polizeistreife gefasst wurdest.

A: Kann ich ein Glas Wasser haben?

F: Natürlich.

(Unterbrechung)

F: Kannst du jetzt erzählen, was du heute Morgen gemacht hast? Ich möchte alle Details wissen. Nimm dir Zeit, Peter.

A: Ich bin um drei aufgestanden. Mikael ist gleich nach mir in die Küche gekommen. Ich hab ein bisschen Dickmilch gegessen, aber Mikael wollte nichts. Dann hab ich ihn gefragt, ob ich seinen Bezirk übernehmen kann, und er war einverstanden.

F: Darf ich dich hier unterbrechen, Peter? Warum wolltest du seinen Bezirk übernehmen?

A: Nur so zur Abwechslung. Ich wollte keine Treppen steigen.

F: Hast du daran gedacht, dass du an eurem Gemeindehaus vorbeikommen würdest, wenn ihr tauscht?

A: Nein, daran hab ich nicht gedacht. Ich bin wie immer losgefahren und hab die Zeitungen an dem üblichen Platz abgeholt, wenn man Nybygget hat. Als ich zum Billsbovägen kam, sah ich, dass es in der Kirche brannte. Da bin ich natürlich umgekehrt und bin dahin zurückgefahren.

F: Warum hast du beschlossen umzukehren?

A: Das ist doch meine Kirchengemeinde. Es war schrecklich.

F: Warum hast du nicht 112 angerufen? Das hast du letztes Mal doch auch getan, als du ein Feuer gesehen hast.

A: Ich weiß nicht. Es war keine Telefonzelle in der Nähe. Und ich hab gedacht, ich könnte selber versuchen, das Feuer zu löschen.

F: Wie hast du dir das denn vorgestellt?

A. Ich wollte es nur, es ging ja nicht.

F: Hast du gesehen, als es anfing zu brennen?

A: Nein, in dem Augenblick war ich noch nicht da.

F: Hast du jemand anders dort gesehen?

A: Nein.

F: Niemand anders diesmal, Peter? Du warst also allein dort. Ist das richtig?

A: Ich hab nur gesagt, dass ich niemanden gesehen hab.

F: Du hast mich gesehen, oder?

A: Doch, ja, das hab ich.

F: Und du hast mich rufen gehört?

A: Nein, das hab ich nicht.

F: Warum bist du weggefahren, als du mich gesehen hast?

A: Ich hab gedacht, Sie kümmern sich schon um alles, um die Feuerwehr und so, und da dachte ich, ich kann ruhig wegfahren und weiter Zeitungen austragen. Ich muss ja auch an meinen Job denken. Alle

Abbe ... Abonnenten müssen ihre Zeitungen vor sechs haben.

F: Peter, das ist das zweite Mal innerhalb weniger Monate, dass du dich vor einer Feuersbrunst befindest, und beide Male verlässt du den Ort, ohne auf die Polizei zu warten. Und diesmal bist du sogar davongefahren, als du mich entdeckt hast, eine Polizistin. Was meinst du, was ich davon halten soll?

A: Ich weiß nicht. Ich sag nur, wie es war. Warum ich weggefahren bin. Das hab ich letztes Mal auch erzählt.

F: Dann werde ich dir jetzt sagen, was ich glaube. Du hast die Kirche angezündet und bist abgehauen, als du dachtest, du würdest auf frischer Tat ertappt werden. Ist es nicht so, Peter?

A: Nein, so war es nicht. Ich habe das Feuer nicht gelegt.

F: Gemäß Haftbefehl bist du der Brandstiftung verdächtigt. Das bedeutet, dass auch der Staatsanwalt glaubt, dass du das Haus angezündet hast, in dem deine Gemeinde ihren Gottesdienst abhält. Verstehst du das?

A: Ja. Aber ich hab es nicht getan.

F: Es ist ein Gotteshaus, siehst du das so, Peter?

A: Es ist das Haus Gottes, unseres Vaters, ja. Das Haus meines allmächtigen Vaters.

F: Wie lautet das achte Gebot?

A: Du sollst nicht falsch Zeugnis reden wider deinen Nächsten.

F: Gut, Peter. Du kennst die Gebote deines allmächtigen Vaters. Du sollst nicht lügen, Peter.

A: Ich lüge nicht.

F: Wir werden deine Kleidung und deine Fahrradtaschen technisch untersuchen. Die Möglichkeit ist groß, dass wir etwas finden, was dich mit der Brandstiftung in Verbindung bringt. Wäre es nicht besser, die Wahrheit zu sagen?

A: Schon, es ist gut, die Wahrheit zu sagen. Ich habe es nicht getan.

Elina legte das Protokoll beiseite. Es war noch eine halbe Stunde weitergegangen. Sie hatte seine Angaben um und um gedreht, aber er hatte nicht nachgegeben unter dem Druck. Übrig blieb nur die Tatsache, dass sie ihn vor der brennenden Kirche gesehen hatte. Wieder hing die Hoffnung an der technischen Untersuchung. Das Ergebnis würde erst am Montag vorliegen.

Es hatte sie gereizt, das Verhör auf die Brandstiftung vom Bürgerhaus auszudehnen. Sie hatte das Thema gestreift, jedoch nicht nach den Arbeitshandschuhen gefragt. Das hätte besserer Vorbereitungen bedurft. Peter war jemand, der sich leicht in seine erste Version verbiss. Um ein Geständnis zu bekommen, galt es, ihn in Widersprüche zu verwickeln. Außerdem würden Fragen nach dem Feuer im Bürgerhaus wieder als Eingriff in Jönssons Ermittlung betrachtet werden.

Es war leichter gewesen, sich dem Mord an Bertil Adolfsson zu nähern. Der Mord war ihr Fall, und jetzt hatte sie obendrein die Chance, Peter Fragen danach zu stellen, natürlich immer unter dem Vorwand, die Frage habe mit dem Brand der Kirche zu tun. Ihre Hoffnung bestand darin, dass seine Psyche schwankte und er anfangen würde zu sprechen. Aber er hatte nicht eine einzige Angabe von früher zurückgenommen und kein einziges neues Wort gesagt, das sie der Lösung des Mordes näher bringen könnte.

Mikael wurde nur informationshalber verhört, um herauszufinden, ob er an der vermuteten Brandstiftung beteiligt war, indem er Peter seinen Bezirk überlassen hatte. Waren ihm die Pläne seines Bruders bekannt gewesen? Auf alle Fragen dieser Art hatte er mit Nein geantwortet, und er war nicht bereit gewesen, von den Gesprächen mit seinem Bruder oder von seinen eigenen Gedanken zu erzählen. Auf Fragen, die den Mord berührten, reagierte er noch wortkarger als früher. Genau wie Peter war er in keinem Punkt von seinen früheren Aussagen abgewichen.

Trotzdem hatte er sich verändert. Statt mit mürrischer Miene zu schweigen, war jetzt ein Zug von Berechnung in seinem Gesicht. Ein überlegenes kleines Lächeln. Als wäre er überzeugt, die Situation zu beherrschen.

Als ob wir nicht wüssten, was kommen wird, dachte Elina. Es gefiel ihr nicht. Er sah sie an, als wäre sie eine Beute. Als ob ihre Jagd nach ihm jeden Augenblick ins Gegenteil umschlagen könnte.

39

Verreise mit mir.

Kannst du nicht mit mir verreisen? Irgendwohin. Nur du und ich. Die Welt, die uns umgibt, ausschließen, nicht an das denken, an das wir immer denken. Nicht die treffen, die wir immer treffen.

Nur eine kurze Zeit. Drei Wochen oder zwei oder eine. Morgen fahren wir. Ich kann alles vorbereiten. Du brauchst nur ja zu sagen.

Sie richtete den Pfeil auf »Send«, ließ ihn dort verharren und bewegte ihn dann in ein kleines Viereck in der linken Ecke. Als sie darauf klickte, erschien auf dem Bildschirm die Frage, ob sie die Mitteilung speichern wollte oder nicht. Sie brach ab, ohne die Mitteilung zu speichern. Langsam ließ Elina den Kopf auf den Tisch sinken. Sie hatte keine Tränen, aber sie weinte trotzdem. Von morgen an war sie vier Wochen lang frei. Mit wem?

Sie stand auf und versuchte, praktisch zu denken. Das war ihre einzige Zuflucht. Den morgigen Tag planen. Montag würde sie Nachricht bekommen, ob sich an Peters Kleidung oder an seinem Fahrrad irgendwelche Beweise befanden. Während sie darauf wartete, würde sie einen vermutlich sinnlosen Versuch unternehmen, Benjaminsson zu finden. Dann würde sie die Ermittlungen der neuen möglichen Brandstiftung den beiden zuständigen Ermittlern des Dezernats übergeben. Und dann nach Hause gehen. In den Urlaub. Allein.

Jetzt mit den Mordermittlungen weiter voranzukommen, schien aussichtslos. Trotz des unerwarteten, aber zweifelhaften Fortschritts. Es war ihr gelungen, Peters Vorgehen vorauszusehen. Fast wäre sie zur rechten Zeit am rechten Ort gewesen. Pech, dass sie gerade an dem Morgen den falschen Bezirk überwacht hatte. Wenn sie zu zweit gewesen wären, hätten sie ihn auf frischer Tat ertappt. Aber das war nicht ihre Schuld.

Selbst wenn es ihnen nicht gelingen würde, ihn mit dieser Brandstiftung in Verbindung zu bringen, zweifelte sie nicht daran, dass er das Gebäude angezündet hatte.

Aber die Aufklärung des Mordes schien weit entfernt. Sie war immer mehr geneigt zu glauben, dass Mikael der Täter war, fand jedoch nicht den Schlüssel, der sein inneres Schloss öffnen könnte.

Die freie Zeit würde ihr vielleicht helfen, neue Einsichten in dem Fall zu finden. Aber sie bezweifelte es. Im Augenblick schienen alle Möglichkeiten ausgeschöpft zu sein.

40

Als Elina Montagmorgen aufwachte, war die schlechte Laune verflogen. Sie stellte sich nackt an ihr Schlafzimmerfenster und ließ die Sonne ihren Körper bescheinen. Der Entschluss wurde mit Lichtgeschwindigkeit gefasst. Nur absolut nötige Arbeit ausführen und dann direkt zum Reisebüro gehen und eine Reise buchen. Am liebsten nach Italien. Und nicht auf die Preise starren.

Dann wollte sie sich eine Kamera kaufen und ein Buch über Bildkomposition. Sie würde fotografieren lernen, schwarzweiß. Das würde die Lehraufgabe ihres Urlaubs werden.

Im Polizeipräsidium herrschte Sommerflaute. Sie sah keinen anderen Menschen. In ihrem Zimmer angekommen, rief sie als Erstes Svea Karlsson an. Die Frau meldete sich, wie ältere Menschen sich melden, mit ihrer Telefonnummer. Fünf Ziffern.

»Hier ist Elina Wiik von der Polizei in Västerås. Ich wollte nur wissen, ob Simon Benjaminsson nach Hause gekommen ist.«

»Nein, und er ist auch noch nicht wieder in seiner Wohnung gewesen, seit er weggefahren ist.«

»Woher wissen Sie das?«

»Von der Post und von der *Länstidningen* haben sie nach ihm gefragt. Es kümmert sich ja niemand um all das Zeug, das in Benjaminssons Briefkasten gesteckt wird.«

»Wann wurde nach ihm gefragt?«

»Donnerstag. Jetzt haben sie die Auslieferung gestoppt.«

»Wer war von der *Länstidningen* da?«

»Eine aus dem Büro. Ich weiß nicht, wie sie heißt, aber ich kenne sie.«

»Es war also kein Junge, etwa achtzehn Jahre alt?«

»Ich kann doch wohl den Unterschied zwischen einer Frau und einem Jungen erkennen«, sagte Svea Karlsson und lachte laut.

»Der Junge, den Sie schon mal gesehen haben, der Benjaminsson früher besucht hat, hat der sich wieder gezeigt?«

»Nein, jedenfalls nicht, soweit ich sehen konnte. Ich guck ja nun nicht immer nach, wer kommt und geht.«

Wirklich nicht? Svea »Checkpoint Charlie« Karlsson?, dachte Elina.

»Vielen Dank, Frau Karlsson«, sagte sie und legte auf.

Sie suchte nach der Telefonnummer des Gemeindeleiters, dem Mann, der seine Predigtkanzel verloren hatte. Diesmal meldete sie sich mit ihrem Titel.

»Ein Kollege wird sich mit Ihnen über das Feuer unterhalten«, sagte sie. »Ich rufe wegen etwas anderem an.«

»Stimmt es, dass Peter Adolfsson, ein Gemeindemitglied, festgenommen wurde, weil er das Haus unseres Herrn angezündet hat?«, fragte der Gemeindeleiter.

»Ich muss Sie bitten, mir formell zu antworten«, sagte Elina. »Wenn ein Mensch festgenommen wird, fällt das normalerweise unter die Geheimhaltung. Erst wenn eine Person in Untersuchungshaft genommen wird, wird sein Name öffentlich genannt. In diesem Fall muss mein Kollege, der die Ermittlungen zum Brand fortführt, dazu

Stellung nehmen. Ich rufe, wie gesagt, wegen etwas anderem an. Ich möchte mit Simon Benjaminsson sprechen. Wissen Sie, wo er ist?«

»Er ist in Urlaub, das ist alles, was ich weiß.«

»Wissen Sie, wen er im Urlaub besuchen könnte?«

»Simon ist unverheiratet und hat keine Kinder. Auch keine Geschwister. Aber seine Mutter lebt noch. Mehr weiß ich nicht. Aber was sollte Simon über den Brand wissen?«

»Nichts. Ein Kollege wird, wie gesagt, sobald er kann, von sich hören lassen. Ich habe noch eine Frage. Sie gilt der Gemeinde in Familie Adolfssons früherer Heimat Blekinge. Ich würde gern Kontakt zu dem Pfarrer dort aufnehmen.«

»Wo sie wohnten, gibt es keine Gemeinde. Sie gehörten zu Karlskrona. Der Gemeindeleiter heißt Melker Hedin. Seine Telefonnummer und die der Gemeinde stehen im Telefonbuch.«

»Dann vielen Dank«, sagte Elina und legte auf.

Wo lebt Benjaminssons alte Mutter?, dachte Elina und rief beim Einwohnermeldeamt an.

Nach zwei weiteren Gesprächen bekam sie den Namen von Simon Benjaminssons einundachtzigjähriger Mutter. Sie wohnte in Skåne.

Zwei Minuten später hallte eine Stimme in ihrem Ohr.

»Beata Benjaminsson.«

Elina hielt den Telefonhörer zehn Zentimeter vom Ohr entfernt.

»Ich heiße Elina Wiik und rufe von der Polizei in Västerås an«, sagte sie. »Ich suche Ihren Sohn, Simon Benjaminsson.«

»Simon?«, schrie die Frau. »Dieser Unglücksrabe. Und jetzt ruft auch noch die Polizei an. Was hat er getan? Den Tempel des Teufels abgebrannt, in dem er seinen Gottesglauben heuchelt?«

»Er hat nichts getan«, antwortete Elina. »Ich muss nur in einer Ermittlungssache mit ihm reden, bei der es um eine Person an seinem Arbeitsplatz geht. Wissen Sie, wo er im Augenblick ist?«

»Darauf können Sie Gift nehmen, dass ich das weiß!«, schrie Beata Benjaminsson noch lauter, was Elina rein physisch nicht für möglich gehalten hätte. »Er ist hier mit seinem jämmerlichen kleinen Auto angekommen und wollte es unterstellen, solange er in Jerusalem ist. Hat man so was schon gehört? Jerusalem! Wozu soll das gut sein? Aber dort ist er jedenfalls, das wollten Sie doch wissen.«

»Und wann erwarten Sie ihn zurück?«

»Nie«, antwortete die liebevolle Mutter. »Ich warte nie auf ihn. Aber er hat davon geredet, dass er einen Monat wegbleiben will.«

Um die Gefahr, einen Gehörschaden zu bekommen, einzuschränken, beendete Elina das Gespräch. Jetzt wusste sie wenigstens das Wichtigste. Simon Benjaminsson teilte nicht das Schicksal von Bertil Adolfsson. Er war weder verschwunden noch tot. Nur in aller Eile verreist. Offenbar nur von ihr selber und von Mikael vermisst.

Dann wählte sie die Telefonnummer der Gemeinde in Karlskrona. Ein Anrufbeantworter teilte mit, dass bis zum 30. Juli geschlossen sei. Zu Hause bei Melker Hedin teilte ein anderer Anrufbeantworter mit, dass niemand das Gespräch entgegennehmen könne.

Welches Gespräch?, dachte Elina Wiik.

Sie ging in den Flur und klopfte an eine Tür, die einige Schritte entfernt war von ihrem Zimmer. Auf dem Schild neben dem Türrahmen stand: Krim.-Kom. John W. Rosén. Sie wusste nicht, ob er da war, es war noch keine neun Uhr. Aber nach einigen Sekunden öffnete er die Tür – ein ungewöhnliches Verhalten im Polizeipräsidium. Die meisten pflegten nur »Herein!« zu rufen.

»Kommen Sie rein«, sagte Rosén und zog ihr den Besucherstuhl hervor.

»Danke, sehr freundlich.« Elina lächelte.

»Wir haben uns noch nicht kennen gelernt«, sagte Rosén. »Sie wissen vielleicht, dass ich erst vor einem Monat aus Göteborg hierher gezogen bin. Und in der ganzen Zeit hab ich Sie fast nie gesehen.«

»Ich bin in den letzten zweieinhalb Wochen nachts und frühmorgens unterwegs gewesen und hab mich kaum im Haus blicken lassen.«

»An der Morgenbesprechung, als Sie und Jönsson aneinander geraten sind, hab ich teilgenommen. Ich hab Sie deswegen zwar nicht angesprochen, aber Ihre logischen Ausführungen haben mir wirklich imponiert. Da ich noch neu bin, halte ich es aber für besser, mich nicht in persönliche Konflikte einzumischen.«

»Sehr klug von Ihnen. Trotzdem vielen Dank für das Kompliment. Ja, Sie wissen vermutlich, warum ich hier bin.«

»Nein, eigentlich nicht. Aber Sie sind mir immer willkommen.«

Elina musste ein wenig lachen. John Rosén pflegte eine Art altmodischen Gentlemanstil und neigte offenbar zu unaufdringlichem Flirten. Das wellige, leicht ergraute Haar und die etwas nonchalante Körperhaltung ließen ihn wie einen Charmeur aus einem französischen Film wirken.

Er lächelte, als sie lachte.

»Das werden Sie vermutlich nicht mehr sagen, wenn ich erzählt habe, was ich möchte«, sagte sie. »Ich bin nämlich hier, um Ihnen eine Arbeit aufzuladen. Das Ergebnis meiner nächtlichen Fahndungen. Ich gehe in Urlaub.«

»Wann?«, fragte er.

»Am liebsten vor fünf Minuten.«

»Dann lassen Sie mal hören.«

»Die Papiere sind alle in meinem Zimmer. Es handelt sich um das Feuer in der Kirche in Surahammar am Freitag. Wir haben jemanden festgenommen, bis heute. Peter Adolfsson, derselbe Junge, der Hauptzeuge war im Brandfall Bürgerhaus.«

»Dann komm ich also doch nicht an dem Konflikt zwischen Ihnen und Jönsson vorbei. Jönsson wird ja nicht besonders begeistert davon sein, dass wir seinen Starzeugen in Verdacht haben.«

»Vermutlich nicht. Aber er ist noch zwei Wochen in Urlaub. Mit ein bisschen Glück sind Sie vorher fertig.«

»Und wie ist der Stand der Ermittlungen?«

»Adolfsson leugnet, und es gibt niemanden, der bezeugen kann, dass er den Brand gelegt hat. Die beste Zeugin bin bis jetzt ich. Ich hab ihn zehn, fünfzehn Minuten nachdem es angefangen hat zu brennen, gesehen. Der Bericht liegt bei den Papieren. Aber ehrlich gesagt, wenn nichts an seiner Kleidung gefunden wird, dann ist die Beweislage schlecht.«

»Und wann kriegen wir das Resultat von der Technik?«

Elina beugte sich vor und hob den Telefonhörer auf Roséns Schreibtisch ab.

»Darf ich?«

»Bitte sehr«, sagte Rosén und fuhr mit der rechten Hand durch die Luft.

Per Eriksson meldete sich.

»Wir haben nichts an der Kleidung oder dem Fahrrad gefunden«, sagte er. »Ich hab das ganze Wochenende daran gearbeitet. In ein paar Stunden kriegst du ein Protokoll.«

»Schick es an John Rosén hier im Dezernat«, sagte Elina. »Er übernimmt die Sache von jetzt an.«

Sie legte auf und wandte sich an Rosén.

»Nichts«, sagte sie. »Dann besteht die Gefahr, dass Adolfsson gehen darf. Und dass es für Sie entschieden schwerer wird.«

»Der eine oder der andere Fall, was spielt das für eine Rolle?«, sagte Rosén. »Mir gefallen die schweren Fälle tatsächlich besser.«

»Ich sorge dafür, dass Sie die Unterlagen bekommen.«

»Ich geh mit Ihnen und hole sie mir.«

Als sie ihm die Papiere übergeben hatte, reichte Rosén ihr die Hand.

»Auf Wiedersehen«, sagte er. »Ich wünsche Ihnen einen schönen Urlaub.«

»Danke, er wird sicher schön«, antwortete Elina und wunderte sich fast darüber, dass er ihr keinen Handkuss gab.

Zwei Stunden später saß sie in ihrem Sessel in ihrer Wohnung. Auf dem Tisch lag ein dickes Buch über Bildkomposition, obendrauf eine moderne kleine Kamera. Und in der Tasche ihrer Sommerjacke steckte eine Fahrkarte. Etwas richtig Gutes in Italien hatte es nicht gegeben. Aber in Portugal. Start am nächsten Tag. Zehn Tage. Die erste Hälfte in Lissabon. Die zweite an der Südküste.

Das Flugticket hatte zwar ein großes Loch in ihre Kasse gerissen, aber durch dieses Loch würde viel Sonne hineinscheinen.

IV

13.–16. August

41

Als Elina Wiik am 13. August das Polizeipräsidium betrat, war es, als ob sie nie Urlaub gehabt hätte.

Ich hab mich ausgeruht, um arbeiten zu können, dachte sie.

Der Erste, der ihr begegnete, war Henrik Svalberg.

»Hallo«, sagte Elina. »Wollen wir zusammen eine Tasse Kaffee in der Cafeteria trinken? Und Urlaubserinnerungen austauschen?«

Sie setzten sich vor ihre Kaffeetassen.

»Griechenland«, sagte Svalberg verträumt. »Ich sage nur: Griechenland.«

»Ich höre«, sagte Elina und lachte. »Kannst du mir nicht lieber erzählen, wie es in Griechenland war?«

»Ungefähr wie früher. Ich war bestimmt schon zum fünften Mal da.«

»Aber du wirkst besonders zufrieden, Henrik. Gibt es da womöglich etwas, worüber ich nicht informiert bin? Zum Beispiel ein Mädchenname?«

Henrik Svalberg seufzte und sah fast träumerisch aus.

»Sieht man mir das so deutlich an? Oder bist du nur eine besonders aufmerksame Kriminalassistentin?«

»Deutlicher als die Coca-Cola-Reklame auf dem Times Square, Henrik. Nun rück endlich den Namen raus.«

»Minette«, sagte Henrik.

Elina war aufrichtig erstaunt. Irgendwie konnte sie sich den etwas harmlosen Henrik Svalberg nicht mit einem Mädchen zusammen vorstellen, das Minette hieß.

»Sie ist Dänin«, ergänzte Henrik Svalberg.

»Dann wirst du jetzt wohl Chef bei der Kripo in Kopenhagen, oder?«

»Wir werden sehen«, sagte er. »Ich meine, was wird. Mit ihr, mein ich. Sie kommt nächste Woche her und wohnt bei mir. – Was hast du erlebt, Elina? Um von was anderem zu reden.«

»Nichts so Überwältigendes wie du. Für mich war es einfach nur wunderbar. Zehn Tage in Portugal, einige Tage bei meinen Eltern auf dem Land, eine halbe Woche mit meiner Freundin Susanne und ihrer Familie in einer gemieteten Hütte.«

Und ein Tag mit Martin, dachte Elina. Ein ganzer Tag, eingeschlossen von zwei langen Nächten.

»Wollen wir mal ernst reden, Henrik? Wie ist es mit den Ermittlungen gegangen? Du weißt, welche ich meine.«

»Du kommst wahrhaftig am genau richtigen Tag zurück. Heute trifft das Berufungsgericht wegen Mehmedović und Shimi seine Entscheidung. Wenigstens einer im Haus ist im Augenblick vermutlich ein bisschen zittrig.«

»Jönsson«, schnaubte Elina.

»Was die zweite Brandstiftung angeht, so durfte Peter Adolfsson nach dem abgelaufenen Termin der vorläufigen Festnahme gehen. Der Staatsanwalt hat keine Verhaftung beantragt. Keine technischen Beweise oder neue Zeugen. Du bist die Einzige, die Peter im Zusammenhang mit dem Feuer gesehen hat.«

»Hat John Rosén nichts herausgefunden? Gar nichts?«

»Er hat berichtet, was er getan hat. Auf einer Morgenkonferenz letzte Woche. Nach Zeugen gesucht, alle verhört, die in der Nähe wohnen, Peter unter Druck gesetzt, alles. Aber es scheint nichts gebracht zu haben. Das Feuer ist ja mitten in der Nacht ausgebrochen. Nicht gerade die Zeit, wo man Zeugen im Überfluss hat.«

»Und die Mordermittlungen? Hattest du dafür Zeit?«

»Nein, leider nicht. Außerdem, ehrlich gesagt, wüsste ich nicht, was ich hätte tun sollen, selbst wenn ich Zeit gehabt hätte. Wir haben uns irgendwie festgefahren. Obwohl du Peter fast auf frischer Tat ertappt hast, als er die Kirche abgefackelt hat.«

»Wann fällt die Entscheidung beim Berufungsgericht, weißt du das?«

»Um elf. Also bald.«

»Okay, die warten wir ab, dann müssen wir unser ganzes Gehirnschmalz für die Mordermittlung einsetzen. Wir müssen weiterkommen. Eins weiß ich, was ich sofort tun werde.«

»Und was?«, fragte Svalberg.

»Ich werde versuchen, Simon Benjaminsson zu erreichen. Er müsste jetzt aus dem Heiligen Land zurück sein.«

»*Que*?«

»Solltest du nicht lieber Dänisch üben, Henrik? Das Heilige Land. Israel. Benjaminsson hat eine Pilgerreise unternommen. Oder ist vielleicht nur in Urlaub dort gewesen. Wie du und ich. Was weiß ich ...«

Sie standen auf und verließen die Cafeteria. Als Elina in ihr Dienstzimmer kam, stellte sie den Computer an und öffnete ihre E-Mail. Massenhaft sinnlose Mitteilungen. Und eine von Martin. Sie lächelte beim Lesen.

Dann rief sie die Zentrale der Fabrik in Surahammar an und bat, zu Simon Benjaminsson durchgestellt zu werden. Er meldete sich nach dem ersten Klingeln.

»Sie wollten mit mir sprechen, bevor Sie in Urlaub gefahren sind«, sagte Elina. »Was wollten Sie von mir?«

»Das hat sich inzwischen erledigt«, sagte Benjaminsson.

»Dann ist es ja gut. Aber ich möchte es trotzdem wissen.«

»Nein, ich hab mich in einer Angelegenheit geirrt.«

»Welcher Angelegenheit?«

»Frau Wiik, ich habe nichts zu sagen.«

Elina wechselte das Thema.

»Warum hat Mikael Adolfsson versucht, Sie zu erreichen, kurz nachdem Sie mit dem Auto weggefahren sind?«

»Woher wissen Sie ... Er wollte die Kirche verlassen. Das hat er mir durch seine Mutter bestellen lassen. Darum ging es wohl.«

»Und warum war er bei Ihnen zu Hause, einige Tage bevor sein Vater verschwand?«

»Daran erinnere ich mich nicht«, sagte Benjaminsson.

»Woran erinnern Sie sich nicht? Dass er bei Ihnen zu Hause war oder warum er dort war?«

»Warum er dort war. Das hatte bestimmt mit der Kirche zu tun.«

»Warum klingt Ihre Stimme so erschrocken, Benjaminsson? Was wollen Sie nicht erzählen?«

»Ich finde, jetzt sollten wir dies Gespräch beenden, Frau Wiik.«

»Einen Augenblick noch. Ich möchte Sie erreichen können, falls es nötig wird. Aus ermittlungstechnischen Gründen, das verstehen Sie ja sicher.«

»Ich hab den Rest der Woche frei. Ich werde umziehen. Also werde ich meistens in der Wohnung sein.«

»Umziehen? Warum das?«

»Auf Wiedersehen, Frau Wiik.«

Er legte auf, bevor Elina ihn daran hindern konnte. Sie saß mit dem Telefonhörer in der Hand da und überlegte, ob sie noch einmal anrufen, verlangen sollte, dass er auspackte. Ihm sagen, dass es Ärger geben könnte, wenn er weiter schwieg. Beschloss jedoch zu warten.

Du bist gerade eben aus dem Urlaub zurückgekommen, Elina, dachte sie. Denk noch mal alles genau durch, bevor du losstürmst.

Zehn Minuten nach elf kam Kärnlund in ihr Zimmer. Das war ungewöhnlich, er pflegte eigentlich anzurufen und ihr mehr oder weniger zu befehlen, sich im Laufschritt in sein Dienstzimmer zu begeben. Kärnlund war ein Mann, der seine Beine nicht gern unnötigerweise bewegte.

»Hallo, Wiik! Beschäftigt?«

Er setzte sich, ehe sie geantwortet hatte.

»Das Berufungsgericht hat gerade eben Mehmedović und Dragan Shimi freigesprochen«, sagte er. »Staatsanwalt Ulf Lindengren hat angerufen und es erzählt. Das Berufungsgericht scheint unsere Beweise förmlich geschlachtet zu haben. Sie haben alle Argumente noch einmal um und um gedreht.«

Ungefähr wie Susanne auch, dachte Elina. Die Kette wurde mit jedem Glied schwächer, nicht stärker.

»Die Sache mit den Arbeitshandschuhen hat bei der Verteidigung eine große Rolle gespielt«, sagte Kärnlund. »Deswegen bin ich hier. Jönsson ist auf dem Kriegspfad. Er findet, du hast dich in Sachen eingemischt, die dich nichts angehen. Praktisch gibt er dir die Schuld.«

»Albern«, sagte Elina.

»Sicher, aber du weißt, wie nachtragend manche Leute sein können. Und wir sind nun einmal Menschen. Wenn ich Jönsson nicht zurückhalte, stürzt er sich auf dich. Natürlich nicht physisch. Aber eben auf diese nachtragende Art. Ich werde mit ihm reden, wenn das überhaupt hilft. Du musst dich auf was gefasst machen.«

»Damit werd ich schon fertig. Und was passiert nun mit den Ermittlungen zum Bürgerhaus?«

»Der Staatsanwalt will noch einige Tage nachdenken. Wahrscheinlich passiert nichts.«

»Okay. Ich nehm jetzt mal die Mordermittlungen in Angriff. Aber ich brauch noch ein bisschen Zeit, um mich zu informieren und nachzudenken.«

»Halt mich auf dem Laufenden.« Kärnlund erhob sich.

Elina wartete, bis er gegangen war, dann stand sie auch auf, um in die Cafeteria zu gehen. Auf dem Flur kam Jönsson ihr entgegen.

»Hallo«, sagte sie in neutralem Ton, als sie aneinander vorbeigingen.

Er sagte kein Wort, sah sie nicht einmal an.

Sie zuckte mit den Schultern und beschloss, ihren Imbiss außerhalb des Hauses einzunehmen. Besseres Essen und vor allem die Möglichkeit, ungestört nachdenken zu können. Bei den Mordermittlungen gab es eigentlich nur noch eins zu tun: Sie musste Kontakt zum Gemeindeleiter Melker Hedin in Karlskrona aufnehmen. Dieser Kontakt sollte entscheiden, ob es überhaupt nötig war, nach Blekinge zu fahren. Aber wonach sie Melker Hedin eigentlich fragen sollte, wusste sie nicht. Vielleicht würde sie mit Hilfe eines Schalentiersalats eine zündende Idee bekommen.

Eine Stunde später saß Elina wieder in ihrem Dienstzimmer. Sie rief bei der Gemeinde in Karlskrona an. Melker Hedin selber meldete sich. Sie stellte sich mit ihrem Titel vor.

»Ich rufe wegen Bertil Adolfsson an«, sagte sie. »Sie wissen vielleicht, dass er tot ist?«

»Ja, es ist furchtbar«, antwortete er. »Ich habe mit Margareta gesprochen. Ich weiß also, was passiert ist. Wird der Fall aufgeklärt werden?«

»Davon bin ich überzeugt. In Schweden entkommt selten ein Mörder. Aber um den Schuldigen zu fassen, braucht die Polizei Hilfe. Ich benötige unter anderem ein genaueres Bild von Bertil Adolfssons Lebensumständen, bevor er mit seiner Familie nach Surahammar zog. Da habe ich einige Fragen, die Sie mir hoffentlich beantworten können. Geht das im Augenblick?«

»Ich will mein Möglichstes tun«, antwortete Melker Hedin.

»Das letzte Jahr in Blekinge hatte Bertil Adolfsson doch keine Arbeit und das war ja auch der Grund zum Umzug. Aber warum war er arbeitslos?«

»Das ist nicht ganz leicht zu beantworten. Bertil war ja schon über vierzig und ist nur neun Jahre zur Schule gegangen. Und es war 1997 ... sie sind doch 1997 umgezogen?«

»Ja«, sagte Elina.

»Damals herrschte große Arbeitslosigkeit in Schweden. Blekinge war besonders betroffen, daran erinnere ich mich. Vermutlich gab es einfach keine Arbeit für ihn, also etwas weniger qualifizierte Aufgaben, die ihm entsprachen.«

»War die Familie in ihrem Heimatort gut angesehen?«

»Sie war wie alle anderen.«

Elina meinte, einen Wechsel in Melker Hedins Stimme zu bemerken. Ein leichter Tonwechsel, der wert war, genauer hinterfragt zu werden.

»Und in der Gemeinde, was hielt man dort von Bertil Adolfsson?«

»Adolfssons waren Gemeindemitglieder und sie wurden als gute Gemeindemitglieder betrachtet«, antwortete Hedin. »Worauf wollen Sie eigentlich mit diesen Fragen hinaus?«

»Gab es irgendwelche Probleme, die mit Bertil Adolfsson in Verbindung gebracht werden könnten?«

»Sollte es Probleme gegeben haben, hindert mich meine Schweigepflicht daran, mich dazu zu äußern.«

»Dann lassen Sie mich geradeheraus sagen, um was es geht«, sagte Elina.

»Nur zu«, sagte Hedin.

»Bertil Adolfsson hat seine Frau misshandelt und mindestens eins seiner Kinder geschlagen. Margareta Adolfsson und Mikael haben es mir selber erzählt. Ich habe Anlass zu glauben, dass diese Brutalität über lange Zeit ging. Was wissen Sie darüber?«

»Da Sie es also wissen, kann ich es bestätigen. Ich hatte selbst kurz vor dem Umzug ein Gespräch mit Bertil, und er hat versprochen, in Zukunft Milde zu zeigen. Es tut mir weh zu hören, dass er sich nicht beherrschen konnte.«

»Wie umfassend waren diese Misshandlungen?«

»Ich weiß es nicht. Das ist eine aufrichtige Antwort.«

»Hat er die anderen Kinder auch geschlagen?«

»Ich glaube ... nein ich weiß, dass auch Peter geschlagen wurde. Über Stina kann ich nichts sagen. Ich will betonen, dass in unserer Kirche die Züchtigung von Kindern und noch mehr die Misshandlung von Frauen nicht geduldet wird.«

»Noch mehr von Frauen?«, fragte Elina. »Wollen Sie damit sagen, dass ein Schlag gegen Kinder leichter hingenommen wird als gegen Frauen?«

»Sie haben mich missverstanden«, korrigierte Melker Hedin sie. »Natürlich ist Gewalt an beiden verwerflich.«

»Waren die Misshandlungen der Grund, dass die anderen Gemeindemitglieder ihm nicht zu einem neuen Job verholfen haben?«

»Das war nicht der Grund ... nein, ich glaube, die Gemeinde wusste nichts davon.«

»Sie wollten etwas sagen, Herr Hedin. Was war der Grund, warum ihm niemand zu einer neuen Arbeit verholfen hat?«

Elina saß schweigend da mit dem Telefonhörer in der Hand.

»Kein Mensch ist vollkommen«, sagte Melker Hedin schließlich. »Bertil Adolfsson hat einen Fehler gemacht, den die anderen ihm nicht vergeben konnten. Ich kann nicht, nein ich darf nicht erzählen, um was es ging.«

»Ich verstehe Ihre Situation. Könnten Sie mir einen Hinweis geben? Nennen Sie mir den Namen einer anderen Person, mit der ich sprechen kann.«

»Warten Sie einen Augenblick. Ich muss mal eben den Telefonhörer hinlegen.«

Elina wartete fast eine Minute. Dann hörte sie jemanden am anderen Ende der Leitung in Papieren blättern.

»Nehmen Sie diese Telefonnummer«, sagte Melker Hedin. Er las eine Zahlenreihe vor. Elina erkannte die Vorwahl, die in Bertil Adolfssons Heimatdorf führte.

»Fragen Sie nach Inez Wigren«, sagte er.

Nach dem Gespräch saß Elina mit dem Zettel in der Hand da.

Inez, dachte sie, was hast du mir zu erzählen?

Sie beugte sich vor und drückte die Nummer ein. Eine Männerstimme meldete sich mit seiner eigenen Telefonnummer.

»Ich heiße Elina Wiik und ich möchte Inez Wigren sprechen«, sagte Elina.

»Moment mal«, sagte der Mann und rief nach Inez.

»Hier bin ich«, sagte eine Frau nach einigen Sekunden.

Elina meinte, die Stimme klang wie die einer Frau mittleren Alters. Sie erklärte, wer sie war und dass sie wegen der Mordermittlung anrief.

»Ich bin Bertils Kusine«, sagte Inez. »Mein Geburtsname war Adolfsson.«

»Ich brauche Ihre Hilfe, um etwas zu verstehen«, sagte Elina. »Ich glaube, das ist wichtig, damit wir Bertils Mörder finden können. Und er muss gefasst werden, ganz gleich wer es war. Ich glaube nämlich, dass mehrere Menschen in Gefahr sind.«

»Innerhalb der Familie?« Inez Wigrens Stimme klang erschrocken.

»Ja«, sagte Elina. »Deshalb bitte ich um Ihre Hilfe, selbst wenn Sie das in eine schwierige Lage bringt.«

»Ich werde selbstverständlich tun, was ich kann.«

Elina ließ einige Sekunden verstreichen.

»Was hat Bertil getan, bevor die Familie weggezogen ist?«

»Wie meinen Sie das?«

»Etwas Ernstes, etwas, was dazu führte, dass er Schwierigkeiten in der Kirchengemeinde bekam. Was war es?«

Lange blieb es in der Leitung still, und Elina überlegte schon, ob die Frau den Telefonhörer hingelegt hätte. Aber sie wartete geduldig.

»Das fällt mir nicht leicht«, sagte Inez Wigren.

»Es ist sehr wichtig.«

Elina hörte, wie die Frau am anderen Ende schwer atmete.

»Es ist ein Jahr vorher passiert, bevor sie weggezogen sind«, sagte Inez Wigren schließlich. »Stina kam zu mir. Ich hatte gemerkt, dass sich das Mädchen verändert hatte. Einige Male hab ich versucht, sie zum Reden zu bringen. Sie spürte wohl, dass ich es gut mit ihr meinte, schließlich ist sie von sich aus gekommen.«

Die Stimme der Frau zitterte.

»Stina hat abgehackt und unzusammenhängend erzählt. Ich brauche vielleicht nicht zu wiederholen, was sie sagte, es war auch ziemlich unklar. Aber ich hab daraus geschlossen, dass sie sexuellen Übergriffen ausgesetzt war. Nicht vollzogen, das glaube ich nicht, aber ich war überzeugt, dass es sich nicht um etwas Normales handelte.«

»Was haben Sie mit diesem Wissen gemacht?«

»Ich hab mit Bertil gesprochen, o Gott, wie habe ich mich gefürchtet. Aber es war sinnlos. Er wurde nur wütend und verbot mir, mit Margareta zu sprechen. Da hab ich mir keinen anderen Rat gewusst und bin zu Melker Hedin gegangen, unserem Gemeindeleiter also.«

»Ich weiß, wer das ist. Was hat er gesagt?«

»Hedin wollte mit Bertil sprechen. Und außerdem wollte er die Angelegenheit im Gemeinderat diskutieren. Dazu gehören fünf Personen. Ich war bei dem Treffen dabei. Sie beschlossen, die Sache nicht anzuzeigen.«

»Nicht? Warum nicht?«

»Es gab keine Beweise. Und das Aufsehen hätte Stina eher geschadet. Außerdem hätte der Skandal dem Ruf der Gemeinde geschadet.«

»Das haben sie gesagt? Dass der Ruf der Gemeinde geschädigt würde?«

»Ja. Ich wusste weder ein noch aus. Es war wie ein Alptraum.«

»Was ist dann passiert?«

»Eigentlich nichts. Ich habe das Mädchen sehr genau beobachtet. Mit Bertil war ein Auskommen fast unmöglich geworden. Er fand, die Leute guckten ihn schief an. Und er bekam keine Arbeit in der Nähe.«

»Hingen die Probleme bei der Arbeitsfindung damit zusammen, dass die Sache bekannt wurde?«

»Nein, das glaub ich nicht. So viele wussten es ja nicht.«

Wenn die Mitglieder des Gemeinderats nicht etwas verbreitet haben, dachte Elina. Immer nur im Geheimen einem Einzelnen erzählt.

»Schließlich sind sie also weggezogen«, sagte Inez Wigren. »Das war gewissermaßen eine Erleichterung. Aber gleichzeitig hab ich mir Sorgen um das Mädchen gemacht. Ich wollte, dass jemand davon wusste, jemand, der vielleicht aufpassen würde, dass es nicht wieder vorkommen würde.«

»Das Beste wäre eine Anzeige bei der Polizei gewesen«, sagte Elina. »Haben Sie etwas getan?«

»Ja, ich habe eine Person in Surahammar angerufen, die Margareta mir genannt hat, als sie ihre Mutter hier unten besucht hat. Aber ich hab vergessen, wie er hieß. Es war gleich nach ihrem Umzug.«

»Versuchen Sie sich zu erinnern«, sagte Elina ungeduldig. »Es ist wichtig.«

Inez Wigren schwieg lange.

»Nein, der Name ist weg. Aber ich glaube, er hat ihnen irgendwie geholfen.«

»Bertil zu einer Arbeit verholfen?«

»Ja, genau, das hat er getan.«

»Benjaminsson«, sagte Elina.

»So hieß er, ja, Simon Benjaminsson.«

42

Die *Länstidningen* brachte die Meldung von der Freilassung Ismail Mehmedović' und Dragan Shimis als zweite Nachricht auf der ersten Seite der Dienstagsausgabe. »Berufungsgericht spricht die Verurteilten im Bürgerhaus-Brand frei«, hieß die Überschrift.

Elina saß am Küchentisch und aß Jogurt. Sie blätterte weiter bis zu den Lokalseiten von Hallstahammar-Surahammar und las den Artikel.

»Freigesprochen mangels Beweisen«, stand in der Einleitung. Dann folgte ein offenbar korrekter Bericht über das Urteil des Berufungsgerichtes. Weiter unten wurden einige Kommentare zu dem Beschluss zitiert. Kärnlund sprach sich darüber aus, dass dieser Fall schwer zu lösen war. Oberstaatsanwalt Ulf Lindengren sagte, er brauche Zeit, um die Urteilsbegründung zu analysieren.

Der Journalist ließ auch einen anonymen Polizisten zu Wort kommen, der sich über den Stand der Ermittlungen äußerte.

»Die Männer sind freigesprochen und müssen als unschuldig betrachtet werden. Diesmal war die Arbeit der Polizei nicht ausreichend. Aber andere Verdächtigte für die Brandstiftung gibt es nicht.«

Jönsson, dachte Elina. Pfui Teufel, wie jämmerlich! Er weist immer noch Mehmedović die Schuld zu, um sich vor Kritik zu schützen.

Sie faltete die Zeitung zusammen und warf sie gegen die Wand.

Versprich eins, Elina, dachte sie. Verhalte dich nie wie Jönsson. Niemals. Steh gerade für deine Fehlleistungen.

Sie lehnte sich auf dem Küchenstuhl zurück.

Es ist Zeit, an deine eigene Ermittlung zu denken. Die auch in Gefahr ist, ein Fiasko zu werden, dachte sie.

Sie ging ins Schlafzimmer und zog sich an. Es war noch früh, halb sieben. Sie beschloss, einen langen Spaziergang zu machen, mindestens eine Stunde, bevor sie anfing zu arbeiten.

Nach dem Gespräch mit Inez Wigren hatte Elina den Rest des Tages an einem Computerkurs teilnehmen müssen. Das E-Mail-System sollte auf den neuesten Stand gebracht werden. Am Abend hatte sie versucht, in ihrem Kopf aufzuräumen. Aber die Gedanken drehten sich weiter um die Mordermittlung. Sie hatte schlecht geschlafen. Vielleicht würde die frische Morgenluft ihrem Kopf gut tun.

Sie ging zum Mälaren hinunter, durch die Villenstraßen von Stallhagen. In ihren Augen war es das schönste Wohngebiet von Västerås. Die alten Villen vermittelten ihr ein Gefühl von Familienidylle. Und Wehmut, weil sie keine eigene Familie hatte. Aber an diesem Morgen war es ihr Gehirn und nicht das Herz, das ihre mentale Gegenwart erforderte.

Jetzt hast du deine Chance, Elina, dachte sie. Tu das, was du immer als Polizistin tun wolltest. Analysiere. Denk nach. Was bedeutet das, was du gestern erfahren hast? Formuliere die wirren Träume der Nacht über den Mord in wachen, klaren Gedanken.

Bertil Adolfsson hat nicht nur seine Frau und Mikael misshandelt, sondern auch Peter. Aber das hast du ja vorher schon vermutet. Das ist keine neue Information, nur eine Bestätigung. Dass er sich an der Tochter vergriffen hat, wusstest du nicht. Ändert das etwas? Eigentlich ist es nur ein weiteres Anzeichen für den totalen Zusammenbruch der Familie. Bertil Adolfsson lenkte sein Haus mit Gewalt. Mit mehr Gewalt, als du gedacht hast.

Ein Familienmitglied hat schließlich zurückgeschlagen. Vielleicht mit der Hilfe eines anderen. Hat Stina geholfen, ihren Vater hinaus in den Tod zu locken? Peter? Ihm kann ich durch Verhöre nicht beikommen. Mikael? Vielleicht bringe ich ihn dazu, sich zu öffnen. Aber wie?

Und was hat es zu bedeuten, dass Simon Benjaminsson viel mehr wusste? Könnte er am Mord beteiligt gewesen sein? Und wenn es so ist, warum?

Elina kam an einem Tennisplatz vorbei, der direkt am Wasser lag. Zwei braun gebrannte Männer um die fünfzig waren in ein intensives Match vertieft. Sie schaute ihnen eine Weile zu, um zu sehen, wer den Satz gewann.

Warum hat Benjaminsson Angst vor Mikael gehabt?, dachte sie, ehe der letzte Ball entschieden war. Denn er ist doch wohl vor Mikael geflohen, nachdem der Junge ihn in seiner Wohnung besucht hatte.

Frustriert betrat sie eine halbe Stunde später ihr Dienstzimmer. Sie hatte sich immer noch nicht entschieden, wen sie als Erstes mit ihren neuen Informationen konfrontieren sollte. Oder wie das geschehen sollte. Jedes Mal wenn sie jemanden verhört hatte, der etwas Wichtiges verbarg, hatte sich die Person in ihren Panzer zurückgezogen.

Ich muss eine bessere Verhörtechnik lernen, dachte sie. Etwas mache ich falsch, aber ich weiß nicht, was. Ich werde mit diesem Fall ein Fiasko erleben. Ich werde nie eine Mordermittlerin.

Um sich abzulenken, öffnete sie ihre E-Mail. Martin war auf der Liste. Sie ging direkt in seine Nachricht hinein.

Erzähl mir von deinen Gedanken an diesem Morgen.

Sie lächelte und schrieb eine lange Antwort. Ehe sie zum Schluss kam, saß sie still da. Sie griff mit einer Hand in die Luft, als wollte sie einen Gedanken einfangen. Eine Idee, die vorbeihuschte.

Plötzlich stand sie auf. Sie ging zwei rasche Runden durch das kleine Zimmer, murmelte vor sich hin. Dann setzte sie sich wieder und zwang sich, die E-Mail an Martin schnell zu beenden. Sie öffnete Netscape und schrieb das Suchwort »Hotmail« hin. Ein weiterer Mausklick, und eine Homepage baute sich auf ihrem Bildschirm auf. Jemand bot an, jedermann eine private E-Mail-Adresse zu beschaffen. Sie brauchte nur ihre persönlichen Daten einzugeben.

Sie wählte eine Adresse, die anonym klang. Danach loggte sie sich in Telias E-Mail-Adressen ein und suchte nach dem Namen Mikael Adolfsson. Es war nur eine Vermutung; weder wusste sie, ob Mikael eine E-Mail-Adresse oder eine Telia-Adresse hatte, noch, ob sie im Verzeichnis enthalten war.

Zehn Minuten später reckte Elina die rechte Faust. Sie nahm einen Stift und notierte die Adresse.

Sie öffnete ihre funkelnagelneue private E-Mail-Box, klickte auf »New message«, schrieb Mikaels Adresse hinein und ging hinunter ins Nachrichtenfeld.

Erzähl von deinen Gedanken heute Morgen.

Sie führte den Pfeil auf »Send« und schickte den Brief ab. Dann lehnte sie sich zurück und wartete.

Erst als ihr Rücken zu schmerzen begann, wurde ihr bewusst, dass sie lange in derselben Haltung dagesessen hatte. Sie schaute auf die Uhr. Es war fast elf. Sie hatte mehr als zwei Stunden gewartet.

Es funktioniert nicht, dachte sie. Er antwortet nicht.

Im selben Moment tauchte die Nachricht über einen Eingang auf. Eine Mail von Mikael Adolfsson. Elina spürte, wie ihr Herz schneller schlug.

Kontakt, dachte sie.

Sie klickte sich in die Nachricht und begann zu lesen.

Ich hab an den gedacht, der mein Fahrradschloss mit Kaugummi verklebt hat, als ich noch zur Schule ging. Gestern hab ich den jämmerlichen Kerl in der Stadt gesehen. Er glaubt, ich weiß nicht, dass er es war. Aber das wusste ich damals schon, als er es getan hat. Ich hab mich mal an mein Fahrrad rangeschlichen, und da hab ich gesehen, wie er und seine blöden Kumpel das Kaugummi draufgeklebt haben. Ich hab es meinem Lehrer gesagt, aber der hat nichts gemacht. Und ich war zu schwach, um was zu machen. Aber jetzt bin ich nicht mehr schwach.

Kontakt, dachte Elina wieder. Ich habe den Stummen zum Reden gebracht.

Was willst du tun, jetzt, wo du nicht mehr schwach bist?, schrieb sie und schickte die Nachricht sofort weg.

Sie sah auf die Uhr und wartete. Sieben Minuten und zwanzig Sekunden später kam die Antwort.

Alle sollen erfahren, dass ich stark bin. Dass ich vor niemand Angst habe. Wer das nicht glaubt, der soll fühlen, wie das ist. Und das wird wehtun.

Sie überlegte, wie sie fortfahren sollte. Wenn sie zu schnell vorging, würde sie ihn vielleicht erschrecken und er würde wieder schweigen.

Wer, meinst du, sollte als Erster erfahren, wer du eigentlich bist?

Die Antwort kam rasch.

Niemand Bestimmtes. Aber einige sind wichtiger als andere. Die Idioten, die immer noch glauben, ich bin schwach. Die, die mir früher was getan und immer gesiegt haben. Es muss nicht sofort passieren. Ich kann warten. Ich hab Zeit. Ein starker Mensch kann immer warten. Ein Habicht, der hoch über seiner kleinen Beute segelt. Er kann in der Luft ausruhen. Und zuschlagen, wenn es niemand ahnt. Die sollen nicht glauben, dass ich vergessen habe. Das hab ich nicht. Ich vergesse nie. Einer hat es schon erfahren.

Der Vater, dachte Elina. Er hat Mikaels neue Stärke zu spüren bekommen. Ihre Hände zitterten, als sie sie wieder auf die Tasten legte.

Wer hat erfahren, wie stark du bist?

Sie schickte die Nachricht ab.

Antworte, Mikael, antworte, dachte sie.

Sie verfolgte den Sekundenzeiger mit den Augen. Eine Runde nach der anderen. Der Minutenzeiger bewegte sich langsam vorwärts. Als er eine halbe Runde geschafft hatte, gab Elina auf.

Ich habe den Kontakt verloren, dachte sie.

43

Am nächsten Morgen war Elina schon vor sieben im Polizeipräsidium. Sie hatte wieder unruhig geschlafen, die Träume hatten im Lauf der Nacht ihre Gestalt verändert, aber immer damit geendet, dass sie festsaß. Was sie auch versuchte, immer war ein Hindernis im Weg.

Der Nachmittag des gestrigen Tages war ein endloses Warten gewesen. Sie hatte versucht, sich zu beschäftigen, aber ihr Blick wurde immer wieder magisch vom Bildschirm angezogen. Eine Antwort von Mikael war nicht gekommen, und sie wagte es nicht, ihn mit einer neuen Frage in Stress zu versetzen.

Jetzt war sie nervös, es könnte ihr nicht gelingen, den Kontakt wiederherzustellen. Vielleicht war alles nur ein Zufall gewesen und Mikael würde sich wieder in sich selber verkriechen. Fast lief sie das letzte Stück über den Korridor zu ihrem Zimmer.

»Mach schon, du lahme Ente«, sagte sie laut, während sie den Computer startete.

Schließlich erschien die Liste der eingegangenen E-Mails. Ganz oben war eine Nachricht von Mikael ohne Überschrift. Sie war von 03.02 Uhr. Elina hatte ihre Hände kaum unter Kontrolle, als sie sich einklickte. Fünf Wörter, nicht mehr.

Ich denke an meinen Vater.

Sie erhob sich heftig und begann, im Zimmer hin- und herzugehen.

Was soll ich tun?, dachte sie. Tu jetzt das Richtige, Elina. Tu das Richtige. Mach keinen Fehler.

Sie warf sich auf ihren Stuhl und schrieb eine neue Nachricht. Sechs Wörter in Form einer neuen Frage.

Was hast du heute Nacht geträumt?

Sie schickte die Nachricht sofort los. Es war vier Minuten nach sieben.

Vielleicht hat er sich wieder hingelegt, dachte sie. Er sollte jetzt schlafen. Du brauchst nicht nervös zu werden, wenn er nicht antwortet. Es kann dauern, Elina. Er wird antworten, ich weiß es. Er will erzählen. Ich muss ihm jetzt die Chance geben, es auf seine Art zu tun. Geduld, Elina, hab Geduld.

Die Zeit verging langsamer denn je. Sie fühlte sich wie in den Mittelpunkt der Erde katapultiert. Dort stand die Zeit still. Dort war nur Platz für sie und Mikael.

Sie wagte nicht, das Zimmer zu verlassen, wollte den Kontakt nicht wieder reißen lassen. Er sollte die Führung übernehmen. Sie durfte nicht zufällig auf der Toilette sein oder mit Kollegen Kaffee trinken und reden.

Sie konnte sich auf nichts anderes konzentrieren. Kurz nach halb acht steckte Henrik Svalberg den Kopf zur Tür herein.

»Was machst du?«, fragte er.

»Ich warte«, sagte Elina.

»Worauf?«

»Auf eine Antwort.«

»Das verstehe ich nicht.«

»Ich verstehe, dass du es nicht verstehst.«

»Was ist los? Was passiert?«

»Irgendwas passiert. Vielleicht.«

»Was sollen wir machen?«

»Noch ein wenig warten. Halt dich in der Nähe auf, sorg dafür, dass ich dich schnell erreichen kann. Es ist wichtig, Henrik.«

»Du weißt, was du tust?«

»Ja, das weiß ich. Hab Geduld, Henrik. Geduld. Wie ich. Jedenfalls versuche ich, Geduld zu haben.«

Er schüttelte leicht den Kopf und ging.

Sie wollte es Svalberg jetzt nicht erklären. Das hätte die Spannung unterbrochen, dieser dünne Faden der Zusammengehörigkeit, die zwischen ihr und Mikael bestand.

Elina saß ganz still auf dem Stuhl. Dann geschah es ganz plötzlich. Die Antwort kam wie aus dem Nirgendwo. Bevor sie seine Nachricht öffnete, sah sie auf die Uhr. Es war Punkt acht, auf die Sekunde.

Sie beugte sich vor und las. Langsam, jedes Wort. Die Wörter wuchsen zu Sätzen zusammen und die Sätze zu einem Zusammenhang. Die letzte Zeile las sie dreimal.

»Scheiße!«, fluchte sie laut, hob den Telefonhörer ab und drückte eine Kurzwahl ein. Niemand meldete sich.

Die Besprechung, dachte sie. Er ist bei der Morgenbesprechung.

Sie sprang auf. Die Tür zum Besprechungszimmer war geschlossen. Sie riss sie auf.

»Henrik, komm schnell. Du auch, Kärnlund. Es eilt, ich mein's ernst!«

Sie lief zurück zu ihrem Zimmer, Henrik Svalberg dicht hinter ihr. Kärnlund trabte ihnen nach.

»Was ist?«, fragte Svalberg, als sie ihr Zimmer erreichten.

»Lies!«, forderte Elina ihn auf.

Kärnlund kam gleich hinterher.

»Lest, was auf dem Bildschirm steht. Es ist von Mikael Adolfsson.«

Alle drei starrten auf den Text.

Ich hab denselben Traum geträumt, den ich jede Nacht träume. Ich liege in meinem Bett und es ist dunkel. Da wird das Fenster geöffnet und er kommt langsam herein. Ich hab Angst, dass er sich rächen will und mich furchtbar schlägt. Ich versuche aufzustehen, aber die Decke wickelt sich um meine Beine. Er fällt mir entgegen, und ohne dass ich weiß, wie ich aufgestanden bin, stehe ich plötzlich hinter ihm. Und dann schlage ich ihm mit dem Kuhfuß auf den Kopf, ich schlage und schlage zu, bis er sich nicht mehr rührt und tot ist. Als ich aufwachte, war ich total verschwitzt und ich begriff, dass ich zu Ende bringen muss, was ich angefangen habe. Deswegen träume ich jede Nacht denselben Traum. Er erinnert mich daran. Jetzt nehme ich mir den Nächsten vor.

»Er will noch jemanden töten«, sagte Elina.

»Wen?«, fragte Kärnlund.

»Ich weiß nicht«, antwortete Elina. »Aber er schreibt ja, dass er es jetzt tun will. Wir müssen ihn fassen, bevor er es tut.«

»Fahrt!«, sagte Kärnlund. »Ich werde dafür sorgen, dass eine Streife hinterherkommt.«

»Wir fahren zu ihm nach Hause«, sagte Elina erregt. »Vielleicht meint er ein Familienmitglied. Vielleicht ist er noch da. Die Chance, ihn zu kriegen, ist dort am größten.«

»Wir nehmen mein Auto«, sagte Svalberg. »Es steht auf dem Parkplatz. Das geht schneller.«

Elina und Henrik Svalberg hasteten den Korridor entlang und die Treppen hinunter.

»Scheiße!«, fluchte Svalberg und blieb jäh stehen. »Die Autoschlüssel!«

Er kehrte um und lief zurück. Elina ging etwas langsamer zum Parkplatz. Einen Augenblick später kam Svalberg angekeucht. Bevor sie richtig im Auto saßen, fuhr der Streifenwagen schon durchs Tor des Polizeipräsidiums. Mit heulenden Sirenen schoss er auf der Straße davon.

»Halt dich fest«, sagte Svalberg zu Elina. »Jetzt geht's rund.«

Er holte den Streifenwagen ein, bevor sie die E 18 erreichten. Dort ordnete er sich auf die linke Spur ein und fuhr neben dem Streifenwagen her. Elina sah, dass es Karlsson und Agestål waren. Sie winkte ihnen, um sie darauf aufmerksam zu machen, dass sie sie eingeholt hatten. Karlsson, der am Steuer saß, nickte, gab noch mehr Gas und setzte vor Svalberg und Elina. Die Sirene pflügte ihnen eine Gasse durch den Verkehr.

Auf der ebenen Straße nach Surahammar fuhren sie 150 km/h. Mit quietschenden Reifen bogen die beiden Autos in den Ort ein. Durchs Zentrum mussten sie 50 fahren, erhöhten die Geschwindigkeit aber wieder auf der anderen Seite des Kanals.

Als sie den Schotterplatz vorm Haus erreichten, überholte Svalberg den Streifenwagen links und bremste genau vor dem Hausaufgang. Elina war im selben Augenblick aus dem Auto gesprungen, als es hielt. Sie lief die Treppe hinauf und versuchte, die Tür zu öffnen.

»Was machen wir?«, fragte Svalberg, der einen Schritt hinter ihr war.

Ohne zu antworten, zerschlug Elina mit dem Ellenbogen die kleine Fensterscheibe der Haustür, steckte die Hand durch das Loch und drehte den Schlüssel auf der Innenseite herum. Sie zog den Arm zurück, öffnete die Tür, betrat den Vorraum und stand plötzlich Auge in Auge mit Peter.

»Wo ist Mikael?«, fragte Elina.

Peter antwortete nicht. Elina machte einen Schritt auf ihn zu, packte ihn am Kragen und riss ihn zu sich heran, dass er fast gegen sie fiel.

»Antworte!«, schrie sie.

»Er hat das Auto genommen«, sagte Peter.

Elina drehte sich um und sah, dass der Opel nicht auf dem Hof stand.

»Ich weiß nicht, wohin er wollte«, sagte Peter. »Das ist wahr. Ich weiß es nicht. Ich habe nicht gewagt, ihn zu fragen. Er war so komisch.«

Elina war ratlos. In ihrem Kopf stand alles still.

Sie ging hinaus auf den Hof, an Karlsson und Agestål vorbei, die auf der Treppe standen. Im Streifenwagen kam ein Funkruf an.

»Ich nehm ihn an«, sagte Agestål und lief zum Auto hinunter. Er setzte sich auf den Fahrersitz. Die anderen folgten ihm, um mithören zu können.

»In die Skolgatan in Surahammar wurde ein Krankenwagen gerufen«, sagte die Stimme im Funk. »Warte mal, ich frag nach der genauen Adresse.«

»Benjaminsson«, sagte Elina. »Das ist er. Folgt mir in eurem Wagen, ich weiß, wo das ist.«

Als sie das dreistöckige Haus erreichten, stand der Krankenwagen schon auf dem Hof. Der Fahrer stieg im selben Augenblick ins Auto, als Elina aus dem Wagen sprang, und fuhr mit heulender Sirene davon.

Sie lief in den zweiten Stock hinauf und stieß auf Benjaminssons geschlossene Tür. Alles sah normal aus, nur eins nicht: Der Spion in der Tür war zersplittert. Sie drückte die Klinke herunter. Die Tür war nicht abgeschlossen. Elina öffnete sie langsam und machte einen Schritt in den Flur, hielt aber sofort wieder inne. Der Fußboden war mit Blutspritzern bedeckt.

Henrik Svalberg und Agestål standen direkt hinter ihr.

»Karlsson nimmt Kontakt zum Krankenwagen auf, um rauszukriegen, was passiert ist«, sagte Agestål.

Elina betrat vorsichtig die Wohnung. Weiter drinnen sah alles unberührt aus. Das Ganze schien sich im Flur abgespielt zu haben. Mikael hatte zugeschlagen und sich blitzschnell entfernt.

Karlsson kam die Treppe herauf und beugte sich zur Tür herein, ohne die Wohnung zu betreten.

»Wiik«, sagte er, »ich hab mit dem Krankenwagenfahrer gesprochen. Sie haben einen verletzten Mann aus der Wohnung geholt. Der Hausmeister hat ihnen die Tür geöffnet.«

»Was ist dem Mann passiert?«, fragte Elina.

Karlsson sah sie eine Weile an, ehe er antwortete.

»Jemand hat ihm ins rechte Auge gehackt«, sagte er dann.

Elina starrte auf den zerstörten Spion. Dann suchte ihr Blick den Fußboden ab. Nahe der Wand unter der Hutablage entdeckte sie eine Brille mit dicken Gläsern. Das rechte Glas war zersplittert und blutverschmiert.

»Lebt er?«, fragte sie.

»Noch ja. So hat sich der Krankenwagenfahrer ausgedrückt.«

Elina verließ die Wohnung und ging ins Treppenhaus zurück. Dort begegnete sie Svea Karlsson, die vor ihrer Wohnungstür stand.

»Es ist entsetzlich«, wimmerte sie. »Ich hab den Krankenwagen gerufen.«

»Erzählen Sie, was passiert ist«, sagte Elina.

»Zuerst hab ich diesen Jungen gesehen, von dem ich Ihnen schon erzählt habe. Er kam ins Haus und ich hörte ihn gleich darauf an Benjaminssons Tür klingeln. Aber niemand öffnete. Dann fing Benjaminsson an zu schreien. Er schrie und schrie. Mir wurde klar, dass der Junge ihn verletzt haben musste, und da hab ich den Krankenwagen gerufen. Dann hab ich den Hausmeister benachrichtigt für den Fall, dass die Tür von innen abgeschlossen war.«

»Da haben Sie sehr geistesgegenwärtig gehandelt, Frau Karlsson«, sagte Elina.

»Was ist mit Benjaminsson? Was ist passiert?«, fragte Svea Karlsson.

»Er ist schwer verletzt. Wir wissen noch nicht, wie es ihm geht. Frau Karlsson, was hat der Junge hinterher gemacht?«

»Ich weiß es nicht, das Telefon ist im Wohnzimmer. Als ich den Krankenwagen rief, konnte ich nicht aus dem Fenster schauen. Ich hab ihn nicht mehr gesehen.«

Elina wandte sich zu Svalberg.

»Gib eine Fahndung nach Mikael Adolfsson mit Personenbeschreibung und allem raus und lass auch nach seinem Auto fahnden. Ich erinnere mich nicht an das Kennzeichen, das muss also festgestellt werden. Alle Streifen müssen bei der Suche helfen.«

»Wollen wir nicht veranlassen, dass sein Haus bewacht wird?«, schlug Svalberg vor. »Mikael kann ja wieder nach Hause fahren und wir müssen die Familie schützen. Wer weiß, was er jetzt vorhat?«

»Du hast Recht, Henrik. Kärnlund muss entscheiden, welche Hilfsmittel eingesetzt werden sollen.«

Sie wandte sich an Agestål.

»Wenn ihr anfangt, die Umgebung hier abzusuchen, fahre ich mit Svalberg zurück zu Adolfssons«, sagte sie. »Vielleicht weiß Peter, wohin Mikael gefahren sein könnte.«

Sie nahm ihr Notizbuch hervor und schlug eine Seite am Ende auf.

»Ich habe eine Liste seiner Nazifreunde. Kjell Stensson hat sie mir gegeben. Bei denen können wir suchen, falls Mikael sich versteckt halten sollte. Das muss vernünftig organisiert werden.«

Hoffentlich ist es noch nicht zu spät, dachte sie.

Auf dem Weg zurück zu Adolfssons rief Elina Kärnlund an und erzählte, was passiert war.

»Er schickt eine Streife zum Haus«, sagte sie zu Svalberg, als das Gespräch beendet war. »Und dann organisiert er die Fahndung von Västerås aus. Er hat Karlsson und Agestål schon beauftragt, die Straßen von Surahammar abzufahren und nach dem Opel und Mikael zu suchen.«

Um das Haus der Familie Adolfsson herum war es ganz still. Der Opel war nicht zu sehen. Diesmal klingelte Elina an der Tür. Niemand öffnete und von drinnen war kein Laut zu hören. Sie drückte die Klinke herunter. Es war abgeschlossen.

»Wir gehen rein«, sagte sie.

Bevor sie die Hand durch die zerschlagene Scheibe schob, spähte sie hinein. In respektvollem Abstand von der Tür. Sie wollte nicht das Gleiche erleben wie Benjaminsson. Als sie einigermaßen sicher war, dass sich niemand im Flur befand, steckte sie die Hand hinein. Aber der Schlüssel steckte nicht mehr im Schloss.

Henrik Svalberg ging zum Schuppen und schaute hinein.

»Hier steht nur ein Fahrrad«, sagte er, »ein Herrenrad.«

»Wenn Mikael noch immer das Auto hat, ist das vielleicht sein Fahrrad«, sagte Elina. »Aber wieso sind alle weg? Machen die anderen eine Radtour, während Mikael mit dem Auto rumfährt und versucht, Menschen umzubringen?«

»Vielleicht sind sie weggefahren, weil sie Angst haben«, sagte Svalberg. »Peter hat ja gesagt, dass Mikael seltsam gewirkt hat.«

Elina ging einmal ums Haus und schaute durch die Fenster im Erdgeschoss. Es schien leer zu sein.

»Vielleicht ist er oben«, sagte Svalberg. »Er kann sich von innen eingeschlossen und den Schlüssel mit raufgenommen haben.«

Sie sahen sich an. Beide wussten, dass sie eine Entscheidung treffen mussten.

»Wir gehen rein«, sagte Elina. »Hast du deine Dienstwaffe bei dir?«

»Nein, es ging alles so schnell, ich hatte keine Zeit mehr, sie zu holen.«

»Ich auch nicht.«

Sie ging noch einmal um das Haus herum, um festzustellen, durch welches Fenster man am leichtesten einsteigen konnte. Als sie zum Küchenfenster an der Giebelfront kam, sah sie, dass die beiden Fensterhaken nicht vorgelegt waren. Sie holte ihren eigenen Schlüssel hervor, reckte sich und steckte ihn in den Spalt, hebelte ihn an. Dann ließ sich das Fenster ganz leicht öffnen.

»Ich klettre als Erste hinein«, sagte sie und zog sich mit den Armen hoch.

Henrik Svalberg versuchte das Gleiche, aber er schaffte es nicht.

»Nimm meinen Arm«, sagte Elina.

Sie drehte sich um, um sich zu vergewissern, dass Mikael nicht hinter ihr war. Dem Hausinnern den Rücken zugekehrt und mit Svalberg, der an ihrem Arm hing, würde sie sich nicht verteidigen können.

Diesmal schaffte Svalberg es und kletterte hinein. Langsam durchsuchten sie das Haus, Zimmer für Zimmer. Im Erdgeschoss war keiner der Familie. Elina wusste, dass Mikaels Zimmer oben links von der Treppe war. Sie ging voran und Svalberg folgte ihr. Alle Zimmer waren leer. Aber die Tür zu Mikaels Zimmer war verschlossen.

»Wenn er da ist, weiß er schon, dass wir im Haus sind«, flüsterte Elina.

Sie hämmerte gegen die Tür.

»Mikael!«, rief sie. »Komm raus! Wir wissen, dass du da drinnen bist.«

Sie zogen sich seitwärts zurück, um außer Reichweite zu sein, falls er die Tür aufriss und sie angreifen wollte. Still standen sie da und warteten. Nichts geschah. Elina kontrollierte, wie die Scharniere angebracht waren. Die Tür öffnete sich nach innen.

»Tritt zu«, forderte sie Svalberg auf.

Henrik Svalberg stellte sich vor die Tür und trat mit dem rechten Fuß zu. Die Tür flog auf und knallte gegen die Wand. Auf dem Schreibtisch stand Mikaels laufender Computer. Das Bett war ungemacht. Auf dem Fußboden lagen Kleidungsstücke verstreut. Mikael war nicht da.

Sie gingen wieder nach unten. Elina spürte ihr Herz heftig schlagen. Als sie das Erdgeschoss erreichten, hörten sie Reifen auf dem Hof knirschen. Rasch ging sie zur Haustür und schaute durch die zerschlagene Scheibe hinaus.

»Ist er das?«, fragte Svalberg.

»Nein, das ist ein Streifenwagen.«

Elina griff nach der Türklinke, erinnerte sich jedoch daran, dass abgeschlossen war. Sie drehte sich zu Svalberg um, um ihn zu bitten, noch einmal zuzutreten. Da entdeckte sie den Schlüssel an einem Haken. Sie nahm ihn herunter und steckte ihn ins Schloss. Als sie die Haustür öffnete, sah sie in eine Pistolenmündung.

»Nicht schießen«, stieß Elina hervor. »Ich bin's nur. Der Gesuchte ist nicht hier.«

Der uniformierte Polizist steckte die Pistole in das Holster zurück.

»Sie sollten ein wenig vorsichtiger sein«, sagte er kopfschüttelnd. »Wir sind doch hier, um das Haus zu bewachen.«

»Parken Sie hinterm Haus, dann sieht er das Auto nicht gleich von der Straße aus«, sagte sie. »Es ist niemand hier. Ich schlage vor, dass Sie im Haus warten und genau beobachten, was draußen vor sich geht. Mikael Adolfsson hat einen Bruder, eine Schwester und die Mutter. Ich weiß nicht, wo sie im Augenblick sind, aber sie brauchen Schutz, wenn sie zurückkommen. Mikael ist verzweifelt, und wir wissen nicht, wen er als Nächsten angreift. Wir können nicht ausschließen, dass er sich bei seinen Nazifreunden eine Schusswaffe besorgt.«

Elina wandte sich an Henrik Svalberg.

»Wir gehen jetzt.«

»Warten Sie«, sagte einer der uniformierten Polizisten. »Kärnlund hat gesagt, dass Sie die hier brauchen.«

Er bückte sich zum Auto und holte zwei Schulterholster heraus.

»Da stecken Ihre eigenen Pistolen drin«, sagte der Polizist.

»Wo fangen wir an zu suchen?«, fragte Svalberg und legte das Holster um.

Sie nahm ihr Notizbuch vor.

»Da«, sagte sie und zeigte auf eine Adresse. »Kjell Stensson hat gesagt, dieser Patrik ist die Leitfigur der kleinen Nazis im Ort.«

Sie fuhren zurück über den Kanal und an dem Grundstück vorbei, auf dem das Kirchengebäude gestanden hatte. Im Unterschied zum Bürgerhaus wurde die Kirche schon wieder aufgebaut. Der Grundriss war größer als der des alten Hauses.

»Der Glaube besiegt alles«, sagte Elina. »Er scheint sogar stärker zu sein als die Politik.«

Sie zeigte nach links zu den Mietshäusern von Nybygget.

»Da ist es irgendwo. Achte mal auf die Hausnummern. Wir fahren erst einmal ein bisschen herum. Vielleicht steht der Opel ja in der Nähe.«

Es hatte den Anschein, als ob ein Volvo älteren Modells, dringend einer neuen Lackierung bedürftig, Bestandteil des Mietvertrags war von den Leuten, die in Nybygget wohnten. Auf dem großen Parkplatz am Källmoravägen stand nur ein Opel. Aber es war nicht Mikaels. Svalberg fuhr in einen asphaltierten Weg zwischen den Häusern.

»Wollen wir jetzt einen Hausbesuch machen?«, fragte er.

Elina nickte. Svalberg hielt zwei Eingänge entfernt. Das letzte Stück gingen sie zu Fuß. Auf den Schildern im Treppenhaus gab es nur zwei Namen. Alle anderen Wohnungen standen leer.

»Ganz oben«, sagte Svalberg.

Die Klingel schien nicht zu funktionieren, deswegen hämmerte Elina gegen die Tür. Als nichts geschah, klopfte sie erneut, diesmal noch fester. Sie hörte, dass sich jemand in der Wohnung bewegte. Die Tür wurde einen Spaltbreit geöffnet.

»Was ist?«, fragte eine heisere Stimme von drinnen.

Elina hielt ihren Ausweis hoch, sodass er durch den Türspalt zu erkennen war.

»Machen Sie auf!«, befahl sie.

Die Tür wurde aufgezogen. Der Junge in dem kleinen Vorraum war noch ganz verschlafen. Er hatte Flaum am Kinn und halblange helle Haare auf dem Kopf. Das T-Shirt, in dem er vermutlich geschlafen hatte, war schwarz und auf dem Bauch mit dem Bild von einem Muskelprotz bedruckt, der aus einer Serie stammen konnte. »Defend Aryan POWs«, stand unter dem Bild. Darunter trug er nur eine Unterhose.

»Komm raus ins Treppenhaus, Patrik«, sagte Elina und stellte den Fuß in die Türöffnung.

»Ich hab nichts an«, sagte der Junge, der keinen Einwand gegen den Namen Patrik machte.

»Wir sind hier nicht auf einer Modenschau«, sagte Elina. »Entweder du tust sofort, was ich sage, oder wir nehmen dich mit aufs Revier. Ohne Hose.«

Patrik sah Svalberg an. Dann kam er heraus ins Treppenhaus.

»Braver Junge«, sagte Elina. »Jetzt steh still. Bist du allein?«

»Verdammte Sau«, murmelte der lokale Anführer der Sturmtruppen. »Ja, ich bin allein.«

»Henrik, schau in der Wohnung nach. Sei vorsichtig.«

Svalberg ging hinein, kam aber schon nach einer Minute wieder heraus.

»Er ist nicht da«, sagte er. »Es ist eine Einzimmerwohnung mit einer kleinen Küche und einem kleinen Bad. Leer.«

Elina hatte Patrik nicht aus den Augen gelassen.

»Hast du heute Morgen Besuch gehabt?«, fragte sie.

»Nicht dass ich wüsste«, antwortete er. »Ich hab bis eben geschlafen, bis Sie mich geweckt haben.«

»Bist du mit Mikael Adolfsson befreundet?«

»Kein Kommentar«, sagte Patrik.

»Wo hast du das denn gelernt?«, sagte Elina. »Okay, dann gehen wir also. Wir können das Gespräch auch auf dem Revier fortführen.«

»Wartet«, sagte Patrik. »Klar kenn ich Mikael. Das wissen Sie doch. Sonst wären Sie ja nicht hier.«

»Wo ist er jetzt?«

»Woher soll ich das wissen?«

»Wen von euch kennt er am besten?«

»Von wem reden Sie?«

»Verstell dich nicht. Ich meine die herausragendsten Repräsentanten der weißen Kultur in Surahammar.«

Patrik antwortete nicht.

»Du und deine Nazikumpel, falls du nicht verstehst, was ich meine. Wen von euch kennt Mikael am besten?«

»Mich«, sagte Patrik.

Elina dachte eine Weile nach.

»Patrik«, sagte sie, »Mikael braucht unsere Hilfe. Er ist in eine schlimme Sache hineingeraten und versteckt sich irgendwo. Wo könnte er sein?«

»Sie versuchen, ihn zu schnappen«, sagte Patrik. »Was hat er getan?«

»Wir versuchen, ihn daran zu hindern, sich selbst zu schaden. In seinem Kopf ist irgendwas ausgerastet. Es besteht die Gefahr, dass er stirbt, wenn wir ihn nicht finden.«

»Sie lügen.«

»Nein, ich lüge nicht.«

Patrik sah Elina an. Sie sah ihm in die Augen, ohne etwas zu sagen.

»Ich weiß nicht, wo er sein könnte«, sagte er schließlich, »wenn er nicht zu Hause oder im Bodybuilding Club ist. Wenn er Hilfe von einem Freund des Vaterlandes gebraucht hätte, wäre er zu mir gekommen.«

»Und deine anderen Freunde?«

»Mikael ist nie bei jemand anders zu Hause gewesen, wenn ich nicht dabei war.«

»Dann geh jetzt rein und zieh dir eine Hose an«, sagte Elina.

Als sie und Henrik Svalberg auf den Hof kamen, hatte es angefangen zu regnen. Elina schaute auf die Uhr. Es war halb elf.

»Ich hab das Gefühl, dass dies ein langer Tag wird«, sagte sie.

Zwölf Stunden und fünf Minuten später saßen sie und Svalberg in Kärnlunds Dienstzimmer. Vor dem Fenster war es dunkel geworden. Oskar Kärnlund war nervös und klopfte mit einem Stift auf die Schreibtischplatte.

»Wir hätten wenigstens das Auto finden müssen«, sagte er, »wenn er noch in der Gegend ist.«

»Hast du was aus Blekinge gehört?«, fragte Elina. »Das ist der einzige Ort außerhalb von Surahammar, wo er einige Kontakte hat, die wir kennen.«

»Nichts.« Kärnlund seufzte.

»Ich hab die Kusine von seinem Vater dort unten angerufen«, sagte Elina. »Und die Großmutter. Erst vor einer halben Stunde. Mikael hat zu keinem von ihnen Kontakt aufgenommen.«

»Gibt es ein Netzwerk der Neonazis, das Leute auf der Flucht versteckt?«, fragte Svalberg. »Was sagen unsere Filzpantoffeln?«

»Unsere Jungs wissen nichts«, sagte Kärnlund. »Ich hab auch mit einem Kommissar von der Sicherheitspolizei in Stockholm gesprochen. Der konnte keine brauchbare Information beitragen. Ich nehme an, er hatte nicht die geringste Ahnung.«

Elina erhob sich und gähnte.

»Hat es einen Sinn, wenn wir jetzt weitermachen?«, fragte sie. »Nach Mikael wird gefahndet; wenn wir Glück haben, kriegen wir ihn. Das Haus wird bewacht und die Familie ist im Obergeschoss in Sicherheit. Ich weiß nicht, was wir im Augenblick noch tun können.«

»Nein«, sagte Kärnlund. »Für heute Abend hören wir auf und machen morgen früh weiter. Gute Nacht.«

Elina und Svalberg gingen gemeinsam zum Parkplatz.

»Soll ich dich nach Hause fahren?«, fragte Svalberg.

»Nein, danke. Ich wohn ja nur ein paar Häuserblocks entfernt. Wir treffen uns morgen früh um acht. Dann schnappen wir ihn.«

»Hoffentlich. Gute Nacht.«

Elina spazierte langsam in Richtung Oxbacken. Die Augustdunkelheit lag schon dicht über der Stadt. Vom Sonnenlicht war nur noch ein blasser Schimmer am Horizont zu sehen. Es hatte aufgehört zu regnen, aber die Straßen glänzten immer noch unter der Straßenbeleuchtung. Sie war allein unterwegs.

An der Haustür tippte sie den Code ein, betrat das Treppenhaus und drückte auf den Lichtknopf. Sie steckte die Hand in die Hosentasche und holte den Wohnungstürschlüssel heraus. Eine Weile blieb sie mit dem Schlüssel in der Hand still stehen.

Elina atmete langsam, als wollte sie etwas überprüfen. Einen schwachen Geruch, der sonst nicht da war. Das Treppenhaus hatte seinen eigenen Geruch. Aber etwas war anders. Ein Geruch, den sie von irgendwoher kannte. Aber woher?

Zögernd stieg sie die Treppe hinauf. Der Geruch folgte ihr. Sie blieb stehen und lauschte. Die Leuchtstofflampen summten. Sonst war es still. Sie stieg zwei weitere Treppen hinauf.

Vor ihrer Wohnungstür drehte sie sich um. Schnupperte und lauschte. Dann steckte sie den Schlüssel ins Schloss, drehte ihn um, öffnete und ging hinein. Im selben Augenblick, als sie das Licht im Vorraum anknipste, verlosch das Licht im Treppenhaus.

In dem Moment kam er. Sie hörte Schritte hinter sich vom oberen Treppenabsatz, tastete mit der Hand nach der Klinke und versuchte, die Tür zu schließen. Kurz bevor sie ins Schloss fallen würde, blieb sie hängen. Ein Meißel machte es unmöglich, die Tür zu schließen.

Elina stemmte sich mit dem einen Fuß gegen den Türrahmen, mit dem anderen auf den Fußboden und drückte mit beiden Händen gegen die Türklinke. Der Druck von der anderen Seite wurde langsam übermächtig. Der Spalt verbreiterte sich und der Meißel verschwand aus der Türöffnung. Sie hörte ihn nicht zu Boden fallen.

Er hat ihn in der Hand, dachte sie.

Plötzlich ließ sie los und die Tür flog auf. Mikael fiel rückwärts auf den Steinfußboden, kam aber schnell wieder auf die Füße. Elina stand im Flur. Er stürzte sich auf sie und schlug zu.

44

Kärnlund stieg als Erster vor der Notaufnahme des Zentralkrankenhauses aus dem Auto. Er ging mit langen Schritten. Ihm folgten zwei andere Polizisten. Sie stellten sich in der Anmeldung vor und wurden in einen Korridor geschickt, wo sich das Zimmer des Stationsarztes befand.

Auf dem Weg dorthin begegneten sie einem Mann im weißen Kittel.

»Wie geht es dem Patienten?«, fragte Kärnlund.

»Nicht besonders«, sagte der Arzt. »Er ist schwer verletzt, aber nicht lebensgefährlich. Ich glaube nicht, dass Schäden bleiben. Es ist jedes Mal gleich schrecklich, wenn man so etwas sieht, obwohl ich Menschen gesehen habe, die entschieden schwerer misshandelt worden sind.«

Er verstummte und sah die drei Polizisten an.

»Ich hoffe wirklich, dass Sie den Täter finden«, sagte er.

Kärnlund drehte sich zu den beiden Polizisten um.

»Das ist gar nicht schwer. Der Täter steht hier.«

Elina Wiik streckte ihre Hand aus.

»Kriminalassistentin Wiik«, sagte sie. »Es tut mir Leid, dass er so schwer verletzt ist. Aber Ihr Patient hat mich mit einem scharf geschliffenen Schraubenzieher angegriffen. Mir blieb nichts anderes übrig, als ihn kampfunfähig zu machen.«

Der Arzt zuckte vor Elinas ausgestreckter Rechten zurück.

»Um Gottes willen, rühren Sie mich nicht an«, sagte er, »ich lebe von der Arbeit meiner Hände.«

Kärnlund räusperte sich.

»Kann man mit ihm sprechen?«, fragte er.

Der Arzt seufzte.

»Er hat mit Hilfe von Schlafmitteln und schmerzstillenden Medikamenten neun Stunden lang geschlafen. Ich glaube, er ist gerade aufgewacht. Da seine Kiefer erstaunlicherweise heil geblieben sind, wird es wohl gehen. Wir werden sehen.«

Er warf Elina einen langen Blick zu.

Vor Mikaels Zimmer stand ein uniformierter Polizist. Er grüßte rasch, als er Kärnlund sah, angeführt vom Arzt und mit zwei Beamten in Zivil im Schlepptau. Der Polizist hielt allen die Tür auf. Mikael lag allein im Zimmer. Er hing am Tropf, Gesicht und Hals waren verfärbt.

Kärnlund wandte sich an Elina.

»Was hast du eigentlich mit ihm gemacht?«, fragte er.

»Ich hab seinen Arm mit einem *shuteuke* blockiert, hab ihn dann mit einem *jodan yakzuki* geschlagen und einen *kingeri* folgen lassen. Vorsichtshalber zum Schluss noch ein *zuki* von oben.«

Svalberg starrte sie an.

»Als er mich mit dem Schraubenzieher angriff, hab ich ihn mit dem linken Arm abgewehrt. Dann hab ich ihm mit der rechten Faust ins Gesicht geschlagen und in den Schritt getreten. Aber wirklich nicht sehr hart. Man scheut sich, einem Jungen zwischen die Beine zu treten. Als er schon zu Boden ging, hab ich ihm noch mit der Faust in den Nacken geschlagen. Damit er nicht wieder auf die Beine kommt. Aber ich glaube, er ist jetzt wieder ziemlich okay. Glaub ich. Hoffe ich.«

Elina schüttelte den Kopf.

»Ich hätte mir denken sollen, dass er da ist. Das war mein Fehler. Ich hab nämlich seinen Geruch erkannt, als ich ins Haus kam. Dieser ungelüftete, muffige Geruch. Der muss in seinen Klamotten hängen. Ich konnte ihn in dem Augenblick nur nicht zuordnen.«

Sie ging zu Mikaels Bett und zog einen Stuhl heran, der an der Wand stand.

»Wie geht es dir, Mikael?«

Er sah sie an, ohne zu antworten.

»Gut, dass du es mir per E-Mail erzählt hast«, sagte sie. »Wenn du wieder gesund bist, musst du alles erzählen. Die ganze Geschichte. Von Anfang an bis zum Ende. Machen wir das so?«

Mikael lag still im Bett. Dann nickte er einmal. Elina legte eine Hand auf seine Schulter und stand auf.

»Wir gehen«, sagte sie zu Kärnlund und Svalberg. »Jetzt ist es vorbei.«

EPILOG

25. September

45

Die ersten Birkenblätter wurden gelb. Elina trug ein neues Kostüm in gedämpften Herbstfarben. Draußen war es ziemlich stürmisch. Vor ihrem Fenster heulte es. Es war noch früh am Morgen und sie saß in ihrem Dienstzimmer im ersten Stock des Polizeipräsidiums.

Gestern war Mikael für den Mord an seinem Vater zu vier Jahren Gefängnis verurteilt worden. Die Verteidigung hatte seine Jugend und die schwierigen Verhältnisse angeführt, unter denen er gelebt hatte. Der Angriff auf Simon Benjaminsson war in einer Psychose erfolgt, das stellte die Rechtspsychologie und dann das Amtsgericht fest. Aber jetzt und zum Zeitpunkt des Mordes hielt man Mikael für nicht so psychisch krank, um ihn in psychiatrische Sicherheitsverwahrung zu nehmen.

Vor sich hatte Elina die Abschrift des Verhörs von Mikael. Dabei waren alle Fragen, die sie sich während der Mordermittlungen gestellt hatte, beantwortet worden.

Frage: Wann hast du das erste Mal daran gedacht, deinen Vater zu töten?

Antwort: Ich glaube, das war, als er Mutter das erste Mal geschlagen hat.

F: Ist der Gedanke im Lauf der Jahre stärker geworden?

A: Ich weiß nicht. Aber er hat mich viele Male geschlagen. Einmal hat er mich in den Rücken getreten, weil ich die Schule geschwänzt hatte. Im ersten Jahr in Surahammar haben sie mein Fahrrad kaputtgemacht, deswegen wollte ich nicht mehr hingehen. Als Vater das vom Lehrer erfuhr, sagte er, ich blamiere ihn, und dann hat er mich auf dem Hof hingeworfen und mich getreten. Ich hab die gehasst, die mein Fahrrad kaputtgemacht haben, und ich hab Vater gehasst. Als ich mit dem Training anfing, hat er mich geschlagen, weil ich dorthin ging. Er kam in mein Zimmer und riss an meiner Trainingstasche. Als ich ihn bat, das zu lassen, hat er mir ins Gesicht geschlagen und ist wieder rausgegangen. Da hab ich beschlossen, stark zu werden. Ich wollte zurückschlagen. Der sollte staunen. Jeden Tag hab ich davon geträumt.

F: Wann hast du den Mord zum ersten Mal geplant?

A: In diesem Frühling. Er hat Mutter geschlagen, weil das Essen nicht warm war. Da bin ich in den Eisenwarenladen gegangen und hab einen Kuhfuß gekauft. Den hab ich auf der Hutablage versteckt.

F: Was ist dann passiert?

A: Ich traute mich erst mal nicht. Das war seltsam. Aber Anfang des Sommers ist was mit meiner kleinen Schwester passiert. Sie ist von zu Hause weggelaufen und ich bin ihr gefolgt. Sie durfte sich in meinem Zimmer aufhalten. Aber als ich weggehen wollte, sagte Vater, ich soll Holz reinholen. Da ist er hinter mir hergekommen in den Holzschuppen und hat gesagt, ich sollte den Mund halten und niemandem etwas erzählen. Dann schlug er eine Axt dicht neben meinem Kopf in die Holzkiste.

F: Warum, meinst du, hat er das getan?

A: Um mir Angst einzujagen.

F: Ist die Holzkiste deswegen kaputt?

A: Ja.

F: Was war es, worüber du nicht reden solltest?

A: Das hat er nicht gesagt. Deshalb hab ich Stina am nächsten Tag gefragt. Erst wollte sie nicht darüber reden. Aber dann sagte sie es doch. Er hat sie begrapscht, zwischen den Beinen. Das hat er schon mal getan, sagte sie, aber sie hat nicht gesagt, wie oft. Sie hat die ganze Zeit geweint. Zuerst wusste ich nicht, was ich tun sollte. Also ging ich zu Simon und hab es ihm erzählt.

F: Du meinst Simon Benjaminsson?

A: Ja, den.

F: Erzähl weiter, Mikael.

A: Ich bin also zu ihm und erzählte ihm, dass er Stina begrapscht hat und Mutter und uns anderen schlägt. Peter auch. Dass er es immer getan hat. Peter und Mutter am meisten. Wenn Sie wüssten, wie viel Prügel Peter gekriegt hat! Ich hab zu Simon gesagt, er muss Vater sagen, dass er damit aufhören soll.

F: Was hat er geantwortet?

A: Er hat gesagt, wir müssten an Vaters Ruf denken. Wenn das rauskäme, könnten wir hier nicht wohnen bleiben. Die Kirche würde besudelt werden. Vater liebte uns, behauptete er, wir müssten lernen, das zu verstehen. Da hab ich beschlossen, Vater umzubringen. Niemand würde uns helfen. Einmal hab ich auch beim Sozialamt angerufen, aber die haben bloß gesagt, ich sollte später kommen. Aber dann bin ich nicht hingegangen, weil es zu Hause etwas ruhiger war.

F: Was hast du getan, als du ihn getötet hast?

A: Ich hab darauf gewartet, dass er nach Hause kommt. Er war immer der Erste, vor Stina und Peter. Mutter war weg. Ich erzählte ihm, Stina sei in den See gegangen und dass ich das gesehen hatte und versucht habe, sie herauszuziehen, aber ich glaubte, sie sei ertrunken. Ich wollte ihn nicht sofort erschlagen. Er sollte gequält werden, genau wie wir. Wir sind also zu dem See gefahren, vorher hatte ich schon den Kuhfuß dort versteckt. Ich sagte, ich wolle ihm zeigen, wo Stina liegt. Aber was ich dann tun sollte, wusste ich nicht recht. Also zeigte ich auf einen großen Stein und sagte, da liegt sie. Er ging hin und da hab ich zugeschlagen.

F: Was hast du gedacht, als du zugeschlagen hast?

A: Nichts. Aber es war schön.

F: Nichts?

A: Ja.

F: Und was hast du dann getan?

A: Ich bin zum Fahrrad gelaufen, das auf der Straße lag, und bin nach Hause gefahren. Abends bin ich wieder hingefahren und hab sein Fahrrad in den See geworfen, den Kuhfuß auch, aber den ein bisschen weiter raus.

F: Kannst du uns zeigen, wo du gestanden hast, als du den Kuhfuß weggeworfen hast?

A: Ja, eben ein bisschen weiter entfernt.

F: Hast du deinen Vater vergraben?

A: Ja, das hab ich ein paar Tage später gemacht. Ich bekam Alpträume davon, dass er dort lag. Die Fliegen hatten angefangen, an ihm zu fressen, also in meinem Traum. Sonntag wurde ich sehr früh wach und stand auf. Es war gerade hell geworden, ich nahm den Spaten und fuhr hin und vergrub ihn. Dann hab ich Tannenzweige abgeschnitten und damit das Grab bedeckt.

F: Hattest du keine Angst, jemand könnte dich unterwegs mit dem Spaten sehen?

A: Da war noch niemand unterwegs.

F: Und was ist mit Simon Benjaminsson? Warst du das?

A: Ja. Aber ich kann mich nicht richtig erinnern. Ich habe ihn gehasst, weil er uns nicht geholfen hat. Hätte er das getan, hätte ich Vater nicht töten müssen. Es war seine Schuld. Ich bin zu ihm gefahren und hab den Schraubenzieher gegen das kleine Guckloch in der Tür gehalten, dann hab ich geklingelt. Als Schritte auf die Tür zukamen und ich dachte, dass er durch das Loch schaute, hab ich den Schraubenzieher hineingeschlagen. Er hat aufgeschrien und da bin ich gegangen.

F: Und warum hast du mich angegriffen, Mikael?

A: Ich weiß nicht. Patrik hat gesagt, Sie hätten nach mir gesucht, ich wollte mich verteidigen. Alles ist irgendwie gleichzeitig passiert. Ich weiß es nicht.

F: Patrik von Nybygget, dieser Nazi? Hast du ihn getroffen?

A: Nein, ich hab ihn angerufen.

Elina legte die Papiere auf ihren Schreibtisch. Auf die Fragen nach den Bränden hatte Mikael nicht geantwortet. Er hatte nur gesagt, davon wisse er nichts.

Sie dachte über Simon Benjaminssons Schicksal nach. Er hatte sich geweigert, den Kindern seiner Herde zu helfen. Stattdessen hatte er die Übergriffe verschleiert.

Vielleicht um sich selbst zu schützen, dachte Elina. Nicht nur Bertil Adolfsson und die Gemeinde wären in den Schmutz gezogen worden, wenn die Verhältnisse der Familie bekannt geworden wären, sondern auch Benjaminsson. Wenn er Alarm geschlagen hätte, als Mikael um Hilfe bat, wie hätte er dann erklären sollen, dass er vier Jahre lang die sexuellen Übergriffe auf Stina verschwiegen hatte? Inez Wigren, Bertil Adolfssons Kusine, hätte ihn entlarven können, wenn Bertil vor Gericht gestellt worden wäre. Benjaminsson hatte die ganze Zeit von dem Terror in der Familie gewusst, ohne einen Finger zu rühren.

Simon Benjaminsson hatte überlebt. Das rechte Auge hatte man entfernen müssen.

Vielleicht lernt er jetzt zu sehen, dachte Elina.

Sie hörte ein leichtes Klopfen an der Tür. Es war Henrik Svalberg.

»Na also«, sagte er zufrieden, »das ist erledigt.«

Elina wippte mit ihrem Bürostuhl.

»Vielleicht«, sagte sie. »Aber ich bin mir da nicht so sicher.«

»Wie meinst du das?«, fragte Svalberg.

»Wir wissen, was passiert ist, aber wir wissen es trotzdem nicht mit letzter Sicherheit. Mikael hat offen erzählt. Alle glauben ihm. Ich auch, bestimmt. Er ist der Mörder, kein Zweifel. Aber ich würde nicht auf die Bibel schwören, dass Peter nicht auch irgendwie beteiligt war.«

»Warum glaubst du das? Es gibt doch absolut nichts, was darauf hindeutet.«

»Nein, das nicht«, sagte Elina. »Aber ich frage mich trotzdem. Jönsson würde das wohl wieder weibliche Intuition nennen. Wir können auch nicht ganz sicher sein, ob Mikael nicht doch irgendwie an der Brandstiftung im Bürgerhaus beteiligt war. Und dem Gemeindehaus. Er könnte, jedenfalls zeitlich gesehen, derjenige gewesen sein, der das Gemeindehaus angesteckt hat. Keiner der Brandstiftungsfälle ist aufgeklärt. Werden sie wohl auch nie, jedenfalls nicht das Feuer im Bürgerhaus. Der Staatsanwalt hat sich definitiv dagegen entschieden, eine Voruntersuchung gegen Peter zu eröffnen.«

»Er will seinen Fehler nicht zugeben«, sagte Svalberg.

»Besser ist unser Rechtswesen nicht, Henrik. Man muss sich fragen, ob das alles überhaupt passiert wäre, wenn die Behörden nicht einfach nur ihrem routinemäßigen Schlendrian gefolgt wären. Stell dir vor, das Sozialamt hätte einen Schritt weiter gedacht und auf Mikaels ersten Hilferuf reagiert. Rede ich jetzt wie eine zynische alte Frau?«

»Ja. Fast. Und ich bin ein zynischer alter Mann.«

Elina lachte nicht. Sie sah Svalberg an.

»Mikael hat seinen Hass auf die richtige Person gerichtet«, sagte sie. »Damit sage ich nicht, dass ich es für richtig halte, dass er den Vater erschlagen hat. Aber er richtete ihn gegen seinen Quälgeist. Vielleicht findet er sich doch noch im Erwachsenenleben zurecht, wenn er im Gefängnis die richtige Hilfe bekommt. Peter hat den Hass nach innen gegen sich selbst gerichtet und dann wahrscheinlich nach außen gegen alles und alle, um seinen Schmerz zu betäuben. Er ist frei und dennoch sein eigener Gefangener. Das Problem der beiden ist, dass sich niemand um sie gekümmert hat. Erst als es zu spät war.«

Henrik Svalberg nickte, sah auf die Uhr und stand auf.

»8-Uhr-Besprechung«, sagte er. »Kommst du?«

»Nein«, sagte sie. »Ich hab noch etwas zu erledigen.«

Elina folgte Svalberg hinaus in den Korridor, ging jedoch in die andere Richtung, die Treppen hinunter und zum Parkplatz. Sie setzte sich in ihr Auto und fuhr zur E 18. Zwanzig Minuten später parkte sie vor einem einstöckigen gelben Haus mit Mansardendach. Sie stieg aus dem Auto und betrat den Garten. Eine Frau mit langen dunklen Haaren stand auf dem Balkon und sah sie an.

»Ist Ihr Mann zu Hause?«, fragte Elina.

Die Frau drehte sich wortlos um und verschwand im Haus. Gleich darauf wurde unten die Tür von Ismail Mehmedović geöffnet.

»Darf ich hereinkommen?«, bat Elina.

Mehmedović trat einen Schritt beiseite und ließ sie eintreten. Er ging in die Küche und stellte den Herd an. Er streckte sich und nahm zwei Kaffeetassen aus dem obersten Fach eines Schrankes.

Sie saßen sich gegenüber, ohne ein Wort zu sagen.

»Vielleicht war es Peter«, sagte Elina schließlich. »Ich weiß es nicht. Aber Sie waren es nicht.«

Ismail Mehmedović nahm drei Stückchen Zucker in seinen Kaffee.

»Für mein Restaurant ist Konkurs angemeldet«, sagte er. »Mein Rechtsanwalt sagt, ich bekomme ungefähr 100 000 Kronen Entschädigung, weil ich im Gefängnis gesessen habe. Die Schulden durch den Konkurs werden erheblich höher sein. Ich werde alles verlieren. Das geschieht zum zweiten Mal in meinem Leben.«

»Was werden Sie tun?«, fragte Elina.

»Nach Hause zurückkehren. Nicht nach Banja Luka. Das geht nicht. Aber nach Sarajevo. Ein Restaurant eröffnen. Vielleicht sollte ich es auf Schwedisch ›Scheune‹ nennen?«

Elina lächelte.

»Vielen Dank für den Kaffee«, sagte sie.

Auf dem Weg zurück nach Västerås machte sie einen Umweg über den Kanal, dann nach links zur 252. Vor dem grauen Haus, dessen Fassade mit Eternitplatten verkleidet war, stand ein Mädchen mit einem Fahrrad auf dem Hof. Es schien gerade aufsteigen und wegfahren zu wollen, wartete aber noch auf jemanden.

Elina sah sie an. Sie konnte sich nicht vorstellen, woran Stina dachte.